本书得到教育部高等学校特色专业"汉语言文学"项目经费资助

中国现当代文学研究与批评书系

马　超◎主　编　　郭文元◎副主编

话语·语境·文本

——中国现代诗学探微

薛世昌　著

中国社会科学出版社

图书在版编目（CIP）数据

话语·语境·文本：中国现代诗学探微/薛世昌著．—北京：中国社会科学出版社，2015.4

（中国现当代文学研究与批评书系）

ISBN 978 - 7 - 5161 - 6032 - 9

Ⅰ.①话…　Ⅱ.①薛…　Ⅲ.①诗学—诗歌研究—中国—现代

Ⅳ.①I207.22

中国版本图书馆 CIP 数据核字（2015）第 085579 号

出 版 人	赵剑英
责任编辑	郭　鹏
责任校对	胡新芳
责任印制	戴　宽

出　　版	中国社会科学出版社
社　　址	北京鼓楼西大街甲 158 号
邮　　编	100720
网　　址	http://www.csspw.cn
发 行 部	010 - 84083685
门 市 部	010 - 84029450
经　　销	新华书店及其他书店

印　　刷	北京市大兴区新魏印刷厂
装　　订	廊坊市广阳区广增装订厂
版　　次	2015 年 4 月第 1 版
印　　次	2015 年 4 月第 1 次印刷

开　　本	710×1000　1/16
印　　张	17.75
插　　页	2
字　　数	303 千字
定　　价	58.00 元

总　序

　　天水师范学院汉语言文学专业是本校自 1959 年建校以来最早重点建设的专业之一，半个世纪以来先后有张鸿勋、雒江生等学者为学科发展做出了重要贡献。新时期特别是进入 21 世纪以来，本专业得到全面发展，逐渐形成了年富力强、学术研究活跃的研究梯队。2008 年汉语言文学专业被教育部批准为特色专业，中国现当代文学学科被列为第一轮校级重点学科。

　　五年以来，中国现当代文学学科的中青年学者，秉承老一辈学人的严谨学风，关注前沿，锐意创新，发表 CSSCI 期刊文章 60 多篇，获立国家、省部级社科基金项目 10 多项，逐渐形成相对集中、相对稳定的研究方向："底层文化与新世纪文学"、"延安文艺与当代文学"、"甘肃文学与地域文化"等。其问题视域分别为：立足西部社会在城市化进程中凸显的民众底层处境和乡土情怀，关注文学中的民生民本、现代伦理和文学审美；利用靠近延安，地处陕、甘、青革命根据地，尤其是陇东革命老区的地缘优势，着力于革命文艺中主流意识形态的发生与流变研究；借重甘肃多元民族文化优势，关注甘肃地域文化符号特征及甘肃作家群的文化身份。在对"底层文学"、"延安文艺"、"甘肃文学"的关注中，我们力图建构它们在中国当代文学语境中的"边缘性"、"地域性"以及"冲击性"。现出版的《中国现当代文学研究与批评书系》学术著作八部，集中呈现了天水师范学院中国现当代文学学科近年来的研究成果。

　　"底层文学"是新世纪文学中最活跃的文学思潮，李志孝教授的《现场·历史·批评——新世纪文学与新文学传统》、王元忠教授、王建斌副教授的《从现代到当代——新文学的历史场域和命名》和张继红副教授的《启蒙、革命与后革命转移——20 世纪资源与新世纪"底层文学"》，梳理 20 世纪不同时期文学中的底层话语谱系，以此为基来论析新世纪"底层文学"在新语境下对现代性经验的书写和对现代性问题的反思，建立 20 世纪中国文学与新世纪文学内在的精神联系。与 20 世纪中国文学资源的重估与激活相关，延安文艺规范了新中国前 30 年文艺的的基本价值和艺术走向，也极大影响了当代文学后 30 年的发展和变迁，探源延安文艺的核心价值观、艺术观，就是发掘、建构中国当代文学中国化、民族化、现代化的过程。郭文元副教授的《乡村/革命与现代想象——40 年代解放区小说研究》，在当前多元并存的文化背景中，探寻现当代文学资源中具有中国特色的文学价值体系。

文学价值的建构和评估与文化板块间的地缘特征血脉相通。甘肃地处古丝绸之路的黄金路段，也是一个多民族聚居区，历史上东西文化在这里交汇，当今农耕文明、游牧文明与工业文明在这里并存。甘肃当代作家的创作，以独异的地域文化板块为"精神原乡"，逐渐形成了河西大漠——丝路文化、兰州黄河——城市文化、陇东农耕——红色文化、陇南始祖——民俗文化、甘南游牧——民族文化等文化形态的符号特征，并形成了相互独立又相互映照的作家群体。薛世昌教授的《话语·语境·文本——中国现代诗学探微》和丁念保副教授的《重估与找寻——现当代文学批评实践》中，特别发掘了甘肃作家群的这种文化身份。

另外，安涛教授的国家社科基金项目结项成果《20 世纪中国马克思主义文学理论研究》和马超教授的国家社科基金项目阶段性成果《女性的天空——20 世纪中国女性文学研究》也正在准备出版中。这两部著作的出版，将夯实我校中国现当代文学学科研究的理论基础和史学基础，延展两个世纪中国文学研究的精神空间，将天水师范学院中国现当代文学学科的研究提升到一个新的学术高地。

本书系是天水师范学院中国现当代文学学科的一次集体亮相，无论丑俊，都希望得到各位专家学者的批评指正。

感谢天水师范学院校领导对本书系出版工作的关心，感谢中国社会科学出版社同意出版本书系。特别感谢本书系的责任编辑郭鹏先生，他为本书系的出版付出了巨大辛劳，剔除了本书系原稿的诸多粗陋之处，才让本书系得以顺利出版。

马　超

2014 年 4 月 10 日

目　　录

内篇　现代诗歌的话语方式

外篇　现代诗歌的时空语境

杂篇 现代诗歌的文本阐释

内 篇
现代诗歌的话语方式

第一章　诗意模块的生成

——现代诗歌的行列摆布

　　诗歌是分行的，而且由于分行而形成了独特的排列样式。董小玉说："在语言的外观上，诗歌意象采用了行列的形式来展现其形体。"① 袁忠岳亦认为："言语一分行，读的人知道是诗，就会立刻引起一种场效应，这种场效应甚至能使散文的语言产生诗的效果。"② 叶橹的看法更是鲜明："如果我们一定要从形式上给诗歌定型，我以为'分行'就是它的形式特征……从外在形式上说，只有'分行'是诗的唯一特征。"③ 而王力先生认为现代自由诗的参差之分行，并不是它的本质特征，"自由诗之所以成为诗，只在于诗的境界，不在于分行书写。因此，散文分行书写并不能变为诗；反过来说，诗不分行仍不失其为诗"。④ 类似的看法还有："与诗有关的一些外在的文体特征，诸如分行、押韵等，都不能（被）认定为诗的基本体性，一些精彩的文字，即使不分行、不押韵，人们依然认定它们是诗。"⑤ 面对诗歌分行的认识歧见，学者曹德和说，"分行书写属于形式范畴，诗歌味道属于内容范畴，二者不是一回事，但它们之间有联系"。⑥

　　这种联系显然属于艺术作品内容与形式之间的固有联系。卡西尔说：

---

　　① 董小玉：《现代写作教程》，高等教育出版社 2000 年版，第 156 页。

　　② 袁忠岳：《心理场、形式场、语言场》，《诗刊》1992 年第 6 期。

　　③ 叶橹：《大师的偏见》，见叶橹等《新诗是一场失败吗？——中国新诗的基本经验》（第二届中国南京·现代汉诗论坛研讨会观点汇集），《南京理工大学学报》（社会科学版）2009 年第 3 期。

　　④ 王力：《汉语诗律学》，中国人民大学出版社 2004 年版，第 10 页。

　　⑤ 孙春旻：《新诗，请不要迷失自己的文体身份》，《文艺报》2007 年 1 月 25 日。

　　⑥ 曹德和：《诗歌分行功能的修辞学研究》，《平顶山师专学报》2002 年第 1 期。

"一首诗的内容不可能与它的形式——韵文、音调、韵律——分离开来。这些形式成分本身并不是复写一个给予的直观的纯粹外在的或技巧的手段，而是艺术直观本身的基本组成部分。"① 那么诗的内容也不能与它的行列形式分离。作为诗歌本质内容的"诗意"，可以是无处不在的，它既可以存在于分行的诗歌当中，也可以存在于不分行的非诗歌之中，但是，作为一种文体的诗歌，如果要让美好的诗意内涵拥有一个同样美好的外在形式，那就应该认真严肃地分行——而不是仅仅"使用一下回车键"。行，是现代诗歌最为基本的形式单位，"是不可忽视的，因为它是 significant form，是一种'有意味的形式'"。② 本章试从诗歌的时间单位、空间单位与意义单位三个角度对现代诗歌外形式之诗歌的分行艺术进行探讨。

一 耳朵里的诗行：现代诗歌诉诸听觉的时间单位

诗歌无疑是具有音乐性和音乐美的。

"任何语言都包含着声音、形象、意义等多方面的要素，既有建构声音秩序（时间性）的可能，也有视觉设计（空间性）的余地。"③ 前人对诗歌音乐性的研究，集中在"声音模式"以下的几个方面：第一，诗歌语言文字内部的音乐性。主要表现在一个独立的文字的声母和韵母上。如果说平仄表现的是文字平上去入的音调，则一个独立文字内部的音乐性即声母和韵母，表现的就是文字的音质与音色。第二，诗歌语言文字之间的音乐性。主要表现在一个诗行内文字互相之间的平仄相错。第三，诗歌语言行列之间的音乐性。主要表现在最后一个字的押韵和非最后一个字的平仄相对。押韵，让诗歌有了语言恒量产生的韵律美；平仄相错与相对，让诗歌有了语言变量所产生的鲜明节奏。第四，诗歌语言整体的音乐性。主要表现在由固定的行数与字数所形成的诗歌的音尺和谐。

但是，人们显然忽视了中国现代诗歌参差的行列建构与诗歌音乐性之间的重要关系，没有认识到即使是参差一如现代诗的并不整齐的诗歌行

---

① ［德］恩斯特·卡西尔：《人论》，甘阳译，上海译文出版社 1985 年版，第 198 页。

② 曹德和：《诗歌分行功能的修辞学研究》，《平顶山师专学报》2002 年第 1 期。

③ 王光明：《音律以外的诗歌形式实验——论"图像诗"》，《天津社会科学》2004 年第 2 期。

列，仍然是诗歌音乐性的体现与固守。

其实，诗歌形式中一个"行"所表示的部分，相当于音乐简谱里一个"｜　　｜"号（即音节符）所表示的部分。若干个音节符"｜　　｜"形成一首乐曲，若干个诗节符"行"形成一首诗。音乐音节符"｜　　｜"的作用，主要表示一些音符与另一些音符在时间上的相等，诗歌诗节符"行"显然也表示着某种"相等"，只不过诗歌没有也不可能更不应该用一个类似于"｜　　｜"的符号去直观外示。然而，没有表示并不等于没有存在。我们必须认识到：诗歌中"行"与"行"的地位，不论是其意义地位还是空间地位和时间地位，在理论上都是平等的。如果说一个音节是音乐语言里相对独立的一个意义单位，那么一行诗也就是诗歌语言里一个相对独立的意义单位。"在分行的形式下……你会感觉到自己有时不是以小句而是以诗行作为读解的基本单位。"① 也就是说，每一个诗行，不论其七长还是八短，都是诗歌语言运行的一个空间单位；每一个诗行，不论其七短还是八长，也都是诗歌语言运行中的一个时间单位，其所占据的诗歌语言的运行时间，具有理论上的相等性。对此，王光明的这段话可以帮助我们进行理解，"诗歌的阅读成规是以行作为基本单位的，单字单行或二字一行，不仅意味着它支配了整行的空间，也意味着分享了该行的时间。"②

这样的理解意味着什么呢？

我们已知，诗歌文本中一个空白的诗行等于音乐文本（如简谱）里一个空白的"｜　　｜"号所表示的音节；同时我们已知，"｜A———｜"在时间上等于"｜AA——｜"同时等于"｜AAA—｜"，同时也等于"｜AAAA｜"。那么，把这几个音节用诗的形式排列，就是：

A

AA

AAA

AAAA

---

① 曹德和：《诗歌分行功能的修辞学研究》，《平顶山师专学报》2002 年第 1 期。
② 王光明：《音律以外的诗歌形式实验——论"图像诗"》，《天津社会科学》2004 年第 2 期。

我们发现，在这种看上去参差的排列中，行与行之间相等空间的直观感觉没有了——由于"｜　　　｜"号没有了。同时，相等时间的直观感觉也没有了——也由于"｜　　　｜"号没有了。所以，诗歌的每一个"行"在时间和空间上的相等，只能是"相对的相等"，只能是地位上的相等而不可能是事实上的相等。这种诗行在时间与空间上相对相等的地位，表现在朗诵上即是，对比较短的诗行，往往要读得比较慢（目的是充分占取足够的时间）；对比较长的诗行，往往会读得比较快（目的是在有限的时间里处理完那些文字）。"短诗行慢而有力，长诗行快而激昂"[①]，当一个音节里只有一个音符时，它所占有的和别的音节相等的时间，足够让它延长自己的意味；同样，当一行诗里只有寥寥的几个文字时，它所拥有的和别的诗行相等的空间，也足够让它放射自己的诗意。所以，句子简短的诗行，语言更具有放射性和延伸性；而句子较长的诗行，语言则相对具有内敛性和紧缩性。这就是短行短促有力如斩钉截铁而长行修长柔软如丝如缕的美学感觉之由来。

二　眼睛里的诗行：现代诗歌诉诸视觉的空间单位

"文学本是占时间又占空间的一种艺术"[②]，因为诗歌占据着一定的空间，所以，人们也称诗歌为"纸上建筑"。诗歌之所以要分行，不只为表现诗歌的音乐之美——听觉之美，也为表现诗歌的建筑之美——视觉之美。由于诗歌的韵律和节奏是可听而不可视的，那么诗歌的分行及留空与分节等，就是为了让诗歌的韵律与节奏能够实现从听觉到视觉的转化。

由于现代诗歌理念对诗歌语音的总体忽视，现代诗歌显然比旧诗更为重视诗的视觉化与视觉美。闻一多《诗的格律》说："诗的实力不独包括音乐的美（音节），绘画的美（词藻），并且还有建筑的美（节的匀称和句的均齐）。"[③] 但他所谓"节的匀称和句的均齐"却只是建筑美

---

① 严平：《论"言说"与自由诗的分行》，《宝鸡文理学院学报》（社会科学版）2004 年第 1 期。

② 武汉大学闻一多研究室编：《闻一多论新诗》，武汉大学出版社 1985 年版，第 84 页。

③ 同上。

当中的整齐之美。可是建筑之美不只是整齐之美，还有参差之美！故出之于分行的诗歌的建筑之美，还应包括虽不整齐却基本对称的均衡之美，也应包括既不整齐也不对称的参差之美——现代诗歌诗无定节、节无定行、行无定字的写作事实，极大程度地实现了诗歌艺术其参差的建筑之美。

不论是整齐的美还是参差的美，建筑之美的本质，终归是一种视觉之美。对此诗歌的视觉之美，闻一多早已讲道，"但是在我们中国的文学里，尤其不应当忽略视觉一层，因为我们的文字是象形的，我们中国人鉴赏文艺的时候，至少有一半的印象是要靠眼睛来传达的"。① 闻一多的意思应该是：诗歌之所以要分行，正是要通过这种方式来追求一种象形、一种建筑美、一种视觉美！

现代诗歌为求视觉形式上的参差之美，常常使用的一个手法就是"破句分行"，即把一个本来完整的句子断开之后分别安排在上下两个甚至多个不同的诗行。"破句分行"这四个字，可以让我们一眼就看出中国诗歌的形式概念中句与行的关系：句有时等于行，有时大于行，有时小于行。现代诗歌这种"常有行断句未断……不仅句可跨行，语可跨行，一个双音词也可跨行"② 的现象，曾经带来新诗的诗行与诗句之间关系的混乱以及称谓上的困难，自然也促进了对于诗行与诗句的进一步理解，即一行不一定和一句相当。诗歌在形式层面上的"一行"显然与诗歌在意义层面上的"一句"不能等同。一行之内可以有大于一句的内容；一句之中也可以有多于一行的形式。也就是说，行是形式概念而句是意义概念；句是内容单位而行乃形式单位。如果这样的"破句分行"法由"破句"而发展为"破词"，就是西方人称之为"抛词法"（法文，rejet）者，王力先生认为这是"最短的跨行"。③

现代诗人至少看中了"跨行法"以下的三大作用：第一，听觉上，"人为延长了行尾字词的自然停顿"④。比如朱光潜就注意到了其中的音乐追求："这样把一个于义不能拆开的句子拆为两部分，使声音能成有规律

---

① 武汉大学闻一多研究室编：《闻一多论新诗》，武汉大学出版社 1985 年版，第 84 页。
② 袁忠岳：《心理场、形式场、语言场》，《诗刊》1992 年第 6 期。
③ 王力：《现代诗律学》，中国人民大学出版社 2004 年版，第 30 页。
④ 严平：《论新诗的诗行性能》，《琼州大学学报》2003 年第 1 期。

的段落，是一个有趣的现象。"① 第二，语意上，前突性地强调了下一行诗句的诗歌地位。第三，视觉上，形成了一种参差错落的视觉之美。余光中称这种破句分行为"回行"："回行对于自给自足的煞尾句，也是一个变化。在煞尾句的常态之中，为了悬宕或顿挫，偶插一两个待续句，也就是回行，原可收变化之效、调剂之功。"② 他接着说："但如不假思索地一路回行下去，就会予人欲说还休、吞吐成习之感。"③ 是的，"虽然现代汉诗是分行不分句的，但每行起码也得是个短语，是个词，是个有意义的东西啊！"④

也许，从闻一多略含保守性的对整齐的建筑之美的强调，到目前一些不懂诗行的人"不假思索地一路回行下去"之对参差之美的过分追求，正是事物发展必然的两极吧？但无论如何，关于诗歌之所以要分行的原因，我们须得出如下的认识：是为了表现一种具有丰富的可能性的象形、一种层出不穷的建筑美，一种随时构造的视觉美。

三　心目中的诗行：现代诗歌诉诸理解的意义单位

一个诗行，就是一个相对独立的语言模块表示的一个相对独立的诗意单位。关于这一点，新月派诗人石灵早就指出，"以行为诗的单位不以句为单位"⑤。这一关于诗行的认识告诉我们：在诗歌意义的意义上，一个短行诗的意义量，应该和一个长行诗的意义量在地位上相等持平。在这方面，陈本益先生独具慧心，他提出了现代诗歌写作的"情绪的平衡原则"，认为自由诗相邻诗行所包含的情绪要大致平衡（不论其字数多少），并引亦门先生的话来补证，即相邻的长诗行和短诗行在形式（也就是字数）上虽有区别，但在表现"情绪的含量"或"力"上却是平衡的。陈先生又进一步断言："自由诗诗行的情绪虽然强弱不等，一般却是等量

---

① 朱光潜：《诗论》，生活·读书·新知三联书店 1984 年版，第 182 页。
② 同上书，第 66 页。
③ 余光中：《余光中谈诗歌》，江西高校出版社 2003 年版，第 67 页。
④ 阳丽君：《二十世纪末现代汉诗分行的探讨》，《宝鸡文理学院学报》（社会科学版）2004 年第 1 期。
⑤ 杨匡汉、刘福春编：《中国现代诗论》（上编），花城出版社 1985 年版，第 287 页。

的"，"情绪强，诗行就短，情绪弱，诗行就长"。①

如果我们以同样大小的"房子"比喻诗行，以"人"比喻诗意，则我们就会发现，有的房子里只有一个人——因为那个人是领导；有的房子里却有若干人——因为他们是群众。群众之所以若干人才能住一个房子，领导之所以一个人就能住一个房子，是因为若干群众的"意义总量"才"等于"一个领导的"意义总量"。换一个比方，如果说一个诗行就是一个鱼缸，如果说诗意就是鱼缸里的鱼，那么，每一个鱼缸里至少必须有一条鱼，有鱼，方能称之为鱼缸；同样的道理，每一行诗里必须有一定的诗意，有诗意，它也方能称之为诗行。王小妮《和爸爸说话》中有这样的两行：

> 你想让我看看你，推动两只轮子
> 的车

其中"的车"二字大模大样地占据了整整一行的诗歌位置，其诗意却几近于无，于是这就是一个没有鱼的鱼缸，是一个空房子。而这正是对"情绪的平衡原则"的违背，是不严肃的分行。

要理解这一平衡原则，首先要理解诗歌的每一个行在意义地位上的平等，只有认识到诗行的这一诗歌语言独立模块的作用，把每一个诗行都看作是独立且平等的意义单位，才能做到平衡原则的合理把握，从而安排出具有均衡之美的诗歌行列，即做到正确的分行。具体而言，诗歌作者应该根据诗歌的意义来进行诗歌的分行，应在"这一行"诗里拥有了充分的诗意之后，才可以再起"另一行"——调用下一个诗歌单位，这样才不至于造成诗歌意义的失衡，造成诗歌美感的浓淡不一，或者造成诗歌语言的暴力断裂。

天才的现代诗人朱湘在《评徐君志摩的诗》一文中曾对新诗的建行提出过"行的独立"和"行的匀配"的主张："行的独立是说每首诗的各行每个字都得站得住，并且每行从头一个字到末一个字是一气流走，令人读起来时不致产生疲弱的感觉、破碎的感觉；行的匀配便是说每首诗的各

---

① 陈本益：《自由诗建行的原则》，《诗探索》1996 年第 2 期。

行的长短必得按一种比例，按一种规则安排，不能无理地忽长忽短，教人读起时得到紊乱的感觉、不调和的感觉。"① 朱湘的看法是极其正确的。诗歌在分行时，确实应该注意每一行诗句之间意义的完整性，力求每一行的意思都相对完整，而不能在诗歌的分行这个看上去似乎无关轻重的问题上掉以轻心。

四 余论:现代诗歌的行中留空与行间分节

围绕着诗歌的分行，对现代诗歌的外形式中"留空"和"分节"的问题，也有必要加以讨论。

第一，现代诗歌的行中"留空"。留空，也就是空一格，习惯上简称"空"，其动作行为的本意，欲通过空留一格的语言处理，表达出语意上比较小的离断。朱光潜《诗论》对"顿"进行了讨论，却对"空"只字未提。好多人也都习惯性地受制于既有的"顿"概念，而没有建立起明确的"空"概念。按照孙绍振的说法，从胡适到何其芳，都迷信于"顿"概念。他们不仅用顿去分析古典诗歌的节奏，而且也用它去指导新诗的创作实践，"根据这种'顿'的理论，他们为新诗设计了现代格律诗的形式。他们要求现代格律诗每行有相同的顿数"。②

"顿"是无形的，属于"意"的范畴，而"空"则是有形的，属于"形"的范畴，为了求得对现代诗歌外形式上"空"的深入理解，必先求得对诗歌整体内形式上语意离断的深入理解。诗歌内形式上的语意离断，出现过三个基本的表达方式:

首先，意断而形连，即不使用外形式的语意离断符号。如"鸡声茅店月，人迹板桥霜"。文本层面字字相连，诗人诗思意念离断，即"鸡声—茅店—月/人迹—板桥—霜"。这也就是前人所谓的"顿"，它往往表现为朗读时语音的慢拖甚至停顿，即只能用听觉去感知而不能用视觉去感知。

其次，用逗号或句号表示。如"风乍起，吹皱一池春水"。如西川诗《夕光中的蝙蝠》第一节:"在戈雅的绘画里，它们给艺术家/带来了噩

---

① 梁仁:《徐志摩诗全编》，浙江文艺出版社 1990 年版，第 439 页。
② 孙绍振:《文学创作论》，春风文艺出版社 1987 年版，第 528 页。

梦。它们上下翻飞/忽左忽右；它们窃窃私语/却从不把艺术家叫醒。"标点符号是与现代白话一同产生的新生事物，标点符号的使用，便于表情达意，能使行文更为清楚明白。在早期新诗追求清楚明白、有力动人的审美原则之下，标点符号的使用本身就带有革新的意味，因此，早期白话诗（尤其是胡适的诗作）都是注重使用标点的。王力先生在他的《现代诗律学》中讲到西洋古代的十二音诗时，提到了一个"诗逗"的概念，"所谓'诗逗'，有时是用逗号的，有时不用逗号，但因意义上的关系，到那里也可以略顿一顿"。[①]

最后，用空格表示。现代诗歌行内空格的使用，突出表现了其语意的停顿与间隔，它类同于音乐简谱里的休止符——一种音乐语言里的停顿符号，是作者内在隔离意图的外在体现形式。表现在视觉上，它是诗歌外形式中最小的一个视觉空白；表现在声音上，它是一个最短促的停顿；表现在语意上，它就是一个意义的较小离断。由于现代诗歌对空格的使用，听觉的停顿通过视觉的空格得以表现，"意断而形连"也就与时俱进地变为"意断形也断"。

上述诗歌的形式留空与语意离断之关系告诉我们，现代诗歌深湛的艺术性，体现在其行列的处理上，堪称"停顿的艺术与离断的艺术"——它用空格表示诗行内的停顿、离断与转接；它用分行表示诗行与诗行之间的停顿、离断与转接；它用分节来表示诗节与诗节之间的停顿、离断与转接。这样，诗歌语言在其运行过程中，也就产生了"三级顿"现象：一级顿即一级隔离，产生"空"；二级顿即二级隔离，产生"行"；三级顿即三级隔离，产生"节"。

第二，现代诗歌的行间"分节"。如果说一个诗行和另一个诗行其地位是平等的，则一个诗节和另一个诗节其地位也就是平等的。平等需有平等的体现，这种诗行之间与诗节之间的地位平等，在诗人创作行为中的表现，就是作者往往会把内容凝重的诗行，让它——或它们——单独成为一节，通过独立地位的给予来实现诗歌意义的强调；表现于读者之阅读理解者，就是他们往往能破解作者的行列用意，能给予不同行数的诗节以尽可能等同的注意。正是由于这个原因，应该将诗节定性为，既是诗歌的形式

---

① 王力：《现代诗律学》，中国人民大学出版社 2004 年版，第 19 页。

单位，也是诗歌的意义单位。这样的定性可以纠正西方现代诗歌对于诗节的纯形式单位的误解。在西方现代诗歌中，上一节的末一行往往会延伸到下一节的首行，上一个诗节与下一诗节"形断而意连"。对于这种比较夸张而且国人多有效仿的"跨节法"，余光中提醒，诗歌的"分段"不可"凌乱"。① 但是，所有的形式其实都是有意义的形式，那些看上去"凌乱"的诗歌分节，它所表达的也许正是一种"凌乱"的意义。如蓝蓝诗《玫瑰》："她是礼服。离开植物学或/修辞学的戏台后/也是。//洗碗布旁过于洁白的封面。//即使没有别的鲜花，她们/仍然是女王。//每一个都是。//被卑微加了冕的。"也许，诗人心中若断若续、笔断意连的情绪，正需要这样的凌乱诗节来表达。

而比"节"更大的停顿与间离，有时用数字来分隔，以实现比诗歌分节更大的语意间离。

现代诗歌上述"停顿"、"分行"、"分节"的行列摆布手段，意在通过形式上的大小离断，实现语意上的长短间隔，其艺术企图亦即其艺术作用，可以如此表述：增大了诗歌语言的形式弹性和视听影响力，形成了一种诗歌艺术特有的且巨大的"诗力场"，更为准确也更为完美地传达了作者心目中的诗意。如果说诗歌是一门艺术，而"分行"则是艺术中的艺术。"20世纪末的现代汉诗在分行方面显示出相当的随意性，古典化、先锋化、平民化、图形化等等，纷纭复杂，从而消解了分行的意义和作用。"② 阳丽君指出的是一个不容轻视的诗歌现象，我们必须对这种现象进行慎重的反思。

---

① 余光中：《余光中谈诗歌》，江西高校出版社2003年版，第67页。
② 阳丽君：《二十世纪末现代汉诗分行的探讨》，《宝鸡文理学院学报》（社会科学版）2004年第1期。

第二章 道法自然的原则

——现代诗歌的语言流变

诗歌作为"文学中的文学",是语言艺术中的语言艺术,它既追求准确逼真的物化描写,也追求形象含蓄的诗意表现。而在其语言运行的线性过程中,更追求一种流变之美。流,即语言弧线般流畅光滑的运行;变,即语言在光滑运行的过程中灵活跳跃的变化。诗歌由此形成语言前行的两个基本方式:弧线式前行与跳跃式前行。这两个基本方式的结合运用,形成诗歌语言的流变之美,即诗歌语言行进过程中弧线与折线、连续与断裂、循规蹈矩与越轨出离、顺从与反叛、直行与逆转等等对立而又统一的和谐之美。

一 诗歌语言的前行方式之一:弧线型光滑流动

诗歌艺术充满着各种各样动人迷人的艺术张力。其中之一,是诗人一方面要飞扬其自由的想象,另一方面却要斟酌其准确的字句。奇异不俗的想象要以光滑而有弧线的语言呈现之,从而获得语言行进的流畅不隔之美。如诗人李钢诗节:"一夜之间,车前草竟然长到了/《诗经》的书脊上/打开落地窗,啊啊/十五国风吹我。"[①] "十五国风吹我",这是多么神奇飞扬的想象,但是,它并非空穴来风,而是渊源有自。从"一夜之间,车前草"之"草"到"长",从"《诗经》的书脊",到"打开落地窗",

──────────

① 李钢:《古国的春天——读〈诗经·国风〉》(节选),转引自《读写月报·初中版》2011年第1期。

再到"风吹",其语言水到渠成、自然而然,诗中的每个句子都对后面的句子产生着规定性的力量,且每一个后来的语词都在前面语词的规定下顺从自然渐次生长。再如林染《敦煌的月光》第一节:"当那些/裸着双肩和胸脯的伎乐天/那些瀚海里的美人鱼/起伏的手臂摇动月光/我听见了她们的歌唱。"① 从"裸着双肩和胸脯的伎乐天"到"瀚(暗示大漠)海(暗示鱼之生处)"再到"美人鱼",一路写来,笔法通顺。对这种水到渠成自然而然的语言,古人喻之曰"如常山之蛇,无间断龃龉"②,即诗歌语言看似无逻辑——因为它们毕竟是诗歌,其实却暗合逻辑——因为从本质上讲它们毕竟是人类的理性言说,它别无选择地遵守着人类语言的和谐之约。

语言是有生命的,尤其在诗歌作品中,语言更是生命一样血肉浑成生生不息。孙绍振《文学创作论》曾引述舒婷《致橡树》并评论道:"特别是在意念上,采取的是作曲法上的'模进'的展开方式,冰霄花引出的是炫耀,鸟儿引出歌唱,泉水引出慰藉,险峰引出衬托……"③ 所谓"模进",其实也就是一种语言的顺势而为、层层递进。如公刘《长江口远眺》第一节:"我向船长借来了望远镜——/那是海么?白茫茫烟波空朦;/这个大家庭有什么喜事?/每一个浪头都举杯相碰!"④ 诗歌的思维虽然层层跃进,然而其语言却过渡自然——"船长"引出"海","望远镜"引出"白茫茫烟波空朦","海"引出"大家庭","大家庭"引出"每一个浪头","喜事"引出"举杯相碰"等等。像这样的诗歌造句,设语合情合理而不费解,运行自然健康而不怪异,而所谓"通顺"者,正是人们对语言生命生机勃勃之健康状况一个最为通俗的表述。

不是坦途的道路,要么坑坑洼洼,要么乱石散落,这样粗糙坎坷的语言之路,如果出自初学者之手,要么是语感欠佳,要么是文笔懒惰,如果出自一些名人笔下,恐怕却是观念有误。如优秀的诗人昌耀,他的某些诗句就惜有不够清通的瑕玷。如他的《雄风》中句:"只有在此无涯浩荡方

---

① 方健荣、郑宝生选编:《敦煌的诗》,甘肃人民美术出版社 2013 年版,第 106 页。
② (南宋)洪迈:《容斋随笔》,载《中国历代诗话选》下册,岳麓书社 1985 年版,第 659 页。
③ 孙绍振:《文学创作论》,春风文艺出版社 1987 年版,第 387 页。
④ 朱先树:《诗歌创作技巧百例》附录,沈阳出版社 1992 年版,第 83 页。

得舒展我爱情宏廓的轮翼……"① "轮翼"虽有天上地下的双重所指,但由于句前"舒展"一语所形成的语义场,"轮"字就显得突兀而冲突。这种无谓的叠加,事实上形成了一个小小的语言障碍。再如他的《无题》中句:"是因为我长久忍受过(灼热)沙风的/烘烤,有过大漠孤旅的焦渴/对于我,这春天的第一枚嫩叶/才……"② 诗中的"烘烤"一语可以启后但不可以承前。从"烘烤"到"焦渴"是自然的,而从"沙风"到"烘烤"却是不自然的。"烘烤"是作者"告诉"我们的而不是我们从上文中"感受"到的。如果作者能在"沙风"之前加上"灼热"二字,则下文跃入读者眼睛的"烘烤"就不会突兀。如上二例,就是语言之路上的"坑坑洼洼",这样未能"就上方体势而行之"的语言,算不得语言的完美之路。《老残游记》第二十回有句云:"眼前路,都是从过去的路生出来的;你走两步,回头看看,一定不会错了。"③ 这是在说走路么?是的,但它同样也可以喻言诗歌语言的一个行进法则——现场制约。

关于诗歌语言的自然、光滑、弧线的流动之美与顺从之道,倒是民间所谓"顺口溜"的"溜"字,早已做出了直觉的归纳与暗示。"顺口溜"的"溜"字正是民间老百姓对流畅的诗歌语言环环相扣、顺应自然之特点的一种准确而又形象的表达,对于我们理解诗歌语言自足且有机、浑然而一体的行进,具有重要的参考价值,它启示我们:语言尤其是诗歌语言的行进必须有迹可寻、线条通畅。

二 诗歌语言的弧线型光滑流动形成诗歌语言的顺其自然之美

一个久经文字沙场的写作者一定有这样的体会,当他写出了几段话、几句话甚至几个词之后,如同一匹被控在辕、身不由己的马,那些语言好像得到了生命,它们要自己生长、自己奔跑。开始,是一匹马拉动了车子,但是很快,跑动的车子又变成了让它不得不跑的力量。于是高明的写

---

① 昌耀:《昌耀诗文总集》(增编版),作家出版社 2010 年版,第 70 页。
② 同上书,第 71 页。
③ (清)刘鹗:《老残游记》,人民文学出版社 1957 年版,第 199 页。

作者渐渐悟知，自己不能成为这种力量的反抗者，而应该是一个"奉天承运"的顺从者。娜夜的《母亲》①就表现出这种高明的顺应能力。这首诗的第一行"黄昏。雨点变小"，看似漫不经心，却如围棋大师随意放置的两个棋子，到了一定的时候，它们自会显出强大的威力；果然，诗的第二节就由前面的"雨"和"黄昏"这两个种子生长出了下面动人的三行："雨水中最亲密的两滴/在各自飘向自己的生活之前/在比白发更白的暮色里"。这三行如同三个叶片，顺应了诗歌语言而不是对语言施加了暴力。古人说"心花怒放"、"欲壑难填"，这是一字顺着一字"溜"，是语言的自然生成；但是，如果说成"心怒放"，"欲难填"，这样的语言显然失据欠通。离开了"花"，"怒放"就是无本之木，就是脱根之举，就是背离形象的语言强迫，就是不顾情愿的语言暴徒的语言撒野。然而娜夜的语言是温柔的，她的语言"活生生"地体现了这样一个诗歌语言的美学原则：美是一种关系，美是构成事物的各部分之间自然和谐的组织与关系。娜夜《母亲》的最后一句"母亲站下来，目送我/像大路目送着她的小路/母亲——"这是一个饱含感情的妙喻奇喻，然而此奇者，并非深山怪物一般的离奇，从全诗各部分的有机构成来看，这是自然又和谐、平凡却美丽的神奇，是一种看似神奇细想却合情合理的——尤其是顺从了现场制约的——想象。唐欣看出了娜夜的这种语言张力："她懂得省略、转折和沉默的力量。她的语气浅易，词汇表意不复杂，但通过她的专有意像（象）、她的行进速度、她的奇特组接，在貌似平滑如镜的诗歌冰面，我们却不时被绊倒，被闪空，被硌疼，感到迷失的危险，这正是优秀的诗人魅力之所在。"②是的，一个终于对语言有所感悟的优秀诗人，绝不会在自己的作品里胡言乱语，绝不会前一个意象在天上，后一个意象无迹可寻地一落千丈，而让内在诗思的恍惚，表现为语言的破碎；一个优秀的诗人，心中有着鲜明的诗意，其语言就不必故弄玄虚；一个优秀的诗人深深知道，艺术作品最伟大的力量，源自于自然朴实的艺术风格，而自然朴实的艺术风格，又源自于使用语言时对语言巧妙的顺应而不是对语言的暴力驱策。

---

① 娜夜：《母亲》，《星星》诗刊 2000 年第 9 期。
② 唐欣：《娜夜：用冷峻点燃篝火》，《甘肃日报》2003 年 3 月 3 日。

　　艾略特在关于但丁的第三篇论文中说："在我看来，但丁的一切研究和实践莫不教导我们，诗人应该是他的语言的仆从，而不是其主人。"①他强调的显然是诗人对语言法则的顺从，是诗人对语言生命的认可与尊重。柏铭久认为，诗人要和语言"商量"。② 这种"商量"，是一个诗人对其语言的"等量齐观"，用法国当代诗人让·贝罗尔的话说，"有时诗人掌握语言，有时话语支配诗人；有时是诗人使用话语，而有时又是话语在使唤诗人"。③ 他们都认识到了诗歌语言的自然之美——不光是事物本身的质朴之美，而且也包括语言运行的顺从之美。

　　语言是思维的直接现实。对语言之道的领悟，归根结底是对思维之道的领悟。作家王玉龙曾这样表达他对小说中人物刻画的认识："长篇小说中的人物，尤其是主要人物，他所要干的事，他所会遇到的人，远比短篇小说的要多要复杂，这就更难做到事先什么都想得那么周到，甚至有了详细提纲，人物也会常常'越轨'——人物一旦孕育成熟，他要自己走路。作者切莫把自己的意志强加于人物。"④ 是的，如果说连语言都是一个需要顺其自然的有机生命体，那么，人物之生命律动，无疑更需要随其命运之方而就其命运之圆。一句话，一切都要顺其自然。

　　有人把对语言的"顺从"，理解为"不可做，即不可修改、锤炼和打磨"，这样的理解也是有问题的。不只"不可做，即不可修改、锤炼和打磨"是"屈从"于语言的表现，而且，"做"、"修改"、"锤炼"、"打磨"，同样是"屈从"于语言的表现。"诗到语言为止"，这个语言，首先是诗的语言。语而不诗，则斟酌语言的工作就不能终止！以张岱小品文《湖心亭看雪》为例："湖上影子，唯长堤一痕、湖心亭一点，与余舟一芥、舟中人两三粒而已。"⑤ 作者锤炼词语、打磨语言的努力分明可见，因为不到"痕"、"点"、"芥"、"粒"，不如此这般表现出作者彼时彼地其心灵最细

---

　　① ［英］艾略特：《但丁于我的意义》，陆德译，元知网：http：//miniyuan. com/read. php？tid＝2669。
　　② 柏铭久：《与词语"商量"》，"民间晃动"的博客：http：//blog. sina. com. cn/minjiancaifeng。
　　③ ［法］让·贝罗尔：《诗在话语的空间相互追逐》，载金丝燕译，王家新、沈睿编选《二十世纪外国重要诗人如是说》，河南人民出版社1992年版，第115页。
　　④ 王玉龙：《人物的孕育》，《当代》1983年第6期。
　　⑤ （明）张岱《湖心亭看雪》，载徐柏容编选《张岱散文选集》，百花文艺出版社1997年版，第68页。

密、最微妙的感受，作为文学语言，那是真的不能罢休。再如这样的一个对句，"一琴，一剑，一扁舟；独去，独来，独逍遥"。倘以牵丝映带的文学语言的高境界而要求之，则应于其形式的关联之上，再加以内容的关联，如"一琴，一剑，一扁舟；独吟，独舞，独逍遥"。其中，"吟"自"琴"而来，"舞"从"剑"而出，"逍遥"因"扁舟"而设。当然，这显然是一种更为深层的语言顺从——在美的规律下，不得不这样做。

还有一种对"顺从"的理解，同样有待商榷。如绿原的《航海》"人活着，/像航海。/你的恨，你的风暴。/你的爱，你的云彩"。① 从意思上看，"云彩"终究不如"云帆"更为贴切，但是作者却选择了"云彩"。作者之所以这样选择，只为"顺从"那一个古老的叫做"韵"的东西！这样因音而害意的拘于声韵的"顺从"，出现在完全可以摆脱外在音韵的现代诗歌里，只能是一种可悲的"盲从"！

总之，诗歌语言的顺其自然之美，是语言的高级境界。在这一境界，人们听到的不是内在心灵的召唤，而是外在事物的召唤；在这一境界，主体似乎悄然退隐，意化而入笔，心化而入物，表现得大智若愚、大巧若拙。然而这却是最高的智慧——是看上去的无智慧。那些优秀的写作者为何会一挥而就、脱口而出？为什么时有"神来之笔"？正是因为他们到达了语言的这一高妙境界，不是他们找到了语言而是语言找到了他们！所以，要做到文学语言尤其是诗歌语言这似乎简单普通的"通顺"二字，小而言之，需要感悟生命之血肉的息息相连；大而言之，需要体会天地万物其自然生成的永恒之道。

三 诗歌语言的前行方式之二：弧线型光滑流动基础上的折线型顿挫跳跃

凡事都有两面性。语言的流畅固然可贵，但是过分的流畅，却也会让语言变得油滑！优秀的当代口语诗人伊沙，他能将"顺口溜"写成"诗"，但是他的追随者们却又将"诗"写回到"顺口溜"，即"口语"沦落为"口水"。过于流畅的语言线条，如同过于敞亮、平坦、直线的高

---

① 张贤明编著：《现代短诗一百首赏析》，文化艺术出版社 2004 年版，第 151 页。

速公路，固然便于迅速到达，却不利于在过程的困难中形成难忘而动人的记忆。

曲径通幽，让人通过形象而获得感受的诗歌语言与让人通过符号而获得知识的普通语言终有区别。小说家马原曾使用"通过式语言"这一概念，来区分文学作品与非文学作品的语言特征。"日常语言大部分是属于'通过式'的……因为它们基本上是不停留的……小说中的语言更多是在状态中，而不是通过。"① "通过"，就是所谓的"得意而忘言"，然而问题是，诗歌语言是不是这种得其意即忘其言的语言呢？

文学的言意关系，与一般文章的言意关系不同。文学语言是言意并重的语言，而不是得意忘言的语言。而且，文学语言更应该通过语言的适度艰难，实现阅读的适度艰难，进而实现意义接受的适度艰难——艰难而后获得，往往印象深刻、触动深刻！也许正是在这个意义上，博尔赫斯才会如此语出惊人：伟大的作品是能够经得起印刷错误的。② 所以，文学语言尤其是诗歌语言，在追求流畅的同时，却还要追求不流畅——这也是"顺口溜"这三个字事实上含有贬意的原因。诗歌艺术，语言的流畅如能和语言的顿挫结合起来，形成流与涩、畅与滞、断和续等等的对立而又统一，才是真正的和谐。什克洛夫斯基曾这样定义诗歌："诗就是受阻的、扭曲的言语。"③ 所以，通顺，只是诗歌语言的基本运行方式与基本美学要求——它保证着诗歌语言的语意抵达；但是诗歌语言还有着更高的语言要求，这就是在弧线型光滑流动基础上的折线型顿挫跳跃——它保证着诗歌语言的感觉留驻。也就是说，出色而又漂亮的"顺从"并非无原则的老老实实的"逆来顺受"，而是一种基于对语言的高度理解与娴熟掌控之后既四两拨千斤般顺其自然，又充满了"逆袭"与"背叛"的艺术语言。换言之，依据特定的语境，诗歌语言固然要"顺从"；而依据特定的语境，诗歌语言更允许"背叛"。杜甫诗句"香稻啄余鹦鹉粒，碧梧栖老凤凰枝"（《秋兴八首》之八）和韩愈诗句"入镜鸾窥沼，行天马渡桥"（《春雪》其一），这样的语言即俗称为"倒装"的语言，其对正常语序

---

① 马原：《虚构之刀》，春风文艺出版社 2001 年版，第 85—90 页
② 转引自韩东《〈扎根〉及我的写作》，《湖南日报》2003 年 11 月 5 日。
③ ［俄］维克托·什克洛夫斯基：《作为手法的艺术》，载方珊译、朱立元、李钧主编《二十世纪西方文论选》（上卷），高等教育出版社 2002 年版，第 189 页。

的反叛，就是诗歌语言反叛精神的典型体现。复以海子著名的诗句"面朝大海，春暖花开"为例，其语言之路如果填补完整，即为"面朝大海，［我内心喜悦，如同］春暖花开"，但是艺高人胆大的海子却省略了正常语言所要求的语言接合部分，这一语言的断裂，恰恰形成了别样的语言效果，明喻成了暗喻同时喻之本体也发生了轻微的偏移，于是，对海子的这句诗，人们何曾是"得意而忘言"呢？人们甚至是不得意，但是却记住了言！再如昌耀著名的《斯人》："静极——谁的叹嘘？//密西西比河此刻风雨，在那边攀援而走。/地球这壁，一人无语独坐。"① 用"谁的叹嘘"呈现了一种"静极"之后，马上分节、停顿、间隔，但是还不够，马上一个极其遥远的间隔"密西西比河"！而于"在那边攀援而走"之前，却并不交代是谁、是什么在攀援？这是作者有意的省略——断裂与残缺！这山头一个人，那山头一个人，两个人默默相对，这就是昌耀的孤独——也是这首诗的成功之处。所以，天下多少胜景不是出自于大地的断裂？人间多少佳句不是出自于语言的履险？

当然，语言的履险与背叛以及不顺之顺的造句，都要看语言所处的环境即语义场。孤立地看时，文句不通者，若在某一特定语境下未必就不通！虽然诗歌本身是一个特定的大语境，但是诗歌也还有各自不同的小语境。比如，在一般情况下，四月是美丽而温和的，但在艾略特《荒原》所营造的语境下，"四月是最残酷的一月"。再如，父亲本是不能用"一粒"来生硬指称的，然而，在"麦积山/在堆成麦积山的千万颗麦子中/父亲是最坚强的一粒"这一组合场中，"一粒"却是"必须的"。海子有一首诗《天鹅》，"夜里，我听见远处天鹅飞越桥梁的声音/我身体里的河水/呼应着她们//当她们飞越生日的泥土、黄昏的泥土/有一只天鹅受伤/其实只有美丽吹动的风才知道/她已受伤。她仍在飞行//而我身体里的河水却很沉重/就像房屋上挂着的门扇一样沉重/当她们飞过一座远方的桥梁/我不能用优美的飞行来呼应她们//当她们像大雪飞过墓地/大雪中却没有路通向我的房门/——身体没有门——只有手指/竖在墓地，如同十根冻伤的蜡烛//在我的泥土上/在生日的日子里/有一只天鹅受伤/正如民歌手所

---

① 昌耀：《昌耀诗文总集》（增编版），作家出版社 2010 年版，第 283 页。

唱"。① 他的北京大学同学刘大生指责说："用'门扇'比喻沉重也很不妥。如果真的想表达沉重，用什么比喻都比用'门扇'好。俗气一点的如泰山、铁板、大理石、秤砣等，时髦一点的如质子、泥石流、冰川、流星雨、白矮星、黑洞等，抽象一些的如铁流、星流、五行山、千级浮屠，等等等等，哪一个不比门板沉重……如果是为了调侃，并非真的沉重，用鹅毛、鸿毛、挂历、三角裤等不也比'门扇'好得多吗?"② 如果仅仅为了说明，喻体的选择当然众多而随意，但是诗歌中的喻体选择绝不仅仅是为了说明，诗歌中的喻体必须选择出"唯一"的和"贴切"的那一个！如果联系此诗前文中的"桥梁"和后文的"房门"以及"墓地"这个意象的体系——语境，则"门扇"不仅是未尝不可甚至是别无选择。和"桥梁"、"蜡烛"等意象一样，海子在他的这首诗里分明有一种意象选择的陌生化与个人化追求，而这无疑是允许的，也是应该的，因为这陌生与个人化之处，正是艺术作品作为"有意味的形式"③ 之"意味"的独出之门。在徐志摩的《沙扬娜拉——赠日本女郎》中，如果用"莲花"比喻那"一低头的温柔"，在说明的意义上亦无不可，但在意味独出的意义上却是非"水莲花"不可。"莲花"，是太烂熟、太自动化的意象，人们的感觉往往在此一滑而过，而"水莲花"则以其相对的陌生，实现了语言的留驻，当然也实现了感觉的留驻。

所以，什克洛夫斯基说，"艺术的手法是事物的'反常化'（即一般所谓的'陌生化'）手法，是复杂化形式的手法，它增加了感受的难度和时延，既然艺术中的领悟过程是以自身为目的，它就理应延长"。④ 是的，离开语言的高速公路，驶入语言的盘绕山道，在保证语言基本的通过性之前提下，尽可能地提高语言的留驻性，流畅同时又涩滞，和谐同时又矛盾，这才是诗歌语言更为本质的前行方式——弧线型光滑流动基础上的折线型顿挫跳跃。

---

① 海子：《海子的诗》，人民文学出版社 2005 年版，第 45 页。

② 刘大生：《病句走大运——从海子的自杀说起》，《书屋》2002 年第 3 期。

③ ［英］克莱夫·贝尔：《艺术》，周金环、马钟元译，中国文联出版公司 1984 年版，第 4 页。

④ ［俄］维克托·什克洛夫斯基：《作为手法的艺术》，载方珊译，朱立元、李钧主编《二十世纪西方文论选》（上卷），高等教育出版社 2002 年版，第 187 页。

但是，这绝对不是说诗人就有权对语言行使暴力。波德莱尔《忧郁》之一有句诗，"大钟在悲鸣，冒着烟气的柴薪/用假声伴奏伤风的钟摆之声"，西川点评说，"大钟患了伤风。'伤风'作为修饰语被强加给'钟摆之声'。诗人有权对语言行使暴力"。① 其实，"伤风"与"钟摆之声"之间，并没有强加与被强加的关系，如果我们能感觉到波德莱尔此诗全篇的那一种病态的语境，则我们认为波氏把钟摆之声想象为患了伤风，其实十分自然。如果说波氏并非对语言行使了暴力，西川也不应该据此得出"诗人有权对语言行使暴力"的结论，恰恰相反，诗人可以让语言伺机背叛——只要语境许可，但诗人无权对语言行使暴力——语言的暴力就是对语境的漠视。

四 诗歌语言的折线型顿挫跳动
形成诗歌语言的残缺断裂之美

在我们对诗歌语言顺其自然之美的进一步深入理解当中，必须包含一个所谓"题中应有之义"般的内容，那就是诗歌语言的残缺与断裂之美！

如上所述，语言的残缺与断裂，就是故意让语言的链条出现某种程度的不连续、不完整——"掉链子"，亦即故意让语言回到前准确状态，而只依靠其特定的句段关系来表情达意。事实上，这样的残缺不仅能够表意，甚至还可以表达出别具的意味。如江河《射日》中句："泛滥的太阳漫天谎言"②，要是说全了，就是"（像洪水一样）泛滥的太阳（光，像是）漫天谎言"。事实上，现代诗歌的句间分行和行间留空，也是一种对于日常语言线性排列的消解与破坏，其目的就是为了获得某种断裂，尤其是那些怪异的提行法与大幅度的跨节法，更想造成一种语言的较大断裂与较大残缺而收取一种相对于流畅完整的陌生化效果。

比较温和的断裂，人们向称为"省略"。如马致远的《天净沙·秋思》："枯藤老树昏鸦/小桥流水人家/古道西风瘦马/夕阳西下/断肠人在

① 曹文轩主编，西川点评：《外国文学名作导读本》（诗歌卷），广西教育出版社2001年版，第139页。

② 江河：《射日》，载洪子诚编《朦胧诗新编》，长江文艺出版社2004年版，第273页。

天涯。"人们之所以会省略一些无关紧要的东西，显然是为了不省略那些他们认为关键的东西。再如中国台湾的余光中《碧潭》句，"如果碧潭再玻璃些/就可以照我忧伤的侧影/如果蚱蜢舟再蚱蜢些/我的忧伤就灭顶"①，省去"玻璃"和"蚱蜢"前面的"像"、"如"类词语，正为了突出那两个名词用为形容词的韵味。所以，依据省略的原则而推导断裂的意图，那就是，破坏日常语言的常规化、固定化秩序，恰恰是为了建立一种崭新的诗性关系。卞之琳《距离的组织》末行："忽听得一千重门外有自己的名字。/好累啊！我的盆舟没有人戏弄吗？/友人带来了雪意和五点钟。"② 这样的语言曾经受到了人们的批评，说是破坏了语言弧度的纯粹性和完整性，但是，它破坏的只是散文式语言的弧度，却符合诗性语言越界、违规和破坏的特性。西班牙诗人加西亚·洛尔迦诗《骑手之歌》的"利刃的花朵多么芬芳"，固然如西川之所评"语言的弧线何其优美"③，但"利刃芬芳"类语言线条断裂跳跃的诗句，在现代诗歌作品中其实也不鲜见。中国现代诗歌的标本型诗人徐志摩固多"最是那一低头的温柔/像一朵水莲花不胜凉风的娇羞"④ 这般弧线优美的语言，却也有"轻轻的我走了，/正如我轻轻的来；/我轻轻的招手，/作别西天的云彩"⑤ 这般词序的异常化处理，而其诗味则恰恰来自这些异常的"不合法"性。再如雪潇诗《飞来飞去》之"北冥有鱼，其名为鲲。/化而为鸟，其名为鹏。//像那些摸着石头过河的人/大鹏啊，你要一边飞行，一边摸着那些星星/你要深一脚浅一脚地飞/……"⑥ 曾有人对此十分不解，"深一脚浅一脚"是描述走路的，能否在这儿描述"飞"？但是，只要联系前两行"像那些摸着石头过河的人/大鹏啊，你要一边飞行，一边摸着那些星星"，则此处还真是只能这样写"你要深一脚浅一脚地飞"。再如南人的

① 余光中：《碧潭》，载刘登翰、陈圣生选编《余光中诗选》，海峡文艺出版社 1988 年版，第 68 页。

② 高永年主编：《20 世纪中国文学作品选·诗歌卷》，江苏教育出版社 2003 年版，第 141 页。

③ 曹文轩主编，西川点评：《外国文学名作导读本·诗歌卷》，广西教育出版社 2001 年版，第 263 页。

④ 徐志摩：《徐志摩诗集》，浙江文艺出版社 1983 年版，第 69 页。

⑤ 同上书，第 246 页。

⑥ 雪潇：《飞来飞去》，《西北军事文学》2004 年第 6 期。

诗《我佛》，"照着镜子/我希望镜中的影像/是佛//我反复实验各种表情/
（我发现——）笑的时候/最像"。[①] 如果加上括号里的话，则整个诗歌的
语言线条就是光滑的，但是不加括号里的话，也不影响读者的接受，甚至
还有一种轻微的"挫折"感，而适度的粗糙，反而会增加攀登的力量
（阅读诗歌，不正可以喻言为一种攀登？）。再如盛慧诗《离花溪十公里》：
"橙色的书本，像一个人的/下午，一声不响……"[②] 这是一个让我们略感
纳闷的比喻，这样的比喻往往会让我们觉得不合通常情况下说明性比喻的
基本法则，然而，我们却又隐隐感觉到其中某种绵长的意味，这是因为，
作为诗歌语言传达超常感受的重要手段，诗歌的比喻常常是隐喻，而隐喻
之隐，其实表述的正是一种喻本和喻体之间的断裂与残缺。当诗人的隐喻
以诗人卓越的想象力刻意强化喻本与喻体之间的不相似性，它追求的也正
是这样一种语言的断裂与残缺之美。

　　所以，诗歌语言，有时候还真要"强词夺理"！这是诗歌语言的"海
盗逻辑"！这种诗歌语言的"海盗逻辑"，让我们面对着诗歌作品，常常
会想到电影《加勒比海盗》，其语言世界里那些所谓的病句、悖理、反
常，像极了那些"法外之人"与"变异"之人。陈仲义认为："在暴力的
驱策下，经由变形、倒错、易位、嵌镶、绾接等多种修辞，语词与语词不
断进行惊心动魄的婚配，诞生了千奇百怪的变种。语言暴力带来语言活
力，正是这种活力，唤醒读者脑中长年沉睡的语词失效部分。当尘封的语
词意识被激发起来，带动感觉与想象，或感觉与想象擦拂去蒙尘的语词，
享受新诗语的盛宴就不再是那么奢侈了。"[③] 陈先生说得好，但笔者认为，
应该把它说成是"语言风暴"或者"暴力修辞"——因为这样的说法毕
竟比"语言暴力"之说多出了一些褒义。

　　总之，变易，是宇宙间事物运行的一个绝对真理。以变易的方式行
进，是世间万物的运动律，也是文学的语言律，更是诗歌的语言律。"句
式的多变，是语言行进必不可少的条件。长句短句交错，设问反诘相间，

---

　　① 南人：《我佛》，"南人"博客：http：//blog. sina. com. cn/wenxue2000。
　　② 盛慧：《离花溪十公里》，载王蒙主编《2003 中国最佳诗歌》，辽宁人民出版社 2004 年
版，第 43 页。
　　③ 陈仲义：《感动　撼动　挑动　惊动——好诗的"四动"标准》，《海南师范大学学报》
（社会科学版）2008 年第 1 期。

叙述议论结合等等，方显出语言的生动来。如果一篇文章用的是类似的句式，那就会单调无味，令人生厌。"① 然则，诗歌语言在变易中前进者何止句式！诗歌语言流变之美的更多指向还有许多，如思维的跳跃而不上下失据，如语法的新警而不离奇古怪，如组合的奇妙而非暴力撮合，如顺其自然而有迹可寻，如语言之间既有着非你莫属的血亲关系，同时也可以"笔补造化"，如既要求顺便同时又允许顿宕，如既不过于生硬（生硬就有暴力之嫌）也不过于柔软（柔软是因为顿宕不够）……苏东坡《答谢民师书》论写作说："大略如行云流水。初无定质，但常行于所当行，常止于所不可不止。义理自然，姿态横生。"② 那横生的姿态从何而来？正来自于顺其自然、适度通变这一世界人生之大道。

---

① 张寿康：《文章学概论》，山东教育出版社 1983 年版，第 94 页。

② （宋）苏轼：《答谢师民书》，载郭绍虞主编《中国历代文论选》第二册，上海古籍出版社 1979 年版，第 307 页。

第三章　诗的标准与尺度

——现代诗歌的艺术判断

　　判断，是人类文化的基本行为。自从有了诗歌这一事物，诗歌判断，就成了诗歌创作与诗歌阅读一个古老而常新的问题。行为源自于理念，正确的诗歌判断源自于正确的诗歌理念。中国现代诗歌多方多维的猛进过程，前途光明但是道路曲折，其中一个如影相随的苦恼与困惑，就是关于诗歌艺术的基本判断问题。这一问题，既包括好诗与劣诗的判断，也包括更为先在的诗与非诗的判断。当下乱花渐欲迷人眼的网络诗歌带给人们的诗歌茫然自不待言，而进入新时期后，从关于"朦胧诗"的争议到关于"口语诗"的争议，从关于"梨花体"的争议直至关于"羊羔体"的争议，其实无不指涉着诗歌艺术基本判断名二实一的基本问题：究竟什么样的东西才是诗歌？究竟什么样的诗歌才是优秀的诗歌？

　　为了阐明这一问题，多年来，人们进行了大量的研究与讨论。仅在进入新世纪的短短十年里，比较大的诗歌标准问题讨论就有三次：2002 年《诗刊》下半月刊关于"新诗标准问题"的大讨论、2004 年《江汉大学学报》当年第 5 期关于新诗标准问题的专栏讨论、2008 年《海南师范大学学报》组织的诗歌标准问题大讨论。这些讨论无疑为中国现代新诗的理论探索与创作实践之"标准化"工作做出了积极的探索与贡献。而笔者认为，这样的讨论仅仅是一个开始，因为诗歌标准的问题其实关乎诗歌的本质问题。如果说每一个真正的诗人都在用自己的作品证明着什么是诗、什么是好诗，则每一个真诚的诗歌理论家与诗歌批评家其思考与研究无论走出多远，最后都应该指向诗歌的成立标准与优劣尺度这一起点性问题——于是起点性的问题其实也就成了终极性的问题，于是关于它的讨论也就是一个永远也不应该停止、永远也不可能停止的问题。

一　表现性命名：诗歌成立的标准

于坚的系列短诗《便条集》之 384 说，"一少年从飞机的起落架坠地而亡/没有回到北中国家乡/新闻没有提及那个天空/没有提及那些同时在这个春天的早晨/向北方飞去的大雁"。诗人蓝蓝解读此诗说："诗中所讲到孩子坠机的事件，当时全国的各种媒体都有报道，也被众多人关注。于坚这首诗的前半部分复述了报道内容。使这首诗成为诗的并不是这两行句子，而是后面写到的飞回家乡的大雁。诗歌在返回北方的大雁和想回故乡的孩子之间建立了联系，这一至关重要的联系就是诗歌本质的呈现。"① 她的这段话涉及"使这首诗成为诗"的"诗歌因何而成立"的基本判断问题——它"是不是诗"？它为什么是诗？

具体的诗，是一个具体为文本的诗意载体。长期以来，人们之所以认为诗是高高在上、望而生畏的神秘之物，是因为人们混同了诗与好诗之间的区别。好诗固然不易写出，可是一般的诗其实并不难以操作。换言之，判断一个作品是不是一首好诗，固然各有各的尺度与好恶，但是判断一个作品是不是诗，即一个文本作为诗是不是成立，其实并不难，也并不复杂。在诗歌这一界域内，在诗意这一向度上，判断一个文本是不是诗，其实只需要两个互为表里的指标即可：第一，文本之内，是不是具备了诗歌内容的两个基本元素——被表现者与表现者。第二，文本之内，被表现者与表现者这两个事物的组合是不是构成了表现与被表现的关系，即是不是实现了诗人的某种表现行为——一般所谓的"命名"，它包含着蓝蓝上述关于诗歌本质的一个重要指标——两个事物之间是不是发生了"至关重要的联系"。

需要解释的是，所谓被表现者，亦即表现对象，或称歌咏对象，或称言说对象、呼告对象等；所谓表现者，即一般所谓诗歌的意象，亦即诗歌中借以表现被表现者的那个具体事物。这里之所以强调"具体事物"，第一，因为诗歌语言不是"夕阳西下"般通讯性的，而是"太阳卡在树上了"这样造型性的。第二，因为诗歌艺术是意象的艺术，"诗歌语言意象化是中

---

① 蓝蓝：《"回避"的技术与"介入"的诗歌》，《文艺争鸣》2008 年第 6 期。

国上古诗人的天才的发现和创造。从旧诗到新诗，诗的本质并没有变。诗仍然是以重意象讲究韵律的语言抒写情思和美的艺术。意象仍是现代诗歌不可或缺的表现手法"①。以北岛组诗《太阳城札记》最后一首《生活》为例，这首"一字诗"短得曾让好多人不解且不服，对其作为一首诗的定性，更是颇多怀疑；然而，它却确实"是诗"，因为它已然具备了诗歌文本内容的两个基本元素：生活——被表现者；网——表现者。它同时也完成了作者对"生活"的个人化解释："生活就像是一张网"——这也就是北岛对生活的"命名"。依照蓝蓝的逻辑，北岛通过这首诗，在"生活"和"网"之间建立了联系，"这一至关重要的联系就是诗歌本质的呈现"。

因此，让一首诗成立的东西其实就是这么简单，只需用一个表现者（当然有时也可以不用）去表现至少一个被表现者——去进行诗意的即诗学意义上的再度命名与二度解释。

诗与非诗的标准既然如此简单，判断诗与非诗应该并不困难，但是，恰恰因为这个标准过于简单了，也就简单得让人不能相信；恰恰因为这样的标准过于简单，就简单得并非人人皆可把握与领会。中国当代"微型诗"的研究者寒山石先生就未能把握住诗与非诗的这一基本判断标准。他曾对网民刀口漫步的诗作《最后的粉刺》（这首诗的正文只有一个标点符号"."）做出了这样的评价："有趣归有趣，但了无诗意。"② 所谓"了无诗意"，就是对此一文本做出的"非诗"的判断。他的判断显然是错误的。这首诗无疑就是诗，作者以"."这个标点符号所指称的事物为表现者，对"最后的粉刺"这个被表现者进行了表现，实现了他自己对"最后的粉刺"的表现性命名。同样的道理，伊沙的《老狐狸》也是诗。伊沙的《老狐狸》是这样的：

题目：老狐狸

正文：（说明：欲读本诗的朋友请备好显影液在以上空白之处涂抹一至两遍，老狐狸即可原形毕露。）③

① 毛翰：《诗歌标准 ABC》，《海南师范大学学报》（社会科学版）2008 年第 4 期。

② 寒山石：《一字诗：微型诗中的绝唱》，"寒山石"博客：http://blog.sina.com.cn/hanshanshi。

③ 伊沙：《无知者无耻》，朝华出版社 2005 年版，第 252 页。

　　伊沙用什么都看不见的一片空白这个无形之象，表现了自己对老狐狸这个事物的理解与感受，以表现性命名这一标准衡量之，它仍然就是一首诗——虽然它也许并不是好诗。

　　之所以只要是进行了哪怕只有轻微程度的表现性命名，即可称"诗"——作为诗而成立，是因为这样的表现性命名事实上已实现了某种程度的事物变形。这种事物变形由作者面对事物进行观察与感受开始，通过作者想象力的出动、触及与深入，最后完成了某种承载着作者主观意念的事物形变。由于这一新的造型"不等于实际生活中的事实"①，是一种"虚构的具有假定性的社会生活的图画"②，是一个"被改造过的世界"③和"一个与上帝创造的世界有所区别的世界"④ ……因此，它已然拥有了艺术世界的准入证，你已然不能说它不是诗！当然，它们也许不是好诗。但是，我们不能因为一首诗"不好"就对它做出"非诗"的判断，一如我们不能因为一个人的"不好"而做出这个人"非人"的判断。"成立的诗"与"好诗"是两个不同的概念。好诗必须首先是诗，然而是诗的却不一定就是好诗。荣光启先生主张以"诗标准"来区分诗与非诗，而以"诗尺度"来区分好诗与一般诗，"如果说'标准'关乎的是'什么是诗'这一本体性的问题的话，'尺度'应是针对'什么是好诗'这一评价性的问题的"⑤。为了表示对他的赞同，笔者在下面讨论一般诗与好诗的判断问题时，即使用"尺度"一词而不再使用"标准"一语。

二　戴着镣铐跳舞：好诗的三个尺度

　　当我们认定一个文本已然是诗之后，接下来就需要对它做出好诗与劣诗的判断，然而，这更是一个标准林立、尺度杂乱、见仁见智、多元多

---

① 以群：《文学的基本原理》，上海文艺出版社 1979 年版，第 208 页。
② 童庆炳：《文学概论新编》，北京师范大学出版社 1995 年版，第 84 页。
③ 翁绍军等：《超越挑战与应战》，上海文艺出版社 1988 年版，第 283 页。
④ 同上书，第 315 页。
⑤ 荣光启：《"标准"与"尺度"：如何谈论现代汉诗》，《海南师范大学学报》（社会科学版）2008 年第 1 期。

维、莫衷一是的判断。2001 年，中国台湾学者高准曾提出过他的诗美十大标准：境界、情操、感怀、语言、形象、音韵、结构、气势、风味、创意。① 虽然他的标准略显繁杂，但毕竟有所担当，不像有些人知难而退，主张放弃诗歌标准的讨论——这显然是不负责任的。2008 年，陈仲义先生撰文提出著名的"诗美四动标准"，并认为"固然，诗歌的本质主义论逐渐淡化了，但本质淡化并不意味完全取消诗歌起码的'基质'。诗歌尤其对分辨力较弱的广大诗歌爱好者来讲，需要有一种大致的定夺，以安抚心中的阅读'迷茫'。好诗需要有一个基本尺度，好诗与不好的诗要有相对的标准"。② 笔者十分赞许陈仲义先生的主张：诗歌之好，还是应该有一定的相对的指标。下面是笔者认为的好诗判断的三个尺度。

好诗的第一尺度：文本之内，表现者本身品质高远——诗歌意象（用以进行表现行为的表现者）和被表现者之间的性质距离遥远而不邻近，让人诗思受触而怦然心动。

一个被表现者（A）只有和一个跟它极为不同的表现者（远 A）建立联系，才能构成"A + 远 A"（远取譬）的张力结构即审美结构，否则将构成"A + 近 A"（近取譬）这样的非张力结构即非审美结构——尽管这样的结构仍可表达一定的诗意。一个近似，一个远离；一个优，一个差，表明决定诗歌质地的，重在表现者与被表现者之间的性质距离。距离越远，品质越佳，越能组织起诗性的表意结构——对立而又统一、矛盾而又和谐的张力结构亦即审美结构。一首好诗，其被表现者可以是陈旧的（因为人人皆可对此一事物有所感受），但是其借以表现的表现者却必须新颖而不同凡响（因为人人皆有的感受却并没有得到如此特殊的表现）。陈旧与新鲜之间的距离，正因缘于上述"A + 远 A"结构所表示的性质距离。以娜夜《母亲》一诗的最后几行为例："在比白发更白的暮色里/母亲站下来/目送我//像大路目送着她的小路/母亲"③，母亲目送儿女远行，这一被表现者旧得不能再旧，其中感受，也是普遍得不能再普遍，但是，娜夜找到的表现者却新得不能再新，同时也特殊得不能再特殊。普遍性的

---

① 高准：《试论诗的评判标准》，《诗刊》2001 年第 2 期。

② 陈仲义：《感动 撼动 挑动 惊动——好诗的"四动"标准》，《海南师范大学学报》（社会科学版）2008 年第 1 期。

③ 娜夜：《母亲》，《星星》诗刊 2000 年第 9 期。

被表现者与特殊性的表现者之间，因此构成了一种所谓匪夷所思、语出尘表的言说张力，所以，娜夜的《母亲》就是好诗。而北岛的《生活》就不是好诗，因为"网"的特殊性实在不够，因为它们之间的结构不能说是"A＋远A"，于是这首诗并不能让人感动，而只是让人理解——把已有的东西激活、强化并认同，其内容虽然勉强抵达了形式但其抵达过于容易，同时其内容虽然勉强被形式吸收但是吸收极其有限。相反，为什么人们更喜欢北岛《回答》中"卑鄙是卑鄙者的通行证/高尚是高尚者的墓志铭"这两句，因为"卑鄙"和"通行证"、"高尚"和"墓志铭"之间的结构关系，正是所谓的"A＋远A"，甚至已然接近了张力最大化的"A＋非A"。于坚说："好的诗歌仿佛令我们的感觉抛弃所知道的一切陈见，重新诞生。"① 所谓陌生化，正指我们的感觉在麻木世界里受惊之后的新生；所谓"移步换形"，也正指在"A＋远A"的结构中由于主观想象力的到达而引起的事物变形——甚至强烈的变形。

基于同样的道理，上述那首《最后的粉刺》也不是好诗，甚至更差，因为它的"被表现者"相对具有特殊性而其"表现者"相对却具有普遍性；而一个堪称创造的表现行为，更应该是用特殊性的东西去表现普遍性的东西，比如《最后的粉刺》，如果颠倒其文其题，即以一个小小的"."为被表现者，而以"最后的粉刺"为表现者，相对就要优良得多。对此，台湾大学中文系学者洪淑苓结合对学生的诗歌调查说，"题材、主题是可亲近的，这才容易引起经验上的共鸣，联想与想象才有个着力点。过于殊异的经验，虽然也可以打开想象的视野，但仍有曲高和寡之虞。事实上，在平易近人的创作中，又要能隽永耐读，对诗人是更大的挑战"。②

不过，无论是作品的题材对象还是表现之物，都必然地要经过作者的认真选择，否则世界之大，作者为何要表现这个而不表现那个？又为何要用这个表现而不用那个表现？"意义来自于选择，意义本身绝不是客观事

---

① 于坚：《为天地立心的诗》，《海南师范大学学报》（社会科学版）2008 年第 5 期。

② 洪淑苓：《找个好理由——从教学现场看"好诗"》，《海南师范大学学报》（社会科学版）2008 年第 6 期。

物自身具备的，它往往是主观的建构。"① 选择的过程，正是作者精神旨趣之主观的先期注入过程。

好诗的第二尺度：文本之内，表现者自然生成——诗歌意象（用以进行诗歌表现行为的表现者）是特定的语境下有限自由的自然生成，而不是无视语境的无限自由的任意嵌入。

如果说上一个尺度强调优秀诗歌的"不即"美质，则此一尺度即强调优秀诗歌的"不离"美质。优秀的诗歌，不是诗人在说话，而是语言在自说自话，表现为诗歌语言血肉浑成的生命关系与生长过程。闻一多说："恐怕越有魄力的作家，越是要戴着镣铐跳舞才跳得痛快，跳得好。只有不会跳舞的才怪脚镣碍事，只有不会做诗的才感觉格律的缚束。"② 对闻先生"戴着镣铐跳舞"的喻意，确实可以理解为"诗歌是在一定格律限制下的自由表现"。事实上好多人都把它理解为形式方面的制约，他们一般都认为诗歌的美"就是对形式的忍耐和忍耐中的反抗，你只有接受束缚并在束缚中反抗、冲破这种束缚，诗的力量才能有效地被传达出来，而这种力量才是诗美的最高体现"。③ 但是，闻一多先生的这句话，却同样可以理解为"诗歌是在一定语境限制下的自由表现"。这后一种理解以新诗中的体现更为突出，因为格律对新诗的限制相对更为外在，而语境对新诗的限制则相对更为内在——这就是人们为什么称呼新诗为自由诗的一个原因，人们看到了现代诗歌表层化的自由，于是也就进行了表层化的称谓。这里强调现代诗歌表层的自由与内在的限制，意在强调即使在号称自由的现代新诗创作中，诗歌的意象选择甚至遣词造句，也不是任意的嵌入与堆砌而是自然的生成；不是无限的自由而是有限的自由；不是语言的怪异恐龙而是天生丽质的白天鹅。"心花怒放"相比于"心草怒放"，"欲壑难填"相比于"欲山难填"，一个是自然而然的，一个是暴力促成的，孰优孰劣，其实一望便知。所以，所谓自由诗，其实是更不自由的诗，它的内在节奏、声音美学、经验和语言之间的关系、诗行之间的平衡

---

① 何言宏等：《重建我们的诗歌标准（对话）》，《海南师范大学学报》（社会科学版）2008年第1期。

② 武汉大学闻一多研究室：《闻一多论新诗》，武汉大学出版社1985年版，第82页。

③ 王富仁：《闻一多诗论（代序）》，载《闻一多名作欣赏》，中国和平出版社1993年版，第25页。

等，对它处处都有严格的限制。有所约束，才有所解放，所以，所谓自由诗，其实是更不自由的诗！自由是个表象，甚至是个陷阱。

"篇章以含蓄天成为上"①，因此，诗歌固然是一个语言被诞生的地方，但是诗歌更是一个语言被生长的地方。仍以娜夜的《母亲》为例，前面的"雨点变小"这样看似漫不经心的叙述，却决定了后文"雨水中最亲密的两滴"这一表现者的出现；同样，"母亲站下来/目送我"，也决定了"像大路目送着她的小路"这一表现者的出现。这其实正是司空徒《诗品》所谓"自然"的真义："俯拾即是，不取诸邻……真与不夺，强得易贫。"换言之，这样的想象是自然的生成，此时此地，她似乎"只能"这样选择——她受到了某种限制，她的才华恰恰体现在对这一限制的巧妙挣脱。这也就是写作的难度，"有难度和没有难度，这会永远是一个尺度。它不仅会将谷与稗子分开，也会把一个真正的诗人与那些充斥的冒牌货彻底分开"。② 让我们做一个反向的实验，改为这样，"母亲站下来/目送我/像大鹿目送着她的小鹿"，这样的诗句仍然是成立的，仍然建立了"母亲与我"和"大鹿与小鹿"之间的某种联系，但是，"鹿"意象的出现，却有些突兀，和具体的语境有些隔离，它是一种无限自由之诗歌理念支配下的强行嵌入，而非有限自由之诗歌理念支配下的自然生成。自然生成的东西因为是"生长"出来的，所以具有不可替换性；相反，强行嵌入的东西因为不是自然生成的，所以具有可替换性。北岛的《生活》其用以表现"生活"的"网"，完全可以替换成"河"、"梦"、"迷宫"等等，因为北岛并没有提供足够的语言环境来保证其意象选择的唯一性，亦即他没有受到限制，他的表述太自由了，他的想象太放纵，于是太没有历险性的言说难度了，这使其失去了从镣铐中产生舞蹈、从限制中获得自由的语言张力。换言之，这首诗有些"太便宜了"，就不能让人"挑动"和"惊动"。相对而言，伊沙的《老狐狸》却有着某种现场生成的言说难度，它空无一物的表现者让人心弦挑动，它空无一字的语言表述让人目光惊动，它是太为不可思议的东西，却又是奇异得很有道理的东西，它是"不即"的，但它更是"不离"的，所以它

---

① （宋）张表臣：《珊瑚钩诗话》，见《中国历代诗话选》下册，岳麓书社1985年版，第471页。

② 王家新：《无花果养大的诗人》，《海南师范大学学报》（社会科学版）2008年第5期。

不仅是一首诗，甚至是一首好诗。

南京理工大学的黄梵先生对此一好诗的尺度与笔者有所共识。他说："我以为，诗歌形象的准确，是可以参照的标准之一。所谓'准确'，是指本体（被表现者的一种——笔者按）和喻体（表现者的一种——笔者按）之间，存在着一种合情合理的关系、合理的跨度，两者在逻辑上存在可靠的相似点。也就是说，两者的关系和跨度不是天马行空、无所顾忌的。"① 他的看法，两言以蔽之，曰：不离；四言以蔽之，曰：不即不离。不即不离，方可既陌生又不晦涩。

诗歌写作自然生成这一自然观或云自然尺度还有两个含义需要同时指出。第一个含义是，诗歌的文本文字要用语自然，不可布置太多的言词路障。其实真正优秀的诗人不会对读者故设迷障，语言反而平易近人。语言平易但是诗意不俗，其间也自有一种张力，因为自成一种难度。有人以为诗歌魅力的来源之一是所谓的"言语多义"，其实诗歌中最本质的多义不在言语而在意象本身，因为任何事物本身的意义永远大于被言说了出来的意义。能指永远大于所指。可联想的意义永远大于可指示的意义。第二个含义是，诗歌的情思内容应该在作者的生命中自然呈现。"这个词的出现，需要一生的寒意。"② 即它们的作者"有着它自己的'词根'。他的诗从他的全部生活中生长起来。他的诗，是'经验'的产物，是生命的结晶"。③

好诗的第三尺度：文本之内，在建立了被表现者与表现者之间不即不离的"A + 远 A"结构之后，更有饱满独特的生命体验自然而然地灌注其中，让人精神感动、情绪撼动。

诗歌创作对生命体验的呼唤毋庸置疑，优秀的诗人无不忠实于自己的体验与感触并真诚为诗。生命体验的饱满性意指包括甚多，举凡境界、情操等皆在此体验范畴之内，而生命体验的独特性，如王家新所言"他不仅要对'是'说'不'，还要对'不'说'是'"。④ 让我们先看一首诗：

---

① 何言宏等：《重建我们的诗歌标准（对话）》，《海南师范大学学报》（社会科学版）2008 年第 1 期。

② 王家新：《无花果养大的诗人》，《海南师范大学学报》（社会科学版）2008 年第 5 期。

③ 同上。

④ 同上。

　　题目：门
　　作者：某人
　　正文：口

　　应该说，它仍然是一首诗，它以"口"为表现者表现了"门"这个被
表现者。但是，我们却不能说它有多好，因为它只完成了一次初始化的想
象，并未灌注更多的个人生命气息，不能让我们有更多的心灵触动。而下
面尚仲敏的这首《门》则不同："门，靠着墙／直通通站着／墙不动／它动／墙
不说话／但它／就是墙的嘴／／有人进去，它一声尖叫／有人打这儿／出去，它
同样／一声尖叫／但它的牙齿／不在它的嘴里／／它不想离开墙／它离不开墙／它
压根就／死死地贴着墙。"①语言把诗意敞开。同样是以人的"口（嘴）"来
表现"门"，但是，这一首诗却比前一首诗具体了许多，信息量也丰富了许
多，于是，它得到了这样的好评，"成功地运用了结构象征的手法，完全拒
绝比喻，达到了高度的洗练"。②但是，还有比它更好的同题诗作。如雪潇
的这首《门》："芝麻开门／门打开，门就活着／门关上，门就死了／／第一道
门，把你的眼睛打开／第二道门，把你的爱情打开／第三道门，把你的灵魂
打开／／其实门让我们进退两难／门开了，我们进去／像被吃下的肉／而我们很
快被送出门外／像一块被吐出来的骨头／——门就这样，让我们骨肉分离／／
芝麻开门／门打开，门就死了／门关上，门就活着。"③语言把诗意敞开，语
言把更多的诗意敞开。雪潇的这首《门》，虽然其基本的诗歌想象仍然是以
"口"喻"门"，但它却灌注有更多个人的生命体验。甘肃著名诗人古马有
两句诗，"火车奔向落日／谁在用一根线穿针"；雪潇曾在此两句诗的基础上
续写如下，"火车奔向落日／谁在用一根线穿针／线的这一头：日落／线的另
一头：日出／月下老人啊，你看见了没有——／我们的日出／爱上了我们的日
落"。④所续四行，以强大的诗歌意象的发展力，充分挖掘"线"的潜能与
"落日"的潜能，从穿针之线到连心之线（月老之线），从日之落到日之出，
从月老到爱情，在这一结构建立之后结构继续展开的过程，作者的生命体

---

① 庄周：《齐人物论》（续三·诗歌部分），《书屋》2000 年第 11 期。
② 同上。
③ 薛世昌：《现代诗歌创作论》，吉林大学出版社 2008 年版，第 104 页。
④ 同上书，第 187 页。

验与生命情感源源不断地向其中灌注，使原来并不如何恢弘的诗歌意境顿时阔大——当天地间充满了这样一种日出爱上日落的爱情，这是一个多么美丽的世界啊，这怎么能让人不为之感动？

所以，诗歌判断的这个第三尺度是一首诗作为一首好诗的一个高难尺度，它要求诗人的创作既要依赖于想象力却又要超越于想象力，它意味着诗歌的创作既要立足于形象又要脱离于形象，同时既要接近于理性却又不能完全是理性，它体现的是一个诗人的生命悟性。如蒋三立《往昔》中一节："我得把一些事情遗忘/心态安详地活着/像一些开谢了的花朵，把春天丢在一边。"① 能说出 "像一些开谢了的花朵"，这只是想象力的出动，而至说出 "把春天丢在一边"，就表明了诗歌悟性的到场。而只有诗歌悟性的到场，方可让一首诗由于诗人思想与人生体验的赋予和灌注而"境界全出"——既有神奇的发现，又有强烈的震撼。这种诗歌的悟性，用任遂虎先生的话说，就是一种诗歌的 "形象解悟" 能力，"作诗的能力首先是形象解悟的能力"。② 所以，笔者也十分同意毕光明先生的一句话，"现代诗就是以挑战智力、考验悟性作为它的审美发生机制的，与本质上以乐感人心的古代格律诗大不相同"。③

至此，判断一首诗是不是优秀的三个尺度，可以总而结之为：文本之内，被表现者与表现者之间构成了 "A + 远 A"（它表示两者不即不离）的张力结构即审美结构，且结构之间灌注了作者强烈饱满且独特的生命体验且能被人们领悟，这样的诗，就是好诗。当然，好诗并不一定就能成为经典的诗。诗之好坏，掌控在作者自己手中，然而，诗之经典与否，却由时代与社会评判。

三　与写作本身无关：经典之所以是经典

"好诗还差经典至少一个级别，好诗的最高级别是经典。"④ 好的诗歌

---

① 蒋三立：《往昔》，《诗刊》（下半月刊）2004 年第 5 期。
② 任遂虎：《诗心说 "度"》，《写作》1994 年第 11 期。
③ 毕光明：《新诗旧诗两种诗》，《海南师范大学学报》（社会科学版）2008 年第 4 期。
④ 陈仲义：《感动　撼动　挑动　惊动——好诗的 "四动" 标准》，《海南师范大学学报》（社会科学版）2008 年第 1 期。

不一定是名的诗歌，因为一首诗的好与坏，是由诗人个体决定，但一首诗的获名与不获名，却由特定的国度与特定的时代决定。顾城的《一代人》之所以脍炙人口，是因为《一代人》所体现的时代内涵，恰恰与那一个时代中国人的普遍感受相共鸣。

由不同的时代与不同的国度决定的，却是经典。

与一个时代一个国度人们的普遍感受相共鸣，并非诗歌的最高境界，与更多时代更多国度人们的普遍感受相共鸣，才是诗歌的最高境界。这需要诗人有一种一般人绝难拥有的"宇宙感"或曰"宇宙意识"。诗人蓝蓝说："获得宇宙感，意味着诗人需要有极度的敏感，拥有能够把个人的存在与天地万物的存在联系在一起的能力，宇宙感的获得对于诗人，对于欲知晓人在世界的位置、人与现实世界的关系、直至探求有关认识自我、生与死等问题的一切思想者，有着不言而喻的意义。获得宇宙感的诗人具有通过语言使这一切——内心和外部世界，眼前的存在与过去未来、生与死——变得透明，他的言说即是对无限世界的敞开，容纳他的想象力所能达到的任何事物的边界和精神的地平线。"① 而所谓宇宙意识，指一种具有生机活力的，创造性的，能够协调万物创造万物又不占有万物的精神存在。对于文学创作来说，宇宙意识，即是一种宇宙化了的审美的生命意识。《淮南子·齐俗训》云："往古今来谓之宙，四方上下谓之宇。"情感地、审美地看待这往古今来与上下四方的万事万物，就是生命的宇宙化与宇宙的生命化。在这种宇宙意识的支配下，天、地、神、人是同构、同情且物我合一的。没有宇宙意识，就没有经典的张若虚的《春江花月夜》，就没有经典的苏轼的《水调歌头·明月几时有》；相反的，正因为缺乏宇宙意识，余光中的《乡愁》固然是一首好诗，甚至是一首著名的诗，但是它却不会成为经典。2007 年 3 月 29 日，余光中在北师大珠海分校续写了其《乡愁》，所续为：

> 而未来
> 乡愁是一条长长的桥
> 我去那头
> 你来这头

---

① 蓝蓝：《"回避"的技术与"介入"的诗歌》，《文艺争鸣》2008 年第 6 期。

　　笔者认为，倘若余光中想让这一首诗成为经典，他要做的事情，恰恰不是续，而是删：把原来的最后一节删掉。母子情怀、夫妻恩爱、生离死别，置之四海而皆是，置之千古而皆然，但是海峡之隔，毕竟只是一时一地的事，也毕竟只是一部分人的事。

　　在这个人们已不大相信未来的时代谈论诗歌的经典，在这个去本质化的时代谈论诗的本质，在这个价值失范的时代谈论诗的价值，尤其在这个人人自以为是的时代谈论诗歌的标准与尺度，也许有些不合时宜，但是，越在这个时候，"越需要有人站出说什么是诗、什么是好诗"①。马永波先生说得好："诗歌标准的确立，意味着恢复诗歌作为技艺含量最高的艺术的尊严，恢复对广大高深的难度探寻的尊重，恢复诗歌不为任何外在目的所决定的独立的内在美学价值的尊荣。"② 而撰写本章的小小目的，正是希望对人们的诗眼养成与诗歌判断能有所帮助；正是希望指出诗歌的写作难度，唤醒人们的诗歌精神，恢复诗歌的应有尊荣。

---

　　① 何言宏等：《重建我们的诗歌标准（对话）》，《海南师范大学学报》（社会科学版）2008年第1期。

　　② 同上。

第四章　意象和语感之间

——现代诗歌的诗学意味

在艺术品评中，人们常常用"味道"这个词来喻言对一个艺术作品的把玩感受，所以，"艺术审美论"之一种，往往被具体为"艺术味道学"；所以，"诗歌审美论"之一种，也往往被具体为"诗歌味道学"。诸如"味同嚼蜡"、"回味无穷"、"诗味浓郁"等等，即是典型的"以味论诗"。所以，唐代诗论家司空图早就在《与李生论诗书》中提出了这一诗学命题："而愚以为辨于味，而后可以言诗也"。① 这是典型的站在读者立场上的诗歌"以味论诗"。"诗歌味道学"的第一步，就是要"辨于味"。

一　关于诗味，传统的"五味"说

味有酸甜苦辣咸之本味，复有微酸之涩、甜过之腻、回甘之苦等变味。所谓众口难调者，不在人的口味之复杂，而在世上的味道本自多有。诗歌的味道亦然。诗歌的味道，概而言之，也有五味：意味、趣味、情味、韵味、兴味。意味者，重在"意"，重在其思其志；趣味者，重在趣，重在其风其致；韵味者，重在韵，重在其音其律；情味者，重在情，重在其情绪其情感；兴味者，重在兴，重在其文本内部的自兴也重在其文本外部的兴人——给人以震撼！

苹果的味道，在苹果的身上，无处不在；同样，诗歌的味道，在诗歌

---

① 　（唐）司空图：《与李生论诗书》，王济亨、高仲章选注《司空图选集注》，山西人民出版社 1989 年版，第 97 页。

的文本中，也是无处不在——有着多种多样的呈现，有着多层多面的散发。白居易《与元九书》云："诗者，根情，苗言，华声，实义。"① 如此，则一个优秀的诗歌作品，其文本当中，处处皆有诗味，浑身都散发着诗味。其根处的诗味，当为情味——丰富强烈的感情；其苗处的诗味，当为趣味与兴味——饶有风致且凝练形象的语言，读之而顺口，观而醒目；其花朵处的诗味，当为韵味——铿锵悦耳的节奏，优美悦耳的声音处理；其果实处的诗味，当为意味——思想和志趣在此散发出它们芬芳的气息。以一诗而拥其五味者，实不多见，也实为诗歌写作的理想。而一般诗作，虽然不能五味俱全，却也以一味两味而突出，如直抒胸臆之诗，往往只有其意其志的直接言说——意味；如借景抒情之诗，如果情景相合，则既有兴味复有情味；如托物言志之诗，如果信托得当，自然兴味鲜明同时意味深长。以上诸种，如果读来顺口，听来悦耳，节奏分明，即出其韵味；如果风致高远语出尘表，即出其趣味。

而上述诗歌之五味，共同构成了诗歌之总体上的"诗味"，所以诗味云者，往往所指不同，或指意味而或指韵味，或指情味而或指趣味，或指趣味而或指兴味。于是就需要"辨于味"！然而理论家的"辨于味"与批评家的"辨于味"略有不同。只要是诗歌的味道，理论家即能公平对待，细加品说，然而批评家——尤其是一般读者——往往只以自己喜欢的味道为味道而以自己不喜欢的味道为不是味道！这也难怪，天下纷纭味道，真无所谓孰优孰劣、高下雅俗，只要是适合于那个人的，对那个人而言，就是世界上最好的诗味！对于逐臭之徒而言，臭之为味，乃至于是天下的至味。人们总是从自己的个体兴趣出发，去感知诗歌因人而异的口味。

二　关于诗味，"语言"说、"意象"说与"意境"说

从哲学层面上讲，诗味何在？在乎其本质；诗味何出？出乎其本质！然而本质之为物，却神秘不可见——我们能够看到的只是现象，然则，诗味何在又何出呢？曰：在乎且出乎于以下几种诗歌的现象——诗歌往往通

---

① （唐）白居易：《与元九书》，载肖占鹏《隋唐五代文艺理论汇编评注》下卷，南开大学出版社 2002 年版，第 846 页。

过以下几种途径散播其诗味。

第一，诗味何在又何出？曰：在语言！语言是诗歌最为外在的层面，诗歌写作如能注意语言的锤炼——恰当灵活的字法、词法、句法、行内留空法、节内提行法、诗内分节法等等——无疑会让诗歌的语言绘声绘色，形象生动。如"花重锦官城"之"重"，如"随风潜入夜"之"潜"，如"瞒人去润花"之"瞒"，如"红杏枝头春意闹"之"闹"，即是优秀的字法；如"枝头常见雪徘徊"之"徘徊"，如"我要葱绿地每天走进你的诗行／又绯红地每晚回到你的身旁"之"葱绿"与"绯红"，即是优秀的词法；如"我有一所房子，面朝大海，春暖花开"，即是优秀的句法……面对着它们，我们已能够感受到其中的诗味。

诗歌语言属于文学语言，文学语言而要有文学味，则必如韩愈之所言"惟陈言之务去"。① 陈言去，新言来，即有陌生化效果。如"鞋子放在床前"，即不如"鞋子停在床前"更为陌生化；如"北风呼呼地吹着"即不如"北风呼呼地刮着"更为有力，也更不如"北风好像被什么掐住了一样，不停地叫着"更为形象，更有"间离效果"。当代诗人韩东所谓"诗到语言为止"的命题，既强调诗歌从语言开始，也强调诗歌到语言而结束——只有到达了语言，诗歌才成为诗歌，才有了诗的味道。

以张岱小品文《湖心亭看雪》（虽然它只是散文）中的一句为例：

> 湖上影子，唯长堤一痕、湖心亭一座，与余舟一芥、舟中人两三粒而已。②

这句话，如果只是一般化地写成"湖上影子，唯长堤一条、湖心亭一座，与余舟一只、舟中人两三个而已"，则其不过是"准确"而已，直到"痕"、"点"、"芥"、"粒"四字之出，这才到达了"生动"，对于文学而言，这才到达了"语言"，而张岱也才"止"。杜甫有句名言："语不惊人死不休"，"不休"，就是"不止"。

---

① （唐）韩愈：《答李翊书》，载马伯通（其昶）《韩昌黎文集校注》，古典文学出版社1957年版，第99页。

② （明）张岱《湖心亭看雪》，载徐柏容编选《张岱散文选集》，百花文艺出版社1997年版，第68页。

第二，诗味何在又何出？曰：在意象！诗歌的语言，其语言的本质，是对诗歌意象的情感化组织，于是，外在的诗歌语言之篱笆墙内，就是诗歌的意象世界——词语是诗歌最小的语言单位，意象是诗歌最小的结构单位。

由于意象最为简单的理解就是"意＋象"，那么，这里必须对意象分而言之。

"意象"之"意"，就是"情绪"、"情感"与"感觉"，也就是"思想"与"志"，就是诗歌所要表现的一切"主观"；"意象"之"象"，则是诗歌表现这一切"主观"的时候所借用的形象。如果我们把这里的"表现"一词"形象化"为"盛放"，则"形象"一词，也可以被"形象化"为"容器"。如果我们把"意象"表述为"意［被表现于］象"，即"主观［被盛放于］容器"，则我们发现，独立的"意"与"主观"，和独立的"象"与"容器"，都不是诗歌艺术的对象，因为它们一个是独立而客观的物世界，一个是独立而主观的思想情感世界，它们都不是诗歌艺术的工作对象。但是，当它们不独立的时候即它们渴望结合的时候；当它们一个想表现另一个的时候；当它们一个愿意被另一个盛放的时候，即王家新所谓"人与世界相遇"的时候，诗歌就产生了！①

所以，诗歌不等于直接言说的情绪、情感、思想——即使它们是强烈的情绪、是真挚的情感、是深刻的思想。"生命诚可贵，爱情价更高。若为自由故，二者皆可抛"，这四句"话"，如果不是借用了中国旧体诗中五言绝句的基本形式，且押了一点点的尾韵，即进行了一番所谓"诗"的包装，有谁还会认为它是一首诗呢？当代诗人们之所以对直抒胸臆的那种抒情诗大为反感，正在于他们隐约地认识到了，诗不是放纵感情，而是逃避感情，甚至诗不是说出情感，而是收藏起情感！

往哪里收藏？往形象当中收藏！

诗不是直接说，诗是间接地说！诗不是直接到达，诗是绕道到达——诗是信托于形象的、含蓄于形象的、间接的人类言说形式！而我们的主观

---

① 王家新：《人与世界的相遇》，文化艺术出版社 1989 年版。按：王家新在这本关于诗歌的小册子中，主要表达了这样一种观点：诗，来自于人与世界的"相遇"。就一个诗人来说，在平时他只是他自己，只有在某种相遇唤起了他内在的精神和感知力，使他产生了某种"存在"的呼应，从而超越现实生活而进入诗中。

通过于之的、信托于之的、含蓄于之的形象，就是意象！

于是，捕捉鲜美的意象，就成了"意象派"诗人的倾心追求。胡应麟说："古诗之妙，专求意象。"① 其实，现代诗歌亦然。人们坚信：有意象就有诗味；无意象就无诗味。有意无象，诗味浅淡；有象无意，诗味晦涩。由于意象是个"物"，所以，意象主义诗歌，也就是"唯物主义"诗歌。比如庞德《在一个地铁车站》：

> 人群中这些面孔幽灵一般显现；
> 湿漉漉的黑色枝条上的许多花瓣。

中国有句古诗云："人面桃花相映红"，在"唯物主义"的意象诗人看来，写到"人面桃花"就可以停止了。而北岛也觉得，他的《生活》一诗，写出了"网"这个意象，也就可以了——诗到意象为止！换言之，当意象这个"物"在那里"说话"的时候，诗人却不见了！诗人把自己的重大意思信托于意象之后，自己就躲到一边去喝茶了。其实，那个"物"也没有"说话"，它们只是在那儿"展示自己"。然而，在这种物的"展示"中，却有着源源不断、生生不息的意义呈现！

物极必反。当人们太把韵律当回事的时候，就有人出来反韵律；当人们太把抒情当回事的时候，就有人出来反抒情，现在，当我们以为意象就是诗歌之生命的时候，就有人出来反意象了。如当代诗人乌青《对白云的赞美》，"天上的白云真白啊/真的，很白很白/非常白/非常非常十分白/特别白特白/极其白/贼白/简直白死了"。这样的"诗"，怕是也太有些"唯心"了吧？这样的诗，既不是唯物的，也不是唯美的，而是"唯心"的！甚至它也没有心——只有一种语言：空壳的语言！

第三，诗味何在又何出？曰：在意境！意象让诗歌获得了生命，如同我们的身躯让我们的灵魂获得了居所。但是，在一首诗里，像北岛的《生活》那样，如果只有一个意象，未免有些单一；如同这个世界上只有我一个人，未免有些孤独，做人的境界，于我也就成了不必！所以，人多了，人就感到热闹；所以，意象多了，诗歌也就绚丽。如贺铸《青玉

---

① （明）胡应麟：《诗薮》（内编卷一古体上·杂言），中华书局1958年版，第1页。

案》："一川烟草，满城风絮，梅子黄时雨"，是三个意象手拉手；如余光中《乡愁》，是四个意象肩并肩。如此则诗歌的意味，显然更为丰富。

人与人的组合，构成世界，而意象与意象的组合，构成了意境！

意境无疑来自于意象的组合。若干个意象以其意象的体系，成就着诗歌的意境，营造着比单一的意象更为广阔的艺术世界。一藤一瓜，虽也散发出一定的田园气息，然而一藤而数瓜，则更具田园意境。由于意境是意象的高级形态，所以人们认为诗歌之味，味在意境——有诗的意境则有诗味，无诗的意境则无诗味。

没有一个建筑师不是从一个一个的点开始形成他的建筑线条，然后从一条一条的线开始构造他的建筑切面，然后又一个面一个面地构造他的参天大厦。诗人们也一样，他们一个字一个字地组织词语，一个词语一个词语地形成诗行，一个诗行一个诗行地推出意象，又一个意象一个意象地形成意境。于是，单个意象的推出，常常取用古老的赋、比、兴三法；于是，多个意象的组合方式，可考虑并列式组合、对比式组合、通感式组合、荒诞式组合等。

然而，人们却往往误以为"画境"就是"意境"——这是一个美丽的错误。有些意境，只能想象出来，却永远也无法描绘出来。换言之，有些意境，肉眼可以见之，而有些意境，却只有心眼方能见之。画境显然只是意境之低而下者。在古代，在那个没有影像技术的年代，人们在诗歌里读出画境然后大为赞叹，是情有可原的，但是到了现在，如果还用"诗中有画"去赞美一首诗，除了是在羞辱影像艺术家之外，复有何意？现代诗歌，必须向更高、更难的意境前进，必须描绘出即使是再好的影像设备也拍摄不到的情景。拍摄不到，却又宛在心头；无法捕捉，却又恍在目前，这才是现代诗歌意境营造的目标与任务。比如下面这首《火车奔向落日》：

> 火车奔向落日
> 谁在用一根线穿针①
> 线的这一头：日出

---

① 按：这首诗开头的两行是诗人古马的诗，后面四行是雪潇的续作。

线的另一头：日落

月下老人啊，你看见了没有？

我们的日出爱上了我们的日落

　　天地之间，充满着一种爱，这就是一种意境，然而，这却是画不出来的意境！这是只能在想象中目睹并感受的意境！

三　关于诗味，"第三代"诗人的"语感"说

　　诗味何在又何出？"第三代"诗人们认为：在语感！

　　语感是鉴赏学的一个概念，简而言之，语感就是读者对语言的感觉。比如，"枯藤老树昏鸦"，是一种语感，而"枯枯的藤老老的树昏昏的鸦"，就是另一种语感。语感不同，所传达的情感也不同。所以，人们认为诗歌的味道，在于诗歌的语感。思想的诗歌是可以翻译的，然而，语感的诗歌却不可翻译。语感可能正是翻译的时候丢失了的那些东西。

　　张清华先生在讲到翟永明《〈女人〉组诗之一：母亲》中下面这一节中的"这世界"时，曾情不自禁地赞叹：听听这语感！

　　让我们也"听听这语感"：

……

没有人知道我是怎样不着边际地爱你，这秘密

来自你的一部分，我的眼睛像两个伤口痛苦地望着你

活着为了活着，我自取灭亡，以对抗亘古已久的爱

一块石头被抛弃，直到像骨髓一样风干，这世界

有了孤儿，使一切祝福暴露无遗，然而谁最清楚

凡在母亲手上站过的人，终会因诞生而死去

　　他在这里所说的语感，有些接近于节奏。郭沫若先生曾举例说："只消把一个名词，反复地唱出，便可以成为节奏了，比如，我们唱：'菩萨，菩萨，菩萨哟！菩萨，菩萨，菩萨哟！'我有胆量说，这也就

是诗。"① 然而我也有胆量说：这不是诗——至少，仅仅有节奏，还不能让诗成为诗！

即使再加上音韵，也不能让一首诗成为诗！

明人陆时雍的《诗镜总论》，对"韵"的推崇可谓备至。他说诗："有韵则生，无韵则死。有韵则雅，无韵则俗。有韵则响，无韵则沉。有韵则远，无韵则局。物色在于点染，意态在于转折，情事在于犹夷，风致在于绰约，语气在于吞吐，体势在于游行，此则韵之所由生矣。"② 这应该是正确的看法，然而，诗歌的韵——及其韵味——总是被人们简单地理解为"声韵"或者"音韵"。沉迷于古体诗歌者，也往往沉迷于所谓平仄的安排、对仗的工稳。甚至黑格尔也曾说："至于诗则绝对要有音乐或韵，因为音节和韵是诗的原始的唯一的愉悦感官的芬芳气息，甚至比所谓富于意义的富丽词藻更重要。"③ 如果仅以此句论，黑格尔先生对诗的理解并不像他的哲学那么深刻。无论是视觉上的"富丽词藻"，还是"音乐或韵"，其实都是诗歌最为外围的一圈装饰，是诗歌其表，而非诗歌其里。这正如让一个女人成为女人的并不是华丽的衣服；可是在一般人眼里，如果女人衣着不华丽，又如何成其为女人？比如让人尊敬的夏丏尊先生就表示过自己的困惑："不讲音韵，又不限字数，即使含有'诗的意境'，和普通的散文又有什么区别？为什么一定要叫它诗呢？"④

在他的理解中，讲了音韵，限了字数，好像就像是诗了。然则他们都没有对音韵进行深入的理解。"韵，并不是装饰，而是强调，是联系，是有意义的声音。"⑤ "有意义的声音"，才是现代诗歌对"音韵"的本质理解，也才是总体上去音乐化的现代诗歌所保留的音乐性的基本立场。

节奏和韵律不仅仅是听觉的，也是视觉的，于是这种以节奏而为诗、以韵律而为诗的看法，其另一种表现，就是认为诗歌之味，味在分行。美国诗人威廉斯就写过这样的一首诗《便条》：

---

① 郭沫若：《诗歌底创作》，载彭放编《郭沫若谈创作》，黑龙江人民出版社1982年版，第44页。

② （明）陆时雍：《诗镜》，任文京，赵东岚点校，河北大学出版社2010年版，第3页。

③ ［德］黑格尔：《美学》第三卷下册，朱光潜译，商务印书馆1981年版，第68页。

④ 夏丏尊：《夏丏尊文集·文心之辑》，浙江文艺出版社1983年版，第338页。

⑤ 脱剑鸣：《论美国当代最杰出的格律诗人——里查·维尔伯》，《兰州大学学报》1994年第4期。

我吃了／放在／冰箱里的梅子／它们／大概是你／留着／早餐／吃的／请原谅／它们太可口了／那么甜／又那么凉①

袁忠岳先生说："言语一分行，读的人知道是诗，就会立刻引起一种场效应，这种场效应甚至能使散文的语言产生诗的效果。"②"产生诗的效果"之后，他差一点就说出了"有了诗的味道。"但是他并有说出，说出来的，是曹德和先生，他说，"分行书写属于形式范畴，诗歌味道属于内容范畴，二者不是一回事，但它们之间有联系：非诗歌，分行书写便有了诗歌的味道，如果本身是诗歌，分行书写自然会强化诗歌的味道"。③请注意他们的措词，显然，他们认为，仅仅只是分行排列的，并不是诗！

如上所述，仅仅有节奏是不称其为诗的，仅仅有音韵也是不称其为诗的，仅仅做到了分行，同样也是不能称其为诗的！但是，如果把它们加起来，形成所谓的语感呢？笔者的回答是：虽然它们还不是诗本身，但是却几乎成了诗本身——就像我们的衣服与装饰，它们本来不是我们本身，但是俨然却已成为了我们本身的一部分！喻而言之，语感就像是一种味道，而这种味道却是由好多东西的组合最终形成的。

伊沙曾评于坚云"语感在于坚的诗中是以'说话'的状态体现的"④，又这样评说自己的《结结巴巴》"它太崔健太摇滚歌词化了！这种节奏感，这种 EI 声韵……我从崔健那里没有偷到对诗而言有益的东西，除了他的节奏加强了我语感中的力量成分"。⑤而我更倾向于使用"口气"一词来代替"语感"——对于一个创作者而言，应该说"口气"而不应该说"语感"（语感是属于读者一方的感觉）。而顾城《早晨的花》则极具一种独特的"语感"：

---

① ［美］威廉斯：《便条》（又译《留言条》）。按：威廉·卡洛斯·威廉斯（1883—1963），20 世纪美国著名诗人。他有一句名言："没有观念，除非在事物中。"《便条》一诗，也是他客观主义诗歌观的体现之作。

② 袁忠岳：《心理场、形式场、语言场》，《诗刊》1992 年第 6 期。

③ 曹德和：《诗歌分行功能的修辞学研究》，《平顶山师专学报》2002 年第 1 期。

④ 伊沙：《扒了皮你就能认清我》，伊沙等编著《十诗人批判书》，时代文艺出版社 2001 年版，第 261 页。

⑤ 同上书，第 276 页。

　　　　所有的花都在睡去／风一点点走近篱笆／所有花都在睡去／风一点
点走近篱笆／所有花都逐渐在草坡上／睡去，风一点点走近篱笆／所有
花都含着蜜水／所有细碎的叶子／都含着蜜水／…………／我不是海上
的／空气中有明亮的波纹／花朵很薄／我不是海上的／／早晨的花呵／我不
是海上的／她们用花心歌唱／在海上，我被轻轻地揉着／像叶子一样碎
了／海有点甜了／我不是海上的／花在睡去，早晨在哪／／风正一点点侧
过身／穿越篱笆

　　对我们这些阅读诗作的人来说，这是"语感"，对诗歌的创作者顾城
来说，这是口气！

　　不能欣赏当代诗歌的口气，就不能欣赏当代诗歌的口语之美。由于诗
人个体的不同，也由于诗人所处时代的不同，诗歌的口气是各不相同的，
比如"啊，莫斯科的钟声……"之诗歌口气，就不同于"告诉你吧，世
界——我不相信"之诗歌口气，也不同于"我轻轻的招手／作别西天的云
彩"之口气。"从语感到口气。从前后语到后口语。从第三代到我"①，在
这句话中，伊沙表述了口语诗对中国诗歌最大的贡献，那就是在诗歌的语
言世界里，首先找到了语感，其次进一步找到了口气——只不过相对于别
人找到的平民化隐忍陈述的口气，伊沙找到的口气多少有些"痞"。然而
对于"反雅行动"而言，痞，却自有痞的力量。所以古河先生说："有人
说诗到语言为止，在伊沙这里进化一步，是诗到语感为止，诗到口气为
止。"②"语感"与"口气"并非伊沙发现的诗歌质素，但是，伊沙诗歌
不同的语感与不同的口气，确实是既不同于中国古代诗歌，也不同于中国
的"五四"诗歌；既不同于"朦胧诗"，也不同于"第三代诗"——因
此这种独异的诗歌语感和口气才是属于伊沙的，其光荣于是也就属于
伊沙。

　　小结：关于如何才能写出诗味的问题，曾在《南方周末》开设吃食
类随笔专栏的作家沈宏非关于吃肉的说法也许能带来启发。他是一位美食

---

① 伊沙：《有话要说》，载伊沙《无知者无耻》，朝华出版社2005年版，第125页。
② 古河等：《七嘴八舌话伊沙》，《延安文学》2007年第1期。

家，他说自己吃肉必吃大块，必至于上颚与舌头之间被肉充满，而咬下去，牙齿也必深陷肉中……他说，这才叫吃肉！然则，肉之美味何在？在于大块之肉的内部！然则肉之美味何出？出自于大口的同时深咬的吃法！如果有人觉得这样的说法有些油腻，那么，换一个清淡的说法就是，我们首先要承认诗歌味道的存在并且要尊重诗歌的味道，但是在初学的时候，却不要太过迷信什么"诗要有字外味，有声外韵，有题外意"。苹果有没有苹果之外的苹果味？有的；苹果有没有苹果之外的苹果声？有的；苹果有没有苹果之外的意思，也有的！但是，苹果自己在生长的时候，却没有想到这一切！它只是想努力地把自己长成一颗苹果！

是的，首先努力地长好一颗苹果吧！首先努力地把诗歌文本之内的事情做好，然后，就静静地等待它，散发出诗歌的味道！

第五章　为了满足的延宕

——现代诗歌的悬念设置

人们对悬念的关注一直集中在小说、戏剧、电影等叙事性作品方面，比如《现代汉语词典》对悬念的解释是"欣赏戏剧、电影或其他文艺作品时，对故事发展和人物命运的关切心情"。[①] 于是，人们对散文、诗歌等叙事性并不很强的作品中悬念式言说的存在与运用多有忽视，甚至有人还认为诗歌散文里没有悬念。比如叶延滨先生就认为"散文与诗歌一般来说没有悬念。一篇散文与一首诗歌一般地讲，不需要在许多场景中转换，也不需要持续一个较长的时间。他们通常用语言创造一个意境，让读者进入其中并且感受作者的心境"。[②] 而吕红文则说："既无情节悬念又无音韵节律的散文到底靠什么在吸引人读下去？我的结论，一靠味也，二靠气也！"[③]

那么，在诗歌和散文这样的言说文体中，究竟有没有悬念的存在呢？

在《西游记》里，不论白骨精如何变化多端，总是能被孙大圣识破，因为孙大圣有一双透过现象看本质的火眼金睛。观察各体作品中的悬念的存在也是同样的道理：只要对悬念有一定的本质认识，就能走出对悬念的理解误区，就能观察到在人类的言说世界里无处不在的悬念。

什么是悬念，从本质上看，悬念就是"提出问题、延缓提供答案"[④]，换言之，只要能够通过设置悬念与解释悬念这样的言说程序，调动起读者

---

① 《现代汉语词典》，商务印书馆 1996 年修订版，第 1426 页。

② 叶延滨：《文学小札·悬念》，《写作》（上半月刊）2002 年第 8 期。

③ 吕红文：《散文创作偏见谈之五》，《当代文坛》1989 年第 5 期。

④ ［英］戴维·洛奇：《小说的艺术》，作家出版社 1998 年版，第 14 页。

一方的期待与紧张的心情，让他们既体验到"山重水复疑无路"的困惑，又体会到"柳暗花明又一村"的惊喜，这样的言说，就是悬念式言说，而这种"提出问题、延缓提供答案"的悬念式言说所在之处，就是悬念所在之处——不论它是散文还是诗歌，不论它是一则新闻通讯还是一次讲话演说。

余光中先生曾以贺知章的《回乡偶书》为例，对艺术感受过程中"延宕的满足"进行了分析。他说："'少小离家老大回，乡音无改鬓毛衰。儿童相见不相识，笑问客从何处来？'……第二句应了首句起的韵，是满足第三句不押韵，使期待落空，到末句才予以延迟的满足，于是完成。"① 余先生在这里对"延宕的满足"之例说，其实也正是对悬念艺术上述"提出问题、延缓提供答案"的本质之例说。什克洛夫斯基认为，诗歌是"一种障碍重重的、扭曲的言语"②，他显然也看到了诗歌艺术中的这种"延宕的满足"之存在。于是我们可以这样认定，诗歌中不仅大量存在着悬念，且诗歌中的悬念处置和诗歌的语言追求关系密切，并主要体现在下面这几个方面。

一　诗歌意在言外的语言追求,体现着 悬念的本质:悬而待解

梁小斌诗《中国，我的钥匙丢了》，头一句就是"中国，我的钥匙丢了"。钥匙丢了有什么可大惊小怪，何须写进诗里？然而，这却是疑问，这却是悬而置疑的悬念之设。闻一多诗《一句话》的开头两句："有一句话说出就是祸/有一句话能点得着火。"什么样的话会是这个样子呢？这也是疑问，这也是悬念之设。学者祝发能还曾介绍过曹植《白马篇》中层层设悬的现象："……这里以对服饰、行动形象的描绘设悬，使读者疑问四起……诗句解了上悬，同时又留下下悬……解悬的同时，又留悬：英雄是孤身一人，还是有妻室儿女呢？"③

---

① 余光中：《余光中谈诗歌》，江西高校出版社 2003 年版，第 65 页。
② ［俄］维·什克洛夫斯基：《散文理论》，刘宗次译，百花洲文艺出版社 1997 年版，第 22 页。
③ 祝发能：《中国诗歌中悬念技巧之管见》，《六盘水师专学报》2000 年第 4 期。

　　一般的诗歌文本，会在题目中点明或者暗示诗歌之所指。读者一般也是先读题目，再读正文。但如果把题目隐去，让读者先读正文，再思考题目应该是什么，则这样的过程，就与猜谜语相似。所以，不知谜，则不知诗。为了深入理解诗歌的语言机制，有必要分析一下谜语的语言机制。

　　谜语古称"隐语"，是对事物的"暗射"，要求于人们的是"猜度"，谜语其实就是人类一种小小的悬念式言说——谜面与谜底之间的关系，其实正是一种设悬与解悬的关系。谜语的制作要求和谜语的言说效果，都与悬念有着同样的语言机制：拐弯抹角，道东指西，语近涩难，有意制造疑难，以曲径而通幽，求豁然而开塞。谜语言说之大者，可以大到一部戏剧，如《俄狄浦斯王》，剧中处处物物都具有人类之初的隐喻性，物物处处都耐人寻味。其中就有世界上最古老最伟大的那一则斯芬克斯之谜："什么早上四条腿走路，中午两条腿走路，晚上太阳落山后三条腿走路？"诗歌在本质上就是谜语，它们在现象能指与本质所指之间均具有极大的张力，几乎都是言在此而意在彼。比如明人于谦的诗："千锤万击出深山，烈火焚烧若等闲。粉骨碎骨全不怕，要留清白在人间。"它说的是什么？它的题目是《石灰吟》，可是，它说的真就是石灰么？艾青有首短诗，"你不理她，她不理你；/你喊她，她喊你；/你骂她，她骂你。/千万别跟她吵架，/最后一声总是她的"。艾青这是在说什么？当我们看到艾青这首诗的标题《回声》，我们恍然大悟，噢，艾青说的原来是回声！我们刚才经历的困惑、思索甚至误解，然后终于得解的过程，不正是悬念式言说的过程么？

二　诗歌言此意彼的语言多解，体现着
悬念的本质：悬而难解

　　《史记·楚世家》云："庄公即位三年，不出号令，日夜为乐。令国中曰：'敢谏者死。'"伍举遂以谜语方式探问。伍举说诗为："有鸟在于阜，三年不飞不鸣，是何鸟也？"庄王回诗为："三年不飞，飞将冲天，三年不鸣，鸣将惊人。"这真是有趣的一问一答，双方闪烁其词，隐语示意，似乎在说鸟，又似乎在说人。

　　这种不说破事物究为何物，甚至以彼物比此物，只说彼物不言此物直

到最后才点破的手法，为诗、谜、幽默以至歇后语所通用。从思维规律看，谜语和寓言、谶谣俗谚以及咏物诗等皆有内在共性——就思维形态的本质而言，它们在能指和所指之间的关系上，都是极具伸缩变化多义之弹性的，其语言有正解，也有别解。如谜语："一会儿，打一字"，谜底为"兀"。一会儿的正解是"时间上不多的一会儿"，然而其别解却是"一"与"儿"的"相会"，这种具有隐蔽性的语言别解，正是诗歌的"言外之意"与"弦外之音"。在这样的言说文本里，言在此，意在彼。言在此，设悬；意在彼，解悬。袁枚《随园诗话》云"咏物诗若无寄兴，便是谜语"，是谜语，就可以去其题目而让人"打一物"。而这种谜语意指的难以预测，正是悬念的要素之一。表现在诗歌语言里，作者为了追求言此意彼的含蓄表达，往往给读者布设语言的迷津，并最终给予读者以走出迷津的快乐。如当代甘肃诗人牛庆国诗句云"握住一颗杏核/我真怕嗑出/一口的苦来"，这里的"苦"，现象上是杏核之苦，本质上则是人生之苦。由生理之苦，到心理之苦，苦具有诗歌语言的多解性：其生理之苦实为设悬，而心理之苦乃是解悬。王小妮诗《卖木瓜的女人》则是更为隐蔽的诗歌言说，"她颠颠地追赶着路人。/颠颠地一路捧着她的乳房/不是两只，是六只，六只圆滚的草绿色果实。/她快要捧不动了。/下雨了，天空不说句什么就下雨了。/她把身体缩得很紧/六只木瓜全都藏进瘦小的怀里。/这个上身鼓鼓的动物/顶着雨奔跑的木瓜树"。① 诗中的"乳房"，亦真亦幻，是乳房又不是乳房，极具诗歌语言的多解性。而"不是两只（乳房），是六只（乳房）"，就是设悬，"六只（乳房一样）圆滚的草绿色果实"乃是解悬。就在这样的设悬与解悬之间，诗歌灵活多变的曲线形态的语言美感毕露无遗。而赵丽华的《紧》有着同样的异曲同工之妙："喜欢的紧/紧紧的喜欢/一阵紧似一阵/这么紧啊/紧锣密鼓/紧紧张张的/紧凑/紧密/紧着点/有些紧/太紧了/紧死你//最后一句/是杀人犯小 M/在用带子/勒他老婆的/脖子时/咬牙切齿地说的"。

诗无达诂，谜语也是不断有新意翻出的。一般认为，斯芬克斯之谜早已被猜出，谜语中的早、中、晚，是一个人生命的幼年、成年和老年。但是也有人认为，"谜语中的早、中、晚，隐喻着人类进化的初期、中期和

---

①　王小妮：《卖木瓜的女人》，《诗刊》（上半月刊）2007 年第 5 期。

后期。所谓'四条腿',说的是人类的前身与其他哺乳动物同有四足特征;'两条腿'喻指人猿脱离原始的生存状态而成为顶天立地的猿人;被称为'第三条腿'的手杖实质上是人类文化创造物对于人的肢体的延伸"。①

三 诗歌藏而不露的语言风格,体现着悬念的本质:悬而不解

"悬念设置有一个明显的特点:即截留或隐藏部分关键信息,使观众产生强烈的期待和关切的心理。"② 而诗歌也最忌语言的直接说出,即最不能急于抖出语言的底细,而应该像小说一样用缓笔写急事。金圣叹在点评《水浒》时曾说:"写急事不得多用笔,盖多用笔则其事缓矣,独此书不然,写急事不肯少用笔,盖少用笔则急亦遂解矣。"③ 欲说出,先藏起,欲擒故纵,诗歌艺术其实更为追求语言的含蓄与内藏,而且往往不惜被责为朦胧晦涩。诗歌语言这种藏而不露的艺术追求,十分明显地体现着悬念悬而不解的本质特征。如北岛著名的一字诗《生活》:"网"。虽然现在人们对北岛的这首一字诗耳熟能详了无悬念,但是想当初,这一个冷冰冰的字,孤独却又傲慢地站在那里,斜倪世界,多一个字也不肯说,不知让多少人心生期待与紧张——他到底想说什么?而北岛的"回答"显然是,我想说什么,你们看着这个"网"字好好去想吧!这样的言说直接就是靠近"道破"而不"道破"的引而不发的悬念式言说。

不道破,是因为没有必要道破,诗歌反常合道的思维特点,决定了诗歌终归是可解的。苏东坡曾评价柳宗元的《渔翁》诗曰:"诗以奇趣为宗,反常合道为趣。"反常,即出人预料;合道,即合乎情理。离开了反常合道的思维就没有诗歌。如这句诗"终年远在千里/昨夜扑了一地",猛看上去不知所云,细读原来说的是"雪";再如"洒完了汗水/再抬起头来/这就叫/顶天立地",猛一看,是反现实之常的,细一想,却又合乎

① 李德友:《斯芬克斯谜语解读》,《淮阴师范学院学报》(社会科学版)1999 年第 5 期。
② 曹正文:《关于三种营造悬念方式的辨析》,《戏剧文学》2007 年第 3 期。
③ 刘上生:《中国古代小说艺术史》,湖南师范大学出版社 1993 年版,第 304 页。

诗歌之道。这猛一看，其实就是念想之悬；这细一想，其实就是念想之释。刚刚心生的疑窦，很快就得到了解释，其时间之短，其空间之小，其悬念的形体之小，小到我们平时都把它们疏忽了。

总而言之，诗歌中不仅存在着大量的悬念，而且诗歌中的悬念还是一种高级的悬念：现象与本质之间的悖离、字面意思与意义内蕴的背反、言内之意与言外之意的张力……这一切源出于作者的精心设置，也自然激发着读者的紧张与期待。而且我们可以这样说：小说中的悬念满足的是读者关于人与人之间关系的好奇心，而诗歌中的悬念满足的则是人与事物之间关系的好奇心，而获得一种紧张过后彻底放松的审美体验，则是其共同的追求。

第六章　诗到语言为何止

——现代诗歌的文本使命

诗人韩东在 20 世纪 80 年代中期曾提出过一个著名的诗歌命题："诗歌以语言为目的，诗到语言为止，即是要把语言从一切功利观中解放出来，使呈现自身，这个'语言自身'早已存在，但只有在诗歌中它才成为了唯一的经验对象。"① 显然，韩东所谓"诗到语言为止"的语意所指，欲为不堪"观念的独创性"和"情绪的力量"之重荷的中国诗歌减负，欲清除政治、历史、文化这三个语言的世俗角色，让诗歌语言回归自身。对韩东这个表述得不是十分完备的命题，多年来很多人表示不能理解，也有很多人表示质疑反对。到现在，更有人套用其句式，抛出了"诗到肉体为止"、"诗到语感为止"、"诗到阅读为止"、"诗到废话为止"等似是而非的诗学口号，大有兴风作浪混淆视听之势，真是树欲静而风不止，于是，认真辨析韩东命题的真义，探讨其基本的语意能指，确立其本来的语意所指，显得十分必要。

韩东"诗到语言为止"这一命题的关键词，是"止"，对"止"的不同疏注，将直接导致对整个命题的不同理解。

《易经》云："文明以止。"这里的"止"，是"脚"的意思，引申为"立足点"，即"所以立"、"所以在"。如此则"诗到语言为止"之"止"的一个字中应有之义，就是"立足点"和"落脚点"，即"诗到语言为

---

① 韩东：《自传与诗见》，《诗歌报》1988 年 7 月 6 日。按：关于韩东"诗到语言为止"的出处之究竟，伊沙在《"看谁更有饥饿感！"——与姜飞同志商榷》一文中说，"有一次荷兰汉学家柯雷教授为了他的一部用英文撰写的关于中国诗歌的专著，请我问问韩东，他那句'诗到语言为止'的名言最早说在何处，我打电话问了，韩东回答说：'那是叶芝说的'"。

止"一个最基本的语意能指是，诗歌立足于语言并开始于语言。诗歌必须通过语言的栈道暗度陈仓。然而，这样"诗歌从语言开始"的理解由于是一个不言而喻的大实话，是诗歌创作及其他语言艺术的题中应有之义，所以并无实际意义。基于同样的理由，王珂先生所谓"也可以把'诗到语言为止'理解为在诗歌写作中不重视语言，甚至是'反语言'"①的看法也不成立。当然这又涉及到对"诗到语言为止"的"到"字如何理解的问题——到语言之前、到语言之中、到语言之后，这是三种不同的"到"。王珂先生所谓的显然是"到语言之前"，而韩东反对的显然是"到语言之后"而强调的显然是"到语言之中"。

那么除此以外，韩东"诗到语言为止"的语意能指，还能指向什么呢？或者说，关于"诗到语言为止"的那个"止"字，还有其他的语意能指吗？

一　"诗到语言为止"，"止"的语意能指一:停止终止

毫无疑问，"止"字的语意能指之一，就是"停止"以及"停止的地方——终点"。如果释"止"为"停止"或"终点"，则所谓"诗到语言为止"其语意就是：诗歌到语言才算到达了终点，也才能停止；如果不到语言，诗歌就不能停止。

显然，能够让一首诗到达之后即可大功告成地停止的语言，并非我们一般所谓的语言，而是一种特殊的语言。显然，一个先在的问题就是，语言和语言是不是不一样？语言和语言是不是存在着性质与境界上的差别？

胡适《尝试集·自序》云："诗之文字原不异于文之文字，正如诗之文法原不异于文之文法。"诗歌语言从语源的角度看并非是人类语言之外的某一种另类语言，但是诗歌语言分明又是人类语言中的一种特殊语言。吴乔《答万季野诗问》试图以饭酒之喻来说明诗歌语言的独特之处："意喻之米，文喻之炊而为饭，诗喻之酿而为酒；饭不变米形，酒形质尽变；啖饮则饱，可以养生，可以尽美，为人事之正道；饮酒则醉，忧者以乐，

---

① 王珂：《谁能制作艺术谁就掌握了艺术》，2006 年 4 月 18 日东南大学"九龙湖诗歌对话会"对话录音。

喜者以悲，有不知其所以然者。"① 显然，诗歌语言具有鲜明的自身独特性和语言超越性。

在人类的语言事实中，存在着以下四种语言的境界：

第一，前准确语言。这种语言显然是非准确语言、残缺语言和模糊语言。因为它的存在，我们才会提出对语言的准确性要求。我们的普通语言教育之目的，就是要超越这种前准确语言而到达它的高一层次的语言——准确语言。

第二，准确语言。冯友兰《中国哲学简史》以"明晰"二字称呼人类语言的这种准确之追求。② 这是人类所有普遍语言的普遍追求。虽然它已是一个难以轻易到达的语言境界，但是，它体现的毕竟是语言的科学论要求与工具论要求，所谓"辞达而已"（《论语·卫灵公》）即是。这一语言追求，对所有知识与信息的传达来说，是正确的，而对所有美感与趣味的表现而言，则是不正确的。在这种语言中，语言是没有尊严与性格的，是可以被替换的，可以"得意而忘言"（《庄子·杂篇·外物》）地被弃如敲门之砖。阿恩海姆说："语言的功能基本上是保守的和稳定的，因此，它往往起一种消极作用，使人的认识活动趋于保守和静止。"③ 他说的语言，就是这种准确语言。人们"怀疑"的，是这样的语言；人们试图"穿越"的，也正是这样意味着知识的语言。

第三，超准确语言。人类另有一种语言，它以传达美感为目的，以形象、具体、生动为追求，它体现的是语言的艺术学要求、目的论要求及本体论要求。这就是诗性的语言——诗家语。这显然是一种比较高级的语言追求，因为与诉诸知识的准确语言不同，诗家语是一种诉诸美感的语言。当代诗论家吕进说："人们跳过散文语言，走向散文叙述的内容；而在诗这里，诗歌语言会不断提醒人们主要应注意自己的存在，赞叹自己的美丽。"④ 所以，在诗歌语言里，语言不仅是重要的也是有尊严与性格的，因为语言在这里不是可以被随便替换的；因为它是个性化的于是也是唯一

---

① 周振甫：《诗词例话》，中国青年出版社 1962 年版，第 53 页。

② 冯友兰：《中国哲学简史》，北京大学出版社 1996 年版，第 11 页。

③ ［美］鲁道夫·阿恩海姆：《艺术与视知觉》，滕守尧译，中国社会科学出版社 1984 年版，第 177 页。

④ 吕进：《诗家语：一种特殊的言说方式》，《诗刊》2005 年第 1 期。

的；因为他是情感化的于是也是主观的；因为它是超准确的，所以也是极富创造性的。唐人皎然《诗义》云："但见情性，不睹文字，盖诗道之极也。"① 由于它是超准确的，于是也是超现实的，对于功利与现实而言，诗常常是"不说话"的，是典型的至言无言——将可述性的意义降低到最大程度，又将可感性的诗质提升到最高程度。冯友兰《中国哲学简史》说："富于暗示，而不是明晰得一览无余，是一切中国艺术的理想，诗歌、绘画以及其他无不如此。拿诗来说，诗人想要传达的往往不是诗中直接说了的，而是诗中没有说的。照中国的传统，好诗'言有尽而意无穷'。"② 这种"暗示"，其实也就是"隐"。刘勰《文心雕龙》："隐也者，文外之重旨也。"诗歌语言的多义性指向，就源自于这种语言的暗示性——而一个准确的意义，往往是单一向度的意义。

第四，超超准确语言。诗歌语言的这种超越性追求，往往不止于对准确语言的超越，很多诗人还会意犹未尽地继续前进，他们还要对超准确进行再次的超越。他们的这种追求，不论其勇往直前的精神多么可贵，他们所从事的显然是一种语言的冒险：当他们越过了语言适度的含蓄，就会到达含蓄得有些过分的隐秘；当他们越过了语言的可知，就到达了语言的不可知；当他们超越了语言的暗示性，他们显然就会到达语言的深渊——晦涩！毕竟，"从根本上讲，作家创作文学作品，就是要传达这种概念语言逻辑推理无能为力的复杂的精神世界的体验，而不是制作谜语"。③ 然而，有些诗人偏偏就喜欢"制作谜语"，他们不喜欢让阅读自己的作品成为一件容易的事，他们把这种诗歌语言的晦涩，理解为对语言极限的挑战，"多多的诗极为难懂，但难以卒读并非由于思维混乱和不知所云，而是诗人故意把语言的传导功能降到了近乎使语义结构崩溃的边缘。多多是一位极限型诗人，一如投身于极限运动的现代人，多多是当代最倾心于语言的极限性实验的诗人……向一种语言的极限挑战，无疑是诗人的定命"。④ 从积极的一面看，这些诗人一定敏锐地感觉到了诗歌语言继续超越之后更大的诱惑与更诗意的世界，这种巨大的诱惑让他们不惜铤而走险。

---

① 王大鹏等：《中国历代诗话选》，岳麓书社 1985 年版，第 53 页。
② 冯友兰：《中国哲学简史》，北京大学出版社 1996 年版，第 11 页。
③ 傅道彬：《文学是什么》，北京大学出版社 2002 年版，第 167 页。
④ 庄周：《齐人物论·诗歌部分》，《书屋》2000 年第 11 期。

　　基于以上对于语言四重境界的认识，如果我们把"诗到语言为止"的"止"字理解为具有终端意义的"停止、终点"，则"诗到语言为止"，就意味着诗歌创作一种路漫漫其修远兮的语言长征——诗不到语言不止；诗到语言才止。而要到达这一理想中的诗家语之境界，就要不断地超越。关于这一点，即使张岱的散文《湖心亭看雪》也堪为一例，其中"湖上影子，唯长堤一痕、湖心亭一点，与余舟一芥、舟中人两三粒而已"① 一语，如果只是"湖上影子，唯长堤一条、湖心亭一座，与余舟一只、舟中人两三个而已"，则不过准确而已。所以张岱即没有"止"，而是继续努力，直到"痕"、"点"、"芥"、"粒"四字之出，张岱乃"止"。这正应了杜甫的名言"语不惊人死不休"，"不休"，就是"不止"，杜甫表达的正是这种"诗到语言为止"的语言追求。

二　"诗到语言为止"，"止"的语意能指二：高山仰止

　　如果前述"止"字的语意指向之"起点"与"终点"是对诗歌创作语言的过程理解，则"止"的另一个语意指向就是"至"——对语言的性质理解。这是高山仰止之止，是至高无上之至，是最好的、最完美的，然而却是难以企及的。

　　言为心声，然而，"伊挚不能言鼎，轮扁不能语斤"（《文心雕龙·神思》），因为语言自有其局限。"道可道，非常道"，老子早就表明了对语言有限性的深刻认识。虽然语言的表达是有限的，然而语言的使用却是必然的，于是陷入此种悖论中的人们对待语言的基本态度就有以下三种：

　　态度一：不相信语言进而不使用语言。这显然是一种空门顿悟般对语言敬而远之的态度，以禅宗"不立文字，以心传心"之说最为典型。

　　态度二：顺其自然地适度使用语言。语言的自然，就是语言的有限性。语言毕竟不是事物本身，语言的表达从本质上讲无非是对事物的一种更名。如果我们不得不依靠语言，则面对语言的一种机智的态度就是顺应其现实与规律——比如简洁地使用语言、方便地使用语言、尊严地使用语

---

　　① （明）张岱：《湖心亭看雪》，载徐柏容编选《张岱散文选集》，百花文艺出版社 1997 年版，第 68 页。

言，就是对语言自然的顺应策略。

态度三：明知不可为而为之地使用语言。诗评家吕进说："在对于物质媒介感觉终止的地方，诗才真正开始。诗是心灵的艺术，它摆脱一切物质媒介的束缚，获得深远的情思空间。由于心灵化程度很高，所以诗是云中之光，水中之味，花中之香，女中之态，唯能会心，难以言传。"① 难以言传的东西，偏偏要用语言去表现；本来不属于物质媒介的事物，却要用物质的语言去描述；本来属于心灵的东西，却要用现实的语言去表达……这样的语言态度，应该是一种最为积极的语言态度。

从本质上讲，即使是诗歌，也不可能完全地言说诗人之所欲言，但诗歌作为文学艺术，又必须进行努力的言说。所以，言那不能言的，说那不可说的，道那不可道的，就成了诗歌语言的顽强追求；所以，以不沉默传达本质的沉默，以物质媒介表现非物质的诗意，以现实媒介表现非现实的心灵，以有限表现无限，就是诗人才华的真正展示。1987 年诺贝尔文学奖得主约瑟夫·布洛茨基（Brodsky）的《黑马》诗云"它在我们中间寻找骑手"（吴迪译），其实诗歌的语言正是这样一匹黑马，诗人的天职就是捕获它，驯服它，驾驭它！所以我们必须在"词语的欢宴"与"笔墨的狂舞"的意义上认识诗歌语言的艺术追求。海子在其《我热爱的诗人——荷尔德林》一文中说："必须从景色进入元素，在景色中热爱元素的呼吸和言语，要尊重元素和他的秘密。你不仅要热爱河流两岸，还要热爱正在流逝的河流自身，热爱河水的生和死。"② 海子这里说的"元素"，其实就是"语言"。

所以，在诗学的意义上，要坚决地反对语言的工具论。唐代诗人贾岛《送无可上人》自注诗云："两句三年得，一吟泪双流。"诗人为何如此高兴？因为他揭破了世界人生和词语之间的秘密："诗歌是语言的最高形式……每一个词语都渴望成为诗。诗人的职责就在于响应词语的这一要求，并以自己全部的才智和心灵服务于词语的这一要求。"③ 诗歌的神奇似乎并不在语言之外而在语言之中、在词语之中，在词语和词语的约会与

---

① 吕进：《诗家语：一种特殊的言说方式》，《诗刊》2005 年第 1 期。

② 海子：《我热爱的诗人——荷尔德林》，载西川编《海子诗全集》，作家出版社 2009 年版，第 1070—1071 页。

③ 西渡：《对几个问题的思考》，《诗探索》1999 年第 5 期。

欢宴之中，这样的理解，显然赋予了诗歌语言以独立的生命。所以韩东说："回到诗歌本身是《他们》的一致倾向。'形式主义'和'诗到语言为止'是这一主张的不同提法。"他又说："诗人的责任感只是审美上的。把诗人坚持以诗歌自身成立为目的的写作解释成一种逃避行为是愚蠢的。"① 所以，他的"诗到语言为止"之说，显然是对诗歌语言工具说一个有力的反抗，是对文学本身即是文学目的之观点一个最为响亮的呼应。语言对于诗歌，它不仅仅是一种表现的工具，语言就是诗歌本身。一如我们的肉体就是我们的灵魂本身。灵魂必须深藏于身体，在诗歌中，概念也必须深藏于词语，意味必须深藏于意象。对此，韩东还说过一句令人折服的话，"写诗似乎不单单是技巧和心智的活动，它和诗人的整个生命有关。因此，'诗到语言为止'中的'语言'，不是指某种与诗人无关的语法、单词和行文特点。真正好的诗歌就是那种内心世界与语言的高度合一"。② 也就是说，我们不能把语言仅仅当成是表意的工具，而要把语言视为艺术行为的本身。

在反对语言的工具论之同时，也需反对语言的暴力组合。由于对语言自然规律的不够尊重，语言的暴力现象在当代文本中比比皆是，且更多地表现为语言内部牵强附会的组织暴力。比如"大雨倾盆，终于给大兴安岭特大森林火灾当头一棒"③，这话似乎是通顺的，但"大雨倾盆"与"当头一棒"之间，却是暴力合成而不是顺其自然——"大雨倾盆"给人的分明是一个"面"甚至"体"的感觉，而"一棒"显然只能给人"线"与"条"的能指。这样生嵌硬镶的语言的暴力组合，在当代诗歌创作中尤其明显。"许多时候，柏桦对待语言，就像暴君对待宠妃，男孩对待自己心爱的玩具那样任性、粗暴。"④ 这种现象并非偶然。诗人芒克也曾有句为"这仿佛就像尸体在腐烂似的"。有人批评说："'仿佛就像……似的'，太说不过去了。"⑤ 张远山对此也是深恶痛绝："不写病句的当代

---

① 韩东：《〈他们〉略说》，《诗探索》1994 年第 1 期。

② 韩东：《作者的话》，载唐晓渡、王家新《中国当代实验诗选》，春风文艺出版社 1987 年版，第 203 页。

③ 郭同旭：《中国超人》，四川文艺出版社 1993 年版，第 146 页。

④ 秦晓宇：《七零诗话》，敦煌文艺出版社 2006 年版，第 181 页。

⑤ 庄周：《齐人物论·诗歌部分》，《书屋》2000 年第 11 期。

诗人非常罕见。"① 诗歌语言作为语言中的语言，更应该是和谐有序的，更不应该恣意妄为——可惜好多诗人偏偏在这一点上误会了诗歌的语言。"'高原如猛虎，焚烧于激流暴跳的海滨/哦，只有光，落日浑圆地向你们泛滥，大地悬挂在空中'……真正的抒情诗人既不是故事家，也不是道理家，而是语言舞蹈家。杨炼是当代最有舞蹈意识的诗人，可惜他的语言狂欢常常悖离语言的本性，成了为狂欢而狂欢的语言强迫症。"②

所以，诗歌的语言就是诗歌本身。当人们视诗歌的语言为工具，当人们粗暴地对待诗歌的语言，人们啊，你已经破坏了诗歌，你还能指望诗歌替你实现什么别的意图呢？

三 "诗到语言为止"，"止"的语意能指三：适可而止

郭沫若《诗论三札》云："诗 =（直觉 + 情调 + 想象）+（适当的文字）。"③ "适可而止"，就是郭沫若所谓"适当"，也就是英国诗人柯勒律治"散文是安排得最好的语词；诗是安排得最好最好的语词"之所谓"安排得最好最好"。④ 也就是"适语言的自然而后可"。

"质胜文则野，文胜质则史。"（《论语·雍也》）自然，文与质相称，即为内容与形式的最上境界。一般的语言表现，不是质胜于文就是文胜于质，非野即饰。两两相较，人们一般认为宁野不文、野胜于饰，即人们一般倾向于看重语言的无穷之意味。即使是强调其语言形式，此形式也应该是"有意味的形式"。清人李重华《贞一斋诗说》说："诗求文理能通者，为初学言之也；诗贵修饰能工者，为未成家言之也。其实诗到高妙处，何止于通？到神化处，何止求工？"也就是说，像散文那样寻求"文理能通"，只是诗家语的初级追求；寻求技巧，也不过是一般化的追求——而且外露的技巧更是诗之大忌。"凡装点者好在外，初读之似好，再三读之则无味。"⑤ 如此则诗家语的最高境界即是：语言从推理性符号转换为表

---

① 张远山：《汉语的奇迹》，云南人民出版社 2002 年版，第 151 页。
② 庄周：《齐人物论·诗歌部分》，《书屋》2000 年第 11 期。
③ 郭沫若：《郭沫若论创作》，上海文艺出版社 1983 年版，第 237 页。
④ 吕进：《诗家语：一种特殊的言说方式》，《诗刊》2005 年第 1 期。
⑤ 王大鹏等：《中国历代诗话选》，岳麓书社 1985 年版，第 478 页。

现性符号，以最普通的语言构筑起最不普通的言说方式。"最不普通的言说方式"，就是我们深深的诗歌意味，而"最普通的语言"就是适可而止的语言。李健吾评卞之琳诗云："言语无所谓俗雅，文字无所谓新旧，凡一切经过他们的想象，弹起深湛的共鸣，引起他们灵魂颤动的，全是他们所停候的谐和。"① 于是诗歌的张力即可描述为：它是一种从中央向两边扩展的东西，向语言的方向扩展，就是语言的适可而止甚至普通日常；向意味的方向扩展，就是意味的深烈与加强。意味越来越强而语言却越来越日常，而且越来越强烈的诗歌意味却并不脱离越来越日常普通的语言，这就是诗歌最神奇的力量——诗歌的语言张力。

于是，如果把"诗到语言为止"理解为"诗歌的语言在适当的地方停止了，而诗歌的意味却继续前进着"，则其语意即可产生如此的指向——它以一种停止而开始了另一种前进。诗歌创作在语言的适可而止之后，诗人的创造力就会体现在对于诗歌意味的追求与挖掘。"艺术毕竟不只是手艺，它更可贵的是由技艺所传达的情感和精神境界。"② 有趣的是，诗歌意味的前进偏偏不是脱离语言而独自远行的，优秀的诗歌作品其意味前进的方向恰恰却要尽可能地回身进入语言，即意义需灌注入形象而后方能成其为意象。

这样的理解，正好可以纠正那些本来追求"诗到语言为止"却恰恰"诗到语言为死"的诗歌创作。秦巴子《我的诗歌关键词》说："如果诗只是到语言为止，有一些玩语言杂耍的人就够了，诗人还写个什么劲呢？提出这个著名口号的韩东，他的诗歌写作，到语言为止了吗？在我的阅读中，韩东似乎迟至90年代，才写出了一首到语言为止的诗，那就是已经被鼓噪为名作的《甲乙》。在诗歌技术上，我承认《甲乙》是一首直接用语言构成的典范之作，但也仅仅是到语言为止。"③ 是的，像韩东《甲乙》这样的诗，以对诗歌内容的"自然主义描述"而带动了语言的"自然主义运行"。但是读这样的诗，如同看到一匹奔跑的马，却看不到它上面的

---

① 李健吾：《李健吾创作评论选集》，人民文学出版社 1984 年版，第 47 页。

② 水天中：《独立精神和现实情怀——林凤眠艺术的当代意义》，《人民日报》2002 年 10 月 7 日。

③ 秦巴子：《我的诗歌关键词》，载杨克编《2000 中国诗歌年鉴》，广州出版社 2001 年版，第 519 页。

骑手，更看不到马的内心。这是一种没有承载的掏空了意义的写作，它确实对语言进行了"减负"，只是这种语言从一种不堪重负的语言摇身一变而成为一种"生命中不可承受之轻"的语言——从一个极端走入了另一个极端。秦巴子说得很对，像这样的诗，到语言为止了，但是也到语言为死了。因为"诗到语言为止"虽有强烈的清除和摒弃"非诗的因素"之意味，但实在没有意味着在泼脏水的同时连孩子也不要了。

以上辨析了韩东"诗到语言为止"的基本语意能指，基于如此的辨析，本章认为，韩东"诗到语言为止"的命题，其语意所指应该是：诗歌应以恰当的文字与具体的情怀（包括所谓"观念的独创性"和"情绪的力量"）血肉熔铸，诗歌语言因此而获得着自身的尊严与性格，而所有对诗歌语言的工具化理解与暴力化态度，都是对诗歌语言极大的伤害，也是对诗歌这一人类美好并且高尚之行为的极大蔑视。而"诗到语言为止"，所指的积极意义即是："启发了新一代诗人们真正审视和直接面对诗歌中最具革命性的因素——语言，使诗歌彻底摆脱当时盛行的概念语言，回复到语言表情达意的本真状态。"①

---

① 小海：《诗到语言为止吗?》，《诗探索》1998 年第 1 期。

外　篇
现代诗歌的时空语境

第七章　外患内忧与金钱诱惑

——现代诗歌的三大险境

"如果说艺术史有什么值得注意的规律，它就同艺术家个人的命运一样，是永远不稳定的。"① 中国社会进入 20 世纪后，内外环境更趋严峻，强敌的入侵和长期的内战，迫使人们不得不为民族和个人的生存进行持续的抗争，也迫使文学不得不直面现实并对现实的需求做出不断的应答。于是，中国现代诗歌从诞生而迄今的百年历史，同 20 世纪的中国之革命、战争、运动、改革等此起彼伏的社会政治同呼吸、共命运，跌宕起伏而极不稳定。其间既有 20 世纪 20—30 年代以及 80 年代这两个中国现代诗歌长足发展的黄金时期，也有此前此后风风雨雨、一言难尽的多次灾难性遭遇。中国现代诗歌的命运一开始即被胡适《尝试集》之"尝试"二字所预言——实验、探索，逢山开路遇水架桥；也被郭沫若《凤凰涅槃》之"凤凰"所预言——需要火浴而后重生；同样也被周作人《小河》所预言——虽然万千阻挡，终至奔向远方！回看射雕处，千里暮云平，反观中国现代诗歌百年来经历的种种辛酸，正有益于我们在新世纪苦尽甘来之诗的生活里昂首阔步。

一　当年的卫国战争与民族内战内忧外患的考验

中国现代诗歌自 1920 年胡适《尝试集》出版以来，在郭沫若等优秀诗人的群力实践之下，于短短的十数年间即一呼而百应，如星火燎原，摧

---

① ［英］赫伯特·里德：《现代绘画简史》，刘萍君译，人民美术出版社 1979 年版，第 4 页。

枯拉朽，发展迅速；然而，就在中国现代诗歌一路高歌狂飙突进之时，却遭遇到莅世以来首次严峻的考验——异族入侵！这一灾难形成了中国新诗的第一个冷场（虽然这事实上是诗歌的主动撤退）。这一时期，主要是抗日战争前后的那段"国防文学"时期。

任何一首诗也阻挡不了敌人的坦克。这一时期，强虏压境，恶狼入室，中华民族到了最危急的时候，"唯美主义"或"艺术至上"的诗人们不得不承认，诗歌是打不退日本鬼子的。本来为着人生之美丽而写作的诗歌，现在却应该为着民族的存亡而写作了。于是，当年中国那些"生不逢时"的诗人们毅然走出书斋弃笔从戎，去从事世界上最"实用主义"的事情——战斗！于是，迎着血雨腥风而描述国家的苦难，面对刀光剑影而响应国防的呼吁，"战士"庄严上前，"诗人"庄严退后。如果这种退后也可以称做"边缘化"的话，则当时的中国现代诗歌，是主动将自己"边缘化"了。

这里所说的诗人的主动退后与边缘化，非指其身体，乃指其身份。当时，大量的诗人弃笔而从军，从诗人变为了战士——比如后期创造社、太阳社、中国诗歌会的诗人群，如七月诗派等。这里所说的诗人的主动退后与边缘化，也不仅指其身份，还指其"易琴弦为喇叭"的诗歌内容与诗歌方式。当他们意识到自己是一个战士的时候，他们无不以乐观昂扬的情绪，歌唱着决战和胜利的主题——写着战士的诗。他们以诗歌为武器，代表一个民族发出了最后的吼声。他们的作品像鼓点一样短促、铿锵、有力，像子弹一样呼啸着愤怒。如田间、如蒲风、如杨力、如艾青、如李季、如"红色鼓动诗人"殷夫……鲁迅曾这样评价他们，"这是东方的微光，是林中的响箭，是冬末的萌芽，是进军的第一步，是对于前驱者的爱的大纛，也是对于摧残者的憎的丰碑，一切所谓圆熟简练，静穆幽远之作，都无需来作比方，因为这诗属于别一世界"。[①]

这一时期，固然还有一部分诗人（比如新月派后期的戴望舒等）还做着"渺小的梦"，还在写作所谓的纯诗（比如闻一多等），其中固然也有不少的杰作，如冯至先生的《十四行集》，艾青的《大堰河——我的保

---

① 鲁迅：《白莽作〈孩儿塔〉序》，载鲁迅《且介亭杂文末编》，人民文学出版社1951年版，第35页。

姆》、《雪落在中国的土地上》，如穆旦情绪加技巧的那些自白诗等；这一时期，中国现代诗歌固然还进行过一些诗歌本体的艺术探索，如新诗的格律化，如多元诗美的探讨，如"圆熟简练，静穆幽远"之追求，但是郑敏说得好，"可惜历史的手在此时指向一个更重要的方向，我们只能暂时放下对诗歌道路的探讨"①，这一个血与火中"更重要的方向"，就是民族抗战的方向。

"抗战起来了，'抗战'立即成了一切的标准，文学自然也在其中。"② 于是，那个时期的中国诗坛，虽然大江南北各呈其异，延安上海各领风骚，但总体上归属于统一的抗战之声。也就是说，如果站在纯粹艺术的角度上看，这一时期诗歌的声音毕竟是太单一了些，太粗糙了些，也太大声急呼了些。本来应该是钟鼓齐鸣、多声部合唱的，现在却只能是同一种低沉的吼叫了，这不能不是一种遗憾。当年那些政治口号诗与战斗标语诗等等的"应运而生"，那一次中国现代诗歌发展过程中遗憾的歧路和悲壮的冷场，却也不难理解。为了宣传抗日，为了鼓舞民众，诗人们壮士断腕般毅然而然地放弃了所谓"纯诗"的艺术追求。比如当时的中国诗歌会，为了强调诗歌的现实性与宣传性，为了突出诗歌的政治题材与政治模式，勇敢地承担了时代与国家赋予诗歌也赋予自己的一项重要、庄严同时不无悲壮的使命，甚至表现出了"我不下地狱谁下地狱"的牺牲精神！牺牲云者，何止是身体的牺牲？牺牲云者，当然更包括艺术追求的牺牲。这样伟大的牺牲精神正是中国诗人一个伟大的传统：当他们把自己的目光投向了受难的大地和浴血的父老，他们可以暂时地放弃自己的艺术与美学！这样伟大的诗歌精神也正是我们需要永远继承的——"写什么"永远都比"怎么写"重要！

二　新中国成立初期的精神狂欢
与十年浩劫的心灵重创之考验

中国现代诗歌遭遇的第二个严峻考验，大约从 1949 年开始，一直延

---

① 郑敏：《中国新诗八十年反思》，《文学评论》2002 年第 5 期。

② 朱自清：《文学的标准与尺度》，载朱自清《标准与尺度》，生活·读书·新知三联书店1984 年版，第 27 页。

续到 20 世纪 70 年代末，前后约 30 年。这是一次更具悲剧性的诗歌冷场与诗歌撤退，因为，这种冷，竟是因为情感的过热而引起的冷；这种退，竟是因为积极的进取而形成的退。

1949 年，中国人民终于结束了屈辱的历史，建立了自己崭新、独立、伟大的共和国，对此，人们确实感到无比的欢乐，人们确实应该为这个伟大的历史功勋高声赞美。中国现代诗歌进入了一个颂歌的年代。于是，在旧中国以"夜歌诗人"而著称的何其芳，开始《放声歌唱》，诗写《我们最伟大的节日》；于是，艾青也放弃了在旧中国的监狱中"给予不公道的世界的咒语"，转而诗写《国旗》、《我想念我的祖国》……连胡风这位新中国文艺忧心忡忡的理论勇士，也写出了热情洋溢的《欢乐颂》和《时间开始了》；当然，郭沫若也写下了他的《新华颂》……歌声自然是越多越好，大合唱的赞美自然是振奋人心的赞美；于是，在那个"凡是能开的花，全在开放/凡是能唱的鸟，全在歌唱"① 的热烈中，人们开始制造诗歌的神话——在浮夸狂热的"大跃进"时期的新民歌运动中，那些富于"革命的浪漫主义精神"的诗歌作品铺天盖地，把这一个颂歌的时代推向了极致。

但是，应时代之运而生的一部分真实的颂歌，事实上却催生了应政治要求而生的更多虚假的颂歌，而这些更多的虚假的颂歌却恰恰抑制了非颂歌诗作的问世——这时候谁要是写作非颂歌式的作品，同样显得不合时宜。谢冕先生说："这是一个放声歌唱的年代，整个的诗坛弥漫着喜气洋洋的充满理想和希望的早春情调……但他们几乎无一例外地在诗中杜绝流露出哪怕一点点个人倾向，而是专注地表现集体的情感和思想。"② 而艾青正是因为不合时宜地写作了具有个人倾向的《礁石》、《双尖山》、《在智利的海岬上》等诗，而遭到了"反右"批判。多少年后，郭小川为自己当年的表现痛心疾首，"那时候，社会主义革命和社会主义建设的伟大号召已经响彻云霄，我情不自禁地以一个宣传鼓动员的姿态，写下一行行政治性句子，简直就像抗日战争时期在乡村的土墙书写动员标语一样……

---

① 严阵：《钟声》，《诗刊》1957 年第 1 期。

② 谢冕：《20 世纪中国新诗歌概略：1949—1978（上）》，载谢冕《谢冕论诗歌》，江西高校出版社 2002 年版，第 88 页。

这期间，我写的诗大部分实在不成样子，《致青年公民》这一组还算是稍许强一点的。然而这也是多么浮光掠影的东西呵！想到这里，我往往非常不安。我能够总是让这些淡而无味的东西去败坏读者的胃口吗？这些粗制滥造的产品，会不会损害我们社会主义文学的荣誉呢？"① 这不是他一个人的不安。真诚的诗人们之所以内心深处深感不安，正是因为那些看起来数量众多却普遍缺乏艺术穿透力的作品，固然是过眼烟云，却是一种"生命中不可承受之轻"，这些作品放声歌唱的亢奋背后，潜藏着中国现代诗歌不幸遭遇的又一次遮蔽、冷场与败坏。

　　而中国现代诗歌遭遇的这一次莫大的考验仍在继续——十年"文革"开始了。又是十年！又是一次诗歌的巨大冷场、巨大停止与巨大疏离！

　　这是一次最无可奈何也最让人心酸的诗歌冷场，当然也是必要的冷场，因为这一次退场，它保卫的是诗人们自己的生命！为了苟全性命，诗人们被迫退出诗坛，同时也带走了他们的诗歌。当年，即使在战争的硝烟里，他们也没有停止过歌唱——尽管那歌唱太接近于怒吼。然而在这一次冷场中，诗人却主动闭上了自己的嘴。"沉默呵，沉默呵，不在沉默中爆发，就在沉默中灭亡！"这一时期，中国的诗人渐渐变成了韩东《三个世俗角色》一文中所谓的"政治动物"、"文化动物"和"历史动物"，却唯一不是"诗歌动物"。这一时期，中国诗歌的语言与思维被极度地政治化：会议发言式语言、政治学习式语言、革命大批判式语言、报章评论式语言和大字报式语言……这种语言也几乎成了当时民间大众的口语。而人们的心灵隐藏在这种语言背后，是多么的倦屈、不安和恐惧。以至于到后来的"天安门诗歌运动"时，人们用来反抗的语言，也仍然是这种语言，"欲悲闻鬼叫，我哭豺狼笑。洒泪祭豪杰，扬眉剑出鞘"。十年之后，如果说中国的"地上"小说家只剩下浩然一人，那么，十年之后，中国的诗人，也只有郭路生一个了，而且还在"地下"。但毕竟当年的中国还存有这一个叫做郭路生的诗人！而且也正是他，在那个人人都放声歌唱的"大拇指时代"，悄悄地伸出了他那控诉与批判的"食指"并最终影响到了后来的北岛及其《回答》！

　　诗评家沈奇有一个关于现代中国诗歌的"三大板块理论"：第一板

① 郭小川：《诗要"四化"》，载郭小川《谈诗》，上海文艺出版社 1978 年版，第 101 页。

块，新诗发轫到初步形成的二十年；第二板块，我国台湾现代诗四十年；第三板块，祖国大陆 20 世纪 70 年代至今的现代主义新诗潮。① 他的这一中国现代诗歌的空间板块理论其实暗含着中国现代诗歌的时间历史概念。他的意思也许是，如果没有台湾现代诗的存在，中国现代诗歌的发展，恐怕要留下更大的空白与冷场。可惜的是，台湾诗歌却没有认识到自己的使命，所以他们以前和现在都没有前进在正确的道路上。对此，沈奇有一段话说得也很准：台湾诗歌"一方面在对现代汉语尤其是口语的诗性表现功能的挖掘和创造上有所欠缺，一方面对大陆第三代代表诗人所创造的口语诗的特殊品质，一直缺乏理论上的正确认识；许多台湾诗人和批评家将其与台湾所谓'口白体'、'通俗化'等同一视，实在大谬不然"。②

　　考验给予被考验者的，是火眼金睛与金刚之身！沉默给予被沉默者的，恰恰不是灭亡而是爆发！"朦胧诗"的出现，不正是中国现代诗歌一次翻身解放式的大爆发么？

三　1989 年以后铺天盖地的物质崇尚与金钱追求的考验

　　"文化大革命"结束后，中国迎来了共和国历史上的一个"黄金十年"。在这个人们习惯称之为"新时期"的日子里，有三样事情闪烁着人类社会最为质朴的光芒，科学、教育、文学！这十年，思想意识的多元化与文化思潮的启蒙，引领了文学观念的解冻。伴随着科学的春天与教育的春天，"朦胧诗"终于出现了：顾城和舒婷出现了，尤其是戈多一样姗姗来迟的北岛出现了！

　　在 20 世纪 70 年代末 80 年代初的"朦胧诗阶段"，中国现代诗歌开始逃离政治化文学语言的长久统治，试图回归阔别多年的诗歌家园，尝试着发出个体的生命之声，人们的诗歌语言也渐渐摆脱了概念化的束缚，诗人的创作想象力得到了空前的解放……诗人们终于结束了可怕的沉默，中国

---

　　① 沈奇：《中国新诗的历史定位与两岸诗歌交流》，载沈奇《沈奇诗学论集》（第三集），中国社会科学出版社 2005 年版，第 4 页。
　　② 同上书，第 7 页。

现代诗歌进入了一个宝贵的复苏期与喘息期，并很快地进入了诗派林立、宣言众多的"狂热期"。于坚回忆说："80 年代，中国热爱文学的人多到不正常的地步，写诗的朋友可谓是浩浩荡荡，像为了一个共同的目标从五湖四海集合起来的革命队伍，我也曾在这种群体性狂热中感受到某种身为诗人的荣耀慰藉。"① 而且欣慰的是，这一时期，从摆脱多年来的政治化写作模式开始，经过后期朦胧诗的各种实验，到于坚"口语诗"的成功实践，中国现代诗歌终于踏上了一条"归真返朴"的回归之路——诗歌终于回到它自己的道路上。从胡适先生开始，这是中国现代诗歌久久期盼却久久不能实现的一个愿望。

不知不觉地，"朦胧诗"时代已成了遥远的过去，但是，"朦胧诗"这三个字，仍然像一块石头压在人们心上。把当时的诗歌称之为"朦胧诗"而且再不改口，实在是因为这一命名中的"朦胧"二字确实传达出了当时中国人对诗歌一种太过意外的疏远感与陌生感。号称诗歌之国的中国人居然不认识诗歌了！所以，人们不得不心生这样的疑问：40 多年前，广大的中国人开始告别诗歌——同时告别所谓诗意的栖居，开始了非诗的生活，现在，重重遮蔽之后，他们心中的诗神还能觉醒吗？他们梦里的诗歌还能复苏吗？毕竟世界上有好多不可逆转的病变，也有好多不可复原的伤损！

事实证明，回答应该是肯定的！在那黄金般的十年，中国诗歌放射出的正是黄金般的光芒！

然而，中国现代诗歌真是命运坎坷：它先是受到了敌人的欺负，后是受到了政治的欺负，1989 年之后，竟然又受到了资本的欺负——它又一次遭遇到了严峻的考验！在 20 世纪 80 年代的诗歌热潮之后，它又一次遭遇了式微与冷场，席卷而来的物质崇拜与金钱狂热开始对中国现代诗歌进行新一轮的摧残与危害。在物质主义与实用主义的打击下，首当其冲的，就是诗歌这种唯美的事业。中国现代诗歌似乎命中注定地要历经磨难与洗礼，战争的、政治的、经济的；外在的、内在的、自身的！天降大任于斯的中国现代诗歌也许真的要百炼之后终成一钢。

这一时期，大约开始于 1989 年。从这个时候开始，借助于强大的物

---

① 于坚：《诗人于坚自述》，《作家》1994 年第 2 期。

质镜像，人们又一次停止了诗歌的脚步，重新打量自己的人生。这一年，随着诗人海子在山海关的自杀，人们突然看到了诗歌和诗人的宿命，原来它们是那么镜花水月般远离现实并且虚幻荒诞！海子是一个神话，但是海子更像一个寓言！海德格尔说："在这个世界陷于贫困的危机境地之际，唯有真正的诗人在思考着生存的本质，思考着生存的意义……唯有真正的诗人才可能不计世俗的功利得失而把思考的意向超越现象世界的纷纭表象而去思考死亡，思索人类的出路，而当他自身面临着生存的无法解脱的终极意义上的虚无与荒诞之时，他便以身殉道，用自己高贵的生命去证明和烛照生存的空虚。"① 海子的命运就是如此！以海子为代表的中国诗人的命运就是如此！海子死了，但是冷漠的车轮并没有把诗人的命运带向远方。海子即使能够终结中国现代诗歌的神性写作，却终结不了来自于普通大众的对诗歌的怀疑与恐惧——这才是较之官方与政治更为深层的真正的人们对于诗歌"古老的敌意"！

这种随着战争的远去与政治的远离而终于水落石出的对于诗歌真正的怀疑与恐惧，遍布于中国的 20 世纪 90 年代。

"20 世纪 90 年代"，对于中国历史的意味是深远的，中国社会在这一时期发生了巨大的转型，大众文化与商业文化共谋之后如潮涌至，人们原有的精神结构和价值观念大受冲击，被迅速"刷新"与"重塑"，物质主义、实用主义卷土重来而且变本加厉，而共时于 20 世纪 90 年代的中国诗歌又怎能幸免于难？20 世纪 90 年代的诗人们如何能够逃脱"深刻的价值困惑"而陷入难以自拔的"精神失重"？在这种精神的失重状态下，他们继承了北岛等人可贵的反叛者形象，却不愿意继承他们诗歌中优雅的意境与厚重的语言甚至文学本身的庄严——内容的庄严与形式的庄严。人们眼看着以北岛为代表的深具思想性与庄严法相的"前朦胧诗"土崩瓦解，并眼看着浅薄取代深刻、卑琐取代高贵、物质取代精神的世纪末的"第三代诗歌"及"后第三代"甚至"废话诗歌"与"下半身诗歌"甚嚣尘上。战争与政治没有打倒的中国现代诗歌，现在几乎要被那些所谓的诗人们自己给毁灭了，"20 世纪 90 年代以来的中国诗歌，情感日趋淡漠，诗

---

① 崔卫平：《海子神话》，中国文联出版社 1999 年版，第 40 页。

意日渐匮乏"①，章怡红看到的，也为我们有目共睹。

　　这一时期，人们进入了一个连"思想"也突然成了问题的年代，于是"诗歌"自然也就成了有问题的事物，"诗人"也就同时成了有问题的人。长期以来，作为社会公众的精神佳酿且摆放于显赫地位的诗歌，现在真正被边缘化了——社会公众对诗歌产生了普遍的疏离感与深刻的隔膜感。换言之，诗歌终于被那些仅仅是为了生活得更加有钱、更加舒适的人们所蔑视，人们"一谈到诗歌，就表现出一副不屑与轻蔑的姿态"。② 当中国的现代诗歌好不容易把自己的言说对象从"少众"扭转为"大众"，谁知我们的"大众"却早已把自己的目光投向了诗歌之外。这怎能不让这中国的诗人们万般失落？

　　中国现代诗歌面临到了前所未有的窘迫。

　　也正是在这期间，汪国真用那些甜腻的碳酸饮料式的所谓"快餐式诗歌"，对中国现代诗歌的形象进行了一次雪上加霜的败坏与自渎。"作为诗国的国耻，新时期诗名最著的，是连诗歌幼稚园都没毕业的汪国真。如果汪氏分行押韵的涂鸦之作是流行歌曲的歌词，我没意见，但要跻身诗国则必会人神共愤。"③ 这句话可以表明当代诗歌界对汪国真的基本态度。然而，和后来的网络诗歌对中国现代诗歌的摧残相比，汪国真的影响毕竟微乎其微。2006 年，赵丽华的诗歌突然被网络大肆恶搞。这是中国现代诗歌历史上一个重要的事件，这一事件十分有趣地勾划出中国现代诗歌世纪末前后一个奇怪的曲线：先是对汪国真大量的"废话诗歌"的盲目追捧，后是对赵丽华少量的"废话诗歌"——她的绝大部分诗歌都是十分优秀的——的不能容忍。所以，赵丽华诗歌事件无疑是对中国现代诗歌过分口语化、直白化的一个严重警告，但也无疑表明，中国的诗歌读者终于进步了！透过金钱之眼，他们的目光开始能够分辨什么是废话、什么是口水，什么又是诗歌了。这一事件后，赵丽华渐渐地不写诗歌了，然而，一万个终于觉悟了的诗歌读者对于中国现代诗歌的意义，也许比一个暂时不写诗歌的诗人更为重要。只要那些从钱眼里钻出来而仍然爱读诗歌的人们

　　① 　章怡红：《重生的缪斯——当代诗歌的转向》，《当代文坛》2013 年第 1 期。
　　② 　红雪：《当代诗歌病理切片化验》，《大庆高等专科学校学报》1999 年第 3 期。
　　③ 　庄周：《齐人物论·诗歌部分》，《书屋》2000 年第 11 期。

在，只要那些从钱眼里钻出来而仍然爱写诗歌的人们在，诗神就不死。因为从钱眼里走出来，是一片真正的广阔天地！而一个不争的事实是，这一广阔天地里，越来越多的人们出现了！

再没有什么劫难能够阻挡中国现代诗歌的又一次长足发展了！

季羡林曾说："在文学范围内，改文言为白话，也是中国文学史上的一件大事……我个人的看法是，现在的长篇小说的形式，很难说较之中国古典长篇小说有什么优越之处。戏剧亦然，不必具论。至于新诗，我则认为是一个失败。"[1] 季羡林是国学大师，他的看法一定有其某种程度的正确性，但是他老人家应该同时看到，中国现代诗歌发展至今所历经的重重苦难与接二连三的复杂问题。中国现代诗歌其实还十分年轻，其实正是生机蓬勃的时候，而且，中国现代诗歌终于迎来了比以往任何时候都要优良的修习环境，更重要的是，中国现代诗歌已能够在三种诗歌话语（现代汉语诗歌、中国古典诗歌、西方近现代诗歌）的交会点上展望自己的未来了。[2] 所以，我们相信：在经历了上述三大挫折三大考验之后，在继续处理好与诗歌传统的关系之后，在继续处理好与西方影响的关系之后，中国现代诗歌一定能够迎来自己长足发展的第三个时期——这个时期将同样黄金般辉煌！

---

[1] 季羡林：《漫谈散文》，《季羡林生命沉思录》，国际文化出版公司 2008 年版，第 162 页。
[2] 王光明：《20 世纪中国诗歌的三个发展阶段》，《诗探索》2005 年第 9 期。

第八章　面对古老的敌意

——现代诗歌与现代人的必然冲突

我们和诗歌之间的亲和，由来已久；我们和诗歌的冲突，也同样由来已久。我们和诗歌之间一直保持到现代的亲和，是不容置疑的存在；然而我们和诗歌迁延至今的冲突，同样也是不容回避的事实。本章所述我们和诗歌的所谓现代冲突，也就是我们的现代人和我们的现代诗歌之间的冲突。

一　现代诗歌作品指向的多重性与现代读者阅读取向的单一性之冲突

在中外诗歌既有的文本事实里，内容的指向很多。除了一般地指向想象与感情之外，还有指向政治需要的，有指向教化宣传的，也有指向平庸抒情的，有指向理念的、指向学术的、指向陈旧的情感思维，甚至还有指向生理快感的宣泄与呕吐的……诗歌作品指向的多重性，是诗歌作者内心世界的多样性决定的。有人曾以诗人的"心"之不同为比较标准，说屈原的心是"国心"，杜甫的心是"民心"，王维的心是"景心"，冰心的心是"爱心"，李季的心是"油心"，李瑛的心是"军心"……且不论其说法正确与否，他看到了诗人内心世界之极大的不同，则是显而易见。世界的丰富与人生的绚丽多姿，也决定了诗歌作品诗意的多样性，意识、意象、意趣、意义、意境、情意，等等。不同的诗意寓居于不同形式与风格的诗歌之中，哲理诗、山水田园诗、乡土诗、讽刺诗、禅诗、爱情诗、政治抒情诗甚至汤头歌诀，等等。它们之所以拥有不同的命名，正因为它们是不同诗意的居所。

而一个读者的个人阅读倾向，往往比较单一。一个读者如果只基于自己的阅读倾向，只认定众多作品指向中的一个或两个，而不是同时再兼顾其他，必然就会有盲人摸象之嫌，就很难对他所面对的诗歌世界有一个比较全面的把握与评说。打个比方说，一个诗人和一个读者，是处于两极的"一"，而在它们的中间，却存在着一个巨大的"万"。这个"万"，可以用"万水千山"来形容，这种"一"和"万"的对立，几乎就是天然的对立。于是当一个读者开始面对诗歌的时候，面对一个个独具个性的诗歌文本，他会必然地面对到一种陌生与困窘，也就是说，他不会轻而易举地找到与自己的意义取向完全默契（或者大部默契）的诗歌作品。于是在此之前，他对其他诗歌的不屑，就是十分正常的。这种对立，应该说是一种天然的对立。

"古典诗歌强调'诗言志'，强调诗的社会性，而现代诗歌无论是从肯定方面还是否定方面，都释放出丰富的信息，呈现出一种复杂性和丰富性。"[1] 尤其是进入 20 世纪 90 年代以来，出版业技术空前进步，信息时代迅疾到来，大量诗歌作品如雨后春笋般出现，无以数计的各色诗人们的无以数计的各色诗歌作品几乎泛滥于世。也就是说，作为个体的诗歌读者所面对的那个"万"空前地庞大与膨胀了起来，而这只能增加读者选择与识别的困难与迷茫，于是，对现代诗歌的各种不解与非议也就空前地多了起来。因此，中国诗坛就出现了这样一种情形：一方面，是来自一般读者的对现代新诗的批评，他们为诗歌的渐趋冷寂而叹惋，并将诗歌冷寂的原因主要归之于诗歌的难读、不知所云甚至远离人民大众等等，一些论者甚至怀疑现代新诗的出路，认为现代新诗业已走入了一个死胡同；另一方面，面对这些关于现代新诗的悲观之论与非难，大部分诗人们却不以为然，甚至还嗤之以鼻。他们普遍自我感觉良好，觉得诗歌的精神正在从极其自由且渐趋冷静的现代新诗写作中回归自然并发扬光大。他们认为，20世纪 80 年代那种一哄而上的诗歌热潮，是久饥之人的慌不择食，并不意味着诗歌的福音，倒是现在大退潮之后平和的诗歌心态，才是诗歌能够正

---

① 李怡、李应志：《中国现代诗歌与当代中国读者的需要》，《钦州师范高等专科学校学报》2005 年第 2 期。

常发育并成长的合适土壤。

猛一看，中国现代新诗这种诗人与读者各行其是的现象好像是很不正常的，但是细一想，这应该是十分正常的。在两个事物同向的前进中，并肩前进只是一种理想，它的可能只占所有可能的三分之一，余下的两种是，要么读者走在前面，要么作者走在前面。读者走在前面，对于创作来说，几乎没有任何的意义，再前面的读者，也只是读者，而不是作者。所以，作者走在前面，而读者却在后面喊叫，等等我吧，就成了我们的诗歌现实中一个最为普遍也十分正常的现象。当然，这不能责怪于任何人，这是我们和诗歌之间的天然冲突。矛盾而又运动，这是任何事物发生发展的必然规律，中国的现代新诗就在这种矛盾的运动中发展着，它也必然要这样发展。

虽然不能责怪读者，但是笔者还是要给读者们提一个要求。诗歌之气，贵清不贵浊。高贵，是诗歌的天性，所以，面对诗歌与读者不能并肩前进的事实，我们只能要求读者追赶上去而不能要求作者迎合下去——其实真的迎合下去的诗歌，读者们也并不真的理会。所以，诗歌的读者不仅需要学习而且需要耐心地学习。面对所有真正的诗歌，任何一个试图轻而易举地像芝麻开门那样只靠一句咒语就得到无尽宝藏的想法，必然是一种梦想，必然会给自己的阅读期待带来巨大的失望。

在我们和诗歌的这一冲突中，还有一个不容忽视的事实是，站在诗歌的对立面的，败坏与中伤着诗歌的，除了一般的读者，还有我们一些所谓的诗歌批评家和他们那些所谓的诗论文章。如果说现代诗难懂，那么一些现代诗的理论文章其实更难懂。诗人们多少还能从生活与形象出发，然而那些生吞活剥了一些中外诗歌理论的所谓评论家，其语言既远离形象也远离生活、更远离诗歌的精神。他们的文章，往诗歌里强加的东西多，从诗歌里概括的东西少。读这些文章，笔者的感觉是，他们的外语水平可以，哲学水平也可以，甚至经济学的水平也可以，口气十分的研究生化或者博士化，但就是诗歌的水平不行，然而他们却在使用着他们的"话语权"。于是，"经"本不坏，只因为和尚的嘴是歪的，那经也就被念歪了。笔者认为，如果说诗人们没有向读者这一面倾斜，那也许是因为诗人被另外一个东西给引诱了过去，这个狐狸精就是那些华而不实却显得高深莫测的评论。

如果把诗歌比喻成女人，那么笔者希望那些喜欢瓜子脸的读者，尽管去喜欢瓜子脸，但不要同时把其他的脸贬得一钱不值。写作和阅读永远是一种类似恋爱的心灵沟通，你可以爱所有的女人，但是你却只能和一个女人结婚；你爱所有的诗歌，可是你只能通过某一个诗人的诗歌或者某一类诗歌进入诗歌；女人是面向全部男人的，正如诗是我们大家的，这就是诗歌指向的多重性；而面对女人和诗歌你永远只是一个个体，这就是读者取向的单一性。众多的女人会让你迷茫，同样，你要求所有的诗人都向你飞来媚眼，你只能是自找苦吃。你喜欢林黛玉，如果你要求所有的女人都是林黛玉，你必然自找烦恼。

二　现代诗歌日趋强烈的创造欲和现代读者日趋世俗的审美惰性之冲突

读者审美接受的第一步，是基于固有审美经验的认同。不论是当年青年女性的喜欢琼瑶的爱情，还是青年男性的喜欢金庸的英雄，所有在认同层次上的读者，无不希望在阅读中从现实的边缘地位变成话语世界的主角，并在这种阅读中得到对自己光亮的而非灰色的存在之确证。这种认同审美的经验性特点，表现为读者总是用自己已有的模式和标准以及理解能力，去对一个作品进行尖锐化处理（用自己的兴趣去选择、突出作品中自己熟悉的一部分）和相应的整平化处理（舍弃、漠视作品中自己感到陌生的一部分）。能和自己的模式相合的，就是能理解的；能理解的，就是好的，反则反之。这就是认同（而不认不同）。比如，中国的古代农业自然经济生活使中国古典诗在表现悟、静、超然境界、人生虚无、山水、农家苦乐等主题方面有独特的观察，创造出了一套相应的表现手法和语言模式，并且中国的一般文化人也基本掌握了这种表现手法和语言模式。但由于个人才力、阅历、学识、诗歌修养等诸多因素的限制，他们在达到这一普遍的程度即基本的掌握之后，要想突破自己，就成了十分困难的事情，于是，在重复与原地踏步中接受，这一种审美的惰性也就成了他们阅读生活中不请自来的老朋友。这也是一般人无可指责的正常审美现象，或者可以略责之为一种大可原谅的通病，即喜欢走老路，喜欢和老朋友、老熟人来往，而正在这一点上，他们和诗歌渴求个性、独特、新鲜的创造精神一时难以达成一致，从而形成一种宿命的分歧。

这也可以从普通老百姓对待传统戏剧的态度得到参照。普通老百姓之对传统戏剧，几乎百看不厌，即使是不断地重复，也仍然乐于接受。这是为什么呢？因为传统戏剧是十分程式化的，对于它的欣赏者来说，是已知的（知道情节走向和人物命运甚至知道下一句台词），是老路数、是老朋友、是轻车熟路，而人们一般都喜欢在一些相对稳定的意象中集中精力地去品味其中的意蕴（然而读诗不是看戏，读现代新诗尤其不是看戏）。对戏剧是如此，对古典诗词也是同样，没有人能够承认经过修改了的古诗词——即使它会更美，因为他们欣赏的已不再是诗意的创造之美，而是那种老朋友的熟悉感、确认感以及证明感。他们其实是在从中寻求一种自我存在的感觉，是在借助一种经由时间确证的可信的存在，来确证自己的存在。如果这也是一种所谓市场需求的话，则这种市场需求的导向，就不再是让大众走向艺术，而恰恰是让艺术走向（或者说是迎合）大众。然而作为一种新生的艺术门类的现代新诗，不论是从内容上还是从形式上都与传统的艺术有着一定的距离，且都没有经过时间的确证。对于喜欢老朋友的大众来说，它是一个新朋友；对于喜欢程式化的大众来说，它是一个目前还不可捉摸的事物；对于沉浸在一种审美惰性里的大众来说，它是一个创造但不无孤独的先行者。

这种诗歌作者强烈的、创造的、超越自我的要求与诗歌读者普遍的认同自我的要求，不正是诗歌与它的读者之间天然的一个冲突么？也不正是这一冲突在现代人文化生活里的延续么？

这也可以从一般文化人对待传统诗歌的态度得到参照。好多读不懂现代新诗的人都在说，中国的古典诗歌要比现代诗歌好读多了，通俗易懂多了。事情真的是如此么？其实，一般文化大众所说的对传统诗歌的理解，往往只停留在理解了其文意的程度。其实，克服了古体诗的语言障碍，只是万里长征走完了第一步。唐诗三百首，是最好懂的古体诗了，然而，真正理解了其"诗意"而不只是理解到了其"文意"的人，又有多少呢？如陈子昂诗《登幽州台歌》之"前不见古人，后不见来者。念天地之悠悠，独怆然而涕下"，知道了"怆然"和"涕"的意思，并不是读懂了它；能把它翻译成白话散文，也不是读懂了它；甚至能说出"得风气之先的伟大孤独感"①，也还不能说是完全地读出了它的诗意。认为自己能够读懂古诗的人，他们所读的古诗，很可能只是古代那些"以诗为文"的人写的所谓的诗——只借用了诗的外衣的一种东西。

中国传统的诗歌，形式的外包装比较多，如句式（绝句和律诗规定的字数与句数以及词曲的谱式），如声韵（押韵与平仄），前者借重于视觉的整体之美与参差之美，后者借重于声音的变化和谐之美。而这只是古体诗的外衣而已，现代诗则褪去了这些外衣。所以，对诗歌精神有所领会的人，虽年老但能看懂现代诗，因为他看的是诗歌的内涵；没有领会诗歌的精神只是略知一二诗歌外在形式的人，虽年少但不懂现代诗，因为他看的是诗歌的外衣。换一个比方，如老百姓对神灵的祀奉，很少有理解其精神者，一般的都是祀奉其泥身土胎的外形。然而这种祀奉却不能称其为信仰；同样，只了解一些唐宋诗词之皮毛的人，也不能说自己就懂得了中国古代的诗歌。

正因为唐宋诗词的皮毛并不能告诉人们诗歌真正的意味，所以，拿着这样一种对于诗歌的极其简单又极其惰性的理解，去阅读一些现代真正的诗歌，人们必然难以认同，人们只能认出不同。比如，现代诗的分行与长短句自由的形式，本来是无可指责的，这种绝对意义上的自由是符合人们的审美天性的，然而，对于在传统格律诗中沉浸太久的人来说，现代诗人谋求的这种自由却让他们显得无所适从。再比如，对于现代诗坛确实存在的那些假冒的诗歌（它们更像当代时装表演的女人，我们从中只能看到一些衣服、骨架和肉，却看不到活生生的表情以及丰富的内心，更谈不到灵魂与气质），有些人却偏偏喜欢它们，买椟还珠。这样的人，其实正是那些自以为能够看懂传统诗歌其实什么也不知道的人。遗憾的是，他们却要对真正的诗歌指手划脚。刘自立就曾对顾城的著名诗句"黑夜给了我黑色的眼睛/我却用它去寻找光明"如此大放厥词："这句话不知被多少'崇拜者'与'诗评家'引用过，但对它的评析往往莫名其妙，以笔者看，这句话中有'语病'的。'黑夜'给了他'黑眼睛'，那么白天呢？何以只有黑夜给了他黑眼睛呢？一般而言，人之所以有眼睛，本为父母所

---

① 李泽厚：《美学三书》，天津社会科学院出版社2003年版，第119页。

给，是不分昼夜的。"①

诗人固然不能对读者昂起自己的头，但是对这样恶意且低劣的读者，你还能保持若谷的虚怀么？你只能对他的无知嗤之以鼻。哪一个诗人愿意去尊重这样的读者呢？②

于是，可以说，一般文化大众对于诗歌的概念，其实是在对传统诗歌的一知半解当中形成的，它当然地与现代诗歌接近诗歌本质的追求形成了一种几乎不可调解的冲突。

三 现代诗歌诗美的意境追求与现代读者求真求知的文化追求之冲突

意境，换言之就是意义和意义的载体，或者说是灵魂和寄托灵魂的躯壳，简单的比方就是酒和装酒的瓶子。古体诗的总体意境，是古代无数优秀诗人们毕生努力的成果，是他们留给我们的一个美好的精神家园。这也是我们一般文化大众——读过一些唐诗宋词于是认为自己知道一些诗歌的人——曾经十分熟悉的一片故土，我们的诗歌素养之根，就深扎在其中。熟读唐诗三百首，不会做诗也会吟嘛。

然而正是"不会做诗也会吟"这句话颇让人深思。这本是一句违背艺术原理的话，这个"吟"其实正是中国诗歌精神传承的歧路，然而多少年来它却一直是中国诗歌教育的名言。它一直误导着中国的文化大众，尤其误导着中国那些写作古体诗的人。他们本不会做诗，但是他们却会吟诗。让我们也来吟出这样的一首诗：六七八九十，12345。ABCDE，金木水火土。然而，这是诗么？这显然不是诗，这只是徒具诗歌外形的所谓的诗而已。可是不幸的是，我们一般民众的诗歌素养却正在此中，那些希望得到诗歌的审美，却又不愿千里朝圣的文化大众们，恰恰是从这里得到了

---

① 刘自立：《一种奇怪的看法——议〈当代诗坛：究竟谁该向谁学〉》，《团结报》1999年9月7日。按：先是缀石轩先生在《中华读书报》1999年7月21日发表《当代诗坛：究竟谁该向谁学》一文，而后刘自立在《团结报》同年9月7日发表此文进行质问。文中说到顾城的诗，刘即发出如此的"奇谈怪论"。

② 本章文字最早发表于《诗探索》2001年3—4期合刊。当时孤陋寡闻，以为刘自立只是一位"读者"，今日为了给他的话注明出处，不查则已，一查才知刘自立竟是"今天"诗人群的一员，不仅不是普通读者，而且也是一个诗人，然其诗见如此，有些令人不解。

通过买椟还珠而走进诗歌的捷径：吟！吟句式，吟字数，吟分行的排列，吟声律……并且自以为是！是的，精神的东西确实是不可眼视而见之、口诵而聆听之的，对于大众来说，是不是诗，并不要紧，而像不像诗，才是第一位的。蝉蜕与蛇皮代替了蝉与蛇，椟代替了珠，诗歌的泥胎代替了诗歌的精神，为什么，只因为它们是可知的，可见的，真实的。

这既是他们诗歌生活的悲哀，也是他们和诗歌精神的天然冲突。

对一个事物，人们一般是先求认知之，再求审美之，这其中自然地隐含着先生存后生活、先物质后精神、先现实后意识的逻辑。而在这认识的第一阶段，以求真、求科学的解释为标志，表现为对不同与个性的排斥。在第二个阶段，即开始审美的阶段，人们才开始厌恶齐同和共性而向往个性与不同，可是大部分的人们其实都停留在第一个阶段，即求真、求科学的阶段，于是他们在艺术认识上表现出来的无能，就是难以从生活的真实上升到艺术的真实。而他们的这一认识水平，先天地决定了他们要对所有创新的东西高呼，请等一等。当然应该等一等，于是一部分诗人就停了下来（但他们往往是诗歌队伍里的老弱残兵）；当然更应该前进，于是另外的一部分诗人则毅然奋勇地前进了。他们深知自己肩负的使命。说到真实，一个不容否认的事实是，一般的人们理解的真实，是十分狭窄的，他们既不理解梦的真实，更不理解思想的真实——对"想过即是活过"这句话，他们一定大摇其头——他们可以理解类型化的小说人物，却不一定能理解典型化的小说人物，更不会理解本相化的小说人物；他们能理解人与自然的搏斗，能理解人与人的搏斗，不一定能理解人与自己的搏斗……他们不可能理解诗歌的真实，其实诗歌是一种美丽的谎言。诗歌的真实，实在不是一种近于物质的真实。

然而，不容否认的是，一般读者在对现代新诗进行阅读的时候，却是自觉不自觉地带入了他们对于物质真实的追求。其中一个典型的表现，就是他们认为诗歌作品也是一种消费品。文化现在日益成为一些人的消费品，诗歌也是一样。好多人都在公开地宣称自己对诗歌的态度就是消费的态度。

然而诗歌并不是一种消费品。

消费品的一大特征，是消费者自己并不直接生产但可以通过交换而去享用。然而诗歌却不是这样的，诗歌不是一种自己不去生产却也能通过交换而享用的东西。虽然事实上自古以来好多并不写诗的人确实是在使用别人的诗句，但笔者认为那更多的是一种功利的使用而不是美的享用。如同用手榴弹捣蒜、用佩剑做装饰。余光中在其《剪掉散文的辫子》中说："可是我们生活于一个散文的世界，而且往往是二三流的散文。我们用二三流的散文谈天，用四五流的散文演说，复用七八流的散文训话。偶尔，我们也用诗，不过那往往是不堪的诗，例如歌颂上司，或追求情人。"①这就是现在通行的实用主义者对待诗歌的态度，而这种态度会把诗歌导向何处呢？所以，把诗歌看成是一种文化消费的看法是错误的。卖任何消费品都能发财，卖诗歌这种消费品则只能两袖清风。不过两袖清风的人却最容易显出骄傲，如同一张白纸上小小的两颗字无处藏身。另外，你花五块钱买一本诗刊，就是花了几分钱买了其中一位作者的一首诗，你只花了几分钱，你却想从诗中得到极大的美的享受，这在市场经济的理解里，也是不公平的。你只有用这样无数的几分钱，读大量的诗歌作品，你才有可能进入诗歌的圣殿一窥奥妙。也只有那样才是公平的。然而，希望消费的人却有这么一个基本的原则：以最小的投入，得到最大的回报。读诗的人的"最小的投入"，自然得不到"最大的回报"，于是他们就说诗歌不好，他们实在是欺诗太甚。韩作荣的《学诗札记》中说："说诗歌有病，首先是社会有病。爱心的丧失，情感的冷落、荒凉，物欲的疯狂，从根本上扼杀着诗歌；运思的人越少，诗人越寂寞，那些高雅的诗行，怎么能和令人趋之若鹜、不时变化花样的消遣娱乐方式等同？"②

　　再说，诗歌是语言的艺术品。消费诗歌，那么就得消费语言；消费语言，那么就得进入语言；进入语言，就是要与作者一起亲历一番心灵与感情的历险，至少也得亲历一番起承转合的运动过程。然而，在商业消费中浸淫已久的一般文化消费者，他们对待诗歌——对待其他的艺术品也是一样——的消费态度，一如他们对待电视机的消费态度，他们并不在意电视的制作过程，他们并不在意电视机为何有如此的奇妙，他们只在意它的功能，能收到多少个台等等，甚至更在意于它们的价格。就是说，他们在意的是创造的结果而不是过程。可是诗歌却正是这样一种独特的东西，它更

---

① 余光中：《剪掉散文的辫子》，《余光中自选集》，伊犁人民出版社 2000 年版，第 465 页。
② 韩作荣：《学诗札记》，《文艺报》2000 年 5 月 20 日。

多地要求人们注意它的语言的全过程。诗歌是非读不能进入的艺术，在这一点上，对它的欣赏，甚至较难于对绘画与书法的欣赏，因为绘画与书法是空间的艺术而诗歌（还有音乐）是时间的艺术，它要求欣赏者必须舍得花费时间，然后才能够进入诗歌并且有望欣赏到它。而现在的世风之浮躁，有谁还能静下心来吟诵诗歌并且呕心沥血地和诗歌朝朝暮暮地苦恋呢？

"诗到语言为止"，这是一句可称伟大的诗歌箴言，离开了对语言的深入理解，就无法进入对诗歌的深入理解。"景色也是不够的。好像一条河，你热爱河流两岸的丰收或荒芜，你热爱河流两岸的居民……必须从景色进入元素，在景色中热爱元素的呼吸和言语，要尊重元素和他的秘密。"① 海子在这里说的"元素"其实就是"语言"。比如元代诗人张养浩曲《喜雨》中的句子："农夫，舞破蓑衣绿。"知道"蓑衣绿"是"倒装"，是"绿蓑衣"的人，也许自以为读懂了诗，其实差之太远。由"蓑衣"这个"风景"，进而到"绿"这个元素，由"绿蓑衣"这样仅仅是一般的"认知"到"蓑衣绿"这样表现出农夫狂舞时欢乐心情的诗意之美，其间的道路，何止千万里！同样，从得意而忘言的语言观（比如"球又进了"！）前进到"诗到语言为止"的语言观（比如"梅开二度"、"再下一城"），其间的道路也是何止千里万里！

诗到语言为止。然而，到达语言的道路并非花上一些钱就可以驶入的现代高速公路，它是曲折的，因而也就是美的。美与速度、美与效率、美与功利，从来就不是一回事。而消费更多地是向速度、效率和功利的倾斜。用消费一语来表示对诗歌的态度，是对诗歌的侮辱。然而，有多少人，当他们在进行诗歌阅读的时候，能够放下他们在生活中那种对于物质与功利的以及真和知的标准而投身向美的怀抱呢？联系一般人们对待女人的态度，我们也能够明白他们对待诗歌的态度。他们无不承认女人的第一要素是美，然而，当他们结婚的时候，或者说当他们现实地甚至物质化地和一个女人结合成生产合作社与经济共同体的时候，他们却往往是舍美而求真，舍美而求善，甚至舍美而求有钱、有势、有一个富贵的老泰山。好

---

① 海子：《我热爱的诗人——荷尔德林》，载西川编《海子诗全集》，作家出版社 2009 年版，第 1070 页。

多男人都在说：老婆嘛，要那么漂亮干什么，但是所有的男人都希望自己的情人能够是漂亮的。现实的要求与精神的要求就是如此的不同！同样，人们对诗歌的要求也就是如此的大相径庭，口味复杂，而又一般地突出表现在"取悦上司或异性"上。这就难怪那些真正优美的诗歌往往并不为人们所重视，对于那些物欲强烈的人来说，美，其实是极为次要的。

第九章　更为隐蔽的暴力

——现代诗歌的语言错觉

语言的才能是一个语言工作者全部才能的基础——甚至是指归。"语言是存在之家"。对海德格尔这句名言最简单的理解是，存在如果没有到达语言，存在就仍然"在路上"。"在路上"，就是还没有"到家"。换言之，离开语言，存在就是无家可归的流浪者。所以，人们经营语言，也就是为自己的存在经营一个舒适而又美好的别样家园——哲学意义上的真实家园。

没有抽象的家园，只有具体的家园。现实生活中的家园具体为浑然一体的花草树木与锅碗瓢盆，语言作为家园也具体为浑然一体的字、词、句；或者诗行与诗节、意象与词语……它们应该处于一种密切且融洽、自然且有机的亲和状态之中，呈现出一种组织有序的美，从而形成我们精神世界宽松和谐的生存环境。为此，古今中外的语言大师在深入细微地感受生活、敏锐深刻地洞察天地、丰富美好地体验情感之后，营造出了无数宏伟美丽的语言家园与语言城堡。那是一个神奇瑰丽的世界，那里生活着自然、和谐、美丽的词语和句子，它们和那些伟大的感情与意志一起，成为我们永恒大地之上另一个同样永恒的精神家园。

但是，如同美好与丑陋共存于现实世界一样，语言世界也不是一片春光、和风细雨，也同样充斥着脏话、粗话、黑话等语言的污染。自进入所谓的读图时代与影像时代以来，语言的粗鄙化和粗俗化现象更为严重，它破坏着语言环境、践踏着语言法则、蔑视着语言理性，而在种种的语言病症中，有一种病症叫做语言暴力。

一　比语言的内容暴力更为隐蔽的语言的形式暴力

　　人们对社会生活中大量出现的语言暴力已有警觉和研究。刁晏斌先生的《试论当今的语言暴力现象》一文，就进行了全面的考察和分析，指出了大量存在于校园、体育界、社会、网络等语言环境中的语言暴力现象，呼唤人们注意语言世界的美好与和谐。① 但是，目前人们对"语言暴力"的理解，更多停留在"语言内容的暴力"层面，对"语言形式的暴力"，还未有足够的重视。刁晏斌先生的《试论当今的语言暴力现象》一文，在对语言暴力进行概念厘定时，认同的即是 2006 年 2 月 10 日《南国都市报》的一个解释，"使用嘲笑、侮辱、诽谤、诋毁、歧视、蔑视、恐吓等不文明的语言，致使他人精神上和心理上感受到痛苦或伤害"。② 语言内容的暴力包括粗鲁的主方词语（它必然产生伤害性的受方效果），也包括蛮横的主方逻辑。对此，王学泰先生在《不讲理文章与语言暴力》中说："语言暴力说简单一些就是用语言实施暴力。"③ 他又说："谈到暴力有三个层次，最明显的是伤及身体的暴力，其次是伤及情感、自尊的暴力，还有摧辱灵性和心灵的暴力。语言暴力主要是针对后二者的。"④ 显然，他所理解的语言暴力也是内容暴力而非形式暴力，即"语言中的暴力"而非"对语言的暴力"。如目前一些体育新闻中以"宣战"说"比赛"、以"歼灭"说"胜利"等，甚至有人看到"用锋利的刀把春天劈成两半"这样的诗句时，认为这也是"词语的暴力"。2009 年 4 月，网民"曲涧清风"的《投向诗坛的三枚炸弹》，以一个看上去"暴力"味十足的题目对当前诗歌创作中普遍存在的三种不良现象进行了轰击。其中有一枚炸弹，就以牙还牙地"投向在诗歌旗帜下宣扬暴力的诗人"⑤。然而他看到的诗歌暴力，仍然是"刀"、"杀"、"血"所指向的诗歌的内容暴力。

　　本章所论的语言暴力，指的却是在处理语言时的一种粗暴的而非自然

① 刁晏斌：《试论当今的语言暴力现象》，《辽东学院学报》（社会科学版）2008 年第 6 期。
② 同上。
③ 王学泰：《不讲理文章与语言暴力》，《同舟共进》2003 年第 4 期。
④ 同上。
⑤ "曲涧清风"：《投向诗坛的三枚炸弹》，http://bbs.netsh.com/bbs/1/128/html。

的手段，它的对立面是"自然"——而一般所谓的语言暴力其对立面则是
"文明"。如果说一般所谓的语言暴力是一种比较外在明显的语言暴力，它
破坏的是人们的道德感，那么笔者所谓的语言暴力就是一种更为隐蔽的语
言暴力，它破坏的是人们的美感。郑风先生注意到了这一点。他说："所谓
暴力的语言，我并不是说，这种语言一定是血淋淋的，相反，它们可能很
文雅，至少它们肯定显得十分正义凛然。"①郑风先生这里所理解的"语言
暴力"，能够帮助我们思考一般意义上语言暴力的暴力目的性和语言手段
性：语言手段可能十分地"非暴力"，然而其内容和效果却可能十分地"暴
力"。而这，就是本章所论的不尊重语言之自然规律与和谐原则的语言现
象，由于它同样生嵌硬镶，同样粗鲁莽撞，所以它也是一种"语言暴力"。
这样的语言暴力，在号称文学中的文学（即语言艺术中的语言艺术）之诗
歌里，不只时有所见，而且似乎更多。本章将对当代中国诗歌创作中的这
种语言暴力现象进行分析，以期引起诗人们的重视与纠正，从而让诗歌创
作真正成为语言艺术中的语言艺术，并对整个社会的语言和谐做出贡献。

二 现代诗歌创作中语言暴力的表现及原因分析

诗，从"言"，从"寺"，它也许是个形声字，但也不妨把它理解为
一个会意字，"言"之"寺"——言语的庙堂、语言的圣殿。它是语言庄
严朝谒之所，而不是轻浮游戏之所。诗歌是人类用文字语言筑成的教堂，
是语言最为和谐美丽的家园。中国人在创造"诗"这一汉字的时候，其
实早已直觉到了"语言是存在的家园"这一思想——笔者甚至认为"诗"
这个字所传达的意思，正是"语言是存在的圣殿"。诗歌语言的这一特点
要求于诗人的，一方面是飞扬其想象，另一方面是斟酌其字句，这才是诗
歌的魅力。如李钢的《车前草》之"一夜之间，车前草/长到了《诗经》
的书脊上/打开落地窗/啊啊/十五国风吹我"②。"十五国风吹我"，这是多
么神奇飞扬的想象。但是，它并非凭空而来，而是渊源有自——从"一

---

① 郑风：《语言的暴力》，《东方》2002 年第 7 期。
② 李钢：《古国的春天——读〈诗经·国风〉》（节选），转引自《读写月报·初中版》
2011 年第 1 期。

夜之间，车前草"之"草"，到"长"到"《诗经》的书脊"，到"打开落地窗"，到"风吹"，其语言水到渠成般自然而然。诗中的每个句子都对后面的句子产生着规定性的力量，且每一个后来的句子都在前一个句子的规定下顺其自然地延伸。再比如林染《敦煌的月光》之"当那些/裸着双肩和胸脯的伎乐天/那些瀚海里的美人鱼/起伏的手臂摇动月光/我听见了她们的歌唱"①，其第三行从"大漠"到"瀚海"再到"美人鱼"，诗歌思维运行自然，毫无牵强之处，同样想象优美。这样顺从于语言生命的自然而然的诗句启示我们：诗歌的语言看似无逻辑（因为它们毕竟是诗歌），其实却是合逻辑的（因为从本质上讲它们毕竟是人类的语言），它别无选择地要遵守人类语言的和谐之约——即诗歌语言作为语言中的语言，更应该是和谐有序的，而不是恣意妄为的（可惜好多诗人却在这一点上大有误会）。于是，当代诗歌创作中违背这一语言原则而生硬牵强的反自然现象就随处可见。究其原因，主要有以下几点：

第一，由于一时的疏忽，使语言不够精细。比如郭小川《团泊洼的秋天》之首行："秋风像一把柔韧的梳子，梳理着静静的团泊洼"。当我们以语言的自然逻辑仔细分析，则"秋风"像一把"梳子"的时候，当这把梳子做出"梳理"这个动作的时候，它的指涉对象，就不应是"静静"的团泊洼了，而应该是"长满了青草（因此也像头发）的团泊洼"。显然，郭小川在这里乱梳一气（不管梳子之所向能梳不能梳）。再如这一节诗："麦田上空的（一对）乌鸦/两粒去年的黑小麦/被风吹向落日"②，作者显然也疏忽了，下一行言"两粒"，则前一行应加"一对"二字以为呼应。再如昌耀《无题》之"是因为我长久忍受过（灼热）沙风的/烘烤，有过大漠孤旅的焦渴/对于我，这春天的第一枚嫩叶/才……"③ 诗中的"烘烤"一语可以"启后"但不可以"承前"。从"烘烤"到"焦渴"是自然流畅的，而从"沙风"到"烘烤"却是不自然不流畅的。如果作者能在"沙风"之前加上"灼热"二字，则下文跃入读者眼睛的"烘烤"无疑就不会突兀了。

① 方健荣、郑宝生选编：《敦煌的诗》，甘肃人民美术出版社 2013 年版，第 106 页。
② 古马：《青麦掩映》，《古马的诗》，甘肃人民美术出版社 2007 年版，第 163 页。
③ 昌耀：《昌耀诗文总集》（增编版），作家出版社 2010 年版，第 71 页。

　　第二，由于功力的不够，使语言不够准确。当代诗歌创作，渐趋于所谓的无难度写作，好多诗人，似乎是在语言准备不够充分的情况下即已开始了创作。如《2005 中国年度诗歌》第一首："姐夫蜷缩在椅子里。刚做完透析的/三十五岁，显得散漫、虚弱/他试图撩开额头上方的秋阳/好让目光，直接穿过栅栏/落在女儿回家的身上。"① 显然，第一行那个"的"字是多余的，且最后一行的"女儿"应置于"回家的"之后才合逻辑，也才表意自然。再如某先生之"是青花盘里一束莲/拭去我眼前一重薄雾（'拭'字语出无据），那一束清芬/那一片清水，一茎散淡/写下的千古流芳（'写'字同样语出无据）/我该如何收藏"②，在语境营造不够充分的情况下，妄言"拭"与"写"。这种语言现象，小而言之，是语言之间搭配不当；大而言之，是作者的语言能指与语言所指之间存在着严重的背离。作者违背了语言的自然逻辑，使前后失据的语言要么是无源之水，要么师出无名。如果说有机的、顺应了自然规律的语言组织，其语言构成具有不可替换性、亲和性，有一种语言的血缘关系，那么暴力促成的语言，其语言构成就具有可替换性、非亲和性，就没有语言的血缘关系。如上之"拭"与"写"，就可以随意地被替换成别样的词语，因为它缺乏使其具备唯一性的语言前提。再如，"他们是泥土烧制的陶器/远古的陶器闪着微光/那是他们内心不灭的光芒/穿过了时光喑哑的心脏/他们行走在大地上"。③"行走"必得有"行走"的可能，这个可能不是作者强加给行走者的，而是一个可以行走的事物之必然的行为。可是，"光芒"，这个可以"穿过了时光喑哑的心脏"的事物，却并非一个具有"行走者"形象的事物，于是让它行走，就是对它的暴力。再如，"漫漫寒夜/树靠心底的一粒（亮色的）鸟鸣/取暖"④，只有"鸟鸣"前加"亮色的"一类铺垫，其后文之"取暖"才是水到渠成。

　　第三，由于观念的模糊，使语言不够畅达。虽然言不尽意，虽然语言终归有其局限，但是人类的表意，舍语言传达则无他途。虽然诗歌艺术的完美表达也期待着读者优秀的想象力与理解力，但是一些诗人们却过于相

---

①　乙一：《白菊花》，诗刊社编《2005 中国年度诗歌》，漓江出版社 2006 年版，第 1 页。
②　林裕华：《自题藏品明永乐青花一束莲大盘》，《文学报》第 1708 期。
③　谭书琴：《父亲》，《诗刊》（下半月刊）2006 年第 2 期。
④　李志明：《冬天的树》，《星星诗刊》2000 年第 10 期。

信并且依赖读者的想象力与理解力。他们在使用语言的时候，往往不加必要的疏导与引领，直接从感觉的某一个断面开始，自以为是地，高高在上地诉说，以并不饱满的能指，要求着意义丰富的所指。如"空空的椅/洁净中满含期待/悬空的欲望被阳光填满/桌上整齐的书页/有手指游移的暗香"。①"填"，并且要让它"满"，则使用"填"这个动词首先要求先有一个地方"可填"，这是语言与生俱来的要求——如果我们认为语言也是一种生命的话。"心花怒放"之所以成立，"心怒放"之所以不成立；"欲壑难填"之所以成立，而"欲难填"三字之所以不成立，区别恰恰在于有没有那个"壑"字和"花"字。既是"壑"，即可"填"；既是"花"，则可"放"。反之，无花，无以放；无壑，无以填。所以说，语言的运行，不论是静态的呼应，还是动态的挪移，它体现的都是语言合逻辑的思维路线。不论是联想还是过渡，都要求自然流畅，层次之间要有相似、相近、相通之点，如此才有可能让语言实现所谓的"气韵通畅"。否则，其文本的外在结构像是诗，其内在质地却并不是诗。

第四，由于态度的错误，使语言不够自然。以上造成诗歌创作语言暴力的三个原因并非致命，致命的是诗人对诗歌语言的错误态度。当代诗歌创作中的语言暴力现象，并非简单的诗人能力问题，而是深刻的语言态度问题，甚至诗歌态度问题。

康慨说："华莱士·史蒂文斯在普林斯顿大学演讲，痛感20世纪从肉体和精神两个层面上均已变得'如此暴力'。他意有所指地将诗歌定义为，'一种内在的暴力，保护我们免受外部暴力的侵袭。它是一种反向而行的想象，对抗着现实的压力。'"② 在这种离经叛道的、匪夷所思的诗歌的想象暴力之态度下，诗歌的语言暴力似乎难以避免。黄梵在评说安琪的《任性》时说："'汽船的浓烟是用胸脯做成的'、'在空中只有老鼠才能参与战争'（《轮回碑》），这样的词语暴力在《任性》中随处可见。"③ 又说："一个女诗人如此使用词语暴力，的确是我从没见过的，她似乎信仰好诗会从新的词语和技巧中产生，信仰她的诗作会赋予词义自我生长的能

---

① 周舟：《空椅》，载周舟《正午没有风》，敦煌文艺出版社1998年版，第155页。
② 康慨：《诗歌为何很重要，令存在更为深切？》，《东方早报》2008年7月3日。
③ 黄梵：《背叛的诗歌》，中国艺术批评网：http：//www.zgyspp.com/Article。

力，她的勇气的确超过了当代诗人。"① 其实，这样的诗句表现出来的，正是一种诗歌的想象暴力——语言暴力只是这种想象暴力的表现！

可怕的是，这样的语言态度并非只出现在个别诗人那里。郭小川一辈的诗人对待语言的态度还是比较认真的。到了那些"吃狼奶长大的一代"，他们的诗歌作品不仅不规避语言的暴力，甚至追求语言的暴力，"许多时候，柏桦对待语言，就像暴君对待宠妃，男孩对待自己心爱的玩具那样任性、粗暴"。② 而诗人杨麟就直接以《词语的暴力》为自己的诗集命名，并且"有意识的（地）追求词语的独立性和暴力性，试图在诗歌中展示一种力的美"。③ 在他的诗集《词语的暴力》中，这样乌合的或者说是强力扭结的语言比比皆是，如《风会把多余的事物带走》中的："杂草。乌云。寒冷。鸟粪。废弃的报纸。/塑料袋。枯枝。败叶。臭袜子。避孕套。疾病"。而且我们的诗歌评论家常常默许（事实上也是纵容）这样的语言暴力，"她的词语暴力起于超现实，如'一吨一吨面黄肌瘦'、'你就是我的牛仔裤'；止于词语的快感，如'风变作玻璃趟过屈原和毛泽东的湘水楚国，唯楚有才'，'在它短于口腔的话语秋千架/有时会落下冬季的潜意识'，这类依靠词语快感写作的诗句，几乎成了她近期的写作风格"。④ 这样的评说虽不是明显的支持，但也不是旗帜鲜明的批评。也许诗人和评论家都在潜意识里埋藏着这样一个错误的诗歌语言理念：诗歌就是随意地说话，就是想怎么说就怎么说；什么叫做自由诗？自由诗就是想如何排列诗行就如何排列诗行，进一步而言，自由诗就是想怎么说就怎么说。这显然是一个关于诗歌语言的误会。

诗歌创作，其语言表象确实存在着句子与句子之间的跳跃，也确实存在着词语和词语之间的断裂，但是，同时也存在着跳跃之后的跳接，也存在着断裂之后的呼应。其表面上的非线性思维背后，却是更为严格也更为自然的语言逻辑。这是诗歌语言的张力所在与美感所在：语言内部组织严密却以反常的面目出现；语言内部肌理层层牵连却以悖理的表象出现。但

---

① 黄梵：《背叛的诗歌》，中国艺术批评网：http://www.zgyspp.com/Article。

② 秦晓宇：《七零诗话》，敦煌文艺出版社2006年版，第181页。

③ 孙丽娜：《诗人的坚守与疼痛——简论杨麟诗歌》，诸子原创文学网：http://www.zhuzyc.com。

④ 黄梵：《背叛的诗歌》，中国艺术批评网：http://www.zgyspp.com/Article。

是一些诗人对诗歌语言的这种深层的自然逻辑视而不见，只对诗歌语言的外在的悖理表现心向神往。

三　诗人无权对语言行使任何暴力

"诗到语言为止"，不论人们对这句话有多少的争议，但它强调了诗歌和语言之间的重要关系，却是无可置疑的。张远山曾说："不写病句的当代诗人非常罕见。"① 如果从某一个高度上看问题，不写病句，强调的显然是诗人对语言自身法则的顺从，是诗人对语言自身生命的认可与尊重。正是因为如此，诗人柏铭久才认为诗人要和语言"商量"②。商量也好，顺从也罢，都是一种基于对语言的高度理解与娴熟掌控之后四两拨千斤般的顺其自然，它不是奴仆型受雇型的唯命是从，而是智者型的"奉天承运"。有违于此，就会像庄周所批评的杨炼，"'高原如猛虎，焚烧于激流暴跳的海滨／哦，只有光，落日浑圆地向你们泛滥，大地悬挂在空中'……真正的抒情诗人既不是故事家，也不是道理家，而是语言舞蹈家。杨炼是当代最有舞蹈意识的诗人，可惜他的语言狂欢常常悖离语言的本性，成了为狂欢而狂欢的语言强迫症"。③

真理有时候并不掌握在权威手中，关于语言的顺从之美或曰顺从之道，倒是民间所谓"顺口溜"的"溜"字，早已做出了（但并没有引起学者们的注意）直觉的归纳与暗示。笔者认为"顺口溜"的"溜"字正是民间老百姓对流畅的语言环环相扣、顺应自然之特点的一种准确表达，对于我们理解语言自足的有机的浑然一体的行进，具有重要的参考价值。也就是说，我们的语言必须是生命一样血肉浑成的而不是彼此疏离无关的。孙绍振先生在他的《文学创作论》中曾引用舒婷的《致橡树》并评论说："特别是在意念上，采取的是作曲法上的'模进'的展开方式，冰霄花引出的是炫耀，鸟儿引出歌唱，泉水引出慰藉，险峰引出衬

---

① 张远山：《当代诗歌状况及其价值取向》，载张远山《汉语的奇迹》，云南人民出版社2002年版，第151页。

② 柏铭久：《和词语商量》，http://blog.sina.com.cn/s/blog_ 3ee4370e01007。

③ 庄周：《齐人物论·诗歌部分》，《书屋》2000年第11期。

托……"① "模进"，就是一种顺势而为的而不是暴力的语言推进。比如公刘《长江口远眺》第一节："我向船长借来了望远镜——/那是海么？白茫茫烟波空朦；/这个大家庭有什么喜事？/每一个浪头都举杯相碰！"② 诗歌虽层层跃进，然而却过渡自然，"船长"引出"海"，望远镜引出"白茫茫烟波空朦"（引进得合情合理），"海"引出"大家庭"，"大家庭"引出"每一个浪头"，"喜事"引出"举杯相碰"……这就是良好自然的语言生长，它没有生出什么语言的怪胎来，它生出来的东西是那样健康可爱。因为它是"顺"的。它即使在诗歌这样跳跃性极强的语言行进当中，也不是语法离奇古怪让人难以理解的，它的语言行进是有迹可寻的。

中国古代，曾对"红杏尚书"宋祁《玉楼春》的名句"红杏枝头春意闹"之"闹"字多有质疑，比如李渔就认为"闹"字闹得没有来由，"此语殊难著解。争斗有声之谓'闹'；桃李'争春'则有之，红杏'闹春'，余实未之见也。'闹'字可用，则'炒'［同'吵'］字、'斗'字、'打'字皆可用矣！"③ 但是他没有注意到（也许一般人都不会注意到），这个"闹"字，"并不是主观随意的，它符合感觉挪移的相近层次过渡规律。由红联想到火，由火联想到热，由热联想到闹，在汉语中红火、火热、热闹，联想程序已经由词语固定下来了。如果不是红杏，而是白杏，写'白杏枝头春意闹'，就很难得到欣赏和称赞"④。孙绍振先生的分析，应该让李渔茅塞顿开。

当然，反对语言的暴力并不意味着放弃语言的新警与奇妙。同样，追求语言的新警与奇妙也并非就要依赖暴力。什么叫做"笔补造化"？那就是诗人们要悄悄地进行不动声色的感觉挪移，要"顺便而顿宕"，这样，其语言才不会生硬（生硬就有了暴力之嫌）。最后，每一个诗人都应该明确这一点：诗人无权对语言行使任何暴力，优秀的诗人从来不对语言行使暴力。

---

① 孙绍振：《文学创作论》，春风文艺出版社1987年版，第387页。
② 朱先树：《诗歌创作技巧百例》附录，沈阳出版社1992年版，第83页。
③ （清）李渔著，杜书瀛校注：《闲情偶记·窥词管见》，中国社会科学出版社2009年版，第213页。
④ 孙绍振：《文学创作论》，春风文艺出版社1987年版，第403页。

第十章　值此读图的时代

——现代诗歌的诗画关系

　　时代在发展，诗歌也在发展。与时俱进的诗歌艺术这驾三套马车，在政治时代的意识形态写作下基于安全的考虑曾经负载过不该负载的重荷，在经济时代的功利性写作中基于成本的核算也曾卸载过不该卸载的真爱。它一直庄严地呼唤着作为艺术的功能纯化，也一直不能免俗地默许了杂七杂八的"木马"植入。至此影像时代，面对着现代视听多媒体艺术对传统语言单媒体艺术日益强烈的冲击，整个文学都在谋求适应，诗歌也当奋起自卫。本章以影像时代诗画关系的重新审视而入题，试图从诗歌的文本内部为影像时代的诗歌艺术找到一条可行的出路。

一　影像时代,文字语言的诗歌艺术面临着视听语言的影像艺术之挑战

　　影像时代，强大的视听语言试图覆盖一切言说，并试图垄断人们所有的感知。视听语言的这种力量强势，典型地体现在对文字语言的普遍改写，如把文学作品改编为影视作品，把不可直观的文字描述改写为可以直观的影像记录。虽然也有把电影改编为小说的现象，但这却不是文学的原创性光荣，而是文学的投靠性耻辱。2004 年，小说《一个人的战争》在刊行七版之后，又刊行了"新视像读本"（而且是诗人叶匡政的设计），文学再一次向影像"卖身求荣"……视听语言的这种力量强势，更深入的表现在了它对人类感知时空的改写——通过加速，影像能够迅速地展示花朵从开放到凋谢的全过程；通过镜头推拉，一个屎壳郎滚土球的事件可

以巨大到占据所有画面（视域），也可以渺小得隐入辽阔山川。从更为本质的层面上观察，影像帮助着人类的想象力，却也破坏着人类的想象力——影像正在改写人类的想象方式。

面对如此强势的影像冲击，面对当前社会人们疏离纸质书籍转投互联网和电视机之事实，以传统的文字符号而获取感知的诗歌，分明感觉到自身处境的岌岌可危，"四十年后的今天，汉语诗歌再度危机四伏。由于商业化与体制化合围的铜墙铁壁，由于全球化导致地方性差异的消失，由于新媒体所带来的新洗脑方式，汉语在解放的狂欢中耗尽能量而走向衰竭"。① 北岛所谓"新媒体"对诗歌的"洗脑"，无疑是率先从"洗眼"开始的。美国作家菲利普·罗斯说："书籍斗不过屏幕。电影发明之初，书斗不过电影屏幕；后来，书斗不过电视屏幕，也斗不过电脑屏幕。"② 而诗歌则是这些"斗不过"的"书籍"中最缺乏战斗力者。2009 年，中央电视台创办的新年新诗会已满六个年头，这一电视与诗歌"共谋"的活动效果——让诗歌"插上电视的翅膀飞入了千家万户"——即使十分良好，但也不能掩盖诗歌艺术面对电视传媒的无奈。"长期以来，运用新的电视技术手段来阐释新诗经典是新年新诗会孜孜以求的目标。本届新年新诗会不仅继续采用大舞台、大屏幕、车台、转台等手段，虚拟画面与现实场景相结合，营造诗意的舞台环境，还力图创造新的视听效果，采用最新的特技如云朵机、沙画等，并尝试使用现代舞等艺术形式来阐释新诗，给新诗的意境打开新的空间。"③ 但这毕竟不是诗歌的光荣，因为可以满脸自豪的显然不是诗歌而是电视。

然而，诗歌却还是困兽犹斗——不甘"防守"的诗人们本能地进行着主动的出击，诗人胡续冬就表示，"诗歌可以扩展到各种艺术领域，现在进行这一探索的艺术家也越来越多。以前我们认为只有纸上的文字才是诗歌，写这样诗歌的才是诗人"。④ 有一个事件也许是耐人寻味的，2009年，上海南京西路 245 号大光明电影院历史长廊内"开闭开"诗歌书店

---

① 北岛：《汉语诗歌再度危机四伏》，《文学报》2009 年 11 月 20 日。
② 转引自张丽君《25 年内，小说将成"礼拜式"文化》，《文汇读书周报》2009 年 11 月 19 日。
③ 莘尘：《央视 2010 新年新诗会带来"希望"》，央视网，2009 年 11 月 19 日。
④ 石剑峰：《珠江诗会吟诵到浦江》，《东方早报》2009 年 8 月 27 日。

悄然开张。"在被音像制品包围的小小一隅，这个十来个书柜和千余册书籍围起来的小天地，成为五个年轻人诗歌梦想的开始之地：'它将成为诗歌书的图书馆、诗歌爱好者的自习室、诗人的研习社，进而吸引更多诗歌的潜在受众，让诗歌重新回到人们的视野。'"① 显然，诗歌已开始尝试从音像世界争夺读者了。

2009 年某日，诗人默默的摄影展在云南大学美术馆由著名诗人李亚伟宣布开幕。摄影展以一个诗人首创的诗学摄影，试图对人们的眼睛发动一场战争，试图用诗人视通万里的"第三只眼"向摄影示威，"他不相信模仿说，不相信视觉和镜头的稳定性可以获得事物的真实，而是相信镜头和人眼的视觉都无法准确地概括事物及其世界"。② 但是，像默默这样的诗性摄影，虽然是影像的庞大身影下顽强的诗人努力，但仍属用摄影对摄影的冲击，而不是用诗歌对摄影的冲击。他的所有作品只能表示"摄影家应该如何"，而未能表示"诗人应该如何"。换言之，目前诗人的种种努力，仅仅是自然本能的反应而非主观深思的选择。影像时代，诗歌何为，问题绝非向影像靠拢（或献媚）那样简单。

二 影像时代,诗歌对音乐性的放弃早已悄然展开

面对任何强力的压迫，最可能也最理性的反抗，首先是自身的更好、更强、更完美。与其无谓地讨好外力，不如捍卫自己的尊严，当然这一切都要基于对自身的深刻体认及对历史的正确态度。"一部现代诗歌史，总体上可以看作是诗歌文体不断被泛化而又不断被分离出来的历史。这就是为什么瓦雷里当年要以'纯诗'说来捍卫现代诗歌的尊严。"③ 影像时代，诗歌艺术固然会再次面临被泛化的可能，但同时也会再次获得被分离的契机。这既是诗歌功能的一次再分化，也是诗歌品质的一次再纯粹。

这种分化与纯化，早已从现代诗歌对音乐性的放逐开始了。

诗歌作为艺术，其具象可感的存在，历来有两大形式：视觉的诗歌

---

① 金莹：《首家诗歌书店"开闭开"在沪开张》，《文学报》2009 年 11 月 19 日。

② 姚霏：《"撒娇摄影"今晚亮相》，《春城晚报》2009 年 11 月 8 日。

③ 魏天无：《新诗标准：在创作与阐释之间》，《海南师范大学学报》（社会科学版）2008年第 3 期。

（通过视觉感知）和听觉的诗歌（通过听觉感知）。中国古代，诗歌曾大面积地借重听觉呈现自身，并借重听觉美化自身——由此获得了极强的音乐性。"诗"与"歌"二字在中国诗歌史上的并肩携手，即是一证。然而，随着时代的发展，"诗"与"歌"渐渐分道扬镳。到了中国现代新诗，诗歌艺术的去音乐化努力空前加大，诗歌艺术对听觉感知的不再借重有目共睹。随着现代自由体新诗对诗歌内在韵律的强调和对外在韵律的放逐，随着现代自由体新诗对以平仄、押韵为主要体现手段的音乐性的弱化，听觉的诗歌正在渐渐淡出诗歌的前台与中心，而以自然的语言和自然的节奏为追求的口语白话诗正成为中国现代诗歌的主流样式。

虽然近年来到处都有乐此不疲的诗歌朗诵活动（而以"唱片小说"等为其影随），虽然它们试图保持并延续诗歌与音乐的古老关系，但是，这种把现代自由体新诗"朗读"出来的、变"文字"为"声音"的、变"写作者"为"朗读者"的、变"阅读者"为"倾听者"的现象，绝非诗人们在表达自己对听觉诗歌的迷恋，而是现代新诗对传统音乐性屈驾以从的一种包装与推销策略。所以，这种所谓的诗歌朗诵活动丝毫也没有影响到中国现代诗歌对于音韵的反叛之越来越强烈的倾向。诗人于坚甚至认为，诗歌是无声的。他在《朗诵是诗歌的断头台》一文中再次表明了自己的看法：文字的诗，才是真正的诗，而那些强调声音的诗，则是诗歌的末路或者歧路——朗诵是诗歌的断头台。① 站在原理论的立场，于坚的说法诚然有些过激，因为在中国古代，人们何止是朗诵诗歌，他们甚至还要吟唱诗歌！可是，彼一时，此一时。当白话取代了文言，当讲述替换了歌唱，当叙述变成了吟诵，当中国现代诗歌通过从白话诗到口语诗几十年的艰苦努力而终于完成了言说口气的重大变化，朗诵这一活动，却又要把诗歌拉回从前，这不正是对艰苦玉成的中国现代新诗之断头、斩首与扼杀么？

其实，中国现代诗歌对听觉感知的放弃，并非中国现代诗歌的恶意。当听觉的诗歌越来越趋向成熟地拥有了自己独立的形体——流行歌曲的歌词，当诗歌本体再也没有必要借重于声音甚至音乐而同样自成一体自有天地，则诗歌本体割断和听觉的联系正是诗歌一次自然而然的发展与纯化。

---

① 于坚：《朗诵是诗歌的断头台》，《南方都市报》2006 年 2 月 21 日。

摇滚歌手崔健流行一时的歌曲《一无所有》"也被当作"新诗经典进入到中央电视台 2009 年新年新诗会，"也被当作"四字，表露的分明是将其"逐出诗门"的态度，它标志着人们对听觉诗歌君其别矣的基本判断。事实上，中国现代诗歌在放弃对音乐的借重之同时，也放弃了音乐元素容易让大众感动、动情的言说优势。但是诗歌绝对不会因为这种一再的放弃而损兵折将、伤筋动骨。放弃恰恰是为了获得，比如获得那"铁锚一样下沉的"内在省思特征等。

论述现代诗歌对听觉的不再借重，明确这种放弃的门户清理之功能，除了试图阐明诗歌艺术文体纯化与本质还原的可能性，还试图为继续扩展诗歌艺术的纯化空间做出一个大胆的假设：在影像时代，诗歌已然大胆地告别了音乐性（由此，诗歌反而明见了自身），那么在影像时代，诗歌能不能也向绘画性斗胆说声再见呢？

三　影像时代，需要重新审视诗歌与绘画"诗画本一律"的关系

中国古代，诗歌也曾大面积地借重过绘画，即强调过诗歌的"画境"。所谓"诗画本一律"的艺术理念，所谓"诗中有画"的诗歌美学，即是这一强调的证明。苏轼曾称杜甫诗为"少陵翰墨无形画"（《韩干马》），无独有偶，他又称韩干的画为"韩干丹青不语诗"（《韩干马》）。到了现代，这样诗与画亲密合作的态势有增无减。闻一多在其《〈冬夜〉评论》中说俞平伯的诗《绍兴西郭头的半夜》，"头几行径直是一截活动影片了"①，又说俞的《在路上的恐怖》"也写得历历如画"②。而闻一多先生在《诗的格律》一文中提出的现代诗歌三美（音乐的美、建筑的美和绘画的美），几乎就是中国古代"诗中有画"之诗歌美学在现代的强力延续与再次宣言。艾青也说："同样都是为真、善、美在劳动，绘画应该是彩色的诗，诗应该是文学的绘画。"③ 毫无疑问，"诗中有画"堪称中国

---

① 武汉大学闻一多研究室：《闻一多论新诗》，武汉大学出版社 1985 年版，第 40 页。
② 同上书，第 41 页。
③ 艾青：《母鸡为什么下鸡蛋》，《艾青论创作》，上海文艺出版社 1985 年版，第 25 页。

诗歌迁延至今、深入人心的一个传统的美学指标。

这样诗画一律的诗歌美学何以形成呢？钱钟书的解释是，"每一种艺术，要总用材料或介体（Medium）来表现。介体固有的性质，一方面可资利用，给表现以便宜，而同时也发生障碍，予表现以限止。于是最进步的艺术家总想超过这种限止，不受介体的束缚，能使介体表现它性质所不容许表现的境界。譬如画的介体是颜色和线段，可以表示具体的迹象，诗的介体是文字，可以传达意思情感。于是大画家偏不刻画迹象而用画来'写意'；大诗人偏不甘专事'写意'，而要使诗有具体的感觉，兼图画的作用……诗跟画都各有跳出本位的企图"。① 但是，诗画一律的亲近关系，主要还应归缘于非影像非读图的时代即所谓的读文时代。毫无疑问，当时的文字必须担负起好多后来交由影像担负的任务，一如在影像时代，影像对文字职司必然会形成的攘犯。

时代在发展。在影像时代，极具写实性与再现性的影像艺术的镜头画面的极度逼真性，在表现自然、事物与人物的真实与美丽诸方面，即使是原来优秀的工笔画也不能比拟，也就是说，诗歌即使再有所谓的"画境"，但它原来比不上绘画，现在更比不上影像。问题于是产生：前影像时代，诗歌和绘画尚可在"诗中有画、画中有诗"——即你中有我、我中有你的态势下像难兄难弟一样和睦相处，那么影像时代，随着影像艺术的突飞猛进，随着视觉艺术社会地位的空前提高，诗歌与绘画（影像是活动的绘画）之间已然失衡的关系是不是需要加以重新审视？面对影像的强势，如果诗歌的主动出击纯属徒劳（事实上的确是徒劳），那么诗歌可否考虑另一种对抗的方式——继放弃音乐性之后，进一步放弃绘画性，进一步纯化自身，进一步体认本质，通过获得更为鲜明的个性而获得更为高贵的尊严。具体而言就是：放弃描绘"眼睛可见的视觉内容"而果断退守影像艺术鞭长莫及的"心灵可见的灵视内容"。因为影像时代，诗人需要比影像工作者更具想象力，诗人的艺术触角应该比影像工作者更为独特而深入。诗人不得不走向这样的"高贵"——同时眼瞅着影像与大众在世俗中狂欢。

本来，面对影像的挑战，诗歌有两个基本的选择：第一，诗歌顺着影

---

① 钱钟书：《中国诗与中国画》，《蓝田国立师范学院季刊》1940 年第 6 期。

像走；第二，诗歌逆着影像走。所谓顺着影像走，就是诗人承认影像的优势并承认诗歌应该吸取其长处而标举苏轼所谓"诗画本一律，天工与清新"（《书都陵王主簿所画折枝二首》）的旗帜继续保持和影像的亲和关系；所谓逆着影像走，就是诗人在创作中放弃传统的绘画美之追求同时放弃多年肩负的再现职能，诗歌艺术将踏上一条完全崭新的诗画分离的"第三条道路"（这也意味着诗歌艺术将失去一大批肉眼凡胎的读者；意味着诗歌必须继续致力于深化更为深刻的生命体验，以开辟人性与审美的崭新世界，否则它还将失去更多的读者）。而笔者认为：至少在观念层面上，现代诗歌应该"逆流而上"，果敢地对传统的绘画性说"不"。

鲁迅的小说《出关》写当年老子西出函谷关的故事，耐人寻味。老子看到了孔子思想的强力与强势，然而老子并没有想着去积极主动地出击，他甚至也没有想着要坚持，他选择了离开。他离开了中原而选择了流沙，他离开了中心而选择了边缘。同样的道理，现代小说早已看到了影像世界势不可挡的强势，现代小说不得不重新选择生存的峰顶——当电影窥破了人类动作的奥妙，于是，现代小说就转而去窥破人类心理的奥妙（意识流小说于是横空出世）。大路通天，各走一边。影像时代的视觉强力既然能够玉成现代小说向人类内心世界的"西部大开发"，也应该能够玉成现代诗歌向内观察、内感受、内心心象的奋力掘进。在影像的强力下，我们应当尝试放弃那种"用语汇来凑合图画"的"越位"企望，也应该从此不再努力于莱辛所批评的"在诗中表现为描绘狂"。诗本来就不是画，诗里头本来就有着难以画出的东西。这画不出来的、拍不出来的、只能想象出来的、"超现实"的东西，应该是古往今来真正的诗人们真正大有作为的广阔天地。换言之，在影像时代，诗人不必再致力于让读者去"看到"某个场景了；在影像时代，诗人应该让读者去"想到"某个场景。

有人把能拍到的场景叫做"画中画"，而把拍不到的场景叫做"诗中画"——"画中画是直接呈示性的视觉形象，而诗中画是语言描绘的形象，无直接呈示性，只是'意中之象'，使人们在想象中产生一种'逼真的幻觉'"。[1] 那么，在影像时代，诗人应该放弃"画中画"（对具象的描

---

[1] 陈育德：《"诗中有画"是"艺术论的认识迷误"吗?》，《安徽师范大学学报》（人文版）2001 年第 4 期。

写、具有绘画一般的构图），而应该退守"诗中画"。那些"历时性的、通感的、移情且发生变化的景物，实际上是不能充任绘画的素材，而且根本是与绘画性相对立的"①。然而，它们却正是诗歌艺术大显身手的用武之地。莱辛说："诗往往有很好的理由把非图画性的美看得比图画性的美更重要。"② 蒲伯说："凡是想无愧于诗人称号的作家，都应尽早地放弃描绘。"③ 当然，这一切并不意味着诗歌从此不再诉诸感性的观照，并彻底放弃所有生动鲜明的描绘（当需要的时候，诗歌仍然会描绘事物，但是，诗歌却不应再追求这种描绘，并不应再以此为荣）。诗歌曾经有过自己的"读图时代"，但是到了真正的"读图时代"，诗歌也许要和读图活动说声再见了。

四　影像时代，诗歌需放弃"诗中有画"的美学观

现代诗歌对绘画性的具象描写与对图形结构等视觉感知内容的放弃，必然连带出"诗中有画"这一传统美学观的理念动摇。

本来，"'诗中有画'只是一种传统的诗美形态，其本身还在不断的发展变化之中"④。那么，在影像时代，这一传统的诗歌美学终于到了需要更新的时候。在影像时代，只能继续赞扬"画中有诗"，却不能继续赞扬"诗中有画"。例言之，在影像时代，再不能以"大漠孤烟直，长河落日圆"为诗歌之美。当年，王维如果有照相机，他很可能不做诗人而做了摄影家。王维曾说自己"宿世谬词客，前身应画师。不能舍余习，偶被世人知"（《偶然作》其六），别人都以为这是王维的"玩笑"式谦虚，笔者却以为这正是王维对自己"以诗代画"之行为一种认真的招供。对此，蒋寅先生的看法是："张岱曾说：'诗以空灵才为妙诗，可以入画之诗，尚是眼中金银屑也。'清初乔钵更直截了当地说：'诗中句句是画，未是好诗'，这让我再次想到莱辛的论断：'诗人如果描绘一个对象而让画家能用画笔去追随他，他就抛弃了他那门艺术的特权，使它受到一种局

---

① 蒋寅：《对王维"诗中有画"的质疑》，《文学评论》2000 年第 4 期。
② 莱辛：《拉奥孔》，朱光潜译，人民文学出版社 1979 年版，第 3 页。
③ 同上书，第 78 页。
④ 杜胜韩：《诗中有画在现代》，《安徽大学学报》（社会科学版）1996 年第 4 期

限。在这种局限之内，诗就远远落后于它的敌手。'诗毕竟有着画所不能替代的表现机能，这是诗最本质的生命所在。苏东坡观王维画，固可以付之'诗中有画'的感叹，但后人一味以'诗中有画'来做文章，是不是从起点上就陷入一种艺术论的迷误呢？"①"诗中有画"四字，源出苏轼观王维所画"蓝田烟雨图"的题跋"味摩诘之诗，诗中有画；观摩诘之画，画中有诗"。此语看似乎并列，却以前句而铺垫后句，故"诗中有画"四字，本意在于陈说王维个人的某种诗歌现象。但是，在后人的引说与沿用中，"诗中有画"四字却渐渐超出了对于某人诗歌的现象描述而成了一种对于诗歌作品普遍的美学期望，即从"诗中曾经有画"发展到了"诗中应该有画"，而这，正是上述蒋先生所谓的"迷误"！

而现在，应该是走出这一迷误从而不再把"诗中有画"奉为圭臬的时候了！

那么，走出这一认识的迷误，放弃"诗中有画"的追求，在此影像时代，诗歌又将何为？笔者的回答是，现代诗歌应该主动放弃对外在视像的传统描绘，而退守至内心心像的努力营造，以形成与影像艺术的避让态势。有艺术之间的互相借重，就有艺术之间的互相避让。所谓避让，就是回避，就是让步，就是大路通天，各走一边，就是井水不犯河水，它所标明的事物关系，不是这一个同化另一个的关系，也不是这一个撄犯另一个的关系，而是通过对自身已然不成优势之处的放弃，避其非本质，退守其本质；所谓"退守"，也"并不意味着反对借鉴与汲取其他文体的有利因素，而是体现在始终关注一种文体的特殊表现领域与其不可替代的艺术特质"②。现代诗歌必须找到自己的真身本性，必须发现自身不可替代的艺术特长。在这样一个"多媒体"共生的时代，诗歌反而要努力于自身的纯洁化方向即"单媒体"方向的探索。没有个性的事物毫无疑问将被"合并同类项"，只有个性独卓的事物才能得到存在。所以，当诗歌越来越像诗歌本身，诗歌也方可获得诗歌的尊严与光荣；诗歌的某种离开，偏偏是诗歌的某种到达；诗歌的某种退守，恰恰是诗歌的某种入场。现代社

---

① 蒋寅：《对王维"诗中有画"的质疑》，《文学评论》2000 年第 4 期。
② 魏天无：《新诗标准：在创作与阐释之间》，《海南师范大学学报》（社会科学版）2008 年第 3 期。

会,诗歌只能因纯粹而存在,只能因实现了自我而获取尊重。

所以,现代诗歌避让外在视像而退守内心心像之举,并非影像时代诗歌艺术的投降与妥协,而是诗歌艺术对自己神圣天职的明鉴与担当。蒋寅先生说:"艺术家通常是非常珍视他所从事的艺术门类的独特艺术特征的,就像德拉克罗瓦说的'凡是给眼睛预备的东西,就应当去看;为耳朵预备的东西,就应当去听'。这种珍视有时甚至会极端化为对异类艺术特征的绝对排斥。"① 蒋先生甚至使用了"排斥"这样的词语,相比之下,本章使用的"避让"与"退守"诸词就温和了许多。

---

① 蒋寅:《对王维"诗中有画"的质疑》,《文学评论》2000 年第 4 期。

第十一章　公共性与自主性

——现代诗歌的大众方向

　　中国现代新诗，从"五四"时期开始，甚至从更早的"诗界革命"开始，"那种使诗接近于民众的最初始的动机，营造了笼罩全部新诗历史的独特的审美理想：力求使诗切近现实的社会人生，力求使诗的艺术更加接近民众的趣味——中国诗歌在它的历史运行中，从来都着眼于有益于人心的建设和环境的改善"。① 但是，中国现代新诗如此亲民向民的姿态与努力，却并未得到"民众"持续不断的好感，好评就更少了。"民众"们一开始是批评现代诗的浅陋与直白（因为当时的"民众"多少还有些古典诗学神秘莫测的底子），到后来却又攻击现代诗的朦胧与晦涩（因为到了这个时候，他们早已不知"诗"为何物），说是看不懂诗。看不懂诗是一个事实，但是造成这一事实却有主观客观两方面的原因，然而诗人们还是勇敢地检讨了自身。当读者就是上帝，当作者还离不开这样的上帝，那么检讨者或者说有能力检讨者，也只有作者了。事实上，中国现代新诗一直在对自身的检讨中前进，即一直在校正着自己与读者大众的关系，并为此殚精竭虑。然而，中国现代新诗百年来持续不断的"大众化努力"，却并未收获到"诗歌化的大众"。经过了一百年的探索与实践、校正与完善，中国现代新诗无疑取得了巨大的成就，也奉献了杰出的诗人与作品，为我们的民族任劳任怨地抒发着情感保留着想象，并且，诗人们已经能够创作出既不直白浅陋也不朦胧晦涩的优秀诗作（如于坚的诗，如北岛的后期诗），可是，在"民众"当中，知道于坚者究有几人呢？甚至读诗者

---

① 谢冕：《新诗与新的百年》，《诗探索》2000 年第 1—2 辑合刊。

究有几人呢？当大众"义无反顾"地毅然决然地要离诗而去（并且心怀不满，口含诟病）；当大众对诗歌的背离早已不是"什么诗"的问题而是"诗本身"的问题，我们不能不对文学的尤其是诗歌的大众性问题与大众化方向进行重新的思考。

一　中国现代新诗：多年来失衡的公共性与自主性

现代中国，是呼唤科学与民主的中国，也是呼唤民富与国强的中国。这一中国现代史的现代性基调，也决定了与之相伴的中国现代新诗之呐喊与启蒙的基本主题。所以，强调诗歌的公共性（即大众化），同时压抑诗歌的自主性（即艺术性），也就形成了中国现代新诗一个基本的生存时空，当然，也就形成了中国现代新诗公共性与自主性的失衡状态（且不论它是多么地为时代所需要）。这一诗歌公共性与自主性的失衡，表现为公共性的持续放大与自主性的持续压缩。

第一，中国现代新诗：被不断放大的公共性与大众性。中国现代新诗的诞生，本身就是中华民族当年所谓"民族共同语"之时代呼唤的一个诗学响应，即它一开始就担负着科学与民主的大众启蒙任务以及白话文学的诗歌示范性——似乎诗歌的白话实践，要比散文与小说的白话实践更具白话的影响力与征信力。到后来国防文学时期新诗"易琴弦为喇叭"的战斗宣讲性，到延安时期的"工农兵方向"，再到后来20世纪50年代意识形态赞美的高声表白性，再到后来"文革"时期的政治抒情诗，再到后来"朦胧诗"时期人们对"五四"精神的接续，甚至到后来"第三代诗歌"的英雄解构与神圣颠覆，中国现代新诗以其书生的一袭轻轻白衣，一直勇敢地充当着引领大众前进的旗帜。这就是西川说的："进入20世纪，中国知识分子所面临的最大问题是如何使国家获得新生，因而最早的文学革命者是从工具论出发，以幼稚的白话取代了古老而华丽的文言，从而将新诗的起点降到最低处。他们这样做具有充足的道德依据，他们需要平实的语言来启蒙社会，革新自我，在将国家民族拉入现代化进程的过程中尽匹夫之责。"①

① 西川：《20世纪：诗歌的回顾与思考——答西班牙〈虚构〉四问》，载杨克主编《2000中国诗歌年鉴》，广州出版社2001年版，第526页。

　　他们无疑是贡献巨大，但是他们实在也勉为其难——中国现代新诗公共性的放大，同时也放大了知识分子与时代进退的关系，事实上也放大了大众与国家兴衰的关系。他们这样"平易近人"的结果，分明是收获了道德但牺牲了艺术；收获了启蒙召唤的公共性但牺牲了艺术自主的创造力；收获了"文意"的"大众"却牺牲了"诗意"的"小众"。而且他们的"收获"（因为是放大了的，所以）也是可疑的——我们的诗歌是否真的赢得过公众？

　　1930年，郑伯奇说，"新兴文学的初期，生硬的直译体的西洋化的文体是流行过一时。这使读者——就是智识阶级的读者——也感觉到非常的困难。启蒙运动的本身，不用说，蒙着很大的不利。于是大众化的口号自然提出了"。① 此前两年，茅盾也曾沉痛地说，"六七年来的'新文艺'运动虽然产生了若干作品，然而并未走进群众里去，还只是青年学生的读物；因为'新文艺'没有广大的群众基础为地盘"②，而此后两年，瞿秋白也曾指出，"'五四'的新文化运动，对于民众仿佛是白费了似的。五四式的新文言（所谓白话）的文学，以及纯粹从这种文学的基础上产生出来的初期革命文学和普洛文学，只是替欧化的绅士换换胃口的'鱼翅酒席'，劳动民众是没有福气吃的"③。再此后十年，1942年，大众化问题在延安被郑重地提出，再此后70年，我们在这里再一次讨论这一问题……提出中国现代诗歌一百年来的大众收获问题，结果是令人沉痛的，然而却是勇敢的也是冷静的。提出这一问题，至少可以让我们如此思考：如果我们的诗歌曾经被公众追捧（假定这是曾经有过的真实事实），那么我们的诗歌究竟是因为什么而被追捧？王光明的这段话发人深省："（当年）像贺敬之的《中国的十月》就很煽情，北岛的诗会更深刻些。但他们有一个共同的特征，就是在情绪的抗衡性方面，在情绪的概括性方面，它们赢得了一个时代。"④ 王光明先生的话有着分明的言外之意，即中国现代新诗，至少从贺敬之到北岛前期，并未在诗性的即诗自身的艺术性方

① 郑伯奇：《关于文学大众化的问题》，《大众文艺》第2卷第3期，1930年3月1日。
② 茅盾：《从牯岭到东京》，《小说月报》第19卷第10号，1928年10月10日。
③ 瞿秋白：《大众文艺的问题》，《文学月报》创刊号，1932年6月10日。
④ 南帆、王光明、孙绍振：《新诗的现状与功能》，载杨克主编《2000中国新诗年鉴》，广州出版社2001年版，第536页。

面赢得读者。

也就是说，提出这一问题，直面中国现代新诗的大众化努力，我们不得不承认这样一个事实，即诗歌的"大众化努力"并没有最终培养出"诗歌化的大众"。卖珠者并没有卖出他的珠，他只是卖出了自己用来盛装玉的那个盒子（对舍得掏钱、舍得投入的读者而言），甚至只是卖出了那个玉的一束微光，或者微凉（对舍不得掏钱、舍不得投入的读者而言）。而与这一事实相伴的事实是：在中国现代新诗的历史上，并不是优秀（但不一定著名）的诗歌培养了诗歌的读者，而是著名（但不一定优秀）的诗歌培养了诗歌的读者，亦即获得了诗歌公共性的往往不是优秀的诗歌而只是著名的诗歌。比如"著名"的戴望舒的《雨巷》，不过是用白话写成的古典诗歌，"读起来好像旧诗名句'丁香能结雨中愁'的现代白话版的扩充或者'稀释'"①，它实在说不上是优秀，但是它却著名。建立在这样并不优秀的诗歌基础上的诗歌的公共性难道不是可疑吗？如果让这样的诗歌所培养的读者再反过来"促进"诗歌的创作，真不知道我们的诗歌什么时候才能"一步一步地接近真正的伟大的艺术"②？

第二，中国现代新诗：被不断压缩的自主性与艺术性。只要对中国现代诗歌的历史稍有了解，我们就不会无视这样一个现象：在道德的、社会的即公共的所谓"堂堂正正"的要求面前，艺术的探索与自主性的需要，始终被视作旁门左道，被放置在最后的最后。在"为人生的艺术"与"为社会的艺术"面前，"为艺术的艺术"似乎一直有一种自惭形秽的自卑感（当然也是一种"登上大雅之堂"的自卑感）。

笔者曾注意过艾青《大堰河：我的保姆》中"大堰河"这个人名。这是一个奇怪的人名。艾青曾注解说，自己的保姆原没有名字，因她娘家住在大叶荷村，所以大家都叫她"大叶荷"。那么艾青为什么要在《大堰河，我的保姆》中，把"大叶荷"改为"大堰河"呢？"大叶荷"不是更像个人名也更像个女人名么？难道是为了让那个本来清新柔丽如同荷叶的女性多出几份粗砺与朴实、让她更像一个河流般的母亲？艾青曾说："一首诗的胜利，不仅是它所表现的思想的胜利，同时也是它的美学的胜

---

① 卞之琳：《戴望舒诗集·序》，载《戴望舒诗集》，四川人民出版社 1981 年版，第 5 页。
② 周扬：《关于文学大众化》，《北斗》第 2 卷第 3、4 期合刊，1932 年 7 月。

利——而后者经常被理论家们所忽略。"① 但是，艾青在这里这样的一个改动，分明却离开了"美学"，也暴露出他的诗学矛盾。"宁可失败于艺术，却不要失败于思想；宁可服役于一个适合于这时代的善的观念，却不要妥协于艺术。"② "不要妥协于艺术"，是因为在他们看来，艺术是可以后置甚至是可以违背的，相比于"思想"，相比于"一个适合于这时代的善的观念"，"艺术"是"不适合的"，是次要的。所以，我们不敢"谦逊"地去"招惹"思想，但是却敢"骄傲"地"招惹"艺术。郑敏说："艾青的《大堰河——我的保姆》、《雪落在中国的土地上》，在彼时彼地这两首诗曾使多少热血国人为之落泪，虽然，今天，坦诚地说，作为诗，它们的语言的松散和缺乏深度的艺术转换不能不说是一种遗憾。"③ 可是，艺术上的遗憾难道不是致命的遗憾吗？

这种"登上大雅之堂"之自惭，不是个别诗人的个别心理，而是一代人甚至数代人的普遍心理。张曙光曾经注意到这一现象："在一些诗人那里，一直自觉不自觉地在为新诗获得自己的独立品质而努力，如徐志摩、戴望舒、梁宗岱、闻一多、冯至、穆旦和卞之琳等人。这些努力或取得某些成效，或由于某些人为的因素而被中断。"④ 这些由于种种原因而搁浅、而中断的中国现代新诗的自主性探索，其屡战屡败的命运，其屡败屡战的精神，都让人悲从中来，不胜感慨。这是一种十分"中国性"的"艺术后置现象"（而不仅仅是诗歌后置现象），这也是一种既存在于空间之中也存在于时间之中的既普遍又持久的艺术无用论思想（而不仅仅是诗歌无用论，它的最大恶果是常常被放大为知识无用论甚至知识分子无用论）。这种对于艺术作品艺术性的"后置"，使得我们的艺术（比如我们的诗歌）如同一趟身份低微的慢车，既要逢站必停，又要逢车必让——所有别的前行的车都比它重要，所有一个有人上车的地方它都不能"视而不见"，它善良，它负重，他低调，于是他缓慢！有时甚至一停就是好长时间。更为可悲的是，每一个坐过这样慢车的人和目前正坐在这样慢车上的人，他们人在慢车心在快！他们人在这样的慢车上却对自己的慢车骂

---

① 艾青：《诗论》，复旦大学出版社 2005 年版，第 5 页。
② 同上书，第 11 页。
③ 郑敏：《中国新诗八十年反思》，《文学评论》2002 年第 5 期。
④ 张曙光：《新诗百年：回顾与反思》，《诗探索》2005 年第 3 期。

骂咧咧。什么是大众性？大众性就是不可克服的世俗性！而什么是世俗性？世俗性又是不可克服的"向往贵族性"！

于是反讽出现了，"然而，历史多么善于反讽：那些诗人，那些知识分子，用幼稚的白话文召唤来的革命后来狂暴地冲击了他们自身，从而彻底剥夺了他们的创造力。因此，总体而言，我对20世纪的中国诗歌评价不高：20世纪中叶以前，中国诗在道德上及格在艺术上不及格；中叶以后，道德上、艺术上都不及格，直到朦胧诗出现"。① 但是，即使是"朦胧诗"，也并没有躲过人们在艺术上对它的非难。"朦胧诗"这一个"被命名"的名称说明着什么？不正说明着人们对它在表现手段（而不是表现内容）方面的非难与指责么？为何艺术的苗头只要稍有露头即可能遭致扑杀呢？因为在中国人（尤其是现代中国人尤其是当代中国人）的文化观念里，艺术性是与自主性联系在一起的，自主性又是与私人化联系在一起的，而私人化显然又是公共性的对立面。真理来自于公共，力量来自于公共，美来自于公共……事实上，即使到了"朦胧诗"，即使到了"后朦胧诗"，即使到了海子之死，中国新诗也并未真正回到独立自主的艺术世界。即使是当下，网络点击率（以及"网络点击率"所隐喻的人间关注度）仍然让诗歌保持着面向大众的姿态，仍然在从大众（而不是从小众）那里获得着诗歌的自信与满足。

明白了中国现代新诗上述自主性压抑、艺术性后置的真相，以及大众化的假象，承认了中国现代新诗作为艺术的其实一直未能得到良好的独立自主的发展这一事实，笔者想再提出一个问题，诗歌有没有"中心"过？换言之，既然诗歌的"中心"说不需要"证伪"，那么诗歌目前所谓的"边缘化"，还需要不需要"证实"？显而易见，我们不能因为一个事物现在的边缘性，就推论出它之前一定就是中心。要是它一直都在边缘则如何？再一次换言之，如果中国现代新诗一度被政治的中心化是个假象，则中国现代新诗当下所谓被商业的边缘化同样也是一个假象。而且，如果说"边缘化"只是一种感觉，那么这种边缘化，是不是其实是一种诗人与诗歌的自我矮化与自我边缘化？

---

① 西川：《20世纪：诗歌的回顾与思考——答西班牙〈虚构〉四问》，载杨克主编《2000中国诗歌年鉴》，广州出版社2001年版，第526页。

二　中国现代新诗:对公共性的诸多误读

其实,文学大众性问题的提出,已先在地潜伏了文学媚俗的可能。鲁迅对此看得清楚说得明确:"若文艺设法俯就,就很容易流为迎合大众,媚悦大众。迎合和媚悦,是不会于大众有益的。"① 不幸的是,后来发生的文学事实被鲁迅不幸而言中了,因为后来的文学,不幸地但是分明地徘徊在文学公共性的误区——我们对公共性的误读之所。以诗歌而言,这种误读主要表现在以下几个方面:

第一,对现实生活的重度干预才是公共性的体现——对现代新诗与现实生活之关系的误读。诗歌作为艺术其实是无论如何也离不开现实生活的。诗歌与现实生活的关系,从作者主动的角度分析,约为轻度干预、中度干预与重度干预三种(不存在不干预即零度干预)。诗人不是生活的蒙面人也不是现实的闭目塞听者,即使不加强调,诗歌对生活的干预也是低度干预。但是,中国现代新诗长期以来(被要求且被理解为)也确实表现出对周边事态的重度干预和深度介入甚至热血亲历(同步),而且人们认为只有这样重度干预的诗歌才具有大众性。在这样的诗歌期望与诗歌形象面前,中国现代新诗为了免遭所谓"放弃诗歌使命"的责难,不得不在自己的作品中放大诗歌的公共性,并由于重度干预而接受诗歌与生活的近距离甚至零距离(包括空间距离上的贴近与时间距离上的同步)。但是审美距离理论告诉我们:没有距离就没有美。在古代,人事的应酬之诗了无杰作;在现代,时世的应酬之作同样不会有好作品。为什么"瞿秋白所谈到的四种伪现实主义——'感情主义'、'个人主义'、'团圆主义'和'脸谱主义'在(今天的)底层文学中仍以变相的方式在呈现"②,因为将底层现象简单化、主观化和平面化,是欲"重度干预"的文学创作放大其公共性之后必然会出现的文学浮肿现象。

人们对所谓的现实生活与周边事态的理解,往往指那些比较重大与比

---

① 鲁迅:《文艺的大众化》,《大众文艺》第 2 卷第 3 期,1930 年 3 月 1 日。
② 王贵禄:《左联关于大众化问题的讨论及其对新世纪底层文学的启示》,《文艺理论与批评》2012 年第 2 期。

较热点的事件（如"地震"、如"泥石流"），往往也指那些比较关注的人群（如"农民工"、如"底层"）。我们简单地认为对诸如此类的现实生活的描写与叙述，就是有担当的写作，就是有现实关怀的写作，就是干预了现实生活的写作。但这样的现实生活无疑是狭义的，紧盯着这样狭义的现实，则必然会忽视了更广阔、更丰富其实也更真实、更现时、更现场、更具体的广义的现实。比如当代打工诗人郑小琼，固然"她的诗中到处都是鲜活而丰沛的工业意象、消费意象和生活意象，当这些意象被组接在一起的时候，一部底层滴血疼痛的血泪史、屈辱史和抗争史便展现了出来"。[1] 但是，在当代白领诗人赵丽华和大学教授诗人伊沙的诗歌中，同样也有大量对于我们所处的当下现实十分切近的表现，如伊沙的《向张常氏致敬》和赵丽华的《风沙吹过……》，可惜人们的眼睛早已是只见泰山不见块垒——只愿见泰山不愿见块垒！其实泰山之大与块垒之小是相对的而不是绝对的，如果距离不当、角度不当（即眼光的原因），泰山之大可能并不显大；同样，如果距离得当、角度得当（也是眼光的原因），块垒之小也可能并不显小。何况审美的距离并不确定，有袖手旁观而旁观者清的距离，也有隔靴搔痒而痒不解的距离。何况所谓审美的距离，还有与事件的同步距离（书写直接经验）与不同步距离（书写间接经验）之分。

如果说事件无所谓大小而距离无所谓远近，那么笔者始终认为，大众化这一命题的提出，即使不是一个伪命题，也是一个没有必要的命题。鲁迅说一个真正的为了大众的写作者，"他不看轻自己，以为是大家的戏子，也不看轻别人，当作自己的喽罗。他只是大众中的一个人，我想，这才可以做大众的事业"。[2] 鲁迅把"为了大众的写作"转述为"身为大众的写作"，无疑是极其正确的。鲁迅自己也就是大众之一员——即使他是大学教授。他不是大众之一员吗？他为什么不是大众之一员？承认这一点是极其重要的，只有承认自己也是大众之一员，则"为了自己的写作"也就等于是"为了大众的写作"，则"自己的事"也就是"大众的事"，

① 王贵禄：《左联关于大众化问题的讨论及其对新世纪底层文学的启示》，《文艺理论与批评》2012 年第 2 期。

② 鲁迅：《门外文谈》，《申报·自由谈》1934 年 8 月 24—9 月 10 日。

而自己的距离，就是最适合的距离。作家柳青从城市到农村那个人为改变了的距离（包括贴近性的空间距离与同步性的时间距离），也就不一定是适合于他的距离。

第二，使用白话与口语就是公共性的体现——对现代新诗言说话语的误读。从胡适到于坚，从白话诗到口语诗，中国现代诗歌一个最大的公共性，无疑体现在"话怎么说，（诗）就怎么说"的基本话语方式。种豆是为了得豆，他们之所以如此用白话和口语"种豆"，是因为他们希望借此换取大众的亲近。朱自清说："象征诗……为要得到幽涩的调子，往往参用文言虚字……得到一些古色古香；……有些诗纯用口语，可以得着活泼亲切的效果。"① 然而他们得到的这种"活泼亲切的效果"是为了谁的？还不是为了读者大众？因为只有口语才是那种"来自生活，活跃于大众唇舌之间"② 的语言。从白话诗到口语诗，人们坚信，通过白话和口语的前赴后继，一定能够至少在语言层面上架设起诗歌与大众之间的沟通桥梁，一定能够通过这一宽阔而且坚实的桥梁，到达白话与口语后面的诗——他们"种豆"，其实是想"得瓜"。

然而，这些"讨好他们臆想中的大众读者"③ 的白话诗人和口语诗人最终却不无悲哀地发现：

首先，白话和口语，作为一种适时适众的语言策略，却有一个先天的缺点，那就是容易让作品流入"散文化"，甚至会因为过分的口语化而失去诗性。"伊沙诗歌的通俗口语化，将诗变得淡如开水，从而使诗失去了诗的本质——即诗性"。④ 诗性既然丧失，走向大众已属于没有意义。先不论读者大众面对我们并无诗核的东西会作何表态，当我们自己已先期地放弃了自己，我们那心虚脸红的样子首先已让我们自己难堪！

其次，白话和口语很容易让诗歌的语言失去一种"尊严"。朱自清曾说："文字不全合于口语，可以使文字有独立的地位，自己的尊严。现在

---

① 朱自清：《诗的形式》，载张烨主编《朱自清散文全集》上，中国致公出版社2001年版，第418页。

② 姜耕玉：《诗风与策略：口语化的叙述》，《诗刊》1999年第10期。

③ 西川：《20世纪：诗歌的回顾与思考——答西班牙〈虚构〉四问》，载杨克主编《2000中国诗歌年鉴》，广州出版社2001年版，第527页。

④ 李东海：《走近诗歌——浅论中国现代汉诗的现状》，《西部》2006年第3期。

的白话诗文已经有了这种地位，这种尊严。"① 但朱自清所说的"有了这种地位，这种尊严"者，毕竟不是中国现代新诗的全部，当然也不是中国现代新诗的永远。只说 2006 年的"赵丽华诗歌事件"，率意冒进的赵丽华那些过于口语和直白的诗歌，就给她自己也给中国现代新诗带来了巨大的耻辱，诗歌的尊严一夜之间遭遇了严峻的挑战。在这个包装的时代，赵丽华却不懂得给自己的诗歌一个华丽的包装。一个简陋的化肥口袋，怎么会装着一堆翠玉？那些有眼无珠的人，总是如此自以为是。

再次，读者大众其实是一个最容易心理逆反的群体，你越是使用白话、口语和俗言，他们越是向往文言、书面与雅言。比如伊沙的诗，并非是淡如开水，但是人们却认为伊沙的诗歌淡如开水。为什么？还不是伊沙的语言及其语言的方式太走近大众了，太容易激起他们的逆反心理！欧阳江河说，"新诗可以说是一个语言推进器，它的存在对于好的中文的出现是一个巨大的推动"。② 这话没错，但是，当年的白话诗未能彻底拆解并击溃中国人强大的文言与雅言传统，后来的口语诗更难轻易拆解并击溃"文化大革命"前后强大的意识形态书面言说系统以及让中国现代诗歌长期苦恼的欧化的书面语积习，在这样的语境下，"尝试"的白话与"先锋"的口语只能无奈地接受"非诗"的大众化误解。

最后，即使是白话诗，即使是口语诗，即使明白如话，即使如此地考虑大众的"接受美学"，有些人却仍然是看不懂。或者说，看不懂的人永远都是看不懂！因为我们无论多么地大众、多么地公共，却无法改变任何艺术（也包括任何学问与专业）必然的自主性（或称"专业封闭性"，也有人称其为"自治性"）。口语诗毕竟还是诗，口语诗在向大众打开"口语"之前窗的同时，还有一道紧闭着的"诗"的后门。打开这道后门，大众可能一时欢呼，因为他们一看就懂，但是并无任何艺术的价值，因为诗已不诗（汪国真的诗即是如此）；关闭这道后门，大众可能最终目有迷离，因为他们不能一眼望穿，而且他们可能会生发怨言，但是，小小诗

---

① 朱自清：《诗的形式》，载张烨主编《朱自清散文全集》上，中国致公出版社 2001 年版，第 418 页。

② 欧阳江河：《新诗坚持她的失败，是她的伟大（节选）》，见叶橹等《新诗是一场失败吗？——中国新诗的基本经验》（第二届中国南京·现代汉诗论坛研讨会观点汇集），《南京理工大学学报》（社会科学版）2009 年第 3 期。

意，却偏偏于此而苟存！这真是没有办法的事：圈子（即排除了圈外的）于是形成，自洽（而不是他洽洽他的）机制因此形成。古奥的古体诗也自有它的自洽机制，同样，口语的现代诗自有自己的自洽机制——当代诗人中的优秀者即使运用看上去明白易懂的大白话与日常口语同样也能创造一个自洽的机制，一个你不能在圈子之外去评价其优劣与得失的机制。这个道理很简单，就像我们不能评价那些孤独的科学家与他们的科学，"它的价值与我们知道不知道无关，它有一个自洽的体系"。① 这个自洽的体系是有排他性的，它主要排除的就是非专业的大众。

第三，书写生活的真实就是公共性的体现——对艺术真实及情感真实的误读。当代诗评家沈奇在谈到新诗对旧诗的革命时说："新诗革旧体诗的命，首要的原因，在于旧体诗的一套话语方式，已与中国人新的生存现实严重脱节，所谓'打滑'、'失真'。"② 但是中国现代新诗革了旧诗的命之后，自己的求真之路却也并非一帆风顺、一路坦途，既出现过重大的误解，甚至也出现过极大的虚假。由于大众最喜欢的无疑是写实的文学（书写生活的真实），尤其是在现实主义艺术风格被简单化地理解为革命的现实主义之后，那种看上去极其贴近现实生活的创作（比如"洋车夫文学"和"老妈子文学"，包括现在那些所谓的"底层文学"和"打工诗歌"）即以其虚假的生活真实（伪现实主义）换取着虚假的大众性。伊沙为什么惊世骇俗地说是要"饿死诗人"，就是因为伊沙对那些在自己的诗歌中虚假地歌颂麦子的诗人所表现出来的伪生活深恶痛绝！

伊沙还有一句名言"诗歌要说人话！"伊沙此语的冲击力在于，它让我们大为吃惊：难道诗歌（曾经和现在）不是在说人话？伊沙的话绝不是危言耸听，我们的诗歌，曾经和现在，还真有不说人话的现象。瞿秋白早就表达过这样的文学语言观："一切写的东西，都应当拿'读出来可以听得懂'做标准，而且一定是活人的话。"③ 瞿秋白和伊沙的话并不难以理解，他们不是简单地要求作家和诗人要说"真话"，而是要求说"人

---

① 南帆、王光明、孙绍振：《新诗的现状与功能》，载杨克主编《2000 中国新诗年鉴》，广州出版社 2001 年版，第 535 页。

② 沈奇：《口语、禅味与本土意识——展望二十一世纪中国诗歌》，载《沈奇诗学论集》第 1 集，中国社会科学出版社 2005 年版，第 6—7 页。

③ 瞿秋白：《大众文艺的问题》，《文学月报》创刊号（1932 年 6 月 10 日）。

话"。因为"人话"首先是"真话"。作家毕飞宇说："我们热爱诗，说到底热爱的还是真本性——语言的真本性，人的真本性。"① "人的真本性"，自然也只能体现于人的真话。

但真话的种类多种多样，有政治语境中的真话，有生活语境中的真话，也有艺术语境中的真话。艺术语境中的真话才是艺术意义上的真话，这艺术意义上的真话，就是"说出人的存在"。然而，于坚不无可惜地说："人说不出他的存在，他只能说出他的文化"。② 人说出他的文化，也并不要紧，但问题是当人说出他的文化时，他会误以为自己说出了自己的存在（所以于坚一直呼吁人们要从象征与隐喻中挣脱）。而且一个更大的问题是，人的存在，往往并不存在于一般意义上的生活的真实，而是存在于超出一般意义的艺术的真实。所以，当诗歌大众尚未感受到自己的"存在"而只能感受到自己的"文化"（其实是被文化所绑架），当他们只认得由旧隐喻凝聚而成的真理而不认得拒绝隐喻之后平实道出的真相，在这样的语境里要求那些表现存在的诗（即落于日常与细节之真实刻画的诗）也能够"雅俗共赏"，显然是期望过高。

第四，直接抒情是诗歌大众性的体现——对诗歌抒情的误读。诗歌的本质是抒情的，但是诗歌的现象并不一定是抒情的（比如可以是叙事的），而且诗歌的抒情也向有直接抒情与间接抒情两种，即诗歌之说话，向有直说与曲说两种。但是在"朦胧诗"之前，人们重"直说"而轻"曲说"。比如吕进的说法："诗歌是歌唱生活的最高语言艺术，它通常是诗人感情的直写。"③ 吕进先生似重诗歌之情感灵魂而轻诗歌之形象肉体，他如此力挺诗歌言说中所谓的直抒胸臆类，却对诗歌言说的形象借托避而不谈，其实代表了一种迎合大众抒情期待（直接抒情）的诗学见解。在这样的诗歌抒情说之推波助澜下，中国现代新诗终于情感泛滥。

余光中曾批评郭沫若说："郭沫若早期的诗刻意模仿美国19世纪大诗人惠特曼，但对惠特曼的汪洋浑涵并未得窥堂奥，只学到一点恣纵和浮

---

① 毕飞宇:《小说家谈诗》,《诗选刊》2003年第5期。
② 于坚:《拒绝隐喻——一种作为方法的诗歌》,《于坚诗学随笔》,陕西师范大学出版总社有限公司2010年版,第10页。
③ 吕进:《新诗的创作和鉴赏》,重庆出版社1982年版,第20页。

泛的皮毛。"① 余光中显然对那种高声大嗓的高温抒情极其反感。而对郭沫若的《晨安》一诗，诗人郑敏也有过这样的批评，"在《晨安》一诗中，38 行诗有 38 个'呀'，但并不能比一首 54 个字的经典汉诗激动人心，在今天读来甚至有些可笑。诗中概念只一个，就是向全球道早安，如此单调的思维居然写成 38 行同类的诗句。虽有 38 个惊叹号和'呀'字，却只使人感到贫乏枯燥，可见如果没有找到合适的诗歌语言，即使诗人自觉感情汹涌澎湃，也无法使它外化为诗，就像一个失去了优美的声音的歌手，是不可能歌唱的"。② 对此直接抒情引起的情感泛滥现象，王珂不得不告诫我们，不能"只接受了华兹华斯的'诗是强烈情感的自然流露'的诗观，却忽视了他的'诗起源于平静中的回忆'的作诗法"。③ 然而，强烈感情的流露却是大众的选择，而平静中的回忆，还有那些麻烦的意象,尤其是它们的奇怪组合，未免让大众有些头疼。

吕进所谓的"它通常是诗人感情的直写"，几乎是早期版的"反意象"说。

诗之为诗，其最为基本的诗性，在于诗作为一种语言艺术的非直通性、非实用性甚至非意义性（与那种言在此而意也在此的意义不同）。而诗歌借以实现这一语言追求最有效的手段，就是意象的运用——含意于象、借象寓意。由于"天人合一"向来是中国人最深层的文化理念，所以，"立象尽意"也是中国诗歌传统一个极其重要的表现手段。但是，为了清洗古典诗歌意象之上的文化积淀，新诗否定旧诗意象的同时，也采用了超常的意象组合方式（以朦胧诗"意象的森林"最具代表性），清洗之余却也带来了一个负面的但也是必然的结果：断裂了一般大众的诗歌审美经验，加之有些意象组合过分的陌生与模糊，给人们一种寓之太深难以索解的不舒服的感受。所以，"困难就在于：当诗歌的这种隐藏特征减弱，她就失去了纯厚和久远的效果，当这种隐藏特征过度，读者就可能怀疑诗人的真情，这就是今天的诗歌欣赏面临的问题"。④ 这当然也就是诗歌如

---

① 余光中：《余光中谈诗歌》，江西高校出版社 2003 年版，第 126 页。

② 郑敏：《中国新诗八十年反思》，《文学评论》2002 年第 5 期。

③ 王珂：《论 20 世纪汉语诗歌文体建设难的三大原因》，《诗探索》2001 年第 2 期。

④ 李怡、李应志：《中国现代诗歌与当代中国读者的需要》，《钦州师范高等专科学校学报》2005 年第 2 期。

何在意象的层面平衡其公共性与自立性的问题。但不能因此而因噎废食地反对意象。运用意象而至深文周纳,固然是对意象的误会,但是反对意象、放逐意象而直通心性、直取心性,毕竟是对意象的另一种误会。可惜这样的误会正在发生之中。

反对意象者之所以如此斗胆,是因为他们觉得"至少我们还有叙事"。他们认为叙述是诗歌艺术的直接诗艺(意象、象征和隐喻等则属于间接诗艺)。值此工业文明语境,间接诗艺不足以表现纷繁复杂的现实生活以及人们复杂纠缠的心理,而直接诗艺的叙述,"剥离了所谓的'诗意',逼迫语言交出事物,呈现诗人情怀的'直接'"①,如果再辅之以戏剧冲突、反讽效果,足以释放当代人的人生情怀。但是,这样的看法是对叙述的诗学夸张,极易形成叙事的诗学泡沫。因为现代新诗的叙事,本为现代新诗的一次借用,如果视之为诗歌的主人,则无疑喧宾夺主。

在说话式的写作(即口语诗)一反先前那种歌唱式的写作(即前口语诗)而涌现诗坛之后,人们发现,口语诗固然有直爽之利,却也有直言之弊。直言与坦白不同。坦白是一种诗歌立场而非诗歌语言。如何既要口语化坦白地言说却又不能落入直白;如何既要口语却又能避免直接抒情,于是,口语诗就选择了向叙事求援。"现代汉诗对叙事策略的引进,在 20 世纪 80 年代的第三代诗歌运动中即已显端倪。当时曾有这样的表述:以真实世界的客观陈述,来弥补传统新诗想象世界的主观抒情之风尚的不足与缺陷。"② 但是,以叙事而为大众化方向的一个便捷手段,却并非从口语诗开始。当年的解放区诗歌,为了诗歌的大众化,不也同样使用了叙事一法么?"民歌体叙事诗"的李季的《王贵与李香香》和阮章竞的《漳河水》,即为鲜明例证。

应该说,中国当代诗歌"零下抒情期"情感的"淡出"与叙事手段在诗歌中的大量运用给人们造成的错觉有一定的关系。但叙事与抒情作为人类五大言说手段中的两种,存在着手心手背而阴阳两面的联系。叙事而以矛盾冲突为言说核,抒情以情感为言说核;叙事以发现世界的矛盾而言

---

① 杨四平:《新诗与中华文明血脉相连——驳"新诗是一场失败"的失败论调(节选)》,见叶橹等《新诗是一场失败吗?——中国新诗的基本经验》(第二届中国南京·现代汉诗论坛研讨会观点汇集),《南京理工大学学报》(社会科学版)2009 年第 3 期。
② 沈奇:《过渡的诗坛》,沈奇《拒绝与再造》,西北大学出版社 1999 年版,第 86 页。

说世界的和谐，抒情以发现世界的和谐而言说世界的矛盾。也就是说，一味地强调叙事，仍然是现代新诗的诸多误会之一。

三　中国现代新诗：不能一味地追求大众性

以上讨论了中国现代新诗长期以来对艺术大众性的一些误读，目的在于唤醒并激扬诗歌艺术的自主性。诗歌从来都是小众的艺术，诗歌也从来都没有进入过社会生活的中心地带，诗歌的写作也仅仅是写作者一时的、个人的、渺小的行为。诗歌之肩，当年难挑道义之重，现在同样也是难挑大众性之重，而且，诗歌与大众性之间，还存在以下两个要么与生俱来、要么难以解决的矛盾。

第一，中国现代诗歌强烈的探索性与形式固化的大众性有着天然的矛盾。探索者必然是先行的，也必然是向前地（而不是向后地）脱离大众的。于是，让那些探索者的诗获得大众的认可也就是不可能的，探索者的热情必然会受到大众的冷遇，换言之，让那些探索的诗歌获得公共性其实是一种讽刺，事实上也就是取消了探索性。而中国现代新诗这一百年来的道路，在很大的程度上与很大的范围里，都是具有探索性的。同时，探索也意味着极大可能的失败，关于这一点，孙绍振先生有过敏锐的也是负责的评说，"我不对今天探索的人给予全部肯定的评价。我曾经说过一句话，一次成功往往有九十九次的失败。并不是每个从西班牙港口出发的人都能成为哥伦布。我们现在这些不成功的探索者以成功的哥伦布作为自己成功的理由，这个理由是不充分的，葬身鱼腹的人是大量的"①。而笔者认为，由于他们的不成功的探索而受到的大众的疏离，同样不能成为新诗危机的理由甚至新诗失败的理由。大众当然会为他们九十九次的失败而远离他们，但是大众也会因为他们最终的成功而为他们欢呼。还有，当诗歌艺术在目前的时代其功能已经开始转入到为人类保存他者的少数人的尖端的声音，你还能期望它得到什么公众的认可吗？

有学者认为，现代性取代古典性之后，新诗长期在现代性的追寻里徘

① 南帆、王光明、孙绍振：《新诗的现状与功能》，杨克主编《2000 中国新诗年鉴》，广州出版社 2001 年版，第 538—539 页。

徊，虽取得了相当丰硕的成果，但也暴露了现代性所带来的种种弊端。所以，新诗要进一步发展，必须对现代性实现超越，而对现代性的超越更会带来新的"中华性"的崛起。① 这显然是更需要先锋的探索的事业，这也是更孤独的小众的事业，因为大众还正处在现代性之中，甚至有些人还没有进入到现代性。不过，考虑到中国新诗在它的开始阶段，正是以空间上的别人的"西方性"呼唤了中国诗歌时间上的"现代性"，那么，现在我们以空间上的自己的"中华性"反过来超越中国诗歌时间上的"现代性"，也许是一种天道循环的同时不无报复快感的说法与行为。

第二，中国现代诗歌去音乐化的努力与植根吟唱传统的大众性有着一时难以解决的矛盾。从胡适到于坚的中国现代新诗，以其越来越鲜明的口语追求与口语实践，充分体现并引导着汉语的现代性与当代性，一直在"默默地"展现着汉语的鲜活性——之所以是"默默"的，是因为中国现代新诗在追求口语化表达的同时，还一直拒绝着音乐的"帮腔"。现代新诗认为："汉语有声母、韵母，有声调、语气，有自己的构字、构词、造句语法，所以，汉语本身具有绘画性和音乐性，是声色俱佳的诗性语言，现代汉语尤其如此。"② 所以，现代新诗在"可读的"（而不是"可听的"）、"视觉的"（而不是"听觉的"）诗歌创作方面堪称勇于实践，试图张扬汉语的"象形"（而不是"拼音"）特长。

但是，"对有着深厚的诗歌文化背景的中国读者来说，自《诗经》时代开始，诗歌的韵律感就已成为我们的一种心理积淀、一种集体无意识，他们对新诗在形式上的不拘一格、汪洋恣肆不可能（不）产生一种陌生感和本能的抗拒"③。他们往往会用古典诗歌的音乐性来对新诗中韵律感较强者进行求同性"证实"，同时也对新诗中韵律感较弱者进行排异性"证伪"，认为对音乐性的拒绝，是中国现代新诗一次严重的"丧权辱国"——失去了音乐性，诗歌将何以为诗？将与散文何异？

---

① 张颐武：《断裂中的生长："中华性"的导求——"后新时期"诗歌的前途》，《诗探索》1994 年第 2 期。

② 杨四平：《新诗与中华文明血脉相连——驳"新诗是一场失败"的失败论调（节选）》，见叶橹等《新诗是一场失败吗？——中国新诗的基本经验》（第二届中国南京·现代汉诗论坛研讨会观点汇集），《南京理工大学学报》（社会科学版）2009 年第 3 期。

③ 李怡、李应志：《中国现代诗歌与当代中国读者的需要》，《钦州师范高等专科学校学报》2005 年第 2 期。

因此，那些有道德的、心怀天下大众面向公共阅读的诗人与理论家，希望在诗歌与读者之间保留音乐性这座双方都能接受带有双赢色彩的便桥。比如以闻一多为代表的新月派，就在他们的"新诗格律化"理论中，把"音乐美"和"绘画美"、"建筑美"并列为现代诗歌之三美。比如穆木天在《关于歌谣之制作》中就明确地说："诗歌应当同音乐结合在一起，而成为人民可歌可唱的东西。"① 而当代的有些理论家也坚持着这样一种诗见："诗是歌唱生活的语言艺术。"② 而于坚最初发表时题名为《朗诵是诗歌的断头台》的那篇文章，后来收入《于坚诗学随笔》的时候，也不得不改成了《朗诵》。

能不能继续以"歌唱"一词来描述中国现代诗歌的动作特征呢？

"歌唱"，如果是为了强调诗歌"语言通顺、节奏分明"的音乐性，笔者觉得无疑是可以继续使用的。但是，如果是为了强调所谓"精严的格律和韵律"，那肯定是对新诗音乐性的误导。中国现代诗歌，至少从朦胧诗开始（其实更早），已经出现了对诗歌音乐性的内在追求（其表征，则是对外在格律的反抗）。"朦胧诗"以表达情绪为目的，以宣泄心灵为宗旨，其诗行的组合和分解灵巧多变，外在结构形式自由无拘，外在韵律节奏自由随意。作者随意划分段落，句子长短不一，句式千差万别，突破了传统单一性的诗情和单一性的联想线索。如断层推进式的舒婷的《也许》、《这也是一切》；如平行并列式的舒婷的《往事二三》、顾城的《弧线》；如隔节反复式的孙武军的《回忆与思考》等。"后朦胧诗"的口语化，即是在此基础上的推进与发展。从这个意义上说，中国现代新诗恐怕不仅不是没有音乐性，反而是更具有音乐性——至少是音乐性已然深化，倒是那种格律诗的单纯音韵，却显出了音乐性的贫乏。

---

① 穆木天：《关于歌谣之制作》，《新诗歌》1934 年 6 月第 2 卷第 1 期。
② 杨光治：《诗坛问题答客问》，《绿风》1988 年第 2 期。

第十二章 回归生命的真朴

——现代诗歌的口语美学

2003 年，诗人伊沙撰文《朴素抒情——韩东〈你见过大海〉简论》，对诗评界就韩东《你见过大海》"近乎一致地集中"的"文化解构"之解读表示理解，"这种普遍采用的对韩东（包括以之为代表的中国'第三代诗人'）的解读方式，或许有其存在的合理性"，但他仍批评道，"即便如此，面对诗人写作的复杂、微妙和隐蔽性，这种过于文化的解读方式——不说是粗暴也显得简陋了，以致显得十分荒谬和滑稽"。伊沙认为"在此诗写作前后的一段时间里，韩东曾面对中国诗界发出对'朴素'的呼唤，而在 20世纪 90 年代初的一篇对话录中又提出'第一次抒情'的理论……他所谓'朴素'是指回到个人感觉的真实……就写作而言，《你见过大海》正是'朴素抒情'的产物"。[①] 值彼口语诗以其诗歌意蕴上强烈的解构性及艺术形式上鲜明的实验性而被人们目为"先锋艺术"之际，伊沙如此特意地指出《你见过大海》的另一面，显然希望人们通过对广阔的口语诗世界一番别样的张望，窥见口语诗的另一美学新质，即由"第一次抒情"的"朴素抒情"所呈现的一种"回到个人感觉的真实"的"朴素之美"。合观当时评论者之"文化解构"与韩东、伊沙他们的"朴素抒情"，恰好可以合成中国当代口语诗歌以解构为言说手段而以真实朴素为言说目的这一归真返朴的艺术动向。本章特意指出这一点，意欲说明，中国当代口语诗歌虽然是从对话语霸权的报复性发泄开始的，却不乏积极的诗学动向——中国当代诗歌是否正在渐渐地归于客观、归于中性、归于真实呢？

---

① 伊沙：《中国现代诗论》，台湾秀威资讯科技股份有限公司 2011 年版，第 238—239 页。

一　韩东等所谓"朴素抒情"与中国当代 口语诗歌归真返朴之艺术动向

韩东曾这样概括其小说《扎根》："以一种朴素的方式写出一个特殊时期人们的日常生活。"他又解释道："我喜欢比较朴素的语言，但朴素不是故意去掉形容词、修饰语，不是寒伧，也不是做作，而是自然写下来。"① 在其随笔《朴素者》中，韩东再一次阐释了他的"朴素观"，"朴素不是节俭，更不是吝啬和马虎，它和本色的意思相近，就是尽量少的加以掩饰。朴素给人以一种清澈、透明之感。外观的朴素被过多地褒扬，以致走向了它的反面，就是矫饰"。② 韩东这种对"朴素"的向往和对"矫饰"的反感，在其《今天的"理想主义"》一文中表述得更为直接，"今天的文学界、伪善者太多，道德家太多，他们无不以理想者自居，并把真实视为天然的敌人"。韩东说最让他深恶痛绝的，是"理想主义"对"真实"的"抗拒、掩盖、遗忘、粉饰和歪曲"。③ 韩东因此把真诚奉为自己以及《他们》的不二信条："《他们》所崇尚的东西是不一般的，不平凡的。直到今天有一种东西没有变，那就是真诚。"④

合观上述韩东不同时间不同地点的表述，可以这样归纳他的"朴素观"：言说的"自然"、"本色"与"真实"，其对立面，就是"伪善"、"做作"与"矫饰"。韩东的这一朴素观，即鲁迅之所谓"有真意，去粉饰，少做作，勿卖弄"⑤，亦即老庄之所谓"归真归返"。简言之，就是"酷似生活原貌"⑥。

在一次接受采访时，有人问及韩东对艾略特诗的看法，他回答说，"我不喜欢。那里面有太多的虚张声势，而非第一性的"。他对"第一性"

---

① 李润霞：《〈扎根〉：向自己靠近，力图写得真实——韩东访谈》，《中文自学指导》2003年第9期。
② 韩东：《朴素者》，《南方周末》2011年3月9日。
③ 韩东：《今天的"理想主义"》，《南方文坛》1996年第12期。
④ 于坚、韩东等：《〈他们〉：梦想与现实》，《黄河》1999年第1期。
⑤ 鲁迅：《作文秘诀》，《鲁迅全集》第四卷之《南腔北调集》，人民文学出版社1956年版，第474页。
⑥ 王绍辉：《朴素美：艺术创作的高层境界》，《中国文学研究》1995年第1期。

解释如下："那种由诗人身体引发的，出自他内部的东西，是撇开不同的文化背景也能感受到的东西。像艾略特的诗，那里面有太多的文化和文明因素，需要放在某种知识体系内才能得到充分理解。"① 韩东这里所谓的"第一性"，似源于李贽的"童心说"，或源于什克洛夫斯基的"陌生化"。李卓吾《童心说》认为，"童心"，即"真心"，即"绝假纯真，最初一念之本心也"。② 其"最初一念"，正是韩东所谓的"第一次"。而什克洛夫斯基《作为手法的艺术》则云："列夫·托尔斯泰的反常化手法在于，他不用事物的名称来指称事物，而是像描述第一次看到的事物那样去加以描述，就像是初次发生的事情。"③ 语中明确地提出了"第一次看到"、"像是初次发生"等观点。而伊沙在上述关于"朴素"与"第一性"两点的认识上，与韩东可谓英雄所见略同，否则，他不会把韩东的"朴素"说与"第一性"说，合称为"朴素抒情"。

伊沙的概括无疑是正确的，也是公正的。在以韩东、于坚和伊沙为代表的中国当代口语诗歌中，普遍存在着一个不容遮蔽、不容漠视的创作追求与创作实绩，那就是他们的"朴素抒情"。刘继林对此早有发现："韩东在对诗人的角色进行定位和对诗的本质进行界定的同时，以自己的创作和行为来实践自己返朴归真的诗歌梦想。"④ 如果说韩东的诗歌梦想无疑代表着口语诗人的诗歌梦想，那么多年之后，他们的这一诗歌追求获得了相当的成功，他们以自己的朴素抒情，为中国当代诗歌带来了一种久违的归真返朴之美。

二　中国当代口语诗歌归真返朴 之艺术动向的主要表现

中国当代口语诗歌的朴素抒情及其虽求变却也守常的努力，表现在诗

---

① 林舟：《清醒的文学梦——韩东访谈录》，《花城》1995 年第 6 期。

② （明）李贽：《童心说》，载李贽著作选注小组《李贽著作选注》（上），人民文学出版社 1975 年版，第 99 页。

③ ［俄］什克洛夫斯基：《作为手法的艺术》，方珊译，载朱立元、李均主编《二十世纪西方文论选》（上卷），高等教育出版社 2002 年版，第 188 页。

④ 刘继林：《在话语的反叛与突围中断裂——韩东诗歌行为的回顾性考察》，《学术探索》2005 年第 5 期。

歌声音、诗歌词语、诗歌形式、诗歌题材、诗歌意味等诸多方面，也正是这全方位多向度的努力，使其归真返朴之艺术动向获得了无可置疑的真实性。

第一，重建日常生活的尊严：口语诗在题材对象上的归真返朴。口语诗的朴素诗学，表现在"写什么"，即诗歌题材对象方面，就是所谓的"生活流"现象。如果说"口语"指其诗写语言的日常化，而"生活流"则指其诗写题材回到生存现场的日常化。程继龙以韩东为例说："'日常生活'正是第三代诗人持续关注的一个焦点，这一点在韩东的诗歌中也有鲜明的体现。深入阅读韩东 80 年代以来的诗歌，我们感受最深的是韩东隐藏在'先锋'姿态背后的对平凡、朴素、甚至卑微的日常生活与价值取向的坚守。"① 事实上，"以日常化的口语来铺叙凡人的二三事"②，正是中国当代口语诗人在诗写题材方面一个重要的突破，也是一个重要的回归，因为诗人其实是本该如此的！柯勒律治曾说到华兹华斯的追求："给日常事物以新奇的魅力，通过唤起人们对习惯的麻木性的注意，引导他去观察眼前世界的美丽和惊人的事物。"③ 他说的应该是所有诗人的天职。口语诗在这方面最著名的例子就是于坚的《尚义街六号》。这首"生活的气味先于精神的气息抵达我们"④ 的诗作甚至开创了口语诗歌对于现代都市日常生活的诗性叙述。

口语诗歌题材对象的"生活流"现象，其实是 20 世纪"从神圣性到世俗化"即由"彼岸"的超验时空向"此在"的生活世界这一审美实践的现代转型之产物，是所谓"世俗美学"日渐受到重视的一个诗学表现。相对于"扬圣弃俗"、"超凡脱俗"的传统美学，口语诗歌的美学追求恰恰相反，他们张扬的是世俗的、日常的、肉身的价值和意义。而正是在这样对平民温情的复苏过程中；在这样对平庸之美的发现过程中；在这

① 程继龙：《日常之美与精确表达——韩东、西穆斯·希尼诗比较》，《宿州教育学院学报》2010 年第 4 期。

② 刘继林：《在话语的反叛与突围中断裂——韩东诗歌行为的回顾性考察》，《学术探索》2005 年第 5 期。

③ ［英］柯勒律治：《文学生涯》（第十四章），刘若端译，载《十九世纪英国诗人论诗》，人民文学出版社 1984 年版，第 63 页。

④ 包兆会：《当代口语诗写作的合法性、限度及其贫乏》，《文艺理论研究》2009 年第 1 期。

样对日常世界的贴切抚摸过程中，口语诗为我们描述了一个真实且多样、生机勃勃且荡漾着人性活力、平平淡淡却不乏温馨的世俗世界，而口语诗也因此获得了一种中国诗坛久违的归真返朴之美——世俗之美与朴素之美。

但是，有人一直对口语诗这种"生活流"现象表现出顽固的不能理解，他们深陷在"艺术即神圣"（艺术是对日常生活与现实世界的超越）之根深蒂固、源远流长的观念中不能自拔。面对着口语诗对世俗之美的公开追求、对日常生活的倾心赞美、对优雅风度的大肆嘲讽、对崇高品格的无情解构，他们感到不能容忍与接受。然而，毕竟我们已身处现代！现代艺术，早已不是从日常存在中的解脱，而是向着生活世界的回归。画家塞尚曾说："我画画，为的是那些坐在爷爷膝盖上的孩子们能一边看画，一边喝汤，一边唧唧喳喳地说话。"① 小说家普鲁斯特也说过："在看到夏尔丹的绘画作品之前，我从没意识到在我周围、在我父母的房子里、在未收拾干净的桌子上、在没有铺平的台布的一角，以及在空牡蛎壳旁的刀子上也有着动人的美存在。"② 所以，身为一个现代人，面对的又是现代的艺术（包括口语诗），我们必须对"日常生活"加以全新的理解，"所谓人的'常态'，指的就是既不愿返祖归宗地重新沦为茹毛饮血的生命现象，也不愿成为献身他人的道德超人，而是以'日用人伦'价值为目标的生存追求"。③ 以韩东《有关大雁塔》为例，在传统的高雅诗学看来，它了无诗意，情事平庸，但是在"世俗"的口语诗歌看来，"韩东的诗就是这样一种高贵和美丽的诗，不是英雄或精神贵族保卫、寻求信仰拯救人类或社会的高尚情怀，而是平凡人认同具体生命的高贵"。④ 事实上，口语诗歌在回到日常，回归普通人身份的同时，虽然也有从世俗滑入低俗的歧变，但更多是从"前期的日常主义"走入"后期的高峰体验"的自我补充与自我修正。

更为可贵的是，口语诗的题材日常化，并非他们的歪打正着，而有着

---

① ［法］约阿基姆·加斯凯：《画室》，章晓明等译，浙江文艺出版社 2007 年版，第 14 页。
② ［美］拉塞尔：《现代艺术的意义》，陈世怀等译，江苏美术出版社 1992 年版，第 4 页。
③ 徐岱：《回归本真：生活世界的诗学问题》，《杭州师范大学学报》（社会科学版）2013 年第 1 期。
④ 王光明：《艰难的指向》，时代文艺出版社 1993 年版，第 212 页。

明确观念的诗学支撑。于坚说："诗歌的价值在于，它总是通过自由的、独立的、天马行空的、自由自在的、原创性的品质复苏着人们在秩序的精神生活中的日益僵硬的想象力，重新领悟到存在的本真。"① 这样的价值认定也并非口语诗的天地独标，而是口语诗对诗歌良心的发现、对诗歌本真的体认。公正地讲，"'嬉皮式'的伊沙并非一味经营着他的那些充满'狠劲'的'解构性文本'，也常常张望文本之外的现实世界；并不只是将诗歌拉回日常的'纯粹'的现场，也常常介入具体的社会现实，对苦难的生活作明确的表态"。② 正因如此，口语诗歌如此归真返朴的诗学努力必将开启我们对现实主义的重新理解。包兆会认为："当代口语诗人……在诗中所表现出来的生活态度和心性结构与中国社会转型和发展同步。"③ 如果确乎如此，则口语诗歌的归真返朴，不正表征了我们这一个时代无比可贵的真实与朴素的品格吗？

第二，看似寻常最奇崛，成如容易却艰辛：口语诗在诗歌形式上的归真返朴。施蛰存早就指出：现代诗"是现代人在现代生活中所感受到的现代的情绪用现代的词藻排列成的现代的诗行"。④ 这"现代的诗行"，这现代诗歌的崭新形体与崭新的话语方式，其脱胎换骨移步换形的过程却是风波多艰。由于中国传统诗歌的文字排列，以整齐、对称为基本模型，篇有定行、行有定字，且有平仄韵脚等等有耳可听、有目可见的外在形式，所以，虽经胡适诸君的诗体解放之呼唤，但即如胡适个人，也仍然带着"缠脚时代的血腥气"⑤；即如徐志摩、戴望舒诸子，其"现代的情绪"，也并没有完全体现为"现代的诗行"；即如当代诗人食指、北岛，其作品中也有不少的形式依然故旧，其四行一节、节节均等、时时押韵等等表现，也莫不拘于旧的句式和语法。但是，到了口语诗，这一切却发生了分明的变化，他们明确地挑战了整齐与均衡这一诗歌的形式传统，而更重诗歌的意义内容，表现在文字的排列方式上，他们做到了尽量地顺其自然。

---

① 于坚：《拒绝隐喻》，《于坚集》，云南人民出版社 2004 年版，第 64 页。
② 邹贤尧：《现实介入与底层书写——先锋诗歌的另一面》，《文学评论》2006 年第 3 期。
③ 包兆会：《当代口语诗写作的合法性、限度及其贫乏》，《文艺理论研究》2009 年第 1 期。
④ 施蛰存：《又关于本刊中的诗》，《现代》1933 年 4 卷 1 期。
⑤ 胡适：《尝试集·四版自序》，胡适《尝试集》，浙江文艺出版社 1997 年版，第 3 页。

传统律绝、四四式、三三式、十四行诗等等，在口语诗中一律遭到摒弃！我们看不出口语诗人对诗歌的形式有何刻意的模式化固守，同时也看不到他们有何失之于常的花样翻新。有话则长，长到像于坚的《飞行》与《0档案》；无话则短，短到像于坚的《便条集》、伊沙的《老狐狸》。他们即使借用一些看似非诗的文本形式来进行自由的诗写，却也能够随体赋形，不失其生命感受与语言体验的贴切结合。

口语诗在言说形式上高度自由的一个极致，就是他们甚至把传统诗学嗤之以鼻的"顺口溜"也写成了诗——在这方面，伊沙堪为翘楚。王敏说："从'顺口溜'到'诗'的过程，伊沙不仅在内容上倾注了他对生活的热情，在形式上也非常注意表达的巧妙、轻盈，力求使自己的口语诗更富语感和现场感，从而为其现实追求和民间立场配备最合适的形式。"①当然，这种言说形式的极度自由也是双刃的：一方面，优秀的口语诗人把"顺口溜"写成了诗，另一方面，滥竽充数的口语诗人同时却把诗写回了"顺口溜"！生花妙笔沦落为庸人常技！诗歌的一个"高难动作"由于其归真返朴之后的"简易"，竟然演变成被大量模仿复制的文字游戏，成了沈奇所谓的"将高僧说家常话还原为家常人说家常话"②，这样难堪的事实，却为口语诗的始作俑者始料未及。所以，既要"把'第三代'诗与泛口语话的大众诗区别开来"③，也要把"口语诗"与"口水诗"区别开来。口语诗应该是褒义的。不过，这样的区分殊非易事。伊沙说："口语不是口水，但要伴随口水，让语言保持现场的湿度，让飞沫四溅成为语言状态的一部分。"④言多必失，让伊沙没有想到的是，诗歌世界也存在着木桶效应！如果对诗歌中的"口水"不加谨慎，则口语诗歌的朴素之美，恰能流失于那个"口水"的缺口。大量的口水诗人也正是从这个缺口——这个低门槛——混入了诗歌的写作队伍并且日益败坏诗门。

这样的告诫对于志向高远的口语诗歌就显得十分必要：口语诗其实并不好写！口语诗如同川菜之一绝的水煮白菜，也如同陇菜之一绝的清炒土

---

① 王敏：《论伊沙诗歌的现实关怀》，《理论界》2011年第3期。

② 沈奇：《怎样的"口语"，以及"叙事"——"口语诗"问题之我见》，《星星》诗刊上半月刊2007年第9期。

③ 周伦佑：《"第三代"诗论》，《艺术广角》1989年第1期。

④ 伊沙：《有话要说》，《伊沙诗选》，青海人民出版社2003年版，第6页。

豆丝，一方面似乎人人都可以做得，另一方面要做好还真有相当的难度！口语诗人陈傻子说："一首好的口语诗，应该最直接、最自然、最明白，读后又应该觉得最生动、最为奇妙最具匠心，当然，这是非常要有功力的，对一个作者的敏锐与胆魄以及良好的艺术感觉都有极高的要求。"① 这话要是让古人说，就是"看似寻常最奇崛，成如容易却艰辛"（王安石《题张司业诗》）。那些面对口语诗歌跃跃欲试的人们，千万不要只看到口语诗看似简易的诗写形式，而看不到口语诗歌其实无处不在的智慧、个性、原创力以及艰辛。

　　第三，回到语言本身：口语诗在诗歌语言上的归真返朴。中国的文学语言，一如日本学者吉川幸次郎所说："不是作为日常语言的口语，而在原则上被要求为具有一定规格的特殊语言。"② 中国的传统诗歌尤其是如此。但是，苏东坡词《江城子·乙卯正月二十日夜记梦》，从"十年生死两茫茫"始，到"明月夜，短松岗"止，以其明白如话、纯然一色而告诉我们：最为完美的表达永远是简单朴素的。老子说"大音希声"，真正的学问并不是术语典故而是平平常常的《菜根谭》，真正的作家和诗人亦然。阿城小说《棋王》以其语言的归真返朴而多获赞誉，比如"车站是乱得不能再乱，成千上万的人都在说话"。比如那个和王一生下棋的脚卵"把双手捏在一起端在肚子前面"。放着"正襟危坐"这个成语他不用，放着"人声鼎沸"这个成语他也不用——因为成语容易形成"知障"，因为平常的基本的语言，其实最适于表现对生活本色本味的观察与感受（只要能够擦去词语上的尘土，还习空见惯的词语以鲜活的生命），而这，也正是口语诗歌在归真返朴的回家之路上一个分明的追求。

　　"诗到语言为止"③，于是，回到语言自身，就成了中国诗歌归真返朴之美学一个重要的追求。这一追求，在"五四"时期的胡适先生那里，表现为"白话"，因为相比于文言，白话是相对自然而质朴的。胡适的《白话

---

① 陈傻子：《我爱口语诗》，《诗刊》下半月刊 2003 年第 6 期。

② ［日］吉川幸次郎：《中国文学史的一种理解》，见［日］吉川幸次郎著，［日］高桥和已编《中国诗史》，章培恒等译，复旦大学出版社 2001 年版，第 2 页。

③ 韩东：《自传与诗见》，《诗歌报》1988 年 7 月 6 日。按：韩东这一命题的具体语境是，"诗歌以语言为目的，诗到语言为止，即是要把语言从一切功利观中解放出来，使呈现自身，这个'语言自身'早已存在，但只有在诗歌中它才成为了唯一的经验对象"。

解》如此解释"白话"的含义:"白话之义,约在三端:(一)白话的'白'是戏台上'说白'的白,是俗语'土白'的白。故白话即是俗语。(二)白话的'白',是'清白'的白,是'明白'的白。白话里须要有'明白如话',不妨夹几个文言的字眼。(三)白话的'白'便是'黑白'的白。白话便是干干净净没有堆砌的话,也不妨夹几个明白易晓的文言字眼。"① 他认为中国诗歌的历史,就是语言不断地趋向于自然的历史——从诗,到词,到曲,到元人小词,正是这样"求近语言之自然"② 的过程。因为相比于散文尤其是小说,诗歌是最大的不自然。所以,中国的诗歌如果能够实现土白的诗、俗话的诗、清白的诗、明白如话的诗、干净而没有堆砌的诗,就是中国诗歌的新面貌,也是中国语言的大进步。

这种追求到了韩东、于坚他们那里,则表现为对口语的选择,"口语是诗人回归民间、自然、本我、'私人'的主要载体,是通往和谐和心灵自由的主要途径"。③ 于是,在回归的道路上,口语诗人的舌尖上出现了朴素的声音,他们的口齿间跳荡着普通的词语。他们承续的也是胡适先生当年的选择:不选"书面语"而选用"口语";不选"雅言"而选用"俚语";不选知识精英的"文言文"而选用引车卖浆者流的"白话文",并不惧被人讥为"俗话诗"。④ 这其实是中国诗人绵亘百年的"语感"——他们觉得所谓的雅言,观念僵化、辞不达意,是离开生命的语言,是与活生生的活泼泼的口语不可同日而语的语言!是不在现场的语言!是不及物的语言!是死的语言!而口语诗歌则对这样的语言表现出鲜明的反感且进行了无情的解构,他们认为"如果一个诗人不是在解构中使用汉语,他就无法逃脱这个封闭的隐喻系统"。⑤ 他们成功地逃脱了,并且他们与口语劫后重逢而"津津乐道"。后来,口语诗歌甚至进行了一次远征,这次成功的"口语秀",就是伊沙《唐》的写作。伊沙的《唐》欲向世界做一证明,即当代诗人的口语既可以同样地面对那些古代诗人的

---

① 胡适:《答钱玄同书》,《胡适文存》卷一,上海亚东图书馆1921年版,第54—55页。

② 同上书,第55—57页。

③ 但家祥:《朴素的抒情(下)——读韩东的〈你见过大海〉、〈有关大雁塔〉》,《六盘水师范高等专科学校学报》2006年第2期。

④ 胡适:《胡适留学日记》(四)引梅光迪信中语,转引自吴奔星、李兴华编《胡适诗话》,四川文艺出版社1991年版,第99页。

⑤ 于坚:《从隐喻后退》,于坚《棕皮手记》,东方出版中心1997年版,第244页。

"古意"，而且也可以传达出传统的雅言所不能传达的诗意，当然它同时也证明了，"无论如何丑俗的字眼，无不可以入诗而受诗人的美化"。①

中国当代口语诗歌如此孜孜以求的语言实验之所以让人尊敬，是因为他们面临的诗歌语境其实远远不够口语。虽然在中国的诗歌史上，雅言的"顺口溜"事实上比口语的"口水诗"要多得多，但是，雅言的顺口溜却一直蒙骗着那些口操口语、心向雅言的人们。这种蒙蔽，使得他们面对着看上去不登大雅之堂的口语诗如面对着未披袈裟的济公和尚而觉得极其可疑：这也算是诗吗？这也是佛吗？越是归真返朴，越不能在大众那里得到承认！越是归真返朴，就越是"离群索居"甚至"孤芳自赏"，这竟是优秀的口语诗让人感到不无悲哀的命运！口语诗歌的窘迫语境，根源于读者大众这样一个顽固的认识：诗歌语言自有一套语码，所谓"诗家语"！这一种"诗家语"甚至让南宋诗人陆游也一度误入其中，"我初学诗日，但欲工藻绘"。② 确实，这样的误会在雅言传统的中国，普遍而久远。老子云："美言不信"，但是这个世界上却充满着不信的美言，甚至在诗歌话语里也缺少真诚的老实话！理解了口语诗歌如此并不宽广的语境，也就理解了口语诗歌如此"说人话"的勇敢——当他们对此言不由衷的语言现实进行了归真返朴的反击；当他们拒绝使用那些好听的词语来进行华词丽句的美丽抒情；当他们拒绝使用那些"大词"来进行"宏大叙事"；当他们不再把自己标榜为"为天地立心，为生民立命，为往圣继绝学，为万世开太平"③ 的满口雅言的所谓"知识分子"；当他们清醒地把自己界定为说着家常话的活在平常事件当中的平凡人，他们的姿态与努力怎能不受到人们的尊敬呢？

而且，这也不是他们所谓诗歌先锋的标新立异，而是他们的生命直觉与语言直觉。于坚说："我拒绝精神或灵魂这样的虚词。"④ 拒绝，无疑是出于对虚伪的直觉，也无疑是出于对真诚的向往，于是他们这才果断地让

① 傅东华：《诗歌原理ABC》，ABC出版社1929年版，第80页。
② （宋）陆游：《示子遹》，张春林编：《陆游全集》（下），中国文史出版社1999年版，第1098页。
③ （宋）张载著，朱熹注，王云五主编：《张子全书》卷十四，商务印书馆1935年版，第292页。
④ 于坚：《棕皮手记1994—1995》，于坚《棕皮手记》，东方出版中心1997年版，第281页。

自己和自己的诗歌回到了生命的常态——即使有些世俗。清人张问陶说得好："敢为常语谈何易，百炼功纯始自然。"① "天籁自鸣天趣足，好诗不过近人情。"② 张先生的这两句话描述的似乎是和他隔山隔水的口语诗！是的，口语诗不只是使用"常语"，他们表达的也是"人情"——平常人平凡人的情感世界，而且这种表达终于是"用他自己的舌头说话"③。所以，我同意唐欣的这一认定，"从某种意义上说，口语诗的实践正是对语言本质的发掘、考量和试验。它从我们日常的语言中创出诗歌，它也就在擦拭、摩擦和敲打中重新使用了语言，重新认识了语言，重新评价了语言"④。可以这样认为：中国诗歌使用"引车卖浆者流"的日常口语进行写作，虽然是从"五四"开始的，但直到中国当代口语诗歌，才得以完成真正的转型。

第四，朗诵是诗歌的断头台：口语诗在诗歌声音上的归真返朴。曾经，诗是诗，歌是歌；又曾经，诗与歌联盟一体相映生辉（"诗歌"一词成了并列结构，而其所产生的语言惯性，让我们直到今天还习惯性地称"诗"为"诗歌"而忘记了"诗歌"一词在今天的语境中已成偏义结构，语义偏于"诗"而不偏于"歌"）。事实上，从"五四"开始，我们已由"诗歌时代"进入了"诗时代"。"诗歌时代"是诗歌"借音乐化"即诗歌对音乐的借重时代；"诗时代"是诗歌"去音乐化"即诗歌对音乐不再借重的时代。

告别"诗歌时代"进入"诗时代"的第一人，是胡适先生，他对中国现代诗"我手写我口"的言说特点表述得极为口语，"有什么材料，做什么诗；有什么话，说什么话"⑤。"有什么话，（诗就）说什么话；话怎么说，（诗）就怎么说。"⑥ 胡适的这两句话，语虽平淡，却意蕴丰富。话

---

① （清）张问陶：《论诗十二绝句》，张问陶：《船山诗草》，中华书局1986年版，第262页。

② 同上。

③ 于坚：《答西班牙诗人 Emilio Arauxo 九问》，《于坚诗学随笔》，陕西师范大学出版总社有限公司2010年版，第175页。

④ 唐欣：《在生活和艺术之间——简论口语诗的意义和影响》，《甘肃社会科学》2005年第5期。

⑤ 胡适：《答朱经农》，《胡适文存》卷一，第119—120页，转引自吴奔星、李兴华编《胡适诗话》，四川文艺出版社1991年版，第190页。

⑥ 胡适：《尝试集·自序》，《尝试集》，亚东图书馆1920年版，第39页。

怎么说，诗就怎么写，是可以的；话怎么说，歌就怎么唱，却是不可以的。这恰恰是"诗"与"歌"的一个重大区别——音乐性是歌的命根子，没有音乐性，歌就会死亡，但是没有诗，歌却照样活着（当然有诗的话它会活得更好些），而音乐性却不是诗的命根子，诗艺术另有自己的阿喀琉斯之踵，没有歌，诗照样活着（当然有歌的话，诗也会活得更好些）。

　　但是，在中国诗歌进入"诗时代"的将近一百年里，各个时期的诗人要么执著于传统诗歌的吟唱传统，要么受惑于诗歌的音乐性这一声音上的装饰之美，而使他们笔下的诗与歌不能脱离或者不能完全脱离，欲罢不能，恋恋不舍，也致使胡适先生话怎么说、诗就怎么写的理想一直不能完全实现。直到数十年之后，直到韩东、于坚和伊沙的出现，才变成了现实。这一现实就是，口语诗人们又一次启动诗的去音乐化这一工程，并呼唤诗歌艺术回到自己的"言说口吻"，回到话怎么说诗怎么写——回到口语。正是在这个意义上，对韩东的《你见过大海》这首"具有言说意味的'口语诗'"，伊沙才说，"此诗及其创作者在语言上的巨大贡献……大大丰富（克服）了汉语古典诗歌徒有吟唱意味的单调性"，堪称中国当代"口语诗"之"发轫"。①

　　汉语古典诗歌肯定不只是"徒有吟唱意味"，但汉语古典诗歌中却也不乏"徒有吟唱意味"者——它们甚至一直"传统"到了韩东和伊沙的时代而且"空好音"般地让读者买椟还珠，只知吟唱之歌而不知言说之诗。从韩东开始，这一传统出现了明显的断裂，他们尝试着要克服中国诗歌徒有吟唱意味这一单调性并试图丰富中国诗歌的意味传达方式，他们的创作第一次让读者感到惊讶：原来不借重音乐性，我们仍然可以写诗！原来用"话"说出来的东西，也可以如此这般富于诗意！这就是口语诗的贡献！比如韩东的《水手》，它是多么有力地直击了传统诗歌的吟唱腔调，"顺流而下的水手，告诉你/大河上的见闻/上游和下游的见闻/贫穷的水手/卖给你无穷无尽的故事/两片嘴唇/满是爱情的痕迹/连同明亮的眼睛/一闪而过"。韩东、于坚、伊沙，他们就是这条口语之河上勇敢的水手，他们赤裸着上身，他们卸下了乐器的舌尖，吐露出自然的天籁！他们甚至享受到了这种口语而诗的快乐。2006 年，于坚发表了他的《朗诵是

---

　　①　伊沙：《中国现代诗论》，台湾秀威资讯科技股份有限公司 2011 年版，第 239 页。

诗歌的断头台》一文，把口语诗歌对音乐性的弃绝，表述得痛快淋漓。①
虽然于坚的说法如石激浪，激起了那些诗歌音乐性的守卫者及传统诗歌的
护国军一片讨伐之声；虽然于坚的说法是否正确尚待学理上的考查，但他
的这种说法本身，却是一种标志，标志着口语诗对传统诗歌"吟唱意味"
之音乐性的勇猛颠覆；标志着现代诗歌向着诗歌艺术言说基调的明确
回归。

当然，离开了音乐，诗并非死路一条，诗时代的诗歌艺术也并非是
"沉默"的和"无声"的，口语诗的声音仍然在场，仍然活着——这就是
"语感"。

语感其实是一个古老的阅读事实，如姜夔的《扬州慢》，其词前小记
是一种散文的语感，"淳熙丙申正日，予过维扬。夜雪初霁，荠麦弥望。
入其城则四壁萧条，寒水自碧……"而其词本身则是另一种词的语感，
"淮左名都，竹西佳处，解鞍少驻初程。过春风十里，尽荠麦青青。自胡
马窥江去后，废池乔木，犹厌言兵。渐黄昏，清角吹寒，都在空
城……"② 但是口语诗人却对语感进行了发现性的命名。伊沙说："在我
的印象中，于坚曾经是一位以声音见长的诗人，'语感'一词在汉语中的
发明者之一……大概是从《避雨之树》和《事件》系列开始，他的语言
开始转入越来越强的可视性……老于坚那是不自信啊，这种不自信来自于
他的身体对声音的怀疑，他甚至干脆地丢弃了自己的语感才能，真是殊为
可惜。"③ 显然，口语诗所谓的语感，并没有排除"语感"中的声音成分，
只不过，比声音的语感更为丰富。韩东说："诗人的语感既不是语言意义
上的语言，也不是语言中的语感，更不是那种僵死的语气和事后总结出来
的行文特点，诗人的语感一定和生命有关，而且全部的存在根据就是生
命。"④ 在另一个地方，他又说，"诗歌是语言的运动，是生命，是个体的
灵魂、心灵，是语感，这都是一个意思"。⑤ 韩东所谓"语感"与"生

---

① 于坚：《朗诵是诗歌的断头台》，《南方都市报》2006年2月21日。按：后来，陕西师范大学出版总社有限公司2010年出版《于坚诗学随笔》时有所增删并改题目为《朗诵》。
② （宋）姜夔：《扬州慢》，载王云五主编《白石道人全集》，商务印书馆1937年版，第51页。
③ 伊沙：《中国现代诗论》，台湾秀威资讯科技股份有限公司2011年版，第29—30页。
④ 韩东、于坚：《现代诗歌二人谈》，《云南文艺通讯》1986年第9期。
⑤ 韩东、于坚：《在太原的谈话》，《作家》1988年第4期。

命"的这一联系，告诉我们语感的一个重要含义：口语诗不只是话怎么说诗就怎么写，而且是什么样的生命，就说什么样的话！朴素的生命，就说朴素的话；归真返朴的生命，就会说归真返朴的话——就会传达出一种归真返朴的语感！胡适先生在解说什么是"活的话语"时曾例释曰："例如《水浒传》上石秀说的：'你这与奴才做奴才的奴才！'我们若把这句话改做古文，'汝奴之奴！'或他种译法，总不能有原文的力量。这岂不是因为死的文字不能表现活的话语？"① 胡适先生批评的"死的文字"，既是"死的文法"，也是"死的口气"，这种"死"，死就死在它们与现实生活的距离之远，死就死在那个所谓的雅言系统。只有贴近生活的语言，才是活的语言！只有与生命血肉相连的语感，才是真正诗的语感！

不过，口语诗人们也太为口语诗的言说意味这一"语感"而激动了——他们觉得只要有了这样的"语感"，甚至就可以舍弃意象！这实在有些为背叛而背叛的意味。

第五，从彼岸到此岸：口语诗在诗歌意味上的归真返朴。口语诗人之作口语诗，绝非简单地"捡些（口语的）新名词以自表异"②，只有口语的新名词难以获得口语诗整体的朴素之美。口语诗歌的朴素之美，既在其题材对象、样式形体、词语声音，当然更在其诗歌意蕴——即最大可能地贴近生活、契合生活的归真返朴之世俗内涵。用于坚的话说："（口语）诗人们终于勇敢地面对自己的生命体验。哪怕它是压抑的、卑俗的甚或变态的"。③ 是的，世俗，甚至低俗，然而却真实，这是口语诗歌最大的意味特征。

口语诗在诗歌意味上的归真返朴，始于对不真不朴的诗歌进行的意义解构，通过"零度抒情"、"价值掏空"、"去意义化"、"拒绝深度"等解构行为，他们对中国当代诗坛曾经的造神运动、对那些脱离于现实高踞云端的所谓"神性"与"圣性"写作，进行了功莫大焉的拨乱反正，让中国当代诗歌实现了从神性向人性的回归，让中国诗歌开始有了属于普通人

---

① 胡适：《四十自述·逼上梁山》，转引自吴奔星、李兴华编《胡适诗话》，四川文艺出版社 1991 年版，第 560 页

② 朱自清：《中国新文学大系·诗集·导言》，赵家璧《中国新文学大系》第八集（诗集），上海良友图书 1935 年版，第 1 页。

③ 于坚：《拒绝隐喻》，载《于坚文集》（卷五），云南人民出版社 2004 年版，第 104 页。

的（而不是属于英雄的）真情与实感。对此，沈奇的概述是，"以口语的爽利取代书面语的陈腐，以叙事的切实取代抒情的矫饰，以日常视角取代庙堂立场，以言说的真实抵达对'真实'的言说，进而消解文化面具的'瞒'与'骗'和精神'乌托邦'的虚浮造作，建造更真实、更健朗、更鲜活的诗歌精神与生命意识，是'口语诗'的本质属性"。①

讨论口语诗在诗歌意味上的归真返朴，不能不说到于坚对"升华"的思考。

在这个一般大众都要喝着纯净水过日子的时代里，艺术被理解（不如说是被要求）为"源于生活而高于生活"，人生也被理解（不如说是被要求）为"欲望要升华心灵要净化"，于是，"升华"说与"升华"行为，就在中国的言说世界里甚嚣尘上。于坚对此进行了深入的思考与无情的批判。谢有顺曾以于坚的散文《运动记》②为例进行过这样的阐释："比如运动，我们最容易想到的肯定是'生命的意义在于运动'、'我运动，所以我健康'一类的口号。接下来，便开始为运动大唱赞歌了，而运动那种复杂、多义的面貌反而被遮蔽了。而于坚在《运动记》中却说：'我从小就是一个坐在外祖母的身边望着天空发呆的小孩。外祖母是永远不动的。她的动，只是为了更不动。她扫地是为了一天不用扫地，抹桌子是为了一天不再抹桌子。我从小就知道：外祖母的一切动，就是为了能尽快地回到她的那个草墩上去，目微闭，脖微垂……'这已经不是简单的对事物状态的描述了，它里面其实蕴涵着作者深刻的智慧和洞见。只是，于坚对事物的洞见，并非借助现有的文化象征方式，也不是故意进行的道德和意义的升华，它仅仅起源于作者对事物的本然状态的观察，或者说，更多得力于作者的那双眼睛。"③ 于坚这种对事物归真返朴的本然状态经由自己眼睛的智慧与洞见，当然不只是表现在他的散文，当然也大量表现于他的诗歌。

由此而类推，口语诗固然反对"升华"，但并不是说口语诗就不要灵

---

① 沈奇：《怎样的"口语"，以及"叙事"——"口语诗"问题之我见》，《星星》诗刊上半月刊 2007 年第 9 期。

② 于坚：《运动记》，载于坚《人间随笔》，陕西师范大学出版社有限公司 2010 年版，第 174 页。

③ 谢有顺：《看见比想象更困难》，《中国图书商报》2001 年 8 月 23 日。

魂与精神。口语诗怎能没有伟大的精神与有力的灵魂呢？但是那些在精神与价值方面对口语诗横加指责的人，却执著于这样一个极其概念化的错误——口语、口语诗、口语诗那种随意的形式及其看上去不那么严肃的口语诗人（及其赖活着），似乎与艺术精神与生命价值无关！艺术精神与生命价值，似乎只能由雅言、雅言诗、严谨的格律甚至优雅的诗人（及其悲壮的死亡）来承载。这真是一个极大的误会！皎然《诗式·取境》云，优秀的诗人"取境之时，须至难，至险，始见奇句。成篇之后，观其气貌，有似等闲，不思而得，此高手也"。① 境界之高与语若等闲其实并不矛盾。语若等闲，也许正是高手的亮剑，而语若不闲，也许正是庸才的"障眼法"呢！以于坚的诗歌为例，人们发现，"这些表面上看似轻松、随意的书写，实际上却蕴涵丰富的生命质感，这无疑扩充了作品的张力，增强了表现的效果"。②

伊沙则从另一个层面呼应了于坚的升华理念，其《写给香烟的一首赞美诗》云，"它们在流水线上/像一粒粒整装待发的子弹/或一排排标准的白杨树干/但我不能如此比喻"，为什么不能？因为这样的比喻正是让他们深恶痛绝的"升华"——对真实的远离与背叛！伊沙接着说："我深知劳作的意义/一支好的香烟/都弥漫着浓重的汗味/每当我享用它们/看它们在短暂的时间/烧成灰烬/我都有着非凡的快意/因为我是深明来历的人。"而这却正是口语诗人们的努力，"尽可能以客观的、直面生活的视角来纠正高度主观化的、臆造的诗歌创作倾向，赞美本真的生活以及其中真正的劳动者"。③

讨论口语诗在诗歌意义上的归真返朴，也不能不说到韩东的"断裂"行动。

20世纪90年代末，韩东发起了一场"断裂"运动。韩东的"断裂"理念和徐敬亚《崛起的诗群》之思考有相同也有不同。相同之处在于他们都要与传统说声再见，不同之处是韩东的断裂是与新传统的断裂而不是与旧传统的断裂。他们的这种"断裂"，分明有着"回归"的意味在其

---

① （唐）皎然：《诗式》，商务印书馆1940年版，第5页。
② 吴井泉：《去蔽与还原：世俗生活的诗意漫游——于坚诗歌的平民意识与精神空间》，《中国青年政治学院学报》2005年第5期。
③ 王敏：《论伊沙诗歌的现实关怀》，《理论界》2011年第3期。

中。也就是说，口语诗虽然表面上给人一种现代甚至后现代的感觉，其实口语诗歌恰恰是对中国优秀诗歌传统的一次遥远的接通。伊沙说："中国现代诗歌需要在现代化的基础上打通传统。"① 韩东、于坚、伊沙，他们是这么认为的，他们也是这么实践的。他们以自己辛勤而实在的努力，近接的，是胡适先生话怎么说诗怎么写的白话传统；远接的，则是中国诗歌更为隽永的美学传统——归真返朴。

一言以蔽之，不论是解构，还是反对升华，还是要求断裂，口语诗一个本质的努力，就是要尽可能地回到原点。于坚《对一只乌鸦的命名》如此表达着口语诗这一"回去"的理念，"当一只乌鸦　栖留在我内心的旷野/我要说的　不是它的象征　它的隐喻或神话/我要说的　只是一只乌鸦　正像当年/我从未在鸦巢中抓出一只鸽子/从童年到今天我的双手已长满语言的老茧/但作为诗人　我还没有说出过　一只乌鸦"②。在这个被隐喻充满的世界上，说出一只被命名过的乌鸦，容易！说出一只没有被命名的乌鸦，难！换言之，说出事物所象征的意义即其所指，容易！但是说出事物本身的意义即其能指，难！但是，他们却知难而进，他们要回去，要回到事物本身，归于其真，返于其朴。这就是他们的"唯物主义"诗观！韩东《有关大雁塔》，从英雄的意义还原到人本身的意义，从"高"还原到"低"；他的《写作》，从"甜蜜的生活"还原到"生活的甜蜜"；他的《你见过大海》，从传说的神奇还原到现实的普通，从"大"还原到"小"。于坚《纪念碑》，从"大写的我"还原到"小写的我"。伊沙《车过黄河》，从彼岸还原到此岸，从"远"还原到"近"。阿吾的《相声专场》，从"第 N 次"面对，还原到"第一次"面对，从"N 次变形"回到"不变形"……这是一种多么可贵然而也多么艰难的还原，因为在这个万物皆已被命名且因为不断地命名而充满了知识与常识（我们不幸沉浸其中）的世界上，想做到纯粹的不变形，想做到真正的第一次，想实现所谓的源始命名，想回到隐喻之前，这样举世皆醉唯我独醒的努力，这样在万千粉饰的时代里追

① 游文君：《诗人有着一般人没有的幸福——伊沙专访》，《梅州日报》2011 年 12 月 28 日。

② 于坚：《对一只乌鸦的命名》，《于坚的诗》，人民文学出版社 2000 年版，第 88 页。

本求源的"格式化"努力，无疑是既清醒又悲壮的——口语诗歌正是在这个意义上获得了"先锋"的地位。

　　然而，口语诗却为此付出了巨大的代价。他们的这种努力，因为无数追随者不明究里、不能把握分寸的"口水诗"的泛滥，而遭遇到人们的误解。事实也确如吴思敬所指出的，"俗化写作控制不好，很容易失之油滑或低层次的欲望的宣泄，使俗化成庸俗"。① 以于小韦的《火车》为例："旷地里的那列火车/不断向前/它走着/像一列火车那样。"虽然沈奇力挺曰："将其还原到 1980 年代的语境中去看，《火车》以近于'极简主义'的美学意识所生发的特殊语感，对消解诸如矫情、矫饰、精神'乌托邦'和语言贵族化等积弊，以及附着在'火车'这一名词上的意识形态意涵与文化色彩（如'时代列车'之类）等虚假所指，确实起到了发聋振聩的作用。"② 但是这样的还原与归返，毕竟太接近于为了倒水而不惜同时倒掉孩子，大伤诗歌之筋骨！所以沈奇后来又说，"有一个误区一直被疏忽：当诗人们由抒情退回到叙事、由感性转而为智性、由主观换位于客观后，大都止步于由虚伪回到真实、由矫情回到自然、由想象回到日常的初级阶段，只求'还原'而忘了诗的本质在于'命名'。换句话说，我们曾用各种虚浮造做的比、兴掩盖了存在的真相，现在，人们又只停留于还原真相，指出'月亮就是月亮'而不再深一步说什么。这种还原，相对于'月亮代表我的心'这样滥俗的比喻而言，是一种进步，但进步仅止于此，似乎又成为另一种退步——我们由此回到了'真实'，却又远离了诗歌"。③ 沈奇的担忧不是多余的。口语诗究竟能走多远？这是好多人对口语诗歌发展态势的一个忧虑，口语诗如果不能扭转这样"远离了诗歌"的"真实"之旅，如果不能"把诗歌纠正为诗歌"④，怕是真走不了多远，也真逃脱不了所谓劣币驱逐良币的"格雷欣法则"！所以，口语诗人必须牢记一行先生的告诫，"口语只是口语诗的起点，它要

---

① 吴思敬：《当今诗歌：圣化与俗化写作》，《星星》2000 年第 12 期。
② 沈奇：《怎样的"口语"，以及"叙事"——"口语诗"问题之我见》，《星星》诗刊上半月刊 2007 年第 9 期。
③ 沈奇：《90 年代先锋诗歌的语言问题》，《沈奇诗学论文集》卷 1，中国社会科学出版社 2005 年版，第 38 页。
④ ［爱尔兰］希尼：《诗歌的纠正》，《外国文艺》1996 年第 5 期。

抵达的是诗"①，所以，口语诗人也应该想一想笔者的这句话：口语诗不是为"后现代"而来的，口语诗也不是为解构"朦胧诗"而来的——正如衬衣不是为解构棉衣而来的。

三　中国当代口语诗歌与"《三百篇》以来的自然趋势"

中国当代口语诗歌在消除人们关于诗歌的审美疲劳以及破除千篇一律的抒情模式方面功莫大焉且有目共睹，但是直到现在，仍有人认为口语诗在"有效的诗艺"方面疏于锤炼与锻冶。笔者不知道他们所谓"有效的诗艺"所指为何。他们如果指责胡适先生的白话诗缺乏"有效的诗艺"，笔者倒不持异议；他们如果指责那些假口语之名而行口水之实的泛口语诗缺乏"有效的诗艺"，笔者也不持异议，但是，他们如果说韩东、于坚、伊沙这一些优秀的口语诗人缺乏"有效的诗艺"，则笔者认为这样的指责，如同指责一个人没有描眉画脸，没有珠光宝气一样，是完全没有道理的——除非他们只认雕琢为道理而不认朴素为道理。

回归，回到真实，归于朴素，当笔者这样描述韩东、于坚、伊沙这些"先锋"的诗作而不是把他们讥为"离经叛道"，猛看确实有些突兀，细想却是确乎其然。事实上，他们的这种可贵的回归，远不止于我这里粗浅所述之二绪三端。朱云《一种新的写作方式：于坚韩东诗中的积极因素》就论述过他们的诗歌向传统诗歌的"物态化"之回归②，而姜耕玉的《"西安"诗变》也指出了其"先锋"与"回归"以及"传统"其实并不矛盾甚至多有相通的关系。③ 而且笔者相信人们会越来越多地注意到口语诗的诸多积极质素并做出正确的评价。在本章的最后，我想说的是，由青春华丽之藻饰而入老年平淡之真朴，这本是一个艺术家个体发展的一般道

---

①　一行：《词的伦理》，上海书店 2007 年版，第 101 页。

②　朱云：《一种新的写作方式：于坚韩东诗中的积极因素》，《湖南科技学院学报》（社会科学版）2006 年第 1 期。

③　姜耕玉：《"西安"诗变》，载姜耕玉《汉语智慧：新诗形式批评》，东南大学出版社 2005 年版，第 227—234。

路，然而耐人寻味的是，这样归真返朴的朴素之美，却缘于中国当代那些先锋的年轻诗人对陈旧老朽之传统的颠覆，这不由不让人产生这样一个联想：中国现代诗歌像是一个人，他曾经虚伪而矫饰，但是现在，他变得朴素而真诚了，中国诗歌开始出现了以现实的眼光直面真实而表现鲜活人生体验的诗作，难道这不是中国现代诗歌一个分明的进步？而中国现代诗歌的进步之最为典型者，正是中国当代的口语诗。当年，陈独秀《文学革命论》提出了中国现代文学的三大任务：推倒雕琢的、阿谀的贵族文学，建设平易的、抒情的国民文学；推倒陈腐的、铺张的古典文学，建设新鲜的、立诚的写实文学；推倒迂晦的、艰涩的山林文学，建设明了的、通俗的社会文学。① 而口语诗歌所进行的所有尝试，似乎仍在为完成这一任务而努力。所以，仅仅在这个意义上，笔者认为口语诗绝不仅仅是一种横向上与其他什么诗歌相比而言的"诗体"，而是指一种纵向上与过去诗歌相比以退为进的一种"诗歌的进步"！

　　最耐人寻味的还是，这种进步无论其多么巨大，却诚如胡适当年评价白话新诗之所云，"这种解放，初看上去似乎很激烈，其实只是《三百篇》以来的自然趋势"。② 自然的趋势，却不能自然地实现，其间的弯弯绕绕，却让我们不无感慨，虚伪与矫饰的力量——即"瞒"和"骗"的力量为何总是那么强大？

---

　　① 陈独秀：《文学革命论》，《新青年》2 卷 6 号，1917 年 2 月 1 日。
　　② 胡适：《谈新诗》，载《胡适文存》卷一，第 233—235 页。转引自吴奔星、李兴华编《胡适诗话》，四川文艺出版社 1991 年版，第 215 页。

第十三章　睁开互文性之眼

——现代诗歌的互文写作

中国传统的互文概念，指的是同一文本内的互文，即上下文近距离"参互成文，合而见义"①的一种修辞法。由于这是最近距离的一种互文，所以往往也是同一作者的互文。如"明月别枝惊鹊，清风半夜鸣蝉"（辛弃疾《西江月》）。作为一种语言的省文操作法，这种文本内的互文有短语互文（如欧阳修《醉翁亭记》之"泉香而酒冽"）、单句互文（如杜牧《泊秦淮》句"烟笼寒水月笼沙"）、对句互文（如毛泽东《沁园春·雪》句"千里冰封，万里雪飘"）、隔句互文（如王勃《滕王阁序》句"十旬休假，胜友如云；千里逢迎，高朋满座"）、排句互文（如《木兰辞》之"东市买骏马，西市买鞍鞯，南市买辔头，北市买长鞭"）、重章互文（如《诗经·伐檀》中的三个诗节）等。总之，中国的传统互文概念，主要指结构上互省、语意上互补的具体而微观的语言间离法（同时也是语言合成法）。它的最大特点是：虽不增值，但是省文。

但是本章所论，却是传统互文概念的现代化放大——互文性。

一　现代结构主义文本理论中的互文性概念

现代结构主义文本理论中的互文性概念，指的不再是"文本内部"

---

① 郑远汉：《辞格辨异》，湖北人民出版社 1982 年版，第 135 页。按：唐人贾公彦《仪礼疏》初云："凡言互文者，是两物各举一边而省文，故曰互文。"后来清人俞越《古书疑义举例·参互见义类》概括出"参互"与"见义"二端："古人之文，有参互而见义者。"而郑远汉先生最终概括为"参互成文，合而见义"一语。

的互文，而是"文本之间"的互文，即宏观的"互文性"，又称"文本间性"。这一理论是对"一文本与其他文本的相互关系"① 的发现、命名与强调。

互文性这一概念，最先由法国符号学家朱莉亚·克里斯蒂娃在其《符号学》一书中提出。她最为人们大量引述的一句话是："任何一篇文本的写成都如同一幅语录彩图的拼成，任何一篇文本都吸收和转换了别的文本。"② 在笔者的理解中，她的意思是，在古往今来人类文本的浩瀚海洋与无边天网这个广阔的语境中，每一个看似独立的文本，早已被宿命般地"结构化"与"网络化"，即每一个独立的文本既是其他文本的镜子与投影，其他文本也可能是它的镜子与投影；它既是对其他文本的吸收与转化，其他文本也可能是对它的吸收与转化。于是对任何一个独立文本的观察，都是一种时空坐标的观察：从横向上看，一个文本与其他文本必然存在着空间性互文；从纵向上看，一个文本与其他文本也必然地存在着时间性互文。由于是"必然的"，于是"互文性"也叫做"互文本性"——与生俱来的天然属性。

毫无疑问，这种现代文本理论中的互文性概念，放大了中国传统的互文概念，其最大的理论意义在于，彻底否定了文本的孤立性、单一性与自足性、自主性，当然也打破了文本的封闭性而呈现为一种开放的体系。它让我们从此睁开了互文之眼去面对文本，以互文之眼而"左顾右盼"——既注意到一个文本与所处社会环境等即时性的"左右文"关系，也注意到一个文本与所在文化传统历时性的"上下文"关系。所以，互文之眼，乃是"眼观六路"之眼，也是"上穷碧落下黄泉"之眼，是"更大视域"之眼，是对天下文本文化的"互射性"与艺术的"互涉性"一个及时的当然也是必然的发现与指陈。

互文性理论的出现，同时必然地促生了互文性批评，而互文性批评，自然也应通过文本间的各种踪迹（如语词、修辞、题材、文类等）之追寻，去发现一个文本与其他文本之间互涉、映照、吸收、改写等关系，揭

---

① ［英］特伦斯·霍克斯：《结构主义和符号学》，瞿铁鹏译，上海译文出版社 1987 年版，第 150 页。

② ［法］朱莉亚·克里斯蒂娃：《符号学，语意分析研究》，转引自［法］蒂费纳·萨莫瓦约《互文性研究》，邵炜译，天津人民出版社 2003 年版，第 4 页。

示写作活动中多元文化与多元话语相互交织的事实，帮助人们感受并理解写作活动其时代投射的深广性及社会内涵的复杂性。本章试图对中国现当代诗歌中的互文现象进行互文性分析，以期获得对中国现当代诗歌一种别样的理解与认识。

二　中国现当代诗歌中的互文性现象

互文性既然是一个写作学上的法则甚至宿命，则互文性写作必然广泛存在，必然也存在于中国现当代诗歌的历史与现实。中国现当代诗歌的互文性写作，依其互文规模的不同，有文句间的互文、文本间的互文、文体间的互文三种基本情况。

第一，文句间的互文：个别文句（一般是名句）之间的模仿或戏拟。如波兰诗人亚·扎加耶夫斯基有句云"懂得道理的人是什么样子?"而中国当代诗人赵丽华则仿制出"写出好诗的人是什么样子?"如有人对"问君能有几多愁"的戏接"恰似一壶二锅头……"再如马非诗句"为什么我的眼睛里常含泪水/因为：沙眼犯了!"和"黑夜给了我黑色的眼睛/我却用它——翻白眼!"① 这些显然是对艾青《我爱这土地》和顾城《一代人》的文句戏拟——既追随他人句式，同时也解构他人意义。

第二，文本间的互文：文本整体之间的摹仿与戏拟。如鲁迅的这首诗："阔人已骑文化去，此地空余文化城。文化一去不复返，古城千载冷清清。专车队队前门站，晦气重重大学生。日薄榆关何处抗，烟花场上没人惊。"② 就是从文本整体上对唐朝诗人崔颢《黄鹤楼》的戏拟性互文。如伊沙《唐》其八，"齐鲁青未了/帝国的山川青未了/对此是不是/还得感激造化//一个人望山/胸中便生满层云/一个人望云/便抖抖双翼/飞成归鸟//我不喜欢/志在高处的男人/我恐惧/高处"③，是伊沙对杜甫《望岳》整体文本的改写。中国当代诗歌最重要的两组互文式写作文本，一组是杨

---

① 马非：《残片拾遗》，载《马非诗选2000—2006》，青海人民出版社2007年版，第16页。
② 鲁迅：《剥崔颢黄鹤楼诗吊大学生》，见鲁迅《伪自由书·崇实》，原发于《申报·自由谈》1933年2月6日。
③ 伊沙：《唐》其八，见《伊沙诗选》，青海人民出版社2003年版，第218页。按：伊沙在这本诗集里精选了《唐》中的部分诗作。

炼的《大雁塔》和韩东的《有关大雁塔》；一组是舒婷的《致大海》和韩东的《你见过大海》。

第三，文体间的互文：不同文体之间的模仿与戏拟。相对于前两种比较具体的互文性，文体间的互文现象体现着一种更为宏观的"体裁互文性"。如作家韩少功的小说《马桥词典》，是"小说"与"词曲"之间的文体互文；如诗人何小竹的《刘华忠，读到这首诗请你马上给我回信》，是"诗歌"与"广告"、"启事"的互文；如西渡的《寄自拉萨的信》，是"诗歌"与"书信"的互文；如谢湘南的《一起工伤事故的调查报告》，是"诗歌"与"报告"的互文；如陈超的《本学期的述职书》，是"诗歌"与"述职报告"的互文；如周所同的《住房申请》，是"诗歌"与"申请书"的互文……（这种文体间的互文现象在中国当代诗歌中是一个普遍的也是耐人寻味的存在。有人认为这是一种诗歌的"跨文体写作倾向"，显示出诗人们诗歌"逾界"的文本意图。而以互文之眼观之，则是某一文化时期文本互文性比较集中的体现）而散文诗在现代中国的出现，也可以被理解为"诗歌"与"散文"的互文；而中国当代诗歌最大的两起文体互文案例，应该是于坚的《0档案》（私人性的"诗歌"对公文性的"档案"不可思议的互文）和伊沙的《唐》（中国当代口语诗对中国唐代格律诗的一次主动的文体互文）。还有一些作品，虽然找不到具体的互文对象，但分明也构成一种互文性者，有伊沙的《车过黄河》、《饿死诗人》等。

不论是文句间的互文、文本间的互文还是文体间的互文，通过上面的列举，我们可以看出：在中国现当代诗歌中，互文性是大量存在的，甚至这种"形式租借"的互文性写作还呈现出一种与日递增之势。

三　中国现当代诗歌互文性写作的特点

中国现当代诗歌互文性写作一个最大的特点，是互文式的"戏拟"。

拟，即拟真仿制，亦即形式复制。当我们睁开了互文之眼，当我们看到广阔无边的互文语境，我们能够理解这种"前已见古人，后又有来者"的言说焦虑与言说选择。"后辈诗人总有一种'迟到'的感觉：重要的事物已被命名，经典的话语已有了表述。所以，后辈诗人如果想再造经典文本，那他就必须通过一种'误读'的手段进入原系统内部解除它的'武装'，继而通过对前文本的修正、戏仿、重构，以获得自己的'创造力'和'想象空间'。"① 我们不得不直面这样一个身处"后言说时代"的言说无奈，"凭借一些昔日的形式，效仿一些僵死的风格，透过种种借来的面具说话，假借种种别人的声音发言"②，因为我们无法回到那个"元话语"、"元想象"的时代。

然而，如果说后现代主义最普遍的表现是"复制"，则后现代主义最根本的特征却是"戏说性的复制"。这样的戏拟复制，不是建构的而是解构的；不是"恭敬的崇拜"，而是"彻骨的讽刺"，是一种恶作剧般的"弑父"之举。它通过对前人和他人经典文本的戏仿性再创造，在颠覆既成表现对象和表达方式的过程中重构自身的一种言说策略，以一种戏谑态度而"旧瓶装新酒"或"借尸还魂"；它不只是一种机智的文化寄生行为，而且是一种颠覆性的文化寄生行为。人们怀着对前人作品与他人作品莫名恼怒的潜意识，刻意"模仿对象的弱点、矫饰和自我意识的缺乏"③，然后加以嘲弄的戏拟，去求取自身言说的创意空间，而这，也正是中国现当代诗歌互文性写作的最大特点。下面，笔者从文句戏拟、文本戏拟和文体戏拟三个方面进行陈述。

第一，文句戏拟：针对个别固有语词与既名句子的互文性解构。如伊沙"为什么我的鼻腔满含泪水/因为我的感冒正害得深沉"（《感冒之歌》）。如前述马非"为什么我的眼睛里常含泪水/因为：沙眼犯了！"和"黑夜给了我黑色的眼睛/我却用它——翻白眼！"如2006年"赵丽华诗歌事件"中网民们对赵丽华诗歌进行的恶搞调笑（除对赵丽华个别篇章的文本戏拟之外，更多的是对赵丽华个别诗句进行的文句仿制）。使用这种互文性的文句戏拟，人们通过对某个文句的形式租用，而以截然相反的内容填充之，通过形式与内容的矛盾，收取陌生化与喜剧化的语言效果。

第二，文本戏拟：针对某一具体的文本进行的解构性仿制。如韩东的

---

① 郭英杰、王文：《互文与戏仿：历史渊源和中西诗学对话》，《北京第二外国语学院学报》2012年第10期。

② ［美］詹明信（杰姆逊）：《晚期资本主义的文化逻辑——詹明信批评理论文选》，张旭光编，陈清侨等译，生活·读书·新知三联书店1997年版，第454页。

③ 王先霈、王又平主编：《文学批评术语词典》，上海文艺出版社1999年版，第213页。

《有关大雁塔》之于杨炼的《大雁塔》；如伊沙的《中国诗歌考察报告》之于毛泽东的《湖南农民运动考察报告》；如伊沙的《张常氏，你的保姆》之于艾青的《大堰河，我的保姆》；如伊沙的《私拟的碑文》之于人民英雄纪念碑碑文；如伊沙的《诺贝尔奖：永恒的答谢辞》之于诺贝尔奖获得者的答谢辞；如伊沙的《唐》第 224 首之于王维的《竹里馆》，其中的"明月来相照／如照亲爱的"句，等等，就充满了一种以现代戏谑而互文古代庄谐的解构意味。

第三，文体戏拟：针对某一并不具体的言说体裁进行的解构性仿制。比如伊沙的《新疆民歌》、《广告诗》、《名片》、《春联》、《反动十四行》等；比如伊沙的《饿死诗人》之于后海子们千篇一律的麦地诗歌；比如于坚的《0 档案》之于中国的档案文本；比如雪潇的《日全食》之于中国的格式化新闻。虽然这样的互文并无形式上的原创性，但在内容上以其强烈的颠覆性收取着一种言说的张力。

中国现当代诗歌中的互文性写作当然还有着其他更为丰富的表现，比如它与中国传统诗歌的互文性，比如它与中国现当代历史与政治的互文性，其实也异常耐人寻味。作为对时代的互文，中国现当代的诗歌，极像是文学在与生活进行了某种对话之后所作的有韵的笺注或者分行的阐释；作为对现实的互文，中国现当代诗歌一直强调对热血亲历的直接书写，但也因为过于强调书写的现场性而失去了必要的审美距离，也因为过分强调所谓时代的同步性，而导致了这样的文学悲哀——"不擅跟进的作家就只得像张爱玲样黯淡退场或像沈从文似封笔转行"。[①] 那些"不擅跟进"的诗人，当然也就停止了"歌唱"。但本章不想就这些方面的互文性展开论述。

四　中国现当代诗歌互文语境中的独创性

互文性理论一个最大最醒目的亮点，就是质疑了作品的原创性与独立性。睁开互文之眼，我们惊讶地发现，"他的作品中，不仅最好的部分，

---

① 周冰心：《仿写时代：文学与影像的互文现象——以方方、戴来的创作为例》，《文艺争鸣》2004 年第 5 期，第 76 页。

就是最个人的部分，也是他前辈诗人最有力地表明他们不朽的地方"。①
这一事实让所谓"天下文章一大抄"这句本来武断的话竟然拥有了某种
真理性——歪打正着。于是，在这个互文的时代，我们已不能继续要求一
个作品"绝对的原创性"了——绝对的创新已成为一个神话，我们只能
要求一个作品"相对的原创性"，或者说要求一个文本互文性与独创性相
对的统一。

　　在这方面，古人早已摸索并总结出了他们对互文性的破解之法。宋代
诗人黄庭坚认为："诗意无穷，而人之才有限；以有限之才，追无穷之
意，虽渊明、少陵，不得工也。然不易其意而造其语，谓之换骨法；窥入
其意而形容之，谓之夺胎法。"② 也就是说，古人虽然也意识到了互文性
之于写作者的写作宿命，但是古人认为人的主观能动性与人的言说主体
性，仍然可以让我们脱于前人其胎，而换移前人其骨。换言之，既然互文
是避免不了的，我们就应该"积极地互文"而不能"消极地互文"。

　　事实上，所有优秀的诗人并不惧怕写作的互文性，他们甚至能够利用
这种互文性进行主动的同时也是积极的互文。于坚《致西班牙诗人》有
云："……多年前在云南//我读他的诗　那是一个早晨　大海越过高原/
背来一袋光芒　也许是在深蓝色的黄昏/你放下铲子　指头沾了些口水站
在门口/在便条簿上记点什么　像是抓到一把蚯蚓。"③ 其中"那是一个早
晨　大海越过高原/背来一袋光芒"句，是传统雅语句式与当代口语句式
的互文性构成。鲁迅散文诗《秋夜》的第一句与此有异曲同工之妙，"在
我家的后园，可以看见墙外有两株树，一株是枣树，还有一株也是枣
树"。④ 鲁迅袭用了前人的句式，但突破了前人句式"互文"给我们的接
受预设：一株是枣树了，那么另一株就一定不是枣树。同样于坚也袭用了
前人句式（"XX 越过 XX/X 来 XX 光芒"）但是也突破了那一句式"互
文"给我们的接受预设。

------

　　① 〔美〕艾略特：《传统与个人才能》，载王恩衷《艾略特诗学文集》，国际文化出版公司
1989 年版，第 2 页。
　　② （宋）惠洪：《冷斋夜话》卷一《换骨夺胎法》条引，见陈新点校《冷斋夜话·风月堂
诗话·环溪诗话》，中华书局 1988 年版，第 15—16 页。
　　③ 于坚：《致西班牙诗人》，载于坚《彼何人斯：诗集 2007—2011》，重庆出版社 2013 年
版，第 16 页。
　　④ 鲁迅：《野草·秋夜》，见《鲁迅散文·诗全集》，河南人民出版社 1994 年版，第 4 页。

　　突破，就意味着创造，意味着积极的互文，而不能突破，也就意味着没有创造，意味着消极的互文。比如歌曲《天路》的歌词："清晨我站在青青的牧场／看到神鹰披着那霞光／像一片祥云飞过蓝天／为藏家儿女带来吉祥／黄昏我站在高高的山岗／看那铁路修到我家乡／一条条巨龙翻山越岭／为雪域高原送来安康……"从诗学的角度看，就是消极而无突破的互文——是互文性的牺牲品。当然，歌词与诗不能相提并论。

　　中国当代诗歌中积极性的互文大师，于坚之外，还有伊沙。陈仲义在肯定了伊沙《唐》"毫无疑问，这是一次互文性书写"之后，这样评价说，"首先它在两方面取得（了）进展。一是作者的生命情怀与体悟，在与唐代诗心交汇中，拥有一种自始至终温婉的'贯通'……带给我们一些新的启发和触动。二是作者白话口语的诗性书写……证实（了）当代口语书写的活性。这次书写，多少改变（了）伊沙（的）'痞子'形象，（伊沙）从激进的后现代立场'回望'古典，表现出众多认同、亲和的倾向"。①当时，人们对伊沙的《唐》有诸如"拙劣翻译"、"剽窃古人"、"寄生性写作"等指责，而陈仲义此文，显然是替伊沙的辩护。笔者认为，伊沙这次对《唐诗三百首》的互文，应是当代诗人与唐代诗人一次成功的约会与对话，虽然有一些地方，《唐》难免其对唐诗的"翻版"与"盗版"之嫌，但大多篇章，却是他自己的诗意创造与现代刷新。如第八首《望岳》，伊沙对"会当凌绝顶，一览众山小"改写如下，"我不喜欢／志在高处的男人／我恐惧高处"，这是十分成功的积极而建设性的互文。伊沙以一己之力左冲右突地挑战了一个帝国王朝并大战了三百个回合，即使败多胜少，也是其勇可嘉。

五　于坚的"拒绝隐喻"拒绝的是一种消极的互文性诗写

　　问题是，不是所有的人都能够做到"相对的原创"。"相对的创造"有时只是人们对"抄袭"的辩解。

---

　　①　陈仲义：《古今诗心，何以互文交汇——评伊沙〈唐〉能否成为名篇》，《名作欣赏》2005 年第 9 期，第 105 页。

中国传统的"互文"一词乃"文本内的互文",所以"互"字的含义仅指同一作者的"上下文"之"互",但是,现代文本互文理论则给"互文"一词注入了不同文本、不同作者之间的"互涉"与"互射"之内涵。而这一理论在质疑文本独立性的同时,也揭去了那些"隐蔽的抄袭"者或者"改头换面的抄袭"者头上的面纱,"只要是普遍地掠美,那么所有互文手法的滥用都可能被归于抄袭"①,而且"只有出于玩味和反其道而行的抄袭才具有真正的文学意义"②。现代文本的互文理论启示我们:要更为严肃地思考创造的含义、体会创造的庄严!因为现代互文理论让我们睁开了互文之眼,让我们看到了"互文手法的普遍滥用",看到了"可能归于抄袭"的大量的触目惊心的消极的互文——它们只能叫做抄袭!它们于是也成了恶性的互文。

应该承认,这是一个所谓后工业"机械复制"与"技术仿写"的时代,是一个互文的时代,因为整个世界几乎都在互文,都在互相仿制,而在各方面尚处劣势的中国,对西方强势国家的仿写与拟真更是无处不在,从建筑到音乐,从绘画到语言,从舞蹈到电影,所谓的"互文性"可谓无孔不入——《夜宴》无耻地互文了《雷雨》,《满城尽带黄金甲》有意识地而且是消极地互文了《哈姆雷特》,等等。当然,这些商业大片,它们是公开追求票房的,何况美国的《功夫熊猫》和《花木兰》也在互文中国,所以我们尚可容忍;让人吃惊且不能容忍的是,作家方方的小说《水随天去》竟然也在"互文"电视作品《命案十三宗》。③ 如果不是学者周冰心的揭露,我们还不知道另一个作家戴来的小说《茄子》是对美国电影《一分钟快照》的"互文",而她的小说《我们都是有病的人》同样也是对美国电影《楚门的世界》的"互文"……诗歌亦然!要说明诗歌的涉嫌掠美之抄袭,只需提1989年之后人们对海子的大量仿写,一例即足。

也就是说,当我们睁开了互文之眼,这个互文的世界让我们面面相觑:不仅仅是元话语和原创性正在急剧地丧失,就连相对的原创也在急剧

---

① [法]蒂费纳·萨莫瓦约:《互文性研究》,天津人民出版社2003年版,第39页。

② 同上。

③ 周冰心:《仿写时代:文学与影像的互文现象——以方方、戴来的创作为例》,《文艺争鸣》2004年第5期。

地丧失——创造之神正在死去！

至此，我们应该终于明白于坚之所以念念不忘地"拒绝隐喻"其最为核心（也许连于坚自己也没有意识到）的因由。"隐喻"二字本身其实就是一个关于"互文"的隐喻。尤其在极具隐喻风格的中国传统话语中，隐喻系统本身也是一套"夫隐之为体，义生文外，秘响旁通，伏采潜发……使玩之者无穷，味之者不厌矣"①的互文资源——如果消极地对待，也就是抄袭的资源。所谓"义生文外"，就是读者可以与文本"互文"而"见意"，其意，隐与显互补；其文，言与不言相省。于是这种主要"依赖想象残余"的隐喻（尤其是来自"文化"而不是来自"存在"的隐喻）就分明是中国诗歌的原创性之敌、元话语之敌、元诗之敌！

于坚对这样一种消极态度的互文性隐喻的反对，其实与中国传统文论对典故的反对异曲而同工——只不过人们对典故的消极性互文认识得较早而对隐喻的消极性互文认识得较迟。如果没有于坚，也许会认识得更迟。

在中国的文化、哲学与艺术中，"中国人大多求助值得仿效的典范和事例，而不是严格的定义，来唤起理解能力"。②所以，中国传统诗学常常通过典故的使用，实现一种与传统文化的主动性互文。《牡丹亭》就曾大量地引用了前人的文句，互文了前人的文本，如其第三出《训女》中诗，"往年何事乞西宾（语出柳宗元）？主领春风只在君（语出王建）。伯道暮年无嗣子（语出苗发），女中谁是卫夫人（语出刘禹锡）"。当然，这应该算是典故中积极性的互文。而同时存在的互文的消极性，又使得典故的运用——和隐喻的运用一样——因为往往会流于"掉书袋"的文化搬用而伤损了从独立感受出发的原创性的意义以及直面存在的元话语。"从古人各种著作里收集自己诗歌的材料和词句，从古人的诗里孳生出自己的诗来，把书架子和书箱砌成了一座象牙之塔，偶尔向人生现实居高临远的凭栏眺望一番……"③钱钟书先生批评的，就是中国传统典故式互文中的消极性互文，因为这不是创造性的互文，是同化性的复制，而不是异化性

---

① （南北朝）刘勰：《文心雕龙·隐秀》，载周振甫《文心雕龙选译》，中华书局1980年版，第240页。

② ［美］郝大维、安乐哲：《期望中国：中西哲学文化比较》，施忠连等译，学林出版社2005年版，导言，第12页。

③ 钱钟书：《宋诗选注序》，《宋诗选注》，生活·读书·新知三联书店2002年版，第3页。

的发现。

　　总之，互文性是一个深刻而丰富的文本特性，因为"互"是一个深刻而丰富的神秘字眼，举凡作者与生活的关系，作者与文本的关系，文本与读者的关系，其实都在互文之互的意涵之内。睁开互文之眼，文本的独立性被"一网打尽"，作者的独立性同样被"一网打尽"——因为作者与文本同时都被一种更大的结构关系所编织其中成为网格之局部。而以上对中国现当代诗歌中互文现象、互文特点之分析，意在为中国诗歌未来的创作指明这样一个方向：互文性既然是写作的法则，是不可避免也无法避免的，而互文性可以朝着积极的一面即可学习性的一面释放，那么我们就要努力学习前人与他人流动不居的创造精神，而不是模仿其固化既成的形体；既然后文本必然是前文本的继承甚至模仿，那么后文本就更要避免机械的模仿，更要强调创造性的利用。原创性永远是艺术最大的光荣，也是所有艺术的生命。

杂　篇
现代诗歌的文本阐释

第十四章　于坚的诗

——传统"赋"法的现代激活

四书风雅颂，三诗赋比兴，在古人对诗歌艺术表现手法的理解中，赋，首当诗艺要冲。赋的本义，是直陈，包括直接的叙述和描写两个方面。作为一种"有真意，去粉饰，少做作"[1] 的艺术手段，赋向来体现着直言其事、单刀直入的言说风格。

后来，赋兼有了文体之赋（名词）与手法之赋（动词）二义。学者钱东甫在《关于韩愈的诗》一文中说韩愈是"以赋为诗"，说韩愈"采取了较多的'赋'的手法，以此来'直书其事，寓言写物'，抒发他对现实生活的感受"。[2] 这里的"以赋为诗"，指的即是作为艺术手法的赋。随着人们对赋这种艺术表现手法的大量使用，其含义不断丰富不断发展，"晋代挚虞所谓'赋者，敷陈之称'，'所以假象尽辞，敷陈其志'（《文章流别论》），梁刘勰所谓'赋者，铺也，铺采摛文，体物写志也'（《文心雕龙》），以及清代刘熙载所谓'赋起于情事杂沓，诗不能驭，故为赋以铺陈之'（《艺概·赋概》），对此都表示了相同的看法"。[3] 这个"相同的看法"，就是"铺陈"。而"铺陈"的实质，却是"叙列"二法。曹明纲先生认为，赋就是"以叙述与罗列两种描写手法来网络时空"。[4] 现代写作学认为，文章的基本表达方式有叙述、描写、抒情、议论和说明五种，而描写与叙述应该是两个并列的概念——虽然它们有时候很难区分。所以，

---

① 鲁迅：《作文秘诀》，《鲁迅全集》第 4 卷，人民文学出版社 1982 年版，第 614 页。
② 杜晓勤：《二十世纪隋唐五代文学研究综述》，国学网。
③ 曹明纲：《赋学概论》，上海古籍出版社 1998 年版，第 386 页。
④ 同上书，第 388 页。

曹先生这里所说的"描写手法",实为广义的表现手法而非真正的"描写"。又因为罗列描写也只是描写法之一种,不配直接与叙述对举,故罗列者,究其实,仍是描写。如此则赋最显著的特点即是"叙述"和"描写"!叙述的主要言说责任是对随时间而变动的事物进行陈述——当然在赋中的叙述常常表现为对事物的铺排性叙述;描写的主要言说责任是对随空间而不同的事物进行描绘——当然,罗列性的描写就是对事物进行的铺排性描绘,此即陆机所谓的"体物"和刘勰所谓的"体物图貌"。这样二者方可合称"铺陈",这也正如刘熙载《艺概·赋概》之所谓"列者,一左一右,横义也;叙者,一先一后,竖义也"。于是赋的要义即是对事物的铺排性叙述和罗列性描写。如此则"以赋为诗",即指以铺排性叙述与罗列性描写的表达方式来进行诗歌创作的一种艺术手法。

中国古代以赋为诗的现象十分普遍。在中国当代诗人中,以赋为诗者也不少见,但以于坚最具代表性。下面试从三个方面来分析于坚以赋为诗的创作特点。

一 于坚诗歌的"生活流"、"口语化"
与"叙列二法"

以于坚为代表的中国当代口语诗人,除了在语言形式上使用日常口语之外,在诗歌的表现内容上呈现出明显的生活化特点,即选择常态的日常生活甚至琐碎的生活细节为表现对象,故"口语诗"另有一名字"生活流"。"口语诗"与"生活流"各有其命名的片面性。前者只表明了这种诗歌的语言形式,却没有表明内容实质;后者只表明了它的表现内容而没有表明其语言形式。"口语诗"的内容实质就是"生活流",而"生活流"的语言形式就是"口语诗"。所以,"口语诗"和"生活流"其实是同一种诗歌内容与形式的两个侧面,是对人们日常生活的口语化表现。

要理解于坚诗歌以赋为诗的创作特点,应从其诗歌内容的"生活流"入手。"生活流"诗歌的内容特色,就是日常生活中的凡人小事纷纷进入了诗人的表现视域。比如于坚就十分关注身边的日常生活和普通人,并努力用平白如话的口语写出深厚的诗歌意味,如《罗家生》、《尚义街6

号》、《啤酒瓶盖》、《0 档案》、《作品 52 号》等。口语诗的另一个代表诗人韩东，抒写的也全是极普通极琐屑的生活体验，如《雨停了》、《写这场雨》、《温柔的部分》等，看似平淡无奇，实则意味深长。于坚的追随者伊沙在诗歌内容的生活流方面更为大胆，走得也更远。《近视的开始》一诗，写初三时坐在前排的女生戴上了乳罩，他透过白衬衣看到那个"小小的勾子"，面对这个"闹不懂的机关"，"整个夏季/我都眯缝着眼/耗尽眼力/望着那个/白色的背影/发呆"。显然，在他的诗里，甚至"日常下"的低俗的东西都出现了……口语诗人的这种内容追求，针对的显然是过去那种虚化日常生活、回避并漠视现实、追求空想的崇高和英雄的梦想而充满了标语、命题、概念、伪抒情等诗歌现象，表现的是一种所谓反英雄主义和反崇高的批判精神。

此种生活流的内容追求，决定了他们写作的"展示性"特点，也决定了他们诗歌创作中的"叙列二法"——即铺排性叙述与罗列性描写，而于坚的《0 档案》则意味着于坚诗歌"叙列二法"的使用之极致。于坚自己曾这样解释：我的《零档案》的罗列其实并不是罗列本身，它表达的是当时人的一种存在状况，表面的罗列隐藏的是形而上的思考，不是单纯的罗列。

这种当代诗歌创作中的"以赋为诗"，自然不是古代以赋为诗现象的复活，而是于坚他们一种全新诗学观念的体现。现代现象学认为："世界无所谓现象与本质之分。现象即本质，本质即现象。故你抵达表象，你实际上已占有本质。逃离所有观念束缚和意义先置，在现象界漫游，就能够获得一种本真心态……要使世界敞亮，最好的方法就是使世界静静地呈现出自己的一切。"[1]"静静地呈现"，道出了于坚诗歌的核心动机与基本姿态。然则呈现什么呢？于坚用自己的作品做出的回答是"回到当下的生命实在，回到本真，回到我们存在的表情、饮食起居和我们的生活环境"。[2] 于坚确实比较关注人类最基本的生命价值，主张以一个普通人的身份写作周围的人所关心的问题，进行一种向下的、回到土地的写作，去表现当下的、日常的、每天都要碰到的生活——当然也应该"让人看到

---

[1]　陈仲义：《日常主义诗风》，《诗探索》1999 年第 2 期。
[2]　雪松：《有关诗的片言只语》，《诗歌报》1998 年第 2 期。

了日常生活的'反面'，以及人在反面中可怕、羞辱的存在"①。于是我们可以这样认为，对生命实在与本真状态的展示与"静静的呈现"之写作动机，决定了于坚诗歌对"叙列二法"的使用，也形成了于坚创作以赋为诗的特点。而且，于坚的诗歌之所以选择口语，也可以沿着这条思路得到解释，即生活流的诗歌内容决定了他们叙列二法的言说方式，这种言说方式，也决定了他们对口语的选择。现代叙述——尤其是现代的民间叙述——早已不是"标（准）语"的叙述而是"口语"的叙述。事件是现代生活中人们最关注的生活内容，叙述是人们最基本的表达方式，而口语是人们最基本的言说语言，所以，于坚的口语选择，应该说是聪明地触摸到了时代的"最强音"——他发现了我们这个时代的言说口气——口语化！

这种口语化叙述主要有以下两个方面的表现：

第一，口语诗人对于口语的喜爱，更准确的表述应该是对那种与"口语"相对立的"标（准）语"的不喜爱，于是，所谓使用口语，也应该表述为"不使用典雅的语言"——不是他们不能够使用典雅的语言，而是他们时刻提醒自己尽量不要使用典雅语言。这是一种事出有因的语言努力，是一种对传统的所谓崇高语言与语言崇高化的深层反动。当所谓的传统崇高语言与典雅语言事实上不再崇高，不再典雅而是充满了虚伪与不真诚，则这种语言也就事实上成了一种真正的俗语，而与此同时，原来被认为是俗语的那种人民大众的日常口头语言，却恰恰显出了它的真诚与崇高，恰恰获得了一种另类的美。

第二，口语诗其实早在它的开始，就已经暗暗地认同了自己的民间化写作立场。没有孤立的语言，口语联通的是平民生活，是可能不典雅也可能不崇高但是却真实可亲的生活情感。于坚曾说：口语化写作就像与自己的父亲、母亲、与自己的工人兄弟说话一样，这种诗歌语言是朴素、直接的。而朴素的直接的诗歌语言，过去、现在及将来，都是存在于民间的。比如甘肃民歌《花儿》中的句子"白牡丹白得可怜，红牡丹红得泼烦"，其中的"可怜"和"泼烦"以及"白得可怜"和"红得泼烦"，应该说

---

① 程光炜：《叙事及其他（代序）》，《地图上的旅行——孙文波诗选》，北京改革出版社1997年版，第5页。

都是老百姓的日常口语。所以，于坚这种诗歌语言的口语化追求，其实与中国民间的诗歌语言之追求是暗暗相通的。也就是说，因为于坚的叙述是现代叙述而且是面向大众的叙述，于是这种叙述就自然而然地选择了中国现代的日常口语。也就是说，这种口语化诗歌的语言选择是与这种诗歌着重于叙述的表达方式互为表里的。

二　于坚"拒绝隐喻"及其相关命题与"以赋为诗"

无比不成诗。几乎所有的诗人都自觉不自觉地运用着远出《诗经》的比喻手法。如北岛的《生活》，标题加正文，其实就是一个完整的比喻"生活像一张网"；又如著名的庞德诗篇《在地铁车站》，"人群中这些面孔（幽灵般显现）/湿漉漉的黑色枝条上的许多花瓣"，其实也就是比喻。所以，"比"是诗歌艺术的命脉，任何对比的拒绝，都可能导致对诗歌艺术伤筋动骨的危险，都可能让自己的诗歌面临"只是看到而不想到"的甚至"非诗"的质疑。

天才的诗人于坚不会不知道，仅仅有口语的诗是难以成立的，仅仅只有生活流的诗也是难以成立的，离开意象，诗将无从寄托其身；同时于坚也不可能不知道，诗人作为诗歌作品中意象与意象之间"社会关系"的执法人，他必须要对意象之间的关系给出一个"说法"，即他必须要与包括比喻在内的所有诗歌的意象律法劈面相逢。简言之，于坚不会不知道比喻这种组织意象的手段对于诗歌创作的意义。比如他的《感谢父亲》中说，"一年十二月/您的烟斗开着罂粟花"，这不仅是比，而且是于坚深恶之的隐喻。然而在于坚几个著名的命题中，竟有一个是"拒绝隐喻"，"诗是从既成的意义、隐喻系统的自觉的后退"。①

于坚看到了中国语言早已不再真切朴实即"能指与所指已经分裂"的现实："……Shu！（树）这个声音说的是，这棵树在。这个声音并没有'高大、雄伟、成长、茂盛、笔直……'之类的隐喻。在我们的时代，一

---

① 于坚：《拒绝隐喻》，载《于坚诗学随笔》，陕西师范大学出版总社有限公司2010年版，第13页。

个诗人，要说出树是极为艰难的。Shu 已经被隐喻遮蔽。他说'大树'，第一个接受者理解他是隐喻男性生殖器。第二个接受者以为他暗示的是庇护，第三个接受者以为他的意思是栖居之地……第 X 个接受者，则根据他时代工业化的程度，把树作为自然的象征……能指和所指已经分裂。"①而且他看到了这种隐喻在当代诗歌创作中的恶果："隐喻之被滥用，是诗歌在 90 年代'知识分子写作'那里的重度癫痫症表征，它成就了一批昏话连篇的'诗人'和蔚为大观的'诗歌'。"② 于坚显然不愿意生活在这样昏话连篇不够澄明的隐喻世界里，面对大量平庸诗人对于比喻的无知与滥用，他天才的直觉告诉自己，应该对某种比喻采取一种敬而远之的态度，于是他就提出了"拒绝隐喻"这样看似绝对的口号。他执意要回到语言的最初状态即未被人们赋予喻义的状态——词除了自身之外别无所指的状态。也就是说，于坚不是贸然地不要语言的喻义，他只是天真地不要别人原先给予语言的喻义，他奋勇地认为应该由自己来给语言一种新的喻义——虽然如秦巴子所说："拒绝隐喻的先在条件是回到语言诞生之始的命名状态，悖谬之处在于所有的诗人都是使用既有的文化符号来写作的，我们已经被深深嵌在这个世界之中，语言符号的能指与所指已经难以剥开，如何拒绝隐喻的存在？回到命名状态？但那只能是无人能做也无人能懂的另一套符码，已经和我们谈论的诗歌没有任何关系了。"③

　　于坚的奋勇让他的"拒绝隐喻"命题极易招致批评，因为当他勇于出拳的时候就不得不卖出破绽。如果我们联系于坚与之相伴的其他几个命题，比如"回到常识"、"拒绝升华"等，我们应该能够看到"拒绝隐喻"的真理。所谓"拒绝升华"就是思想情感上的归真返朴；所谓"回到常识"，就是要清除覆盖在词语层面上的文化和意识形态的尘垢，使人回到事物和生命本身的基本状态；而所谓"拒绝隐喻"，其实和"拒绝升华"、"回到常识"是一脉相承的，其核心要义，仍然是归真返朴！然而归真也好，返朴也好，首先却要从对隐喻的拒绝开始，哪怕这种拒绝有些武断有些过

---

　　① 于坚：《拒绝隐喻》，载《于坚诗学随笔》，陕西师范大学出版总社有限公司 2010 年版，第 8 页。

　　② 秦巴子：《我的诗歌关键词》，载杨克《2000 中国诗歌年鉴》，广州出版社 2001 年版，第 520 页。

　　③ 同上。

分——人们也正是在这一点上批评于坚这一命题的！于是人们的批评也就不是没有道理。事实上，于坚所谓的隐喻，并非是与明喻、借喻相对即比喻本体缺失只有喻体的暗喻，而是与直陈、白描相对即与"赋"相对的"比"，所以，于坚的拒绝隐喻，事实上也将其拒绝的手掌指向了"赋、比、兴"三法中的"比"。而诗之三法"赋、比、兴"，"比、兴"基本上是血肉相连的，对"比"的拒绝，几乎同时也就是对"兴"的拒绝。那么，不走"比、兴"之路或少走"比、兴"之路，于坚将以何为诗？

其实于坚早已看好了退路，这条退路就是赋。

"赋能体万物之情状"，于坚诗歌创作对"比"之犹豫态度，促使他的诗大量地进行了对直觉（纯感觉的、接近客观的）口语叙述与直白描写。也就是说，于坚对"比"的含混态度，有意无意地促成了一个清楚的事实，这就是说，于坚在自己的诗歌创作中，把赋的两个基本特性即铺排性叙述与罗列性描写进行了最大限度的发挥与使用。在于坚的逻辑当中，首先是要拒绝知识化的比喻，其次是要拒绝陈旧的比喻，如果拒绝不了，宁肯铺陈直觉，宁肯放弃联通意象之"比"之诗法。换言之，他的拒绝隐喻，就是要用平常的尽可能本色的词语（比如口语和大白话）直接而不事雕饰地表达自己内心对生活诗性的感受，而这一切让他有意无意地迹近于赋并成就于赋。"这个正面而直言的'赋'，对一般人来说，好像老早已经学会，无需再学似的。再加文献中某些片面论述的影响，就在人们心理上造成错觉，认为是'比、兴'为重，而'赋'为轻了。殊不知'赋'乃诗法之基本，而有大巧在焉。有大巧，反被以为拙；最基本，反而不被注意，这是生活中的常有现象。"① 如果说"比"是由心及物，"兴"是由物及心，则"赋"就是即物即心——"赋"恰恰是最具难度的言说，致力于"赋"其实也就是最具艺术挑战性的言说追求。

三 于坚诗歌的冷静叙事、低调抒情与"以赋为诗"

赋之"体物"，一个最大的特点，就是它不同于诗之"缘情"。口语

---

① 李湘：《也谈"赋、比、兴"》，《河南师范大学学报》1980 年第 6 期。

诗这种以最本色、最平凡的日常生活经验为题材的叙述化诗歌,应该说自从它选择了叙述——而且是卑微者的叙述视角——作为自己的言说方式之后,就先天地具有了冷静节制、深藏不露的抒情特点,因为这种诗歌大量使用"叙列二法"的客观化效果一定会同时压制它的主观化抒情;因为在叙述这种表达方式中,要求意义的呈现是不动声色而又举重若轻的,它追求的就是内心情意在平缓节奏中的自然流淌。所以,于坚的诗歌,与其说是因为"以赋为诗"而不能直接痛快地抒情,不如说是他因为不愿意直接痛快地抒情而选择了"以赋为诗"。

于坚诗歌强调叙述而对抒情表示明显的蔑视,基于他对后新诗潮一味抒情的厌倦情感与反拨愿望。于坚显然不希望在自己的诗歌里出现诸如光明、新鲜、华美、芬芳、和谐、欢乐、真诚、生动、自由、雄浑、热烈等词语——于坚深以那种无关痛痒的空抒情、滥抒情为耻,一定要设法绕过虚假的抒情这个泥塘。而叙述恰恰可以让他实现自己的这一反抒情愿望——叙述这种言说方式为诗人的不抒情找到了最好的借口,似乎当一个人叙述的时候,他就可以不抒情。于是,叙述这种言说的方式与日常生活经验这种言说的对象之结合,成就了于坚的诗歌,而他的诗歌也激活了日常俗语和口语这种言说的语言之诗性,使诗歌的语言形式灵活多变,使诗歌的内容具有了实录性的现场感、现实感与时代感。

但于坚并非就是反抒情的。叙述化诗歌虽然主要以叙事为言说方式,但仍未背离诗歌的抒情本性。叙事并不是写作目的,仅仅是写作策略,只不过在这类诗歌中,抒情主人公潜藏在语言的背后,其抒情总是含而不露,不动声色——他不是没有感情,他不得不把自己的感情深深地隐藏在自己的叙述与罗列之中。隐藏在叙述之中的,如《罗家生》;隐藏在罗列之中的,如《0 档案》。于坚深信:"最伟大的形而上也一定是最伟大的形而下,没有过程与细节的占有和感受,诗歌的抒情甚至激情都是无助的。"① 他在作于 1988 年的《某夜》中说"我捧住这颗伟大的果子/想弄开他的硬壳/看看里面是些什么",诗歌就是于坚面对的这颗伟大的果子,为了打开这颗果子,在"赋"、"比"、"兴"三法中,于坚果断地选择了叙述与罗列的"赋"——当然,他的语言是口语,他看到的也是生

---

① 郭富平:《论九十年代先锋诗歌的叙述化走向》,《天水师范学院学报》2002 年第 8 期。

活流。

　　这种选择无疑也给他带来了可怕的诗歌信任危机。于坚自己也知道："我的诗一直被'高雅的诗歌美学'视为'非诗'。"① 甚至，当代诗坛不少人以为这种不比不兴的于坚式诗歌较易模仿而竞相效法。但是他们模仿其口语而不像，却成"口水诗"；模仿其生活流而不像，却演变为雷平阳《澜沧江在云南兰坪县境内的三十七条支流》式的凡俗之沉溺。正是好处学不来，坏处一学就会。"一味的叙事有可能导致文本的过于庞杂与繁复，势必会与诗歌语言的精练与简洁相矛盾。或者，线性的展开使诗歌的弹性与张力萎缩，会在另一方面破坏诗的美感。"② 一个确凿的事实是，口语诗里有相当数量的诗存在着自然主义写作之嫌。即如于坚的《0 档案》，尽管人们将其理解为一种反讽——用日常性反讽档案的神秘性，用物品清单般的复杂性反讽那种简单化的、偷工减料的档案思维（或者叫做统一的神话思维），但是这样的诗歌，这样事无巨细的任意罗列，这样试图包罗天地万物的欲让人们无以复加的铺排，早在中国古代就受到了人们理智的拒绝——言不尽意，诗歌毕竟不是世界本身。于坚是敏锐的，同时也是善辨的。他说："像《零档案》这样的诗在有些现代人看来似乎很前卫很先锋，其实类似的诗在古代诗歌里就有，我只不过扩展了古代诗歌没有充分发展的部分而已，比如'枯藤/老树/昏鸦/小桥/流水/人家/夕阳西下……'靠的就是蒙太奇的手法，用语言的独立排列来组合成一种氛围，营造一种语言的'场'。"③ 笔者这里要说的是，成为一个中国诗人中的当代"大蒙"——蒙太奇大师——固然光荣，而成为一个中国诗人中的当代"大赋"——以赋为诗的优秀者——其实也同样光荣！虽然于坚称自己"一意孤行，从未对自己的写作立场稍事修正"④，但事实上，帮助了他的，并不是一意孤行的勇猛精神，而是传统诗歌艺术中以赋为诗的写作大路。

---

　　① 于坚：《于坚的诗·后记》，载于坚《于坚的诗》，人民文学出版社 2001 年版，第 400 页。

　　② 郭富平：《论九十年代先锋诗歌的叙述化走向》，《天水师范学院学报》2002 年第 8 期。

　　③ 于坚：《好诗的标准是什么》，《羊城晚报》2005 年 8 月 27 日。

　　④ 于坚：《于坚的诗·后记》，载于坚《于坚的诗》，人民文学出版社 2001 年版，第 400 页。

　　总之，于坚的贡献，正在于他以赋为诗的朴素努力。看到于坚以赋为诗的特点，也就看到了于坚奋勇走过的诗歌道路。我们应该为于坚在中国诗歌史上的这种努力、贡献与失败而感动、而沉思。

第十五章　伊沙的诗

——给你一顶"杂文家"的乌毡帽

中国当代著名诗人伊沙，自20世纪80年代末迄今，一直活跃在中国诗坛，引人注目也饱受争议，是非主流、反学院的"民间写作"和"口语诗歌"的代表人物，对近20年中国诗歌的发展进程产生过实质性影响。伊沙多才多艺，除诗歌外，长篇小说、中短篇小说、随笔、诗歌评论、体育评论、诗歌翻译等，均有不俗的表现。其中，伊沙的散文随笔和诗一样颇负盛名，其不落俗套、犀利酣畅的言辞，血性激情、幽默新锐的文笔一直引人注目。伊沙的杂文也是如此。他已出版的散文随笔集《一个都不放过》、《被迫过着花天酒地的生活》、《无知者无耻》、《晨钟暮鼓》中，好多篇章都是韵味十足的杂文！所以姜飞说："他在1990年代是一个精力充沛的强悍战斗者，诗与杂文都是头角峥嵘。"① 于坚在评说伊沙《被迫过着花天酒地的生活》时也称："读他的杂文随笔，犹如吃西安的羊肉泡馍或者云南的过桥米线，酣畅淋漓，荡气回肠。鲁迅的影响不可低估，如果在小说上他的后继者很失败，那么在随笔杂文上，他至少造就了一个伊沙。"于坚同时认定："其他几辑，是杂文，是一个孤胆英雄对我们时代的文化群丑的强力批判。"② 他们无疑都看到了伊沙写作中的杂文体类——至少看到了伊沙散文随笔中的杂文风格。

事实上，伊沙写作的杂文风格，也表现在他的诗歌当中。对此，于坚

---

① 姜飞：《历史的美丽与诗人的春心——观察被历史搞得心神不宁的伊沙、伊沙们》，《红岩》2009年第1期。

② 于坚：《伊沙的孤胆和妙手》，《中华读书报》2004年11月11日。

早有发现，"（伊沙）总是在非诗的匕首刺刀与纯诗之间创造他的诗歌空间……他的作品不是所谓的纯诗，但也不是杂文，它是一种具有杂文风格的诗歌，独创的、具有魅力的、充满攻击性的和相对于我们时代的诗歌体制——它总是造反的"。① 陈仲义则认为："伊式的'事实诗意'溶入伊式的日记体、轻喜剧、民谣体、杂文风格等四五种成分，日益影响近年诗风，业已成为某种写作模态。"② 唐欣也认为："（伊沙的诗歌）让人联想到鲁迅杂文的状态，即依托具体的情境而阐发具体的智慧，同时感兴生发，信手随物赋形，其效果，则是一语中的、一语道破、一语成谶。"③ 而从一篇抨击于坚和伊沙的网文中我们也可以反观伊沙诗歌的杂文性："我不相信于坚所谓伊沙的杂毛诗和野种诗，竟然与鲁迅先生的刀枪炮杂文有何干系？造反诗吗？自己骂自己长大的杂种诗人与自己打自己嘴巴的造反诗歌不过是自圆其说而已。那么请问于坚，骂人的诗歌何谓独创的魅力？"④ 还有人批评说，伊沙的诗"不过是小游记、杂文的分行，标上诗的标签，'挂上狗头卖羊肉'"。⑤ 大量的类似说法表明，虽然伊沙自称"在随笔杂文上，我已经不准备玩了——鲁爷就是在这上头贪玩才误了自己原本可以更加远大的文学前程！思想家、革命家这些个头衔你要它做甚？把文学家做踏实了不比什么都强"⑥，但伊沙其实在杂文上兴趣依旧——他仍在"玩"杂文，他一直在玩杂文，而且，他玩杂文玩得最好最灵活最具杂文味的地方，就在他的诗歌之中。所以，即使不能径称伊沙的诗歌为"当代杂文诗"，但却可以认为，伊沙的诗歌散发着强烈的杂文气息，表现出以下三点鲜明的杂文精神：批判性理念的文学传达、知识分子底色之上的愤世嫉俗、自我灵魂的深刻剖析！

---

① 于坚：《为自己创造传统——话说伊沙》，《中国诗人》2003 年第 5 期。
② 陈仲义：《非意象化的"事实诗意"》，《红岩》2011 年第 2 期。
③ 唐欣：《诗歌也是挑战——伊沙诗歌简论》，《兰州大学学报》（社会科学版）2005 年第 6 期。
④ 李磊：《鱼衣牌狗皮膏药——于坚伪论伊沙批判书》，凯迪社区：http：//club. kdnet. net/dispbbs. asp？ boardid = 5&id = 484122。
⑤ 张礼：《伊沙诗歌的现代克隆性写作》，"云南张礼"的博客：http：//blog. sina. com. cn/zhingli。
⑥ "马铃薯兄弟"：《一个人的诗歌江湖——伊沙访谈录》，《延安文学》2007 年第 1 期。

一　杂文是一种精神:伊沙诗歌
批判性理念的文学传达

刘洪波在其《2004 年中国杂文精选》序言中，对杂文究竟是一种精神还是一种笔法这一问题，进行了自己的辨析，结论是，"杂文是一种精神"。是的，杂文是一种精神！而伊沙正是一位在精神的层面上极具杂文意识的当代诗人。

1990 年，伊沙写出了著名的《饿死诗人》一诗。唐欣说："这首以后变成谶语式经典的诗歌也显示了伊沙的个人特点——把话说绝并以'艺术（世界）的杂种'自命，的确，这正是以后他的个人特征和个人命运。"① 唐欣是在对传统诗歌的反叛这一层面上评说伊沙所谓"艺术（世界）的杂种"之自命的，而笔者于此看到的却是伊沙对自己骨子里杂文精神一种有意无意的透露。

作为一种文体，杂文最基本的特征有三：一曰"杂"，二曰"文"，三曰"理"。"杂"，既指其天南海北、谈古论今的内容博杂性，也指其随体赋形、不拘一格的形式多样性；"文"，既指其富于形象、饱含情感的文学生动性，也指其巧妙构思、旁敲侧击的手法灵活性，还指其讽刺与幽默等等的语言活泼性；"理"则主要指其以激烈的战斗态度尖锐地批判社会现实的思想性和斗争性。故对杂文的理解要点即是：批判性理念的文学传达。这是杂文的基本精神，也是伊沙诗歌的基本精神！

即以《饿死诗人》而论，伊沙面对"那样轻松的　你们/开始复述农业/耕作的事宜以及/春来秋去/挥汗如雨　收获麦子……割断麦秆　自己的脖子/割断与土地最后的联系……"的诗坛现实，面对那些"腹中香气弥漫"的"城市中最伟大的懒汉"与"诗歌中光荣的农夫"，其批判的态度激烈而尖锐，"以阳光和雨水的名义/我呼吁：饿死他们/狗日的诗人"。而他的批判之深入自我的灵魂，更表现在此诗的最后，"首先饿死我/一个用墨水污染土地的帮凶/一个艺术世界的杂种"。关于伊沙诗歌这一鲜明的理念化特征；关于伊沙的这类"观念艺术"，赵凝不无指责地说，

① 唐欣：《诗歌也是挑战——伊沙诗歌简论》，《兰州大学学报》（社会科学版）2005 年第 6 期。

"三句话以内观点就要跳出来"。① 赵凝说得一针见血! 离开观点, 离开理念, 伊沙那些类似的诗作 (包括他的《车过黄河》、《命名日》、《结结巴巴》等) 即刻就会丧其魂而失其魄。很显然, 伊沙的这类诗, 是对思想的思想, 是对观念的观念!

再以伊沙2013 年 2 月的 11 首诗为例,《又到岁末总结时》一落笔即嘲讽了电视里对"永远辉煌的一年"所做的"总结", 然后用"我也在总结"作比, 坦陈"我只会总结/自己犯过的错误"。让这首诗"渐入佳境"的, 是作者更深一步的发现。他发现自己那"有限的几个/大小不一的错误/造成的原因/不是因为恶/而是因为善"。这是对社会道德的沉痛批判, 而他不准备因此而"调转马头/一恶到底"的决定更显见情见性的执拗。这样的诗, 有其真情, 有其事象, 是诗, 但也不妨将其看作是杂文的分行排列, 因为这一文本的核心, 正是批判理念之悲愤传达! 其他如《人有一生顿悟几何》、《梦 (260)》、《梦 (263)》、《梦 (264)》、《梦 (267)》等, 也都是从感受出发而到达理念。伊沙 2012 年的 10 首精选短诗也是如此, 如第一首《质问》, "那些在文革中作过恶的人/都跑到哪里去了?"躲避并不可怕, "可怕的是/我没有听到过一声忏悔!"这难道不是鲁迅一样对国民劣根性的深刻追问? 第五首《自我调节》, "我的朋友/和我的敌人/对我看法各异/思维却是/惊人一致/我感到遗憾/也有点伤心/甚至很无奈/敌人还是敌人/朋友还是朋友", 伊沙看似洒脱的语言背后, 深藏的是人世的悲凉!

一个不能回避的问题是, 既然伊沙在骨子里深具杂文之理念批判精神, 他为何没有径以杂文的方式安身立命, 而是把这种精神一分为二, 一部分表现为散文随笔, 另一部分表现为诗歌呢? 或者说, 伊沙为什么要以诗歌的方式去进行杂文的事业呢?

伊沙与马陌上曾经有过一次冗长的对话, 马陌上问他, "除了诗歌, 你的杂文也很可观, 有人试图拿你与鲁迅作比——你能回应一下这种'对比'吗?"伊沙的回答是: "永远不要拿我跟鲁迅比, 我连他的一个脚趾头都比不上! 我甚至可以接受在诗歌上去跟李白比, 但我不能接受在杂文上去跟鲁迅比。为什么? 因为你根本就没有投入……哪里有鲁迅式的真

---

① 赵凝:《用冰凉小手, 敲男人脑袋》,《青年文学》2000 年第 8 期。

正的杂文……年代不同了，平台不同了，杂文死去了！"① 但这个回答多少显露出伊沙的一种写作策略，他不愿在狭义的"鲁迅式的杂文"上多有投入，他觉得自己所处的其实不是杂文的时代，换言之，他觉得杂文是一种背时的文体。虽然杂文这种文体是背时的，但是杂文的精神，尤其是作为杂文核心的理念批判之精神，却恰与20世纪80年代中后期的解构风潮暗相合拍，于是我们能够体味到伊沙此语的真义，"我以为在当代写作，只有学习鲁迅然后避开鲁迅，方可有所作为"。② 语中"避开鲁迅"，指的正是对那种具体的"鲁迅式杂文"的回避，而其中"学习鲁迅"云云，指的也正是他事实上在诗歌里保持着的杂文精神——理念之批判与批判之理念！

　　然则诗歌这一文体又能否容纳并含蕴杂文的精神呢？

　　杂文之所以称为杂文，就因为它是一种最具杂交性的文体，它可以利用几乎所有既成的文体样式，用互文的方式寄寓自己的精神，形成某种言说的张力——它当然可以利用诗歌的巢穴借鸡下蛋。反过来，诗歌艺术也一直在探寻着扩大自己艺术表现空间的可能性，尤其是在"跨文体写作成为普遍的现象，文体之间的融合加剧"③ 的20世纪90年代，许多诗人都进行过多样且大胆的尝试。诗人西川就说："我一再努力打破各种界限，语言的界限、诗歌形式的界限、思维方式的界限……我把诗写成一个大杂烩，既非诗，也非论，也非散文。"④ 他们的这种尝试，表面上看，是一种所谓的跨文体写作，其实却是诗歌与其他非文学文体或借用或戏拟的互文，是为了让自己的言说获得更大的艺术张力。在这方面，于坚的《0档案》虽然以诗歌与公文档案最不可思议的互文而声名卓著，但却以伊沙的诗歌表现更为突出、兴起更为热烈。比如他的《中国底层》，借用某个电视剧的题材，最后两行是"这些来自中国底层无望的孩子/让我这人民的诗人受不了"。从重新命名的角度看，它是诗；从人民之别解的角度看，又是杂文。再比如他的《有一年我在杨家村夜市的烤肉摊上看见

　　① 伊沙：《从大问题到小问题——马陌上"十大文化人物"访谈录》，《延河》2011年第11期。

　　② 同上。

　　③ 邓晓诚：《当下诗歌：文体形式的包容性与文体自律》，《写作》2006年第5期。

　　④ 陈超：《从"纯于一"到"杂于一"——论西川晚近诗歌》，《山花》2007年第4期。

一个闲人在批评教育他的女人》，以"啪一耳光"一语立骨，借用小说的笔法刻画了一个丑陋而又自私的男子，无限的同情与深刻的批判寄寓在字里行间，是典型的杂文笔法，特别能体现伊沙的鬼才。又比如《9·11心理报告》，批判一种人性又赞扬一种人性，恶与善巧妙缠绕，也是一种互文式的诗杂文。伊沙的2012年10首精选短诗第六首《卷毛》，则更像是一个寓言——而寓言也是杂文的一个常用体式。

所以，诗歌搭台，杂文唱戏，正是伊沙诗写的一个特点——杂文精神的"幻形入诗"。当年，鲁迅曾以杂文的精神打破了小说的陈规（如《故事新编》），现在，伊沙也以杂文的精神打破了诗歌的常式——谁说诗歌就不能这么写？

二 窃听并说出他人的腹语:伊沙诗歌
知识分子底色之上的愤世嫉俗

作为诗人，伊沙的感受力与想象力无疑是出众的。而作为一个杂文家气质的诗人，其目光更敏捷锐利，其精神更愤世嫉俗，其话语针砭时弊，其姿态激烈反叛，他堪称于坚所谓的"毫不妥协地面对各种庞然大物，坚持着对写作的自由和独立和对诗歌真理和创造精神的尊重"。[①] 他嬉笑且怒骂，极尽反讽和叛逆之能事……这一切让他天然具备了一个优秀杂文家的秉赋，也让他的诗歌具有了一种杂文的鲜亮品质。这一品质让他和那些在诗歌里发发牢骚、冷嘲热讽的所谓新潮诗人截然不同。伊沙强大的理念底色，让他的冷嘲热讽具有了深厚的言说根基。诗论家沈奇说："伊沙是个有血性，有思想，有现实责任感的青年诗人。"[②] 而这样的人最容易愤世嫉俗，而愤世嫉俗恰恰又是其杂文的也是其诗歌的另一基本精神。

伊沙的愤世嫉俗，首先表现在他对他人——尤其是与伊沙自己多少有些同类的文化人（尤其是所谓知识分子）——的无比嫉愤。比如他的《感叹》"用雪白的象牙牙签在牙缝里剔出一个字眼:希腊//希腊啊希腊！

---

① 于坚:《穿越汉语的诗歌之光（代序）》，杨克主编《1998中国新诗年鉴》，花城出版社1999年版，第2页。

② 沈奇:《斗牛士与飞翔的石头》，《文友》1992年第3、4期合刊。

令我祖国的诗人心猿意马/希腊啊希腊！瞧我祖国的诗人使劲拉稀"；再比如他的《梅花，一首失败的抒情诗》、《反动十四行》、《诺贝尔奖：永恒的答谢辞》、《法拉奇如是说》、《命名：日》、《禅意顿生》、《盆景》、《中国诗歌考察报告》、《忆江南》等，无不以一种与传统士大夫文化断然决绝的对抗态度，表达了他对知识分子写作甚至知识分子本身其矫情、做作、附庸风雅之鄙俗与孱弱的极度反感。为此，他不惜把自己也放在像《饿死诗人》这样的诗篇中同时痛骂。

伊沙的愤世嫉俗，其次表现在他对那种所谓的优雅与高雅的恣意解构。在这方面，伊沙确实是一员勇猛的诗先锋。在他的笔下，那些"粗俗"者与"丑陋"者，那些从来都被认为是不登大雅之堂的事物，似乎是高喊着"乌拉"发动了"起义"，那些"虱子"、"呵欠"、"眼屎"、"泻肚"、"便盆"、"鼻涕"、"糙老爷们"、"结巴"、"强奸犯"、"色盲"、"阳痿者"、"老狐狸"、"傻B"、"同性恋"、"光棍"、"小姐"、"贪官"、"小丑"、"发廊女"、"酒吧"、"公厕"等等"日常下"的事物，那些在传统的优雅诗学眼里根本就不堪入诗者，那些诗歌意象中的"无产者"甚至"流氓无产者"，不只是冲荡了盘踞着"光明呀"、"热烈呀"、"英雄呀"等等的所谓革命浪漫主义诗学的"冬宫"，而且也冲荡了充斥着"玫瑰呀"、"梦呀"、"眼泪呀"等等的所谓古典浪漫主义诗学的后花园——由于雅极而大俗，它们终于遭到了伊沙的无情解构。

如果说中国古代的田园诗人致力于倾听大自然的声音，且致力于洞见、破译并报告那些发生在大自然里的事件；如果说"朦胧诗"及其以前的诗歌发出的更多是来自人群的声音——所谓公众的意识与集体无意识；如果说"第三代诗歌"发出的是诗人自己的声音——报告那些发生在体内的事件（精神事件与身体事件），那么伊沙的诗歌，穿透了那些"公开的他人的声音"，到达了"不公开的他人的声音"，他似乎窃听到他人乱七八糟的腹语，然后把它们一五一十地陈说出来——好像在说自己，其实却让听众羞容满面……而这恰恰就是伊沙的快乐！在中国当代的公开言说者（传统的"作家"与"诗人"等称号已很难指称他们的文字精神）中，像伊沙这样享受着这样快乐者，何止一人！

所以，伊沙的愤世嫉俗的最大特点在于他对所谓粗俗与卑贱的另类建构。同为一种对事物的重新命名，伊沙以一个诗人的言说本色，在这种

"是非颠倒"中表达着自己的人生理解。比如他的《强奸犯小 C》——小
C 是强奸犯，也是他的童年朋友；小 C 身着号衣，但是光头明亮；小 C
触犯了法律，却像是受戒。类似的还有《老张》——伊沙不止一次地写
到过死人的复活，但是在《老张》中他写的死人，却是"众尸起舞为他
开道"，而"他"，却是奸尸犯老张。而在《飞》里——那个"横空出
世/就像电影中的超人/在天上飞"的，却是一个吸毒者……当然伊沙也
写到了诗人，他的《关注》即是对诗人的关注，"眼下是冬天//一个在春
天/死去的诗人/刚才/关注了我/吓了我一跳//在微博世界里"……这是
一种更为真实的真实（却在历来的言说中层层遮蔽），现在，伊沙揭开了
它们，说出了它们。这是伊沙的眼光，也是伊沙的勇气。所以，陈仲义说
伊沙是一个"短平快"的"杀毒霸"。伊沙自己也不无骄傲地宣称："我
为汉诗贡献了一种无赖的气质并使之充满了庄严感。"[1]

贡献"无赖的气质"容易，而使之"充满了庄严感"却困难，它需
要一种强大的知识分子的操守与底色。其实伊沙的诗歌，既不讳言"体
内的娼馆"，也不讳言"灵魂的寺院"，两者都是伊沙的生命之真与诗歌
之真。我们不能因为看多了伊沙的痞子文字，就看不到伊沙像《鸽子》
（在我平视的远景里）那样诗意的灵魂表述。陈仲义说："伊沙的诗歌硬
币，经常有正反两面……人们常被他喧嚣的解构霸气迷惑，其实……还是
保留了赖以诗写的最后根基。这只狡黠的变色龙。"[2] 如他的《张常氏，
你的保姆》——陈仲义所说的伊沙"诗写的最后根基"，就是表现在这首
诗里的民间化写作立场及其对民族文化那种真切的自豪感；如他的《强
奸犯小 C》——伊沙"诗写的最后根基"，就是其中分明触及的"罪与
罚"之古老主题。

伊沙毕竟是一个"知识分子"，程继龙说伊沙是一个"面目粗粝甚至
狰狞的痞子、患得患失又不乏温情的小市民以及将悲悯情怀深深隐藏起来
的知识分子"[3]，可能伊沙会对自己的这样一个身份深恶痛绝，但语中
"将悲悯情怀深深隐藏"九个字，却正道出了伊沙这个知识分子的独特之

---

① 伊沙：《伊沙：我整明白了吗——笔答〈葵〉的十七个问题》，《诗探索》1998 年第 3
期。
② 陈仲义：《读伊沙诗二首》，《语文教学与研究》2008 年第 28 期。
③ 程继龙：《略论伊沙诗歌写作的三重身份》，《楚雄师范学院学报》2010 年第 2 期。

处，当大部分所谓的知识分子都在以外在的悲悯情怀而隐藏其内在的无赖人格与痞子意识时，伊沙却以外在的无赖与痞子的表象隐藏着自己内在的知识分子的悲悯情怀！也许，这一"隐藏"，却是伊沙最具后现代精神的一种的言说策略。表现得像个痞子，正好可以进行身份的掩护——"人的歪写"，这样他才好无视传统、挑战一切文化规范、想怎么说就怎么说，愿意怎么干就怎么干；而表现得像个"小市民"，也是伊沙的一种身份掩护——"人的小写"，这样伊沙才好让自己的"无所谓"与"有点坏"甚至世俗精神等获得合法性与合理性，避免与他人形成剑拔弩张的紧张关系。在这两重的身份掩护之下，他真正的"知识分子"身份——"人的正写"，也才能比较宽裕地"严肃起来，冷漠地展示丑恶、荒诞"①，而骨子里却充满着正直、善良、悲悯、愤怒、同情以及无奈。

所以，笔者同意刘小微对伊沙的看法，"他的诗带给我们轻松，也带给我们思索和顿悟，戏噱调侃的背后，深藏的是对人类、对社会、对文化的关注。他是一个冷静的理想主义者，本着最严肃的写作态度，审慎地丰富着汉语写作的经验与纬度"。② 所以，我们不能因为他的那些痞子的表现与市民化的表现而误读了伊沙。陈仲义说："充分铺开的'嬉皮'与'堕落'，只不过是他外在的表现轨迹，离经叛道才是根本运转始终如一的'轴心'。"③ 什么是真正的"知识分子"？"离经叛道"者才是真正的知识分子！

古河曾这样表达过自己对伊沙诗歌的看法："伊沙的诗在许多人看来，不注重诗意，不注重修辞，不大计较于炼词敲句，不注重一种所谓的语言的炼金术，不注重一种几何图化的浪漫的情调，不注重一种诗人和诗歌身份的纯粹和守业如玉。"④ 古河真是只知其一不知其二，伊沙，他不是不知道这一切曾经是诗歌的重要质素，伊沙正是看到了人们前拥后挤地披挂着这些重要的质素——像庸俗不堪的贵妇人披挂着玉佩和金项链，所

---

① 程继龙：《略论伊沙诗歌写作的三重身份》，《楚雄师范学院学报》2010 年第 2 期。

② 刘小微：《论伊沙诗歌语言的创生性意义和策略》，《辽宁师范大学学报》2003 年第 5 期。

③ 陈仲义：《伊沙诗歌论——"杀毒霸"播撒及"互文性"回收》，《文艺争鸣》2009 年第 10 期。

④ 编辑部文章：《七嘴八舌话伊沙》，《延安文学》2007 年第 1 期。

以他才愤其世而嫉其俗地偏偏就不去拿那些东西武装自己——他甚至故意地披挂了一些让贵妇人们看起来"俗不可耐"的东西。然而，正是这样的"俗不可耐"，偏偏却是伊沙嘲弄俗世、解构优雅、张扬真实的"金不换"。

三　我不下地狱，谁下地狱：伊沙诗歌自我灵魂的坦诚剖析

伊沙对他人粗鄙人性的批判，还不足以让他成为自己，让伊沙成为伊沙者，亦即伊沙的杂文精神之最为可贵者，是他对自己的嫉愤、反省与自嘲——面向灵魂深处的自我挖掘。

伊沙在与丑陋他人作战的同时，也清醒地看到了一种更大的庸俗与更顽固的敌人——自己！为了和这样的自己作战，伊沙不惜自亵与自渎。姜飞指出"声称反体制的伊沙在肩膀上装置的其实是一堆相当体制的思维"①，伊沙不是天外来客，但伊沙的可贵之处，恰在于他能以体制之身而反体制，恰恰在于他没有被自己肩膀上的体制所捆绑——他的自嘲、自亵与自渎就是证明。他的《饿死诗人》就是这样一种自渎式的表达。在这首诗里，伊沙批评了中国当代的"伪农业诗歌"，自然也批评了那些"伪农民诗人"——他们看到海子因为写麦子而大得诗名，他们以为麦子是诗人的幸运符号和吉祥物，于是群起而效仿之，群起而上演中国当代诗歌的麦子秀。伊沙对此充满了厌恶。他决定要进行无情的嘲讽。他先是写了一首《奇迹》："镍币上的麦穗/在我口袋里/熟了//那天我穿过大街/嘴里嘀咕了一句/什么　我也没听清//人们只嗅到/满街的麦香/谁也没注意/我/这个奇迹。"可能他觉得这首诗的冲击力不够强大，于是他又写了一首《饿死诗人》——他无奈地或者说机智地拿诗人和他自己开刀了。

诗人鲁藜有首著名的《泥土》："老是把自己当作珍珠/就时时有怕被埋没的痛苦//把自己当作泥土吧/让众人把你踩成一条道路。"如果说鲁藜的这首《泥土》表现出一种太过谦虚的放弃自我尊严的"自卑主义"，

----

① 姜飞：《历史的美丽与诗人的春心——观察被历史搞得心神不宁的伊沙、伊沙们》，《红岩》2009 年第 1 期。

那么伊沙的这首《饿死诗人》则有些自我嘲讽的"自渎主义"。伊沙的"自渎主义"诗歌为数极多。比如他的《名片》："你是某某人的女婿/我是我自个儿的爹"；比如他的《学院中的商业》："我是倒卖避孕套的人"；比如他的《梦（178）》："一个男人/生活中真实存在的男人/手执纸笔/请我签名//一个女人/生活中真实存在的女人/手端酒杯/请我喝酒//我他妈真是一俗人/一个真正的大俗人/意识里瞧不上的事/在潜意识里大暴露"……然而，伊沙的这种自渎，其实是一种可贵的牺牲——作为一个话语工作者，他这种以身试法拿自己开涮的行为本身，就是耐人寻味的。应该说，这其实是伊沙诗歌"去意义化"的一种手段，通过解构自己然后解构他人，通过糟蹋自己而后糟蹋他人。而且这在事实上也形成了一种勇敢的祭献——如果说为了诗歌，海子祭献出了自己的生命，那么同样是为了诗歌，伊沙则祭献出了自己的荣誉，甚至他还祭献出了自己的身体和祖先。比如伊沙在《我的祖先》中如此讲述："那些沦落市井的无聊之徒/整日吃喝嫖赌/为件小事去杀某人/视生命为粪土//也曾像小孩般天真过的/我的种族/以行刺作为风尚的/遥远的上古//他们是——我的祖先/我冲动的骨血的渊源/那些摇着扇子晃着脑袋的一群/不算。"伊沙的《参观记》，也曾解构伟人的故居，亵渎自己祖先般的伟人！伊沙的祭献和海子的祭献相比，还有一个不同，海子通过祭献获得了人们的尊敬，而伊沙则通过祭献获得了人们的指责与痛骂。但是，韩少君说过："伊沙的可贵还在于他视诋毁为荣誉"。① 所以，我不下地狱谁下地狱，说的就是伊沙；所以，"宁愿选择一个可能的地狱，而不愿再造一个不可能的天堂"②，说的也是伊沙。有人说伊沙是一个"暴徒"，其实，更准确点说，伊沙是中国当代诗坛的一个"自杀式暴徒"，是一个并不如何让人感到悲壮但却让人"觉得好玩"的暴徒，是一个虽然觉得好玩但是仔细想来毕竟深刻的暴徒。"这个世界是好玩的/这个世界总他妈玩我才使我觉得它好玩"（伊沙《悟性》）。总之，"伊沙诗歌因其在幽默、自嘲中呈露的真实自我、真实生活、真实想象而变得可爱、可亲、可读"。③ 他的存在捍卫了诗歌的

① 伊沙：《伊沙的诗》，《诗歌月刊》2006 年第 8 期。
② 李震：《神话写作与反神话写作》，《诗探索》1994 年第 2 辑。
③ 张强：《浅谈伊沙的诗歌艺术》，《文学教育》2009 年第 10 期。

某种庄严。伊沙的诗歌粉碎了他们关于诗歌的一个优雅幻觉，甚至也粉碎了他们关于人生的一个缠绵美梦。伊沙用自己的灵魂解剖让人们惊讶地发现：要么，我们没有灵魂；要么，我们灵魂丑陋；要么，我们的灵魂压迫着自己……

所以，如果说北岛是先站在英雄的立场上，然后有理有据地批判他人，则伊沙就是不愿意站在英雄立场上却仍然要批判他人。北岛的批判是"让所有的苦水都注入我心中"式强化自己的批判，伊沙的批判则是"我是流氓我怕谁"式矮化自己的批判。强化自己，自己只好越来越知识分子，越精英，越英雄；矮化自己，自己也就越来越民间，越平凡，越普通。这里所说的矮化，当然是对自我的客观认识，而不是对自我的主观故意。古河在比较鲁迅和伊沙时说："伊沙和鲁迅一样传统，生活细节上的克己复礼的传统。所谓大悲悯，大悲痛的人，他解放了别人，往往更多地是压迫着自己。然后他才能一惯（贯）地写出脚（踏）实地的人之常情和人之真情。"① 对"人之常情和人之真情"的直面，竟然需要一个人拥有超人的胆量与勇气，这不是伊沙的勇猛与光荣，这其实是所有非伊沙们的怯懦与耻辱！

一沙一世界，伊沙的诗歌是一个值得认真研究的世界！作为中国当代一个杰出的方向性诗人，他前接韩东和于坚，后启沈浩波以及"低诗歌"，冒着被人们误解的危险，"把无价值的撕碎了给人看"②，他以诗歌的方式而为杂文的事业，在自己的诗歌作品中表现出内容丰富、手法多样、思想深刻的杂文风格以及理念批判、愤世嫉俗、灵魂解剖等杂文精神，他因此应该在已经荣膺有诸多的光荣桂冠（如诗人、诗评家、小说家、翻译家等）之后，再收获一顶鲁迅式的绍兴的乌毡帽——杂文家！

---

① 编辑部文章：《七嘴八舌话伊沙》，《延安文学》2007年第1期。
② 鲁迅：《再论雷峰塔的倒掉》，载丁华民、孟玉婷主编《鲁迅文集》（一），吉林文史出版社2006年版，第231页。

第十六章　海子的诗

——风吹落了我们头上的草帽

海子①，1964 年 4 月 1 日出生于安徽怀宁县高河镇查湾村，是中国当代一位出身于麦地的麦地诗人。据说他在执教中国政法大学的美学课时，谈及想象，曾如此举例，"你们可以想象海鸥就是上帝的游泳裤！"② 这是海子人生中多么轻灵的时刻，然而这样的轻灵在海子的生命中稍纵即逝。1989年 3 月 26 日，怀揣着浪漫主义的精神梦想，并负载着神性写作的文学重荷，海子卧轨于山海关。

一阵风，吹落了我们头上的草帽！草帽，那可是准备献给太阳的花朵呵！

一　海子诗歌的基本定位

海子之死，让人痛惜！海子在人世仅仅生活了 25 年，他还没有进入人生繁华锦簇的腹地，但却窥见了人生参透神喻的尽头——"圣杯在手

---

①　"海子"通常是指沙漠中的湖泊。《内蒙古风物志》：在内蒙古的巴丹吉林沙漠，坐落着许多内陆湖泊，是沙漠中水草丰美的地方，当地牧民称为"海子"。据燎原《海子评传》，海子是在注意到"海子"的这个含义之后，在自己 1984 年写作《亚洲铜》时开始使用"海子"这一笔名的。在此之前，海子曾汇编油印过自己的一部诗歌集《小站》，署名为查海生。介绍海子笔名的这一资料，是因为燎原在《海子评传》中讲到海子在中国政法大学的一位同事的观点，"真正欣赏海子的还是内蒙古人"。（燎原：《海子评传》第二次修订本，中国戏剧出版社 2011 年版，第 99 页。）而今，在海子的墓碑上，海子是这样被称谓的："查公海（上'生'下'子'）大人"。

②　事见西川《怀念》。这是海子的所有话语中最轻松也最率性的一句。伊沙诗《多像我的儿子》，写一群公共汽车上的小学生谈论给洪水灾区捐东西一事，有个孩子就说他要捐出自己的游泳裤。海子在这里大胆使用"裤子"这个意象，让我们联想到前苏联马雅可夫斯基著名的《穿裤子的云（序诗）》（汪剑钊译）："……/我无耻而刻薄。/我的灵魂没有一根白发，/它也没有任何老者的温情！/……/随你们的便——/我将变得无可挑剔的温柔，/不再是男人，而是一朵穿裤子的云！"

便骤然死去，一生便告完成。"① 诗歌本身不是圣杯，只是一个普通的杯子。但是这只杯子中只要盛入了鲜血，便即刻成为圣物，当海子参悟到这一点，他便毫不犹豫地用自己的生命，将自己的诗歌送上祭坛。

海子的好朋友骆一禾说："用圣诉说，海子是得永生的人，以凡人的话说，海子的诗进入了可研究的行列。"② 人们怀着痛惜之心研究海子的诗作已有多年。虽然人们对于海子的诗歌，还有许多的方面未能解读和破译，但关于海子诗歌的基本定位，却有以下几个方面的共识。

第一，海子是中国当代诗歌"神性写作"的"终结者"。如果说"朦胧诗"诸君是先把自己设计为英雄而后获得了后至的话语权，则海子就是把自己设计为神（圣坛之物）而后获得了"神性写作"先在的话语权。海子活着的时候，人们似乎尚未听到他的深情言说；海子死后，人们捧读到的，已是血染的诗章。

神性写作，主要指一种诗歌写作的姿态。作为反后现代主义写作的创作倾向，神性写作强调理想化的诗歌本质，重视诗歌的精神内容；相比之下，它认为诗歌的写作形式、实验色彩、现代性与后现代性是次要的。神性写作的三个"关键词"为：向上、尖锐、承担。向上，即崇高——宗崇高雅美学；尖锐，即追问——拷问自我灵魂；承担，即责任——担负真善美的责任。海子之后，所谓"高"诗歌的代表人物刘诚在《第三极文学运动宣言》中认为，神性写作即向上的写作、有道德感的写作和有承担的写作，是对生活永恒价值的悲壮坚守，是人类根本利益的精神护法，是时代精神重建的正面力量，是对当代文学商业化、解构化、痞子化、色情化、垃圾化、空洞化、娱乐化说出的"不"。③ 刘诚还说：神性写作坚决抵制那种兽性写作（本能的写作、欲望的写作、向下的写作、垃圾的写作、崇低的写作、自渎的写作）所构造的精神魔界，而要打造一个有神在彼的精神天国。④ 神性写作因此具有一种鲜明的与现实生活拉开一定

---

① 骆一禾：《海子生涯（1964—1989）》，载西川编《海子诗全集》，作家出版社 2009 年版，第 2 页。

② 同上。

③ 刘诚：《第三极文学运动宣言》，民刊《第三极》第一卷（创刊号）2007 年 5 月。

④ 刘诚：《后现代主义神话的终结——2004 中国诗界神性写作构想》，民刊《第三极》第二卷（神性写作诗学理论专号），2008 年 5 月。

距离的高蹈性与超验性。

　　海子的写作，就是这样超验而又高蹈的写作。海子是"一个具有超常幻想气质的青年诗人"①，海子诗歌的超验性，可能因源于此。"海子曾自称为浪漫主义诗人"②，在他的脑海里，确实也挤满了超验的幻象。什么是超验？例而言之，如果说经验的表述是"从枪里射出了子弹"，则超验的表述即为"从枪里射出了西红柿"。海子诗歌，多有类似的超验幻觉，如"原始的妈妈／躲避一位农民／把他的柴刀丢在地里／把自己的婴儿溺死井中／田地任其荒芜／／灯上我恍惚遇见这个鬼魂／跳上大海而去／大海在粮仓上汹涌／似乎我和我的父亲／雪白的头发在燃烧"（《海水没顶》）。这不是联想，这也不是想象，这也不是什么蒙太奇剪辑，如果说它是一种广义的想象的话，它只能是一种"想象的误读"——只是一些怪诞的、毫无逻辑的情景碎片和梦境一般前言不搭后语的幻象。"我的白骨仅仅是水面上人类残剩的屋顶"（《土地、忧郁、死亡》）。柏拉图要从理想国里驱逐的人，正是这样语无伦次思驰荒野的人——虽然"从经验的诗歌到超验的诗歌，是一个诗人的超水平发挥"。③

　　西川说："海子的长诗里包含了一种跟这个时代格格不入的东西。"④ 其实海子的抒情短诗也是同样——毕竟还是海子而不是另一个人在写作。海子诗歌这种与当年的时尚诗风不同内质、不同气象的高蹈性，事实上给他带来了相当的痛苦，在海子生前那个人们热衷于取媚西方后现代而蔑视民族传统的、热衷于嘲笑严肃与高贵而嬉笑怒骂满不在乎的、目空一切而又解构一切的所谓"第三代"的诗歌大潮中，海子诗歌中的神性、海子身上的知识分子气质以及他念念不忘的抒情语调，独立特行却又不合时宜。"从 1987 年到 1989 年，记录现实生活状态，语言随意散漫，被称作'生活流'的诗歌就已开始大面积涌现，甚至到了泛滥的地步。"⑤ 但是海子生不逢时！已是中心丧失的年代了，海子却希望世人的聚集；已是众声喧哗的杂语时期了，海子还幻想着在一片周身的暗哑中引吭高歌。海子这种高蹈的写作甚至在诗歌内部

　　①　燎原：《海子评传》（二次修订本），中国戏剧出版社 2011 年版，第 52 页。
　　②　西川：《怀念》，西川编：《海子诗全编》，作家出版社 2009 年版，第 9 页。
　　③　西川：《诗歌炼金术》，《诗探索》1994 年第 5 期。
　　④　西川：《观察：西川、徐钺对话》，《诗林》2009 年第 5 期。
　　⑤　唐欣：《说话的诗歌》，中国社会科学出版社 2012 年版，第 14 页。

（且不要说诗歌与大众之间充满古老敌意的俗世），也意味着孤独的坚守、痛苦的探求、对世俗的顽强对抗。而海子又偏偏是一个"人不仅要写，还要像自己写的那样去生活"① 的"赤子"性格的老实人。西川说海子："他纯洁，简单，偏执，倔强，敏感，爱干净，喜欢嘉宝那样的女人，有时有点伤感，有时沉浸在痛苦之中不能自拔。"② 是的，海子确实是不能自拔！海子而且是不想自拔！海子甚至是偏要陷得更深！"海子也许知道这一点：他需要在场，而这必须以他身体的出场为代价，否则，他的诗歌毫无意义。海子的诗歌逼死了他！"如果说当年的屈原痛苦于举世皆醉而我独醒，则当年的海子也就痛苦于举世皆低而我独高！吴晓东、谢凌岚在《诗人之死》中说："生是需要理由的。当诗人经过痛苦的追索仍旧寻找不到确凿的理由时，这一切便转换成死的理由。"③ 理想主义的不合时宜虽然不是海子死亡的理由，但分明是他死亡的悲剧性背景。

后海子时代的诗人显然看到了这种崇高而又超验的危险性，于是他们做出了适时的调整与转向——从向上转到了向下，从精神的高地撤退到"下半身"④，从浪漫主义撤退到垃圾派，从高雅撤退到低俗，从英雄撤退到痞子。比如伊沙诸君，他们把自己先放在痞子的地位上，然后获取了一种不同于北岛也不同于海子的话语权。我先扎自己一刀，我是流氓我怕谁？欲骂别人，先骂自己。相比于海子者流甚至北岛者流的英雄自况与绅士自命，他们的选择真是一种聪明的甚至可以说是狡猾的写作策略。但他们又确实进入了一个卧底般的、潜伏般的在黑暗中眼睛贼亮贼亮的新世界。

---

① ［波兰］密茨凯维支语。转引自骆一禾《海子生涯（1964—1989）》，载西川编《海子诗全集》，作家出版社 2009 年版，第 1 页。

② 西川：《死亡后记》，载西川编《海子诗全编》，作家出版社 2009 年版，第 1159 页。

③ 吴晓东、谢凌岚：《诗人之死》，《文学评论》1989 年第 8 期。

④ "下半身诗群"成立于 2000 年 6 月，由沈浩波、朵渔等人在京发起，创办有民间刊物《下半身》，并有同步的网络版《下半身》。代表诗人除沈浩波、朵渔外，尚有盛兴、李红旗、南人、巫昂、尹丽川等。沈浩波的"下半身宣言"云："知识、文化、传统、诗意、抒情、哲理、思考、承担、使命、大师、经典、余味深长、回味无穷……这些属于上半身的词汇与艺术无关，这些文人词典里的东西与具备当下性的先锋诗歌无关……我们已经与知识和文化划清了界限，我们用身体本身与它们对决。""所谓下半身写作，指的是一种诗歌的贴肉状态，就是你写的诗与你的肉体之间到底是一种什么样的关系？紧贴着的还是隔膜的？""所谓下半身写作，指的是一种坚决的形而下状态。"这种诗歌策略的离经叛道和相应的诗歌文本的惊世骇俗，使它在中国当代诗歌部落中显得尤其"另类"和"先锋"。

海子绝对不会是最后一个"神性写作"者,"神性写作"也绝对不会从海子之后而灭绝,人类的神性绝对不会从他那里死亡。所以,人们之所以抒情且夸张地将海子描述为"神性写作"的"终结者",显然是一种对"神性写作"的另类呼唤甚至是嘲讽性的呼唤。

第二,海子是"知识分子写作"的先行者。20世纪80年代中后期,"朦胧诗"式微,"第三代"大起喧器,但起源并分支于"朦胧诗"的"历史文化诗歌"①,作为一种"朦胧诗"的主要流脉,不仅没有止息,反而前赴后继、悄然运行,以顽强的努力悄然进入20世纪90年代。当"第三代"诗潮后来渐趋沉寂,这一种顽强的写作倾向也渐渐浮出地表,蔚为大观,这就是后来所谓的"知识分子写作"。人们一般认为:这种写作倾向的主要代表诗人,早期有海子、骆一禾,后继者有西川、王家新、臧棣等。事实上,在中国当代诗歌的"知识分子写作"这支队伍里,海子也是一个承前启后的人物。海子确信自己的诗歌才华,一生渴望追求大气之作,而不满足于仅仅写作短诗;他开启的正是后来由西川、王家新、臧棣等作为主要传人的"知识分子写作"。事实上,自称"民间化写作"的于坚、伊沙诸君,同样也是知识分子,至少他们也是知识分子底色之上的民间化写作者。

海子的"知识分子写作",主要表现在他的诗歌中的文化使命、批判精神、语言创造等诸多方面。海子的诗歌才华是确凿无疑的,从"亚洲铜"这一奇妙词组所表现出来的海子早期的"词语炼金术",到海子晚期诗歌语言的霸气②,可以一路证明如下特点,"海子带有一种强烈的意向,试图制造一套自己的语汇,来置换在交流中流通的日常语汇。从这一点上

---

① 按:使用这一名称,是为了与后来的"历史文化散文"相呼应。中国当代的历史文化诗歌,主要以杨炼、江河的创作为代表。

② 西川在《观察:西川、徐钺对话》(《诗林》2009年双月号第5期)中说,"海子晚期诗歌里的语言已经到了毫无道理的那种霸占的程度:'在豹子踩出的道上豹子的灵魂蜂拥而过',什么叫'豹子的灵魂蜂拥而过'?"事实上,海子的语言霸气根源于海子的情感霸气——情感本来就天然地具有着一种霸气,这是上帝赋予了诗人一种特权:为了表现情感的需要,完全可以对生活的逻辑置之不理,就像海子在《亚洲铜》里所说的,"亚洲铜,亚洲铜/祖父死在这里,父亲死在这里,我也会死在这里/你是唯一的一块埋人的地方"。情感霸气如果不能转化为语言霸气,则容易让诗人对世界上的事物产生厌倦与反感甚至对立,也很容易由于不能与现实媾合而对生活与人世产生憎恨与绝望。帕斯捷尔纳克说:"马雅可夫斯基自杀,是由于他的骄傲不能与他自身或周围发生的新事物妥协。"

说，海子是一个大胆的天才。为了创造属于自己的想象世界，诗人无以克制自己生造词语的冲动，甚至想以自己的语汇，来回避日常生活中的既有语汇。"

事实上，当我们评说诗人海子的时候，往往会忘记了他同时还是一个哲学的海子、法学的海子、读书的海子和教师的海子——忘记了海子的知识分子背景。这也在某种程度上低估了北京大学对于海子的意义，甚至有人会觉得堂堂北京大学不应该培养出海子这样一个自杀的诗人。然而海子之成为海子，既与安徽省的那个小县小镇小村有关，也与祖国首都北京的那所著名学府有关；既与回到自我的写作有关，也与博通今古的读书有关；既与海子的农村出身有关，也与海子的大学经历有关。于是海子的成就是一个优秀的青年知识分子的成就，海子的死亡也是一个悲剧的青年知识分子的死亡。

在海子的名字上，诗在闪光，知识也在闪光！

第三，海子是当代中国"最后一位抒情诗人"。海子的抒情天赋有目共睹，"远在远方的风比远方更远"（《九月》）、"家乡的风/家乡的云/收聚翅膀/睡在我的双肩"（《麦地》）、"那幸福的闪电告诉我的/我将告诉每一个人//给每一条河每一座山取一个温暖的名字/陌生人，我也为你祝福/愿你有一个灿烂的前程/愿你有情人终成眷属/愿你在尘世获得幸福/我也愿面朝大海，春暖花开"（《面朝大海，春暖花开》）……这样的句子直取人心，让人们无法不因它而感动。

但是海子的抒情竟然也是不合时宜的。于坚曾说，海子是中国"小农社会最后的才子之一"，并说海子是一个"即兴"的诗人。[1] 在于坚对海子有所保留的理解中，海子式的"才子"和"即兴"，指的是依靠着才气、激情、直觉和灵感进行的"守株待兔"式的写作行为。而于坚认为："真正的专业的写作不是一种守株待兔式的写作……具有创造性的写作是一种最主观、最明白、最富于理性的写作。"[2] 于坚这里强调的"理性"，恰恰也是海子诗歌所缺少的。海子诗歌正好是浪漫的、激情的、直觉的和

---

① 于坚：《拒绝隐喻》，载《于坚文集》卷五，云南人民出版社 2004 年版，第 13 页。
② 于坚：《拒绝隐喻——一种作为方法的诗歌》，载《于坚诗学随笔》，陕西师范大学出版总社有限公司 2010 年版，第 16 页。

与心情有关的——不理性的。于是，海子的抒情以及海子如此的抒情，让他无意之间终结了中国现当代诗歌过于漫长的抒情历程。

这样的表述并不意味着中国的诗歌从此不再抒情，需要强调的是，海子终结的（这里的"终结"仍然是带引号的）只是抒情当中的某一种抒情——那种特别激奋的、抒情味特别浓的甚至已被人们歌唱化了的"零上抒情"。中国现当代诗歌从产生到现在，大体上经历过以下三个不同的抒情时期："零上抒情期"即情感高热的"沸点抒情"期、"零度抒情期"即情感降温的"客观还原"期、"零下抒情期"即所谓"反抒情"的"冰点抒情"期。这三个时期，从总体上的热情、纵情、滥情，到总体上的温情、敛情、抑情，表征着中国现代诗歌之渐渐回归冷静与回归自身，也表征着中国现代诗歌弃亢去卑之后"平常心"的恢复。中国现当代诗歌的"零上抒情期"，至北岛已渐至式微。海子生前所在的 20 世纪 80 年代后期，中国当代诗歌的情感温度，已大面积地进入到"零度抒情"和"口语"、"叙事"。而值彼情感降温、情感放逐甚至反抒情的玩酷时世，海子诗歌却仍然表现出以歌唱性为表征的抒情性。即当抒情已经成为反讽，海子却仍在认真地抒情——讲述着他"青春期所能想到的一切谵语"①；当人们已不再天真，他却天真依旧。

海子一定感觉到了自己的这种"失落"与"没落"——只有曾经的贵族才会有后来的没落，于是，在海子的诗歌里，"遗落"、"遗失"这样的词语就时有所见，如"那些寂寞的花朵/是春天遗失的嘴唇"（《历史》）。这也是海子诗歌中个人体验与原型体验的相遇和共振。这种被遗弃的体验，一般派生出回归的渴望。这种渴望甚至也表现在海子著名的《面朝大海，春暖花开》中。这是向世俗生活的回归、向尘世幸福的回归、向乡村纯净生活的回归、从"独乐乐"向"众乐乐"的回归、从沉默向说出的回归……而这又派生出另一个堪称原型的诗歌主题：回归的艰难与不可能。所以《面朝大海，春暖花开》最终描述的仍然是海子遗世独立的苍凉背影——诗人心中构想的尘世的幸福图景都是别人的，与自己无关，自己已不能随同世俗而和光同尘。"从明天开始"，这样"今天分明不是如此"的话语表明：海子在幸福的边缘徘徊，他在寻找一个可以

---

① 于坚：《拒绝隐喻》，《于坚文集》卷五，云南人民出版社 2004 年版，第 13 页。

转移现世痛苦的灵魂宿地……有人说海子的诗中有一股"世纪末的忧伤",而我则觉得,海子的诗中有一股绝顶之上的孤独!伊沙说:"我不喜欢志在高处的男人/我害怕/高处"(伊沙《唐》)。伊沙说出的仍然是高处的痛苦!伊沙说出的并非低处的向往!伊沙是想告诉我们:高处和低处,都需要我们去参之悟之。作家既是世俗的,也是反世俗的,但是同时,作家是世俗的超越者,也是世俗的臣服者。海子不能臣服于世俗,海子只能折服于高贵。说实话,在现实生活中,海子还是不够"痞实"。尼采曾幽默地把人生喻为难缠的美女:"这个美女没有恒心,不够驯服,时而承诺,时而抗拒,令人又爱又怕,但因此却更有魅力。"① 说实话,海子的脸皮还是太薄了些,这样的人,活着总是吃亏。

于是海子最后的希望就转向了复活——这仍然是一个原型的诗歌主题。他在《春天,十个海子》中说:"春天,十个海子全都复活/在光明的景色中/嘲笑这一个野蛮而悲伤的海子/你这么长久地沉睡到底是为了什么?""不死"尚能做到,复活谈何容易?海子不是不知道这一点,但是海子之所以是海子,是因为他所谓的"复活",一定是指一种"海子元素"的永恒——抒情的永恒!献身精神的永恒!诗歌的永恒!

二 海子诗歌的三大意象:太阳、麦子、死亡

相比于一个诗人的主题贡献,一个诗人同样重要的贡献,还在于他对诗歌艺术的意象贡献。海子诗歌,给人们留下深刻印象者,是他的三大意象群:太阳意象群、麦子意象群和死亡意象群。这三大意象群,共同成就了海子诗歌广阔而深刻的表达。

第一,海子诗歌中的太阳意象。作家李杭育在谈到小说的语言时曾这样说过:"一个作家的最终出息,就在于找到最合他脾胃,同时也最适合表现他的具有特定文化背景之韵味的题材的那种语言。"② 一个作家不只是要找到自己的语言,而且更重要的是要找到自己的意象,正像徐悲鸿找

---

① 冯沪祥:《中西生死哲学》,北京大学出版社 2002 年版,第 133 页。
② 李杭育:《在文化背景上找语言》,转引自曹文轩《中国八十年代文学现象研究》,北京大学出版社 1988 年版,第 58 页。

到了马，黄胄找到了毛驴，梵·高找到了向日葵，莫奈找到了睡莲，海子找到了自己的太阳"你来人间一趟/你要看看太阳"（《夏天的太阳》）。海子的一生，用他自己的话说，"就是要成为太阳的一生"（《祖国（或以梦为马）》）。

海子为什么对太阳意象情有独钟，他的朋友西川在《死亡后记》中如此猜测，"他肯定受到崇拜太阳的古埃及人、波斯人、阿兹特克人的鼓舞"，并且也受到了"死于太阳并进入太阳"的美国诗人哈里·克罗斯比的影响。但从他《阿尔的太阳》看，海子同样深受梵·高的影响——在他们看来，"太阳"象征着一种精神，一种"伟大的人类精神"。

因为喜欢太阳，海子同时也喜欢"火"——喜欢火的美丽、辉煌和炽烈，也喜欢火的燃烧、激情与活力，"火把，火的惨笑的头/我们凄凉的头/聚在一起抬着什么……"（《太阳》）海子的"火"和海子的太阳一样，充满着生命之光与生命之热，表现着海子对生命的迷恋。当海子后来把几乎全部的精力投入到《太阳》这首大诗的创作时，他的生命，分明进入到了火焰一般的燃烧当中——同时也进入到生命的灿烂之中。

第二，海子诗歌中的麦子意象。农村出身而又倾心传统的海子对农业和耕种有着与生俱来的热爱和敏感，在他只有不多几年的文学创作中，大地独步、农村想象，占据了海子相当一部分的诗写空间，而在构成海子这一农业世界的一系列原型意象（如大地、村庄、河流、麦芒、天空、月亮、玉米、我的马等）当中，最为人们所熟悉者，就是"麦子"！

海子笔下的麦子和麦地纯朴美丽："麦浪——天堂的桌子/摆在田野上/一块麦田"（《麦地》），"月亮下/连夜种麦的父亲/身上流动的金子/健康的麦地……"（《麦地》）他笔下的麦地不仅是美丽的，有时也让人痛苦，"麦地/别人看见你/觉得你温暖，美丽/我则站在你痛苦质问的中心/被你灼伤/我站在太阳，痛苦的芒上"（《麦地与诗人·答复》）。海子对麦子的赞美，其实也是对土地的赞美，"果实牵着你的手大地摇晃/麦穗的纹路在你脊背上延伸如刀刃如火光/大地深处光芒四射"（《土地》）。他对土地的赞美，终归却是对生命的赞美，"仿佛沉默的大地为了说话而一把抓住了他，把他变成了大地的嗓子"。海子确乎是大地在我们这个时代选准的代言者。

于是，海子的诗曾被人们称作"麦地诗歌"，海子本人曾被称作是

"麦地里的诗人"。而且海子死后，他的麦地诗作甚至引发了一场所谓"新乡土诗"的模仿风潮。对此，海子肯定会十分恼火，所以伊沙替海子对那些"腹中香气弥漫"的"城市中最伟大的懒汉"进行了批判，"那样轻松的　你们/开始复述农业/耕作的事宜以及/春来秋去/挥汗如雨　收获麦子……割断麦秆　自己的脖子/割断与土地最后的联系……"（伊沙《饿死诗人》）从这一点上看，伊沙也应该是海子的好朋友。

如果说"知识分子"还可以再加分类的话，海子就是"乡村知识分子"而不是"城市知识分子"，因为海子的诗歌很少抒写他其实也在其中的城市世俗生活。海子把他一生中宝贵的笔墨，献给了他从小就深有感触的麦子和麦地。如果说海子真有什么不舍的情结，则这一情结，就是对农村生活的不能忘怀。他的根不在城市而在农村。尼采在《孤独》一诗中说："有故乡者，拥有幸福……无故乡者，拥有痛苦。"[①] 海子因为有故乡而曾经拥有幸福，后来也因为故乡的淳朴不再感到了痛苦。所以，他的麦子意象，既是他幸福时的诗意信托，也是他痛苦时的诗意符号。而且，相对于太阳之于天空的标志性，海子的麦地，也是海子诗歌中大地的一个标志——海子的太阳与海子的麦地，在天空与大地之间遥相呼应。

第三，海子诗歌中的死亡类意象。在海子的诗歌里，孤独无助、悲天悯人的情绪无处不在，同时绝望的、悲生向死的死亡意识也无处不在，这一切自然表征于他的诗歌中大量的死亡类意象，如"尸体"、"骨头"、"坟墓"、"埋葬"、"沉睡"、"熄灭"、"头颅"[②] 等，它们让海子的诗歌，充满了不祥的气息"在黄金和允诺的地上/陪伴花朵和诗歌静静地开放安详地死亡"（《美丽的白杨树》）。

海子直接书写死亡的诗，有《死亡之诗〈三首〉》、《自杀者之歌》等。海子也多次直接地表达过自己对死亡的一片倾心，"在春天，野蛮而悲伤的海子/就剩下这一个，最后一个/这是一个黑夜的孩子，沉浸于

---

① ［德］尼采：《孤独》，飞白译，转引自吴忠诚《现代派诗歌精神与方法》，东方出版社1999年版，第50页。

② "头颅"意象也是海子诗歌一个重要而且常见的意象，如"在我生活的日子里/黑脑袋——杀死了我/我以血为生背负冰凉斧刃"（海子《马雅可夫斯基自传》），如"桃花开放/太阳的头骨盖一动一动，火焰和手从头中伸出/一群群野兽舔着火焰"（《桃花开放》），如"太阳是他自己的头/野花是她自己的诗"（《太阳和野花——给AP》）。海子的太阳意象与海子的死亡意象，往往聚合于海子的头颅意象。

冬天，倾心死亡/不能自拔，热爱着空虚而寒冷的乡村"（《春天，十个海子》）。在《我请求·雨》一诗中，他说，"我请求熄灭/生铁的光、爱人的光和阳光/我请求下雨/我请求/在夜里死去"。在《雪》中他说，"雪的日子/我只想到雪中死去/我的头顶放着光芒"。在《七月的大海》中他说，"在七月我总能突然回到荒凉/赶上最后一次/我戴上帽子穿上泳装安静地死亡"。海子对死亡，似有一种飞蛾扑火般的向往和执著。

在《亚洲铜》里，海子如写成"祖父生在这里，父亲生在这里，我也生在这里/你是唯一的一块生人的地方"，没有什么不可以，但是，海子却偏爱使用那个"死"字。这泄漏出一个海子的生命信息，他敏感于死亡也关注着死亡。他的"死亡意识"甚至大于他的"生命意识"。但海子诗歌中的死亡，却不是"少年不知'死'滋味，为赋新诗强说'死'"，海子诗歌中的死亡是经过了海子生命之亲证的死亡，真实而可信。正是由于"亲证"对于一个诗人的重要性，所以，在诸多的艺术门类中，称"家"者（如散文家、小说家、音乐家、画家）多而称"人"者少，独"诗人"合而为一，这个命名，真是天启神授。

读海子的诗，我们能分明地感到海子的悲生向死。如他的《村庄》中"万里无云，如同我永恒的悲伤"，如他《九月的云》中"九月的云/展开殓布"。别人也许对青海湖的想象止于什么"蓝色的宝石"，可是，海子在《七月不远》中却说青海湖是"宝石的尸体"。在《给母亲》一诗里，他甚至说，"我知道自己终究会幸福/和一切圣洁的人/相聚在天堂"。在《土地·王》中，他说，"尸体，那些使我睡在大地上的感觉/用雪封住我的尸体"。在《秋》中，他写道，"秋天深了，神的家中鹰在集合/神的故乡鹰在言语/秋天深了，王在写诗/在这个世界上秋天深了/该得到的尚未得到/该丧失的早已丧失"。在《七月的大海》中，他说，"在七月我总能突然回到荒凉/……我带上帽子穿上泳装安静地死去"。在《七月不远》中他说，"因此跋山涉水，死亡不远/骨骼挂遍我身体/如同蓝色水上的树枝"。在《九月》中他说，"目击众神死亡的草原，草原上野花一片/明月如镜，高悬草原，映照千年岁月/我的琴声呜咽，泪水全无/只身打马过草原"……有人说：海子之死，是"为了灵魂的羽毛而放弃了沉重的肉身！"但是海子也有诗径名为《肉体》。研究他的这些"肉体诗"，应该是理解海子死亡意识的另一个镜像式角度。海子说"肉体美丽"，他反复地说"肉体美丽"，他也知道肉体的重要性"感激肉体来临/感激灵魂有所附丽"(《肉体》之二),但是他同时也说,"感激我自己沉重的骨骼/也能做梦"(《肉体》之二)……总之,海子关于肉体的理解,暗示了他对于生命的理解。而他后来对于死亡的理解,其实也是他所理解的生命的一部分。孔子说:"未知生,焉知死。"如果说知生比知死重要,则海子的死就是轻率的。然而,孔子这句话还有一个话外之音:未知死,焉知生,如此,则知死,就比知生重要。如此,则海子的死,就是海子的生。

在海子生命的最后,他把这样的四本书带在身边:《圣经》、梭罗的《瓦尔登湖》、海雅达尔的《孤筏重洋》和《康拉德小说选》。这四本书与其说是海子的死亡道具,不如说是海子一如既往的死亡意象。有人这样解读海子与《圣经》的关系:"诗人后期的许多诗歌的灵感和意境都是来源于《圣经》的。然而,就是这圣洁的《圣经》,我们仍可以在诗人的诗中找到它那可怕的死亡景象:圣书上卷是我的翅膀,无比明亮/有时像一个阴沉沉的今天/圣书下卷肮脏而快乐/当然也是我受伤的翅膀/……/我空荡荡的大地和天空/是上卷和下卷合成一本的圣书,是我重又劈开的肢体(《黎明》)。"①

三　海子之死与诗歌的意义

"天才和语言背着血红的落日/走向家乡和墓地"(《土地》),海子死后,留下了自己的遗言,"我的死亡与任何人无关"。② 但是他的死因还是成了人们纷纷臆猜的话题,谭五昌认为海子死于爱情,"他纯粹是为爱而爱,充满了炽热的自我献身的精神,完全接近并达到了真爱的境界——以死殉爱,以死祭奠爱情!"③ 而由于海子自杀后医生对他的死亡诊断是"精神分裂症",所以也有人说海子是死于疯狂;而评论家朱大可在《先知之门》中认为海子的死"从文本话语到行动话语……意味着海子从诗歌艺术向行动艺术的急速飞跃。经过精心的天才策划,他在自杀中完成了

---

① 冯军旗:《海子:诗与死》,载金肽频编《海子纪念文集》,合肥工业大学出版社2009年版,第115页。

② 西川:《怀念》,载西川编《海子诗全编》,作家出版社2009年版,第7页。

③ 谭五昌:《海子论》,《敦煌》诗刊2002年卷(创刊号)。

其最纯粹的生命言说和最后的伟大诗篇，或者说，完成了他的死亡歌谣和死亡绝唱"。①总之，"诗人海子的死将成为我们这个时代的神话之一"。②

本部分不想对关于海子的种种死因分析过多引述，但笔者之所以不能免俗地仍拿海子的死作为结语，是因为，当死亡不幸地发生，死亡要求于其后死者的，就是将死亡者安葬。在南美洲亚马逊河流域，如果一只文鸟死了，它的同伴们就会叼来绿叶、浆果和五颜六色的花瓣撒在它的尸体上；地处北美沼泽地的灰鹤，每当同类死去后，便久久地在死者上空盘旋徘徊转圈……一个民族，如果有一个诗人死去了，我们至少应该对他的死亡加以描述并对其死亡的意义加以评说。所以，真正安葬了诗人海子的，不是泥土，而是 20 多年来人们对他的怀念与研究，其中就包括对他死亡原因的种种说法——当海子的死亡由于意义的包容和承载而成为一种语言，人们应该对这一语言进行各自的解读。"死亡不仅具有个体生命的意义，而且拥有群体生命的意义；个体生命能够从死亡中得到解脱，但是群体生命却能够从死亡中获得警示：更深刻地认识和理解自己的生命。"③

海子辞世于中国当代史上一个伟大的黄金十年的结束之年。④在这个黄金般的十年里，中国人挣出了政治斗争的漩涡，同时还没有遭遇商业大潮的浪涌。在这十年里，中国人最关心的事，是学好数理化，是科学，是教育，是发展生产力，是文学，是思想。这十年，是历史的潮起潮落当中一个短暂的休养生息，甚至也可以说是乌云之间透露出的一道亮光。这个黄金十年，培养出一代复活了"五四"精神的大学生——天之娇子；这个黄金十年，也培养出了一代民族想象力与民族情感力的佼佼者——诗人——他们的代表人物就是海子。可惜这一个美好的时间太过短暂了。20世纪 80 年代后期，人们已感觉到拜金主义的泛滥即将对中国人的生命与思想构成另一种更为巨大的威胁，而对于时代风雨格外敏感的诗人们

---

① 朱大可：《先知之门》，朱大可《死亡者档案》，学林出版社 1999 年版，第 218 页。

② 西川：《怀念》，西川编《海子诗全编》，作家出版社 2009 年版，第 6 页。

③ 殷国明：《艺术家与死》，花城出版社 1990 年版，第 130 页。

④ 指 1979 年至 1989 年。这个十年其伟大的意义需要历史学家们深入地研究。这里引用一个"段子"，以显人们对那个年代的怀念：那时侯——药是可以治病的；医生是救死扶伤的；照相是要穿衣服的；借钱是要还的；孩子他爹是不用做鉴定的；学校是不图挣钱的；有了病是看得起的；住房是单位分配的；求职是不用花钱的；白痴是不能当教授的；结婚了是不能再找二奶的；肉是可以放心吃的；食品不用放添加剂的；老鼠还是很怕猫的；人还是有良心的。

"或是歌咏过去，或是抒发不满，同时有的出国，有的自杀，有的下海，可以说，作为整体，传统意义上的诗人都死了"。而这一切的标志，就是1989 年的海子之死，他的死是那个黄金年代里理想主义最后的一声铮鸣，它一方面宣告了 20 世纪 80 年代纯洁诗歌的终结，另一方面也表示了对即将到来的不洁与龌龊的 20 世纪 90 年代的拒绝——如果说海子死亡的时间有什么意义，意义也许就在此。

总而言之，海子之死，不论是他得到了来自何方神圣的指令，终归是"适时而纯洁的死亡"①，是他与自我的团圆，是典型的干干净净的诗人之死！张清华认为：诗人之死，就是屈原之死，也就是海子之死。就是伟大诗歌的创造者为了让自己的诗歌走向神坛而以自己的生命作为献祭的生命人格实践——用自己的生命，见证自己的诗歌。毁灭自己于作品之中，毁灭自己于深渊，这是一个真正的诗人必须付出的代价！当他舍弃了人人不可能舍弃的东西，他才能得到人人都不可能得到的东西！反过来一想，我们更可能明白这一点：屈原不死，他的诗歌就成了笑话——一个平凡的人居然写出了伟大的诗歌！海子不死，他的诗歌中那些超验的东西也就成了笑话——我们不能想象一个平庸的人居然会写出如此深刻伟大的诗篇！

---

① 燎原：《扑向太阳之豹：海子评传》，南海出版社 2001 年版，第 345 页。

第十七章　赵丽华的诗

——在那梨花盛开的地方

　　赵丽华，是中国当代一位具有写作方向性与写作探索性，当然也具有写作争议性的诗人。2006 年 9 月，她的部分诗作被网络相继转载并饱受诟病。从向她的诗歌发难，到对她的诗歌恶搞，终成轰动一时而"放大为一场风暴"[①] 的"赵丽华诗歌事件"。赵丽华的极端口语诗从此得名"梨花体"，而她本人则荣膺"梨花教母"的江湖尊称。在这一事件中，诗歌再次沦为大众娱乐的噱头和道具，而赵丽华诗歌的真实形象，却遭到遮蔽，似乎人们愿意看到且能够看到的，只是"口水诗"与"废话诗"的赵丽华——赵丽华的一个侧影。赵丽华自己从事件中省悟到的，竟然也是如此意外，"诗人被误读、被淡漠、被冷落，达到了一个空前绝后的程度"。[②]

　　事实上，赵丽华并非如人们"妖魔化"的"梨花教母"那么"口水"和"废话"，虽然有些时过境迁，但是本章仍然想为读者描述并还原出一个优秀的中国当代女诗人赵丽华的庄严形象。虽然赵丽华早已于那次事件之后愤然而且伤心地离开了诗坛，但赵丽华的诗歌成绩却是不容否定的。

一　2006 年,赵丽华为什么被恶搞

　　"赵丽华诗歌事件"发生后，赵丽华始终不明白："为什么这么多人

[①]　橡子:《人民选择赵丽华》，见橡子的新浪博客，那么蓝——诗人橡子的博客。

[②]　马金瑜:《赵丽华：为什么都要欺负一个诗人?》，《南方人物周刊》2007 年 1 月 8 日。

都要来欺负一个诗人?"① 是的,为什么"赵丽华诗歌事件"会在那个时间而不是别的时间发生?为什么偏偏是赵丽华而不是别人遭到了责难与恶搞,"痛定思痛",笔者觉得主要有以下几个原因:

第一,赵丽华的诗歌有违社会大众对一个"诗人"尤其是一个"国家级诗人"的期待。首先,人们对诗人的期待,就是应该与自己不同。比如人们之所以喜欢李白,是因为自己窝囊,而李白不窝囊——李白与自己不同;比如人们之所以不喜欢杜甫,也是因为自己窝囊,可是杜甫竟然也窝囊——杜甫与自己那么相同!然而,这却是一种幼稚的喜好。小孩子永远眼馋自己没有的东西。所以,年龄越大,越喜欢杜甫;涉世越深,越喜欢杜甫。所以,涉诗越深,越是喜欢赵丽华;涉诗越浅,越不喜欢赵丽华。其次,赵丽华作为大众心目中坐镇《诗选刊》及许多大奖评委宝座的"国家级诗人",人们对她又确实寄予着某种"与己大大不同"的期待,然而,"国家级的诗人"却在那里靠回车键写诗,写大白话,写家常口语,这真是是可忍孰不可忍!对别的靠回车键写诗的人,大众觉得尚可放过,但是,对国家级诗人赵丽华,他们却不情愿放过。有人曾在论坛上表达了这样的愤怒:"全国最高奖的评委、国家一级作家居然写出这样没有水准的诗,(她的)头衔是如何来的?"② 于是,对赵丽华的恶搞,就迅速发展为大众对"体制内的话语权"的反抗与解构,他们觉得对赵丽华的恶搞,有一种挑战并恶搞某种权力意志的快感。也正是看到了这一点,所以有学者善意地提醒赵丽华,"希望作为著名诗人的赵丽华在对'日常生活审美化'的诗歌创作中,更多一些对'美的追求',在诗歌通俗化的行进中,尽量满足中国诗歌接受者对诗的'审美期待'"。③

第二,赵丽华的诗歌挑战并且戏弄了大众的智力,而让大众感到了一种羞辱。所谓大众,是一些可以对他们进行悄悄的嘲讽但是却不可以进行公开贬损的人,甚至是一些只能通过夸张式赞美的方式实施反讽的人,因为所谓大众,是一些最需要获得尊重的人,但是赵丽华却觉得自己没有必要如此温柔敦厚,在她看来,大众既非公婆,诗人亦非媳妇,诗人为什么

---

① 马金瑜:《赵丽华:为什么都要欺负一个诗人?》,《南方人物周刊》2007 年 1 月 8 日。

② 转引自记者文章《争议诗人赵丽华引发仿写潮 称得罪圈内人遭恶搞》,大洋网—广州日报,2006 年 9 月 30 日。

③ 丁倩:《论赵丽华诗歌的张力》,《名作欣赏》2013 年总第 27 期。

要看大众的脸色？赵丽华在这一点上太有些我行我素了，也太小瞧了大众的报复心和他们的智力（他们虽然审美低能，但他们在高蹈、主流、御用和假、大、空以及矫情、虚饰、浅泛等方面，个个却是高手）。事实上，赵丽华诗歌对庸俗的调侃、对世俗的背反、对崇高的解构，确实刺激并诱发了网络大众你调侃我、我也调侃你，你背反我、我也背反你，你解构我、我也解构你的更大愿望。那些事实上比她更愤世嫉俗的网络愤青（小愤青、老愤青、女愤青以及跟风起哄的网络暴民），于是用更为极端的方式，借机对调侃世俗的赵丽华进行了二度调侃，对反叛崇高的赵丽华进行了二度反叛，对解构他人的赵丽华进行了二度解构。"瓷的完美使我们残缺/一首伟大而神性的诗歌同样使我们显然更加平庸"①，但是"瓷"的作者拿给大众的却是瓷，所以大众对瓷既宽容又喜欢——虽然瓷小心翼翼地说：你们不是瓷！但是赵丽华拿给大众的却是瓦罐，所以大众对赵丽华既不宽容更不喜欢——因为瓦罐竟然大摇大摆地说：你们就是瓦罐！比如赵丽华的诗《让世界充满蠢货》，"不是什么人都可以对诗歌说三道四/不是什么人都可以对诗人品头论足"，大众对此，怎么会喜欢而宽容呢？

第三，赵丽华的诗歌实在、坦荡、大胆、前卫的姿态，让长期以来人们对新女性的反感情绪，找到了一泄其忿的机会——人们对赵丽华的恶搞，其实是对背离传统的新一代女性的恶搞。中国人不只对诗歌有着自己的模式化期待，对女性，也有着自己的模式化期待，对女性诗人，更有着模式化的期待。然而，赵丽华却让他们大失所望：她怎么一点也不像席慕蓉和舒婷？赵丽华的诗歌怎么一点也不"烟视媚行"？相反，她的眼睛里像是插着小李飞刀，时刻准备嗖嗖嗖地朝你掷来！于是赵丽华就像极了《红楼梦》里的林黛玉。林黛玉有才有貌，按道理是人们喜爱的首选，然而，人们却不喜欢她——人们更喜欢薛宝钗。薛宝钗对大家态度好，时常笑嘻嘻地，可是林黛玉呢，动不动就伤人，讽刺人，似乎就她深刻，似乎别人就不深刻；似乎就她真实，似乎别人都是虚伪的……赵丽华太真实了！她太不了解大众的心理！一般社会大众是靠什么支持生命的？不是真实，而是虚伪！真实并不能支撑生命，从宗教，到艺术，事实上人们一直是靠着虚假的东西自欺欺人地活着的。我们明知虚假，我们却离不开虚

---

① 娜夜：《北宋官瓷》，《娜夜的诗》，敦煌文艺出版社 2009 年版，第 136 页。

假。我们需要虚假。然而，赵丽华偏偏不给我们提供虚假！人们其实需要一种不实在的东西掩耳盗铃，可是，赵丽华却偏偏要给人们展示一种实在的东西戳穿皇帝的新装。而且赵丽华又太要强了。赵丽华不掩饰自己的悲伤与脆弱，也不会大声地高喊自己的坚强。比如她的《天气一点也不怪》，"风有点像秋天那么凉了/风吹过来时躲开了一些较粗的树干/和摘剩的果子/风还把我的悲伤向后吹/这样的确是够酷的/我不能想得更多/不能顺着风/那样一会儿就不见了"，一切都是轻轻地说，慢慢地说，低低地说，这就是赵丽华的言说方式！而且赵丽华不紧不慢的话语中却又透着一种高傲！她的高傲，有她的《让我满意的事物不多》一诗为证，"玉兰花我只看到两朵/白色的/桃花我看到很多/统统是粉色/开得又烂又俗"。她甚至在《死在高速公路》中高傲而又笃定地面对死亡，"让我在他们的手上再死一次"。而在《大结局》中则坦然地面对"大结局"，"没有什么/真的/能有什么呢/这一切都来得太快/迅雷不及掩耳/或者太慢/预谋已久/你杀死我或我杀死你/结果都是一样"。她甚至如此高傲地面对理想主义精神，"有时候几乎无法理解那些理想主义者的/人生追求。比如那些正在前赴后继扑向大海的雪/她自以为靠着集体的力量就能把大海/盖上一层白"（《雪》）。

总之，赵丽华这个女诗人，既不温柔，也不敦厚，既尖刻又真实，既要强又高傲……太不传统温柔淑雅了！太现代女性了！

第四，赵丽华的诗歌是让人思考的诗歌而不是让人感动的诗歌，这也与一般大众所期待的诗歌大相径庭。赵丽华反深度而不反思想，反抒情而不反诗意，她的诗，在简单的意象和语言背后，总是有一种顾左右而言他的深层内涵和别样意味。如她的《秋天来到廊坊》，"我从图书馆骑车去市委大院/我去办一点个人的私事/我骑车穿过了大半个市区/风吹着我裸露在外面的/半截手臂/风有点凉了/我可否说/秋天已全面进入廊坊？"谁会因此而感动？赵丽华似乎认为感动——尤其是情绪的感动——只是一种弱智的诗歌诉求，所以她好像不太愿意给人们提供那种让人感动的诗歌。爱尔兰诗人叶芝的名作《当你老了》（傅浩译）确实让人感动，"当你年老，鬓斑，睡意昏沉，/在炉旁打盹时，取下这本书，/慢慢诵读，梦忆从前你双眸，/神色柔和，眼波中倒影深深；/……"然而，赵丽华《当你老了》的同题诗却是这样写的，"当你老了/我也老了/我什么也不能给你

/如果我现在还不能给你的话"。相对于叶芝，赵诗是一首解构之诗，然而这却是更为深沉的感动。如果说前者多感动年轻人，则这首诗恰恰能够感动更多的老年人。然而这样的感动，在年轻人看来，却不是感动，而是思想，而且是那么隐蔽的思想。

第五，赵丽华的诗歌引发了长期以来人们对新诗的敌对情绪。在所有让人们对赵丽华诗歌恣意恶搞的原因中，这是最根本的一个。赵丽华的有些诗确实写得过于随便，确实有"废话"与"口水"之嫌。有人曾列举过赵丽华诗歌的三大问题：缺乏意境、语言浅俗、不讲韵律[1]，这也并非言之无据。但是，这样低劣的诗歌作品，在斯世斯国，可谓数不胜数，为什么人们一直视而不见，而现在却要揪住了赵丽华然后大开杀戒呢？一个首要的原因，就是她的诗歌引发了诗歌与大众之间那种"古老的敌意"，并让这一敌意利用网络的开放性和参与性实施了一次恣意的爆发。而所谓赵丽华的诗歌缺乏意境、语言浅俗、不讲韵律等等，无非是那些诗歌的诋毁者一个说得出口的而且可以点燃怒火的借口而已。

诗人从来都是庸俗大众的蔑视者，但是赵丽华似乎表现得尤其直接，她的《我为什么这么容易反感一个人》，泄露了她对待这个庸俗世界的基本情绪——反感。"我是这么容易反感一个人/我以前没有想到/我曾经多么宽容厚道啊/仿佛怎么都行/怎么都不在意//如今是怎么了/并没有多么重要的事/就那么讨厌起来/就哗啦那么一下子/全完了/全完了"。她反感的何止是某某一个人！她反感的还有好多的人、好多的事。比如她的《我们的目标是一致的》，"找个有水的地方/离源头近一点/住下来/干干净净的水/在我们身边/慢慢流着"，在这里她表达出自己对所谓的城市文明与肮脏世界一切的反感与蔑视。

然而，庸俗大众不难受于自己的庸俗，却难受于被人的蔑视，他们不反击自己的庸俗，却要反击别人的蔑视，于是，他们通过对赵丽华的恶搞，痛痛快快地进行了一次对整个诗人群体的恶搞——他们感到了前所未有的以牙还牙、以蔑视还蔑视的快感！所以，赵丽华诗歌事件，其实是百年新诗史上第一次诗人和读者之间最大规模的"交锋"。梁小斌就认为：

---

[1] 史许福：《赵丽华诗歌管窥》，《绥化学院学报》2007 年第 6 期。

"'赵丽华事件'还不是在说赵丽华的诗，而是把矛头指向了诗人这个身份。"① 事实上，诗歌及其作者（诗人）早已成了当代中国人糟蹋的对象，他们通过对诗人的嘲弄获得了良好的自我感觉；他们通过对诗人的糟蹋获得了对于自身的反向肯定：通过对自杀诗人的嘲笑，世俗之人肯定了自己的苟活；通过对患病诗人的怜悯，世俗之人肯定了自己身体的健康（而徒有的身体的健康，早已被孙中山、鲁迅等人进行了猛烈的否定）。这是一个多么悲哀的现实——诗人的存在，在我们这个时代，非但不能喻示"一个人应该怎么怎么活着"，反而警示着"一个人不能怎么怎么活着"。高考作文题目中那赫然的"诗歌除外"四字，其时代性的理解就是，你可以做任何事情，就是不能写诗；你可以是任何一种人，就是不能做一个诗人！

　　因此，赵丽华的遭遇，其实是首当其冲地代新诗而受过！作家赵思运当时就撰文《赵丽华，当下诗坛的"耶稣"！》，认为赵丽华是"一个代整个诗坛受难的人，承受着本该由整个诗坛承受的冲击"。② 其实，这个时代的大众不只是蔑视诗歌，他们其实更恐惧诗歌——害怕自己喜欢上诗歌！他们如此这般地诋毁诗歌，其实是想让自己离诗歌远些远些再远些。这就是他们的阴暗心理。诗人安琪在她的诗歌《海豹狗（外一首）——与赵丽华共勉》中这样说，"那些病态的阴暗心理化个妆就出场了/虽然戴着面具/我还是认出了它/尚未注射的手臂承接了恶毒的叮咬"。③

　　我们所处的时代，是中国历史上最大的一个心为物役的时代。电影《非诚勿扰》里有一句将死之人的话，骂尽了这一个无耻的时代。那话是："我不希望自己的女儿哪怕是一分钟是在为钱而活着！"可是，就在这样一个时代，却有那么多的人，哪怕只是一分钟，也没有为诗歌而活着！不要看到有那么多的诗歌刊物和大小诗人就以为当代中国与诗有缘，当代中国，让社会大众最感到恐惧的，第一是没钱，第二是没官，第三就是爱好诗歌——世俗大众对诗歌压根就感到恐惧！这种恐惧甚至是一种奇怪的恐惧：像一个女人恐惧于自己的美丽！像一个富人恐惧于自己的富

　　① 马金瑜：《赵丽华：为什么都要欺负一个诗人？》，《南方人物周刊》2007 年 1 月 8 日。
　　② 赵思运：《赵丽华，当下诗坛的"耶稣"！》，见赵思运的新浪博客。
　　③ 安琪：《海豹狗（外一首）——与赵丽华共勉》，《山花》2002 年第 11 期。

有！像一个歌手恐惧于自己最动听的歌声！像一个运动员恐惧于自己的力量与速度！像一根椽子恐惧于自己的出头，像一把刀子恐惧于自己的锋芒，像一块铁恐惧于自己成为一块钢，像一个和尚恐惧于自己的成佛……一言以蔽之，这是一种对于人生理想状态与高级境界的恐惧。高处不胜寒，苏东坡这句话早已将一般大众的这种"恐高症"一语道破。世俗大众，活着即可。为了活着，健康（包括肉体健康与心理健康）即可，这是世俗的基本原则，而所有的超凡脱俗，都违背着这一基本原则。

内心恐惧着诗歌，嘴上却又要评说诗歌，又要拿诗歌说事，这就是世俗大众对于诗歌的态度。我们不幸在一个最没有诗意的时代里操持着诗歌——形同时代的弃儿！我们却还要不时地承受那些来自大众的对于诗歌与诗人的蔑视。赵丽华的被恶搞就是一个证明。但是，鹰有时飞得比鸡还低，但鸡永远飞不了鹰那么高，因为赵丽华个别不好的诗而对她心怀全面的恶意，毫无疑问，是错误的，是不公正的。

二 赵丽华诗歌轻松明快的口语化风格

赵丽华曾在博客上这样讲述自己笔下的"雨"意象，"我的雨有时很闷，有时很爽，有时局促，有时开阔，有时很恣肆，有时很色情……有时寥寥数笔，有时絮絮叨叨，有时蜻蜓点水，有时洋洋洒洒……有时有小关怀、小撒娇和小哲理，有时有大放纵、大境界和大自由。不一而足，不同的状态、不同的心境，有不同的雨水和诗歌"。赵丽华的"雨"，其实也可以喻言赵丽华的"诗"！

口语是赵丽华诗歌的言说基调与语言平台。赵丽华的诗歌，以其明确的口语追求而具有轻松明快的风格。有评论家认为：她的诗不是雄浑的交响乐，而是舒缓的小夜曲，具有一种纯净、轻盈和恬静的淡雅之美。如她的112行长诗《雪》："雪下着。雪是白色的。雪易化。/雪还是轻的，有着四两拨千斤的本事，/她使一些原本势不两立、剑拔弩张、水火不能相容的坡度，/变得和缓了。/至少目前看是这样。/……/我们习惯了四平八稳的生活。/我们这些现实主义者，有时候几乎无法理解那些理想主义者的人生追求。/比如那些正在前赴后继扑向大海的雪，/她自以为靠着集体的力量就能把大海/盖上一层白/……"她几乎是夸张地运用着口语，想到哪里就说到哪里，想怎么说就怎么说。她把多少年来诗人们那种拿腔做调的诗歌口吻进行了轻轻的解构。而她的作品中那些"放肆"与"恣意"的口语，仿佛是口语之诗插在山岗上的旗帜，迎风招展，像是一种宣言，宣示着一种反遮蔽、反阐释的诗歌姿态，宣示着一种简朴、清新、平和的诗歌风格。

赵丽华诗歌的这一口语追求，实现了以下几个方面的言说效果。

第一，看似轻巧，实则见机。赵丽华的诗歌，以口语化为发端，"载体和隐旨之间的差异与不对称等关系增强了诗的魅力"。① 如赵丽华的《廊坊不可能独自春暖花开》，"石家庄在下雪/是鹅毛大雪/像是宰了一群鹅/拔了好多鹅毛/也不装进袋子里/像是羽绒服破了/也不缝上/北京也在下雪/不是鹅毛大雪/是白沙粒/有些像白砂糖/有些像碘盐/廊坊夹在石家庄和北京之间/廊坊什么雪也不下/看不到鹅毛/也看不到白砂糖和碘盐/廊坊只管阴着天/像一个女人吊着脸/说话尖酸、刻薄/还冷飕飕的"。赵丽华类似的诗歌还有《有风吹过》，"我看到柳枝摇摆的幅度/有些过分"，此诗写生命勃发的感怀，余味隽永。再如《大叶黄杨》、《没有什么可以不可以》、《李子，或者西红柿》等，皆是如此。所以作家格式这样评说赵丽华的诗，"初读丽华的诗，也许觉得太平淡，然而正是这种平淡造就了丽华的大气。她的诗正如她生于斯、长于斯的华北平原，放眼望去，辽阔，空旷，真要从中一步一个脚印走过，就会发现平原上的风景韵致生动，平和，宽厚，让你急不得，慢不得，不得不放轻自己的脚步，谛听大地深处真实的律动"。② 他们都没有看到赵丽华诗歌中一股隐含的力量，诗歌的语言张力。

新批评主义学者梵·奥康纳在阐述诗歌艺术中张力的分布时说："张力存在于诗歌节奏与散文节奏之间；节奏的形式性与非形式性之间；个别与一般之间；具体与抽象之间；比喻，哪怕是最简单的比喻的两造之间；反讽的两个组成部分之间；散文风格与诗歌风格之间。"③ 其实，如果要用罗列法，诗歌的张力之所在，怕是难以尽述。要而言之，张力产生于所

① 丁倩：《论赵丽华诗歌的张力》，《名作欣赏》2013 年总第 27 期。
② 格式：《没有秘密的事物是黯淡的——赵丽华诗歌印象》，《诗歌月刊》2002 年第 3 期。
③ ［美］艾伦·退特：《论诗的张力（1937）》，载赵毅衡《新批评文集》，百花文艺出版社2001 年版，第 121 页。

有的对立统一！而诗歌的艺术张力，也产生于诗歌文本中所有的对立统一！越是对立而统一，越是矛盾而和谐，张力越大！赵丽华诗歌有着明确的张力追求，且这种追求同样是多元体现而难以尽述的，而"看似轻巧，实则见机"，就是她这种艺术追求的概括性表述。如果只看到她的"大白话"、"回车键诗"等等，而忽视了或者看不到她作品中其实不失本色本原的真实诗意，语出偏执，自属不公。

第二，叙述而不歌唱，一改诗歌的传统腔调。赵丽华曾写过一首叫做《廊坊下雪了》的诗："已经是厚厚的一层/并且仍然在下。"笔者觉得在这首诗里，那自天而落的，落满人间的，是一种超常的冷静、超常的坦然！赵丽华的诗歌由于如此这般深具"回到事物——客观地呈现事物的某种状态"的客观性而深具零度的抒情特征——平静而偏冷。赵丽华似乎不是为抒情而写作的，她似乎在为静观而写作（她不是酒神的而是日神的）。赵丽华有着明确的对抒情的反感。如她的《杏花开了梨花开》，"亲爱的，在廊霸路西侧，有几株/杏花开了。//我这么说，没有带任何情绪，没有在抒情/如果仅仅是在饶舌/对不起诸位，我已打住"。再如她的《风沙吹过……》，"风沙吹过草原/风沙吹过草原的时候几乎没有阻挡/所有的草都太低了/它们一一伏下身子/用草根抓住沙地//……/风沙吹过我居住的城市/向南一路吹去/风沙还将吹过我/吹过我时/就渐渐弱了下来"。伊沙曾经这样表达过自己对口语诗歌讲述口吻的理解："不是'叙事'——而是'叙述'……因为我们是在诗歌内部说话，而诗歌的本质是抒情的，'叙述'是另一种抒情手段（冷抒情）而已，其意不在于'事'，而在于'叙'本身，指向情，所以我说诗歌中的'叙述'是不及物的，它及的是情。"而当代另一女诗人对赵丽华评价如下："作为女性诗人，我特别感动于赵丽华诗中比比皆是的清澈，对世事的洞察加上席姆博尔卡式的智慧使赵丽华的诗几达化境，我们试着读读她的《风沙吹过……》……'风沙'，一个常见的意象，在诗人笔下迅速趋向人与自然不动声色的对抗与和解，那份自信的平静更具信手拈来的大气和深邃。"①其实，诗歌的歌唱性及其韵律以及格律，是诗歌言说的后天装饰，而口语

---

① 安琪：《中间带：是时候了——〈诗歌与人：中国大陆中间代诗人诗选〉序》，《诗歌月刊·下半月》2006 年 10/11 月合刊"中间代理论特大号"。

以及叙述才是诗歌言说的先天本原。我们实在不应该舍本逐末——当赵丽华本色本味地进行言说的时候，我们更不应该反而买椟还珠。我们应该知道：赵丽华追求的"陌生化"，是一种"诗歌返祖"的陌生化。

第三，多用铺陈，直取心性。铺陈法即古老的赋法之一种，即并列性的陈述，在同样"以赋为诗"的赵丽华诗歌中，通过并列性的陈述而让诗歌形体得以延展，是一种比较普遍的现象。如她的《译解 bed 这个单词》、《浪漫主义灌木》、《当红色遇到蓝色》等。其比较典型者，如她的《傻瓜灯——海兽》，"我轻轻叹息一声/海鲸/海獭/海豚/海牛/海狮/海象/和海豹/这些胎生的/哺乳的/恒温的/用肺呼吸的/胖胖乎乎的/海上动物/同时游向了大海"。如她的《时机成熟，可以试一次》，"我要这样/持续地/专注地/不眨眼地/意味深长地/或者傻乎乎地/色迷迷地/盯你三分钟//如果你仍然一副/若无其事状/我的脸就会/首先红起来"。再如她的《月亮升起来了》，"月亮升起来了/月亮不是被人吊上去的/它看起来很从容/一点也不急/一点也不累/一点也不勉强/一点也不造作/一点也不煽情/一点也不难过"。在这样看似漫不经意，但又像是一种鞭打、一种素描的铺陈与叙述中，她挖掘着口语的诗性潜能，或者说逼迫着、压榨着它的诗意。像她的《雨》、《大雨倾盆而下》和她的《铲车》等，前边绝大部分的平铺直叙其实是在冷静地客观地不动声色地积蓄着一种力量与压迫，直到最后把其中的诗意压榨出来，其诗乃止。

第四，非诗而诗，语言冒险。赵丽华诗歌高度的口语化，与她"非诗而诗"的艺术追求与写作策略——甚至写作胆略——有关。作为一个口语诗人，她的诗歌有一种对传统雅言的悄然反抗。她可以大大方方地说，"一天空星星/在走/我停/它们就不走了/瞪着我/我怕乱/嫌闹/就跑起来/想甩开它们/回头发现/它们排成/一字/长蛇阵/仍然在我后面"。同时，她的诗歌也反感那些与雅言狼狈为奸的雅事。比如她的《月上西楼》，题目古香古色，似乎很雅，然后她就用下面的"俗事"直接抵消了这种"雅"。"我坐在阳台上搅豆豉/白衣素手/整个阳台都是/酵发黄豆、鲜花椒、杏仁、花生米/和西瓜汁的味道/有仙女的味道/有月亮的味道。"再如她在《摘桃子》中对所谓"研讨"以及"赏花"的反感，"诗人们相约去北京西郊摘桃子/问我去不去/我说要是研讨我就不去了/但摘桃子好玩/远胜过赏花"。她的这种反感是有道理的，传统的诗歌语言是对日常语言中所忽略的成分（节奏、韵律等）的关注和突出，是通过日常生活所"无"的语言让自己的语言新鲜和陌生，而赵丽华的诗正好通过日常生活所"有"的语言让自己的语言同样地新鲜和陌生。这是赵丽华诗歌对自己的挑战与冒险，她要让那些"雅言"的诗人们感到陌生，却不慎让那些俗言的大众感到了熟悉——对他们来说，这样的语言太不陌生，太无阻拒了。如她的《廊坊在下雨》，"廊坊在下雨，雨一阵紧似一阵/无休无止，仿佛永远也不会停下来/然而这怎么可能呢/它终归会疲倦、厌烦，收住脚步/在第五大街的街角/爱民道/或者我院子里的柿子树上//或许那最后的一滴会落在我的手上/当我伸出它/想抓住什么"。她似乎要用漫不经心地说出的"大白话"，揭示一种常识中的遮蔽。如她的《这被忽略、被遮住和被异化的》，"像海水/深深的/咸咸的/每天都在荡漾"。所以，赵丽华的诗歌，不是写给那些不读诗的人看的，她是写给那些写诗的人看的。她认为他们的诗写得太像是诗了，她要写些似乎不像诗但其实更像诗的东西给那些人看，她要让他们感到难受、感到惭愧甚至感到羞耻与弱智！这是一种对于自己智慧的自信且对于他人智慧的挑战。诗歌的智慧，其实是对人与事物之间某种机缘的觅得与把握，是于爆炸的灵感当中对诗歌意味的发现与捕捉，是一种穿透与超拔——而赵丽华似乎正好善于从静观中穿透，于呈现中超拔！事实上，赵丽华的诗好读且有回味，更有一种快感，同时也不乏厚重，但是，这却不可能是那些从来不读诗更不写诗的人能够感受得到的。赵丽华是中国诗歌界的"博尔赫斯"，是诗人中的诗人！惜哉社会大众只认得人中的诗人（因为他们说话和自己大不一样），却不认得诗人中的诗人（因为他们说话和自己十分相似）。

第五，题章之间意外组配，于文本整体收获张力。有这样一种现象学的说法："朦胧诗"，有句无篇；"第三代诗"，有篇无句。用以支持第三代诗有篇无句之说的典型例证，就是韩东的《有关大雁塔》和伊沙的《车过黄河》。但是，站在写作发生学的角度来看，有句无篇者，其诗在句；有篇无句者，其诗在篇。句即文本局部，篇即文本整体。到了赵丽华，她的作品更是"有篇无句"——她的"篇"甚至必须包括诗歌的标题，即离开了标题与正文的组配，几乎无法理解、无法感受她的写作命意。胡适曾说：有一种诗词"作者之意趣乃在题，而不在题中之材料。"所以，必须注意赵丽华诗歌中这种诗歌题目与诗歌正文之间的组配现象。

赵丽华诗歌其题目与正文之间的组配结构关系，有以下几种样式：

首先，补充结构：正文是题目的补充——还未开始，已然结束。如《我发誓从现在开始不搭理你了》，正文是"我说到做到/再不反悔"；如《我终于在一棵树下发现》，正文是"一只蚂蚁，另一只蚂蚁，一群蚂蚁/可能还有更多的蚂蚁"；如《凉风吹夜雨，萧瑟动寒林》，正文是"张说①一个人/来到院子里/感到孤单/就吟出上面两句"。

其次，对照结构：题目在此而正文在彼——顾此而言他。如《我爱你的寂寞如同你爱我的孤独》，正文是"赵又霖和刘又源/一个是我侄子/七岁半/一个是我外甥/五岁/现在他们两个出去玩了"；如《石青，赭黄，蓝色或紫色》，正文是"我睡不着/躺着向上看/屋顶挡住了整个天空"。

最后，反照结构：这样的题目与那样的正文，比如宏大的题目与渺小的正文——题反于诗。如《一个人来到田纳西》，正文是"毫无疑问/我做的馅饼/是全天下/最好吃的"。赵丽华的这首诗，需与美国著名现代主义诗人斯蒂文斯的名诗《坛的故事》对照阅读。《坛的故事》第一句为，"我在田纳西州放了一只坛子"，田纳西州之大和坛子之小，形成鲜明反差，造成强大的语境压力，而赵丽华此诗，显然也欲收获同样的张力。

通过以上这些题目与正文之间的"意外结构"以及"非正常关系"，赵丽华制造出了某种差别与矛盾，从而也形成了某种张力。赵丽华似乎在捉弄她的读者。她似乎喜欢窃笑于读者看到一个诗歌题目之后那种传统的与惯性的"诗"的期待，她似乎得意于自己"其实不是那么一回事"的言说效果！这种对他人智慧的挑战、对自己智慧的展示，要么得到的是读者的会心，要么得到的就是读者的责怪！

第六，拒绝沉重，追求轻松。赵丽华是一个具有后现代主义倾向的诗人。后现代主义的几个主要特征：消解深度模式——平面化，消解历史意识——断裂感，消解主体精神——零散化，消解审美距离——复制化，在她的诗歌里均有体现——同时也表现出赵丽华对"温柔敦厚"之传统诗风的拒绝。中国诗歌向来承载了太多其实不属于诗的东西——历史的、现

---

① 张说，唐代诗人。句出其《幽州夜饮》。全诗为："凉风吹夜雨，萧瑟动寒林。正有高堂宴，能忘迟暮心。军中宜剑舞，塞上重笳音。不作边城将，谁知恩遇深。"

实的，命运的、道德的，民族传统的、个人信仰的、国家兴亡的，等等，这让中国的诗歌一直不能够轻松。而赵丽华则认为："我们为什么不可以把沉重的生活轻松化，把复杂的世界简单化一些呢？"① 于是，赵丽华就写下了像《馒头》、《像馒头》等有趣（或许仅仅是有趣）的"去意义化"的诗作。她在遭遇恶搞后针对自己的被恶诗作也说：总用一种模式做事情很闷，我觉得这么轻松且不用劲地这么洒脱地玩一下，没什么不可以。"她的想法是卸掉诗歌众多的承载、担负、所指、教义，让它变成完全凭直感的、有弹性的、随意的、轻盈的东西。"② 对此，某诗歌刊物的编辑赵大海在其《审稿感悟：浅思维写作》中也表示了十分的认同："她的东东读起来自然、亲切、真实，毫不做作，而且都是身边的小事情，涉猎也很广泛。由此我想到一个词组：浅思维写作……赵给我的感觉写作是个很轻松和清浅的事情，而不是搜肠刮肚，也不是无病呻吟，也不是故作高深，她的思维给人的感觉是如此单纯和清浅……我们要学会去热爱生活，热爱简单明亮的生活……清浅写作——从我们自己开始。"③ 而赵丽华的诗歌在"轻松地玩一会儿"④ 这方面堪称做出了重大的贡献——至少也是探索。

第七，诗写对象的日常化及其平民化的诗歌风格。一位名叫李捷时的"游吟诗人"曾在青海卫视《一百万梦想》节目上朗诵了自己的一首《包子的爱情》："包子爱上叉子那是刺穿心扉的痛/包子爱上筷子无非是送入虎口的路径/包子爱上勺子可惜他真的不是她的菜/包子的爱捏在褶上包在心里/吃了的人/终会明白。"记者把这首诗发给赵丽华，她回复道，"包子的爱情（《包子的爱情》）写的（得）不错。相当不错"。后来她又补充评价云："李捷时的那首《包子的爱情》其实是以包子爱上叉子、爱上筷子、爱上勺子来喻示爱情的多种状况。这本是一首很有寓意和个性的小诗，视角也出新，比喻也独特……"同时赵丽华还对嘲笑这首诗的现象

① 转引自东篱《写出好诗的人是什么样子——赵丽华诗文印象》，见东篱的新浪博客。
② 袁毅：《专访赵丽华：我确信"梨花诗"不是泡沫》，《芳草》（小说月刊）2007 年第 4 期。
③ 按：其实，这种对轻松的渴望在中国已是由来已久。好多年前，曾有一个学生写了一组《赛场即兴诗》，其中一首《跳高》是这样写的："跳高/跳高/为什么跳/因为高"。
④ 丑石：《轻松地玩一会儿——赵丽华的诗歌"策略"》，《诗潮》2003 年第 2 期。

进行了分析："这是一个大众审美普遍弱智的时代！我们的教育没有提供给人们有关诗歌与艺术的任何东西。我们所接受的都是高蹈、主流、御用的东西，假、大、空的东西，矫情、虚饰、浅泛的东西，我们的思维已成定势，我们的想象力严重匮乏……"为了表达自己对这种所谓阳光心态的"零上抒情"的抵抗，她在自己的《黎明》中这样故意冷言冷语，"天开始是暗的/这种暗持续了很长时间/后来有了一点点白/淡淡的灰白/再后来是惨白/死人白/再后来像死人擦了粉/像死人活过来"。

大量的事实表明：在题材对象的日常化与生活流方面，赵丽华那些以平民生活中的衣食住行与家长里短的诗歌，似乎走得更远、更彻底。如她的《馒头》，"一个刚蒸出来的馒头/热腾腾的/白净/温软/有香味/这时候她要恰好遇到一个吃她的人/对于馒头来说/在恰当的时机被吃掉/是最好的宿命/如果她被搁置/她会变凉/变硬/内心也会霉变/由一个纯洁少女/变成一个刻毒女巫/她诅咒——要让那个吃她的人/硌掉牙齿/坏掉肠胃/变成猪狗"。

敢于以日常生活中的琐碎事物为诗写对象，无疑是一种冒险，它要求诗人必须具有一种能够于一般人熟视无睹的事物之上发现诗意的能力，而赵丽华却分明地拥有着这种能力。在《馒头》中，赵丽华就从平常不过的馒头之上发现了一个美的悲剧：过了保质期的美不再是美！这能力，既可以言之为敏锐，也可以言之为深刻！同样的这种关于美的悲剧意识还表现在她的《朵拉·玛尔》中，"她平躺着/手就能摸到微凸的乳房/有妊娠纹的洼陷的小腹/又瘦了，她想：'我瘦起来总是从小腹开始'/再往下是耻骨/微凸的，像是一个缓缓的山坡/这里青草啊、泉水啊/都是寂寞的"，诗歌讲述了一种同样具有悲剧性的美的搁置——天下多少的美，却在寂寞中渐渐逝去！有人说，赋予平凡的事物以某种神异的东西，这是耶和华的日常工作，而中国诗人赵丽华则有幸给耶和华打过几天下手——这个平凡女子身上因此有了一种神性的物质。她的诗歌因此拥有着"简单中的深刻——形而下之器具盛装着形而上之品质"。也就是说，赵丽华把她关于生活、艺术、世界的思考，用了一些普通的事物写了出来，让所有深刻的思考变得轻松随意，而她的这一行为，却面临到了被人误读的巨大危险——人们把赵丽华的"卖了个破绽"理解为"露出了破绽"。

赵丽华曾这样表述自己的诗歌理解："我认为好的诗歌就是要不拘

泥、不造作、不牵强、不说教、不高蹈、不无病呻吟、不为赋新词强说愁、不故做清高也不故做下流。就是要在平俗的、被大家惯性的眼睛和感官忽略的事物中找出它所蕴涵的诗性。我的观念在这里，虽然我未必达到。"① 但是，她的诗歌毕竟在去魅、自然、本真、生活化的道路上曾经奋勇前进过！

三 赵丽华诚实、通脱、戏谑的爱情诗写

诗人似乎与"情"有着不解之缘，似乎与"爱情"有着难解之缘，而女诗人似乎与"爱情"有着更为难解的难解之缘。赵丽华自己说："我的写作面是很宽泛的，纯粹的爱情诗歌少之又少。"② 但是，她毕竟还是写下了不少好像是爱情诗的——可能不纯粹的——爱情诗。那么，作为诗人的赵丽华，她在自己的诗歌作品里表现出的或者说描述出的或者说想象出的，是一种什么样的爱情呢？

第一，赵丽华的爱情诗：实在、朴素、不矫情、不做作。赵丽华是一个对世俗极为反感的世俗之人。当世俗的大众与世俗的诗人们按照他们世俗的爱情观与世俗的爱情想象把爱情诗写得那么优美、圣洁、缠绵、矫情，那么不口语、不生活、不向下，赵丽华便一反那些优美和缠绵，把自己的爱情诗写得实在而不矫情、朴素而不做作。比如她的《当你老了》，"当你老了/当你老了，亲爱的/那时候我也老了/我还能给你什么呢？/如果到现在都没能够给你的话"。赵丽华曾这样介绍这首诗的写作动机："忘了是谁把爱尔兰诗人叶芝的名篇《当你老了》贴到论坛上，大家写同题诗，我未加思索，草就了如上这首。网络时代的快节奏下，我还需要叶芝那样的铺陈、絮叨和矫情吗？我难道不可以改含蓄为显性，改试探为确凿，改洋洋洒洒为简捷和直接吗？"③ 现在，合观赵丽华的诗歌理念与诗歌作品，赵丽华的《当你老了》显然意在对叶芝的《当你老了》进行解构——去其矫情，还其实在。赵丽华爱情诗的这种实在，从她的《风遇

---

① 赵丽华：《孤单》（诗十首）（网络点评版），见赵丽华的新浪博客。
② 赵丽华：《我的几首爱情诗》，见赵丽华的新浪博客。
③ 同上。

到树叶》中也可以看出，"风只有在遇到树叶的时候/它才是轻快的、叙叨的/它说了很多可有可无的话/做了很多毫无意义的事/它是那么不厌其烦地掀动着树叶/一片又一片/一遍又一遍/漏下来的光挤着斑驳陆离的影子/叶片偏转着身子/……在这种乐此不疲的游戏中/我仿佛看到了另外的快乐"。也许，这正是赵丽华感觉到的不纯的爱情诗，然而，其文本的语意能指，显然也能指向爱情，而且是一种极其真实的爱情感受，甚至是一种长期以来被那些爱情的优美取向与激情取向所遮蔽的爱情感受。赵丽华能够直面生命也敢于直面生命，她说出了人们生命中极其本真的体验——她是一个诚实的诗人，她不是那种虚伪、狂妄、不学无术、无病呻吟、装腔作势的所谓诗人。再比如她的《想着我的爱人》，"我在路上走着/想着我的爱人/我坐下来吃饭/想着我的爱人/我睡觉，想着我的爱人//我想我的爱人是世界上最好的爱人/他肯定是最好的爱人/一来他本身就是最好的/二来他对我是最好的/我这么想着想着/就睡着了"。东篱说："这首爱情诗，不像其他爱情诗那样刻意选择一些优美的意象，或歌颂爱情的圣洁美好伟大，或抒写相思难见辗转缠绵之苦，它直接、简单、日常而轻松地呈现了一个人想一个人的彼在状态及内心活动……多么实在、朴素而又确为真理的俗世俗人之爱呀！不矫情，不做作，坦然而豁达，一切看似平常，结尾却陡显智慧——'我这么想着想着/就睡着了'，多么出人意料！"[①] 是的，这首诗的结尾确乎是有些"出人意料"——是实在得让不实在的人感到有些意外！所以，赵丽华的爱情观，首先就是"拒绝矫情"的爱情观。

赵丽华甚至通过诗歌的方式直接表达了她的这种"拒绝矫情"的爱情观。比如她在《爱情》一诗中如此直陈，"当我不写爱情诗的时候/我的爱情已经熟透了//当我不再矫情、抱怨或假装清高地炫耀拒绝/当我从来不提'爱情'这两个字，只当它根本不存在//实际上它已经像度过漫长雨季的葡萄/躲在不为人知的绿荫中，脱却了酸涩"。

但赵丽华并非一开始就是这么"实在"。赵丽华也写过一些"矫情的"爱情诗——她毕竟是一个女人。比如她的《干干净净》，"亲爱的你说就是在死的时候/你也会垫在我身下/好使我不至于弄脏受潮/所以我就

---

① 东篱：《写出好诗的人是什么样子——赵丽华诗文印象》，见东篱的新浪博客。

一直这么干干净净的了",赵丽华自己说:"必须承认,诗歌也有时效性。现在读这首很久以前的诗,我牙都酸倒了。赵丽华你曾经这么矫情啊!不仅矫情,而且盲目,而且弱智,而且对生活对社会对人性缺乏起码的认知……"① 同样被她认为"矫情"的诗作还有她的《我不能在夜晚的深处醒着》,"我不能在夜晚的深处醒着/我不能在夜晚的深处想你/我不能再向你身边移动半步/我再也撑不下去的冰壳/只消轻轻一碰,就都碎了/一片一片的冰/一片一片的裸体/一片一片压痛了夜晚"。赵丽华说:"这也是我年轻时最初练笔的诗歌。强烈而稍嫌稚嫩的情感,为了加强效果而采用夸张的排比递近手法,有一些造作和夸大其辞的嫌疑。现在读来,微微脸红。"② 赵丽华把这两首诗的"矫情"与"稚嫩"都推给了"年轻时"与"很久以前"这样的"时间"是不应该的。有些人永远都是矫情和稚嫩的,这说明决定这个人矫情与不矫情的,除了时间,还有其他。

第二,赵丽华的爱情诗:通脱、透彻、悲观。赵丽华的爱情诗,大多都是不矫情而实在的,然而过分的实在——即一点遮掩都没有的、一点点欺骗都没有的实在,却同样十分危险,它容易经由通脱、透彻而形成一种虚无与悲观。如她的《我爱你爱到一半》,"其实,树叶的翻动/只需很小的力//你非要看看白杨叶子的背面/不错/它是银色的"。这首诗,通脱中已然隐含着无奈,同意当中已然隐含着不高兴。毫无疑问,赵丽华对于爱情有着自己的理解与深味:爱,除了爱,再无别的意义。如果还有别的意义,则爱当中,也就掺入了非爱;爱,也应该是没有条件的,如果有了条件,则这种爱当中,也就掺了外在的东西。但是,在这个世界上,"有条件的"爱是那么普遍,普遍得让爱变得那么凄凉。赵丽华的《朵拉·玛尔》表达的就是这种凄凉,"她平躺着/手就能摸到微凸的乳房/有妊娠纹的洼陷的小腹/又瘦了,她想:'我瘦起来总是从小腹开始'/再往下是耻骨/微凸的,像是一个缓缓的山坡/这里青草啊、泉水啊/都是寂寞的"。赵丽华后来说:"我可以随时把这首诗的名字由《朵拉·玛尔》而改成别的什么。因为写这首诗时,我脑子里同时出现这三个人:朵拉·玛尔、蒙特、张爱玲。这三个是分别被几个叫做毕加索、康定斯基、胡兰成的人疯

---

① 赵丽华:《爱情诗》,见赵丽华的新浪博客。
② 同上。

狂追求，最后又（被）分别丢在人生中途的女人。这三个又都是艺术感觉不在追求和抛弃他们的男人之下的出类拔萃的作家艺术家。这三个又都是有境界有修为，并一直倔强而孤单地活到老死的女人。朵拉·玛尔自行关闭了她通往新生活的窗口，拒绝了诗人艾吕雅的求爱，老死在精神病院。84 岁的蒙特瘦骨嶙峋躺在自己的寓所，她的皮肤像羊皮纸一样透明，里面的蓝色血管清晰可辨。张爱玲老到已经没有力气拧毛巾了，她只有用一次性湿纸巾，擦拭自己，在她的已经死了十几天才被发现的尸体旁边的地上，堆满了用过的一次性湿纸巾，我想为她们三个人写一首诗。我要淡淡地说出她们，描述她们，我平静的、细节的、感性的文字背后，是所有女人的悲怆。"①

赵丽华是一个人生的悲观主义者，她对爱情的态度是同样的悲观。她看得太透彻了，于是她在《一个渴望爱情的女人》中说，"一个渴望爱情的女人就像一只/张开嘴的河蚌//这样的缝隙恰好能被鹬鸟/尖而硬的长嘴侵入"。渴望爱情，恰恰是女人的弱点。因为对于爱情的渴望而受到伤害，恰恰是女人的命运——多么悲剧性的命运！这是人生的真实，也是人生的荒诞。她的《埃兹拉·庞德认为艺术涉及到确定性》让我们对爱情的虚无深深叹息："而我恰恰总想写出事物的不确定性/比如我刚刚遇到的一对情侣/不久前还如影随形、如胶似漆/现在他们擦身而过，形同陌路，互不搭理。"

第三，赵丽华的爱情诗：爱的矜持、警惕与戏谑。由于赵丽华对人生的通透之见，由于她透彻的爱情观，所以，面对着现实生活中那么普遍那么广大的并不真实的爱的事实，赵丽华对自己诗歌作品中理想化的爱情始终保持着"抒情的控制力"，也保持着警惕与怀疑，有时候甚至要对它进行戏谑。比如她的《当红色遇到蓝色》，"当红色遇到蓝色/当红色遇到蓝色/当红色遇到蓝色//它们会不会相爱/它们会不会相交/它们会不会打起来/它会不会变成粉色/它会不会变成紫色/它会不会变成朱红色//它会不会变成一头狼/它会不会变成一只公鸡/它会不会变成一条橡皮鱼//（念白：像狼那样在冰天雪地里跑/好象（像）很孤傲/像公鸡那样在快天亮的时候叫唤/好象（像）一夜没睡/像橡皮鱼那样/离开水/躲在盘子里/通

---

① 赵丽华：《我的几首爱情诗》，见赵丽华的新浪博客。

体透明/好象（像）很好吃）//它会不会变成一块桌布/彩色的/蜡染的"。赵丽华那种对"爱的装饰化"，有一种"看到"，也有一种"拒绝"，甚至有一种反感至极的戏谑——是一种悲剧至极的"开玩笑"。所以，赵丽华的爱情诗，要么不说——因为她知道说了反而不好，但是，人们却因此以为她"简单"、"浅显"；要么就开开玩笑——因为她知道，她也只能这么说，但是，人们却也因此说她"随意"、"不严肃"。

第四，赵丽华的爱情诗：她的悲观有一种深远的来历。赵丽华是一个女人，拿她自己的话说，就是"一个女人。一个还算美丽、还不讨人厌、还比较懒惰、还知道自己穿什么衣服最漂亮、还有爱、绝望和脆弱的女人，仅此而已"①。作为女人的赵丽华曾经对爱情有过一段可谓通透也可谓理想的阐释："爱情能够体现一个人的最低道德和最高智慧。爱情中可以看出一个人的善与恶。爱情有的时候是义无返顾，是不算计，是疼爱对方超过自己，是无原则的妥协。是堕落，你的爱人是你的鸦片；是飞翔，你的爱人是你的翅膀；是浪费，你们愿意共同消磨所有的时光……爱情就是当这一切黯淡下来的时候把它转化为平常日子和亲情，承担它漫长的暗淡和平庸。爱情就是当这一切黯淡下来时不要反目成仇，不要互相败坏。一个人格有问题的人是不会把爱情走好的，这就是为什么有的男女关系叫爱情，有的男女关系只能叫做狗男女。"② 而作为读者的赵丽华有一天看到了诗人周公度的一首爱情诗《好运气的人》："古代的书上，/有许多好运气的人。/他们爱一个人/就爱到死。//古代的坟墓里，/有许多好运气的人。/他们爱一个人，/就埋在一起。"赵丽华说她看到这首诗，"喜欢的（得）不行"，认为"更加的简单（玩到极简也是拽），更加的朴素（有时朴素到极致也是一种时尚），更加心无旁骛（爱至此，心至此，写作至此，都是一种境界）。爱一个人，就爱到死。爱一个人，就埋在一起。这不仅是好运气，这简直就是我们的大理想（虽然有一些不合时宜）"③。原来她是向往这样一种"古典"的死活都要"在一起"的理想化的爱情！还有"真心"的爱情——比如她的《约翰逊和玛丽亚》，赵丽

---

① 记者文章：《赵丽华答罗晖问》，东方网 2004 年 6 月 26 日。
② 赵丽华：《情人节写爱情诗》，见赵丽华的搜狐博客。
③ 赵丽华：《一首短诗，无比喜欢》，见赵丽华的搜狐博客。

华自己说，"（那只小波尔羊）即便要去屠宰场了，也仍在意爱情是否真心的问题！所以我极其喜爱这只理想主义的小波尔羊，同时也极其喜爱这首诗歌。并把它作为我的代表作品之一"。①

　　其实，对于浪漫主义（和理想主义），赵丽华一直在自己的诗中反复地表达着自己的理解，如她的《浪漫主义灌木》、《一个农民的浪漫生活》、《雪》等，但是，思考的结果，则是她对于浪漫主义和理想主义的绝望及其绝望的表达——这让她的诗歌总体上成为一种比"零度抒情"更为冰凉的"零下抒情"，也就是说，她的内心深处有一种巨大的冰冷与绝望。但是赵丽华的这一种冰冷与绝望既与时代无关，也与现实无关。论时代，她总要比北岛、顾城他们那一代人幸运得多吧？论现实，赵丽华衣食无愁，且社会地位不低，应该仍然是幸福的，然而，从她的诗来看，她却仍然是不高兴的。然则，她的痛苦着更为深远的来历，这就是牧野先生在《浅者不觉深深者不觉浅——赵丽华诗歌批判》一文中指出的，"诗人流露出对存在本身的'人'的不幸和无奈的宿命认识"。② 现实中的赵丽华是一个"社会人"——被装饰被伪装的人，而诗歌中的赵丽华其实是一个"自然人"——真实的本来的人。真实的人与本来的人其实也就是成了抽象的人、超越的人，于是，赵丽华的不幸与无奈因此也就是一种超越的和抽象的不幸与痛苦，是一种根性的佛陀式的不幸与痛苦。

　　总而言之，赵丽华"原生态"的诗写方向之异于传统和异于常人——尤其是异于已渐呈八股之势的现代诗，让她成了中国当代具有争议性的诗人之一。但网友"千寻"的如下看法却代表了人们对赵丽华诗歌比较公正的基本评价："在探求诗歌感性与知性、内在复杂度与外在简约形式的切点上有超乎寻常的把握和悟性，写作姿态随意、自如，毫无矫情、造作之态，有时从容、淡定，有时又大胆、前倾。"2012 年 6 月，赵丽华华丽转身，改行画画。

---

① 赵丽华：《情人节写爱情诗》，见赵丽华的搜狐博客。
② 牧野：《浅者不觉深深者不觉浅——赵丽华诗歌批判》，《诗探索》2002 年第 3—4 辑。

第十八章　娜夜的诗

——自然天成而又平易质朴

中国当代文学的一个重要收获，就是女作家群的涌现。她们以其对生活敏锐的感受力、丰富的想象力和生动细腻的表达力，以其特有的水一样柔软灵动的语言气质，在很大程度上补充和平衡（甚至矫正）了我们这个国家里长期男权主宰、过于现实也过于功利的文学观念与文学事实。偏居西北内陆之一隅的、内向的、安静的、甚至有些腼腆的甘肃青年女诗人娜夜正是她们中一位引人注目的代表。

可以说，娜夜是甘肃省当代女诗人中的佼佼者，也是中国当代诗坛目前屈指可数的优秀女诗人之一。2004 年，她和甘肃省另一位著名诗人李老乡双双获得了第三届鲁迅文学奖诗歌奖，这应该是她的创作获得了中国诗歌界一致认可的证明。她的获奖诗集是《娜夜诗选》。此前娜夜出版的诗集还有《回味爱情》和《冰唇》。

她的《母亲》一诗最早发表于《星星》2000 年第 9 期，后被选入诗刊社编《2000 年中国诗歌精选》。其诗如下：

> 黄昏。雨点变小/我和母亲在小摊小贩的叫卖声里相遇//还能源于什么——/母亲将手中最鲜嫩的青菜/放进我的菜篮/母亲//雨水中最亲密的两滴/在各自飘回各自的生活之前/在比白发更白的暮色里/母亲站下来/目送我//像大路目送着她的小路/母亲

下面，笔者想从材料近取诸身、构思自然天成、风格平易质朴这三个方面，从写作学的角度对此诗进行一些粗浅的分析。

一　娜夜的诗:材料近取诸身

从写作学的角度看，写作行为过程的第一大步骤，就是材料的摄取；诗歌写作作为人类重要的一种写作行为，其创作的第一步，自然也离不开对材料的选取。关于材料的选取，有一条写作学上的原则，就是要选择作者自己身边熟悉的生活材料，此即中国古代写作理论所谓的"近取诸身"（相对于"远取诸物"）。娜夜的《母亲》一诗，其材料的来源，正是自己身边平凡直接的生活。文学材料，有素材、题材以及表象材料等几种。娜夜的诗歌取材，在这几个方面均表现出了近取诸身的特点。

第一，以自己身边的生活为题材。叶延滨先生在《世纪末的花名册》序中说："在女诗人都匆匆把爱情诗丢得远远的，写那些让男士们心惊肉跳的'生命'及其他意识的时候，还有个娜夜在那里认真地写着爱情诗，而且写得还真好。"① 是的，在很多读者的印象里，娜夜确实是一位爱情诗人。爱情，这也确实是她习惯和擅长的写作题材。

叶先生这里说的，应该是娜夜诗歌写作广义的题材——爱情。然而，只以爱情内容来理解娜夜的诗歌题材，显然并不准确，因为让好多人感动的《母亲》一诗，显然就不是狭义的"爱情"（男女之情），而只能说是广义的爱情（即人与人之间的关爱之情）。张向东先生说，娜夜"以女性诗人特有的敏感和细腻，在对自我生命和情感的观照中，歌吟内心的隐秘、忧伤和痛苦"。② 张先生显然看到了娜夜诗歌更为宽泛的诗歌表现对象，即自己身边的生活。而唐欣则认为："我们不妨把娜夜的诗看作人与世界关系的一种隐喻式书写，这里面当然有爱情，但它实际上还涵盖了更多和更广的方面。它不只是认识论的，也是关乎生存的本体论的，与其说它是关涉他人的，莫如说它更是狄金森而不是惠特曼式的一种女性的自我之歌。"③ 即从娜夜《母亲》一诗来看，她使用的主要表达手法，是叙述。

① 叶延滨：《〈世纪末的花名册〉序》，载阳飏、古马主编《世纪末的花名册》，敦煌文艺出版社1997年版，第7页。
② 张向东：《回到生命的寓所——九十年代甘肃青年诗人的诗歌创作》，《飞天》2001年第11期。
③ 唐欣：《娜夜：用冷峻点燃篝火》，《甘肃日报》2003年3月3日。

在一个"雨点变小"的"黄昏",作者去买菜,"在小摊小贩的叫卖里"恰逢自己的母亲。母亲把自己刚刚选购到的一束"最鲜嫩的青菜"放到了女儿的菜篮里,然后就分手了,作者在站在大路边上"目送"着自己的母亲的目光里回到了家里。可以说,诗歌用大量的语言叙述了一件生活中的平凡小事,展开了自己的写作题材(狭义的题材,即切题之材,即被作者写进作品里用来表现主题的素材)。

第二,以身边的平凡物象作为诗歌写作的表象材料。如果娜夜的诗歌仅仅只有如上的叙述,则这样的文字不足以成为一首诗歌。换言之,仅仅为了表现一个母爱的主题,也不足以使这些文字成为一首诗歌,如果我们把诗歌简单地理解为"通过想象抒发感情"[1],则有无想象,就是我们看一首诗有无诗意的一个直接简明的标志。

娜夜的《母亲》一诗中,有两处想象。一处是把她们母女二人想象为"雨水中最亲密的两滴",另一处是把母亲目送女儿想象成"像大路目送着她的小路"。应该说离开了这两个形象恰切的想象(它的具体表现形式就是比喻),这首诗就如同一个人的脸上没有了眼睛,就如同一个人的身躯没有了精神,就不能成为一首诗。

艺术想象是需要材料的,诗歌艺术想象的材料,就是表象,即客观事物的自然物象在作者大脑里留下的主观印象,它们事先都沉睡或者说是贮存在作者的大脑里,在适当的时候,它们被激活,被加载了一定的意义而成为诗歌作品中与一定的意义相融合的意象。娜夜在这两个想象里使用的表象材料,其一是"雨点",其二是"大路",其三是"小路"。它们几乎是平凡得不能再平凡的表象材料,它们几乎是作者信手从刚刚母女相见的场景里撷取的事物。她们刚才就是在雨点中相遇的,也就是在路边上分手的,"雨点"与"路",刚才就出现在自己的生活里,何必再去"远取诸物"而不能"近取诸身"呢?读娜夜的《母亲》,笔者甚至觉得对"近取诸身"的理论需要做更进一步的理解,那就是"近取诸文"——即从文本本身"就地取材",娜夜的《母亲》行文之始好像是漫不经心地写到的"雨点",到了后文里,不正可以成为"雨水里最亲密的两滴"这一想象的原材料么?

---

① 薛世昌:《文学创作论》,中国文联出版社 2002 年版,第 70 页。

　　什么是艺术作品最好的材料？能够恰当地表现主题，能够互相之间保持一种和谐关系的材料，就是好材料，这是艺术材料与非艺术材料之间的一个重大区别。在娜夜的《母亲》中，"雨点"和"大路"和"小路"等表现材料，和"我"和"母亲"及诗歌所表现的平凡人在日常生活里平凡的感情等表现对象，是十分和谐的，于是它们也就是《母亲》一诗最好的材料，而这些最好的材料并非深有出处或者来路漫长，它们其实就在我们的身边，只不过我们只要一不小心，就会与它们失之交臂。我们往往实在是并不注意它们，或者说我们往往发现不了它们。谁能够独具慧眼、点石成金，从娜夜的《母亲》一诗看，娜夜显然能之。

　　《水浒》第四十一回，写宋江被追而入古庙，对方搜而未得，已出得门去时，即宋江悬心欲放时，忽几个士兵叫道："都头你来看，庙门上两个尘手迹！"金圣叹评道："何等奇妙，真乃天外飞来，却是当面拾得。"①此即是我们常说的："既在意料之外，又在情理之中。"要出人意料，就得奇，但是奇又不能奇得离奇，不能如《西游记》般到了万难之时，就去找南海观音菩萨。如此则奇从何来？答曰，奇不能从奇异的事物来，而应从奇异的组合来！组合得好，即使"饮食居处之内，布帛菽粟之间"也是"自有许多滋味"，也是"尽有事之极奇"（李渔《窥词管见》）。从娜夜的《母亲》一诗看，诚哉斯言之不谬也。

二　娜夜的诗:构思自然天成

　　诗歌写作作为人类重要的一种写作行为，紧紧展开在材料基础上的，就是构思。

　　自古以来，人们形容一个优秀的作品，向有"佳构"一说。如欧·亨利的《麦祺的礼物》，如莫泊桑的《项链》，就堪称"佳构"。然则"佳构"从何而来，人们一般认为自然是来自于作者的构思。写作学认为：所谓构思，就是对作品结构的预设。人们在一般使用"构思"一语时，却不只是将其理解为只对作品结构的预设，甚至包括对作品中某一个局部的拟定，否则人们就不会用"打腹稿"来俗称构思。构思以巧妙而

---

① （清）金圣叹：《金圣叹全集》卷二，江苏古籍出版社 1985 年版，第 113 页。

又自然为最高境界。娜夜的《母亲》一诗,构思可谓自然天成而又奇妙,仿佛是漫不经心,事实上却是妙如天工。

人们通常把在文章写作过程当中不待构思、随笔而出且惊人精美的部分称为神来之笔。清代艺术家郑板桥有一个著名的三步画竹法:眼中之竹、手中之竹、胸中之竹。现在一般讲构思的人,常以"成竹在胸"为喻而告诫人们说,千万不要想一句写一句,一步九回头,应该一下子就想很多。他们这样强调构思的重要性自然是正确的;然而,辩证法的精神告诉我们,世界上的任何事物都是相反而相成的,有构思,就有非构思。事实上很多优秀的艺术作品,并不是深久构思的产物而是一时的即兴之做,笔者觉得至少娜夜的《母亲》一诗就并非刻意构思的产物而是一时的信手"涂鸦"。从来没有一个诗人能够在开始写作之前就预想到自己会写出什么样的诗句来,但他们毕竟又确实写出了美妙的诗句,显然,那些精美的诗句从来都是随机而应变地、几乎像是自己从文字里生长出来的。娜夜的《母亲》给我们的就是这样一种自然天成不待人工的感觉。她的这首诗,诚如甘肃青年诗歌评论家翰存所说的,"在语言和预感的流动中改变着诗歌的方向"。①

如果我们再从写作发生学的角度模拟她写作《母亲》一诗的过程,则我们可以想象得到的是下面的情况。那一天黄昏她离开母亲回到家里,心中渐渐被一种强烈的母爱所包裹。她有了写作的冲动。她在纸上写下了两个字"母亲"。接下来写什么呢?其实她还有些茫然,于是就老老实实地写下了时间,"黄昏"。是个什么样的黄昏?是个"雨点变小"的黄昏,然后她顺手写下了有关叙述的几个要素:人物、事件、地点,"我和母亲在小摊小贩的叫卖声里相遇"。然后她停了一会儿。她还是感到茫然,于是就顺着上一句又老老实实地记叙,"母亲将手中最鲜嫩的青菜/放进我的菜篮",对此深情母爱,她在这里也只是喃喃了一声,"母亲"。可能她又停了一会儿,不知是不是还喝了一杯茶。但是她突然地想起了落在她们母女身上和脸上的雨滴,"雨水中的两滴"!她为自己的发现而惊喜,"雨水中最亲密的两滴",她终于写出了一句自己感到满意的句子,同时也为自己小小的感情挪移而感到宽慰——一个艺术家而不能在自己的作品里完成感情的挪移与借

① 唐翰存:《娜夜:玫瑰花开,恰到好处》,唐翰存的博客:http://blog.sina.com.cn/tang-hancun。

托，还算什么艺术家？但是接下来她仍然感到想象的疲乏，于是只好继续叙述，并试图在叙述中继续寻找诗意，"在各自飘回各自的生活之前/在比白发更白的暮色里/母亲站下来/目送我"。我不知道"像大路目送着她的小路"这一句最终是如何出现在她的脑海里的，总之是她一定在与母亲相遇的那个情景里盘桓了又一阵，留恋了又一阵，她没有远离那个场景，于是她终于看到了一条大路与一条小路……她一定又再一次地体会到了想象力的突发与振作，再一次的感情挪移与感情借托物的出现，终于让她感到结束了一次跑步，不到长城非好汉，而现在当她写出"像大路目送着她的小路"之后，她终于看到了漫长跑道终点的鲜花，终于完成了画龙之后的点睛之笔——而没有这一句，这首诗真的还很难获得诗的生命。

也许，一首诗的产生，其实就是这么简单、这么自然、这么天成，好像作者只不过是做了个"顺水人情"的"顺口溜"而已。

其实，优秀的作品，即使是小说，又何尝不是"顺口溜"呢？以德国现代著名作家托马斯·曼的小说《露易斯姑娘》为例，作者叙述的大体进程是，他先写某城有一位太太长得比较漂亮，接着就写她的先生长得却十分胖大且老，以后的小说进程似乎是十分自然的，这位漂亮的太太自然就与一位年轻而瘦的音乐家有染了，人们也就自然产生了议论，这位太太为了平息人们的议论或者说为了让人们看到她婚姻的合法而不合理同时看到她的婚外情之违法却又合理，就设计了一个行动，这个行动的目的，自然就是为了表现她情人的年轻有为与她先生的年老无为，于是她自然就举办了一个家庭联欢会，自然就由她的情人演奏以为显美，自然也要由她的先生做个什么来出他的丑。这位狠心的女人很有办法，她利用她先生的丑做文章，让他扮演一个叫做"露易斯姑娘"的年轻美丽的角色来为大家跳舞。世间有种种让人不堪的丑陋，丑人装俏为其最。这位先生于是着红挂绿而出场，当他从人们的哄堂大笑里明白了自己不幸而成了不忠的妻子捉弄的对象之后，他"恍然大悟，脸上顿时充起了血来。他的脸涨得和身上的绸衣一样红，但马上就黄得像蜡一般。地板'咔嚓'一声，胖子终于倒在了台上"。[①]

---

① ［德］托马斯·曼：《露易斯姑娘》，白烨选编：《世界著名文学奖小说选》下卷，陕西人民出版社1992年版，第504页。

所有杰出的叙述之所以都是这样看上去自然流畅然而又环环相扣，正是因为他们的构思之高妙，已经达到了如此并不刻意构思只是顺势而为的境界。一个堪称佳构的作品对于他们来说好像是得来全不费工夫，读这样的作品，只能让我们不断消解所谓成竹在胸之构思对于写作的意义，同时也会让我们明白，所谓构思，实在不是想入非非而是就地取材，不是寄厚望于他山之石而是一定要设法挖掘脚下的丰富源泉。

所以，金人王若虚说得好："或问文章有体乎？曰无。又问无体乎？曰有。然则果何如？曰：定体则无，大体则有。"① "体"即样式，即比较固定的结构样式与构思样式，"定体则无，大体则有"确实是一个真理。比如娜夜的诗与托马斯·曼的小说，论其大体，则一个不失为诗而另一个不失为小说，然而若论其定体，我们可以这样断言，他们写作伊始，根本不会想到自己会写出一个什么样的东西来。如同一个女人生孩子，她只知道生下来的应该是一个人，可是到底长得是什么样子？像父亲还是像母亲？她就不能肯定了。我们说文学艺术从本质上讲是人类自由心灵的表现，"文无定法"、"定体则无"，甚至连一般的构思也可以不要，只需顺乎天地人生之大道，这样的写作，这样的自由，正是使得写作活动成了人类一种美好活动的原因，因为自由就是美。

三　娜夜的诗:语言亲切质朴

继材料近取诸身、构思自然天成之后，娜夜的另一个诗歌写作特色，就是语言亲切质朴。

唐翰存先生说过这么一段极有见地的话："娜夜对语言的专注和磨炼，使她的诗达到了一种得心应手的地步。她说：'有人用脚步拯救心灵/有人用口红拯救爱情'（《拯救》）；她说：'一朵花　能开/你就尽量地开/别溺死在自己的/香气里'（《美好的日子里》）。我认为这些语言都非常到位，而且生动，类似于一种格言的味道。娜夜有一首诗叫《等》，'我写下鸟/就开始等/我相信鸟看见了/就会落下来/站一站'，这大概可

---

① （金）王若虚：《滹南遗老集（四）》（文辨四），丛书集成初编本，中华书局 1985 年版，第 236 页。

以理解为一首思考语言与存在关系的诗，写在纸上的鸟与站在树上的鸟，究竟哪一个是鸟呢？诗中的玫瑰与风中的玫瑰，究竟谁最温馨？这可能很难解决。但我们的语言能指到一定程度，就很了不起。另外，从语言开始，力求使思想和情感顺应艺术，符合诗意表达的常识，这也是娜夜诗歌的用力点所在。在她看来，一首诗（甚至一句话）说到什么程度，到什么地方为止，怎样暗示，怎样控制，都是要经过反复考虑，方能定稿的。"①

在这方面，唐翰存最为欣赏的是娜夜的另一首诗《起风了》：

> 起风了　我爱你　芦苇/野茫茫的一片/顺着风//在这遥远的地方不需要/思想/只需要这片芦苇/顺着风//野茫茫的一片/像我们的爱没有内容

他说："这首诗充分显示出娜夜诗歌的特点，那种对语言的节制能力，简约，含蓄，内敛，富含意味。"② 笔者非常同意唐翰存的看法。

语言表达，是所有的文学写作活动实现心灵的外化与感情的物质化最后的也是最重要的一道工序。而一个作者语言的风格与质地，也直接影响着读者对其作品的"口感"与接受。笔者相信没有一个诗人不是准备着要把自己的诗让人看的，也就是说，没有一个人不是准备着把读者引入到自己的诗歌里做一次畅游，于是笔者一直这样认为，如果作者是一个主人，那么读者就是客人。生活中的待客之道，约有两种，一是厚道热情的待客方式，另一是冷漠吝薄的待客方式，笔者这里将前一种姑以"农村方式"名之而将后一种姑以"城市方式"名之（我觉得也可以分别名之为"传统方式"与"先锋方式"）。娜夜的方式，显然是前一种，即她不会用一连串"神秘"的语言符号拒人于千里之外，也不会让读者在自己的诗歌里拐弯抹角地找意思。她的诗歌之门，不是防盗门，进门也不需要换拖鞋，进得门来也不是金碧辉煌让人一时眩目气闭，她与读者对话，也

---

① 唐翰存：《娜夜：玫瑰花开，恰到好处》，唐翰存的博客：http://blog.sina.com.cn/tanghancun。

② 同上。

不是摆出阔人们的臭架子（不是博士腔就是市侩调），她的诗可能包装得不是很时兴，然而她的诗实在，质朴，当然同样也很美。

她的诗歌语言的这种亲切质朴的风格，有很多具体的表现。比如她的诗虽然一般都很短，可以说是惜墨如金，但诗里却不因此就缺乏对于读者的路标一类引导语，不是意象密布，不是故意反离接受逻辑，而是通过必要的导读铺设，呈现出一种短小而不拥挤、通俗却有诗意以及行文如行云流水一样自然流畅的特点。

一个真正的写作者一定有这样的体会：当他写出了一个作品的前面几句话或几段话之后，就如同一匹被控在辕的马，再也由不得自己了，因为那些语言自身好像已经得到了生命，它们要自己生长，它们要飞动起来。一匹马拉动了车子但是跑动的车子又变成了让它不得不跑的力量。高明的写作者，不是这种力量的反抗者而是顺应者，至少在作品里，他要形成这样一种顺应的结构。娜夜的《母亲》一诗，就表现了作者这种高明的顺应能力。这首诗的第一行"黄昏。雨点变小"，看似漫不经心，但却如围棋大师随意放置的两个棋子，到了一定的时候，它们自会显出强大的威力来；果然，诗的第二节就由前面的"雨"和"黄昏"这两个种子生出了这样动人的三行"雨水中最亲密的两滴/在各自飘向自己的生活之前/在比白发更白的暮色里"，这三行诗如同是三个叶片，是顺应了诗歌语言的产物而不是对语言施加了暴力的产物。民间对诗歌的写作，有一个形象深刻的称呼："顺口溜"。这个"溜"字，真能够帮助我们进行语言的深思。当代的诗歌作品，其语言不是"顺口溜"而是滥加暴力的现象屡见不鲜。什么是语言的暴力？比如古人说"心花怒放"，"欲壑难填"，这是一字顺着一字"溜"，如果被说成是"心怒放"，"欲难填"，那就是对语言使用了暴力。离开了"花"，"怒放"就是无本之木，就是脱根之举，就是背离形象的败笔，应该说就是我们的语言尤其是诗歌语言的大忌。当然，这倒不是语言暴徒们有意要在诗歌里撒野，而是他们的语言功力还没有达到像娜夜这样四两拨千斤的境界，或者说他们还没有认识到一个作品其实自有一个有机独立的生命，即我们只能顺应它们而不能强暴它们。

然而娜夜认识到了这一点，所以，她的诗就是活生生的，就是有着自足之生命的。美是一种关系，美是构成事物的各部分之间自然和谐的组织与关系。《母亲》的最后一句，"像大路目送着她的小路/母亲……"是一个饱含感情的妙喻奇喻，然而此奇者，并非深山怪物一般的离奇，从全诗各部分的有机构成来看，这是既自然又和谐平凡却美丽的神奇。是一种看似神奇却又合情合理的想象。唐欣说："她懂得省略、转折和沉默的力量。她的语气浅易，词汇表意不复杂，但通过她的专有意象、她的行进速度、她的奇特组接，在貌似平滑如镜的诗歌冰面，我们却不时被绊倒，被闪空，被硌疼，感到迷失的危险，这正是优秀的诗人魅力之所在。"①

现在有些人的诗歌，几乎是胡言乱语，前一个意象在天上，后一个意象却无迹可寻地到了地上，表现得神思恍忽，读起来支离破碎。笔者觉得最根本的原因，是他们的心里并没有鲜明的诗意，于是只好故弄玄虚。不知他们什么时候能够认识到：作品最伟大的艺术感染力，源自于自然朴实的艺术风格，而自然朴实的艺术风格则又源自于编织语言时对语言巧妙的顺应而不是对语言的暴力。

---

① 唐欣：《娜夜：用冷峻点燃篝火》，《甘肃日报》2003 年 3 月 3 日。

第十九章　高凯的诗

——沿着乡土的道路进入诗歌

高凯的诗歌创作，起步于诗神复活的 20 世纪 80 年代初；引起评论界的关注，则是 90 年代他的陇东乡土诗连续推出之后。十年生聚，2000 年，高凯的代表作《村小：生字课》横空出世。这首后来被人们广为传诵渐成经典的诗，凝聚着高凯敏锐的艺术感受力与出众的诗意捕捉力，也是高凯融入当时中国诗歌重返民间之潮的标志。近年来，面对高凯勤奋创作层出不穷的作品，已有不少的评论家从创作脉络、情感世界、艺术手法、乡土特色等角度展开了多方位的研究并给予高度评价。高凯刊于《大河》诗刊 2010 年第 1 期的组诗《陇上纪事》以全票获首届"中国大河主编诗歌奖"后，该刊给高凯的授奖词为"高凯的诗清新质朴，细致入微，从寻常的乡村细节入手，以神来之笔，摹不凡意象。他潜质的艺术感染力与永不泯灭的灵智，构成诗意的神秘源泉。诗人通过对消逝事物的重新命名，对被忽略之物的精微审视，表达了对大地之下人类精神之根的呵护，是现代诗与先锋诗日益泛滥时期的另类和净界"。① 这段话堪为目前关于高凯诗歌最为概括性的评价。高凯诗歌为何能够在这个污浊的时代获得清新、在这个矫饰的时代获得朴素、在这个虚假的时代获得真实——在这个凡事诸物人们早已不敢轻信的时代，为什么他的诗歌不是"可疑"的诗歌呢？

一　高凯诗歌：因为有"根"而鲜活

人们一般认为高凯是一位乡土诗人，这是大体不错的。高凯诗歌确实

---

① 张燕：《我省诗人高凯荣获"大河主编诗歌奖"》，《兰州晚报》2011 年 9 月 20 日。

具有强烈的乡土气息，甚至有着明确的乡土追求，高凯确实也高度评价过"故乡"与"诗人"之间的关系"没有故乡的诗人是可疑的"。① 高凯的出生地陇东，作为高凯的故乡，作为高凯诗歌的创作根基，无疑在诸多方面对高凯的诗歌创作提供着源源不断的支持，让高凯的诗歌创作一直保持着鲜活的生命力。

第一，陇东故乡：高凯诗歌的题材之源。创作题材之于创作行为的意义在于：选择什么而不选择什么，描述什么而不描述什么，写什么而不写什么……取舍之间，一个创作者的心地与眼界，已然悄悄展开。而陇东乡土这一题材之于高凯诗歌创作的意义也在于：它源源不断地产生着并源源不断地输送着"可歌可泣"的人与物、事与象。虽然高凯的艺术视觉是广角而且展开的；虽然高凯的诗写对象不只限于陇东；虽然高凯以陇东乡土诗连泥带水地起步，一度却"外出进修"般以新英雄诗而戴大红花、得英雄名②，以《百姓中国》而进行长诗的写作试图养吾浩气，③ 但他后来却又回到了乡土诗写作的故道——因为他毕竟离不开陇东这一创作基地，也因为他熟悉的仍然是这片土地上的男婚女嫁、推磨识字、放羊会友、芸芸众生。所以，高凯并不是只能写陇东乡土，高凯实在是喜欢写陇东乡土！高凯的这一喜欢，有细节可以为证。"往场角一蹲，乡土里/便多了一个解不开的疙瘩/疼痛而又令人窒息"，这是高凯《碌碡》一诗中的"碌碡"。然而让这首诗真实的却不是"碌碡"而是"往场角一蹲"那个陇东人的"小动作"。诗人叶延滨认为，高凯诗中碌碡、窑洞、炊烟、磨道、场院、喜鹊等意象"进入了他的血液，成为了他的基因，在另一种语境中，展示出新鲜的魅力"。④ 是的，这些乡村事物，是我们应该看到的，但是我们更应该看到的，是高凯诗歌中那些乡村人

---

① 高凯：《怀乡病是一种幸福的疾病》，《星星诗刊》上半月刊2009年第12期。

② 高凯英雄诗的代表作是他的系列组诗《共和国当铭记》，此诗首发于《诗刊》1991年第1期，旋即刊行于《人民日报》、《解放军报》、《广西日报》等，在当时的全国诗坛产生了比较强烈的反响。

③ 《百姓中国》刊发于2007年1月的《飞天》，是当期《飞天》的四篇重点作品之一，编辑在诗后加了评价极高的"编者按"："《百姓中国》是本土实力诗人高凯的第一首长诗，也是中国诗人第一次以姓氏文化为视角，吟诵百姓中国之兴盛和中国百姓之命运。全诗撷775个姓氏，洋洋洒洒348行，叙事宏大，抒情真挚，意旨深远，是作者历时一年且易30稿打磨而成的心血之作。"

④ 叶延滨：《行吟的高凯》，《飞天》1998年第7期。

生的细节。真实的不是那些事物而是生活在那些事物之间的人生细节。诗歌的真实同样来自于细节的真实，没有细节的诗，是可疑的诗。当高凯在他的《村小：生字课》里说出了陇东孩子的"黑手手"，这个细节，好像一种联络的暗号，让所有的陇东人，立马把高凯认作是"自己人"。

第二，陇东故乡：高凯诗歌的主题之源。高凯说："对于自己历史源头的眷顾，对于生养自己母土的感恩，是我的诗歌一直以来的主题。"① 陇东是地球上黄土积淀最深厚的地方，"这块厚土不但养活了我们像纸一样薄的命，还给予了我们诗歌以生命"。② 这种"给予"，几乎先在地影响到高凯诗歌的表现内容与情感底色。高凯是热爱其家乡的，如他的《邻家》，"土窑洞　一个个/肩挨着肩/一年到头/都取着暖暖……"没有热爱，说不出这样的话。高凯也是真爱其家乡的，这也有他的《老家下雨了》为一铁证，"老家下雨了/很少下雨的老家终于下雨了/真的　老家下雨了/下雨了　很少下雨的老家/老家　哗啦啦下雨了/雨真的下了下了下了……/真的呵　离家三千里/我的两个眼窝也蓄满了雨水"，这是高凯生命中一个真实的细节，这也是干旱少雨的陇原之子几乎共有的情感体验，但是，高凯却替我们说出了它！当然，高凯的陇东乡土诗不只是感恩情感的表达，也是故乡思念的倾诉。让他获得 10 万元首届闻一多诗歌大奖的组诗《陇东：遍地乡愁》，以 43 首诗而眺望自己心中的乡土，字字句句，情真意切。如《村口》之"村口/其实和心口一个样/惦念过一些人"；如《远方》之"一把锄头够不着的地方是远方/被黄土就地掩埋的地方/是远方"。这些看似简单的句子情感真诚，音质纯朴，表达出诗人与故乡之间的另一重命题，"没有故乡的诗人是可疑的，没有诗歌的故乡是苍凉的"。③

第三，陇东故乡：高凯诗歌的意象之源。高凯说自己"诗的意象、语言和节奏都是我的陇东特有的"。④ 叶延滨也说陇东乡土之于高凯的诗

---

① 何君辉：《图文："没有故乡的诗人是可疑的"——诗人高凯谈"乡土"》，《楚天都市报》2009 年 7 月 6 日。
② 同上。
③ 同上。
④ 高凯：《自我鉴定》，《诗刊》1998 年第 10 期。

歌，"是背景，也是道具"。① 诗人高凯的陇东故乡，无疑规定着诗人高凯的意象资源。在高凯的陇东乡土诗里，诸如镢头、铁锨、窑洞、炊烟、磨道、嶙岈、场院、喜鹊、枯井等意象，俯拾皆是，不胜枚举，它们一一映射着深贮于心底的诗人对陇东故土的浓厚记忆，并散发着陇东乡土质朴纯情的乡村气息，且成就着高凯独特感人的诗歌世界。换一个角度观察高凯的诗歌，我们会发现，作为广义的西部诗人，高凯诗歌却少有沙漠、骆驼、敦煌、戈壁等所谓"西部更西"的诗歌意象。这一方面是因为高凯写的本来就是远离河西的陇东风物，另一方面也可能是因为高凯对所谓西部更西的那一部分意象有自己不同的观点。事实上，高凯的诗歌之所以和那些"剪刀剪来几个场面（所谓象），再加一点浆糊糊一点煽情的苦水（所谓意）"的西部诗不同，是因为他确实没有简单地把沙漠、骆驼、敦煌、戈壁等一些西部的独有意象和风土人情当作"土特产"来恣意出售。他也许觉得那些东西并非自己诗歌的本色意象。他甚至觉得那些东西多少有些关于西部的概念化装饰——多少有些令人生疑。

第四，陇东故乡：高凯诗歌的语言之源。虽然善于学习的高凯也借鉴过一些后新诗潮的话语方式，但简洁、平易、朴素而略带诙谐的语言风格，却是人们对于高凯的诗歌语言比较一致的评价。甘肃诗歌其实普遍都具有这种诗歌语言的质朴性，大多能以质朴的语言营造出一种诗歌的意境，进而通过这种诗歌的意境给予那些普通的词语以诗歌的意味。这种诗歌语言平易素简的质朴性，除了来自于诗人们平易朴素的人格之外，还来自于诗人们深厚的语言修养。越是深厚的语言修养，越是表现为铅华洗尽，越是表现为善于在人们习空见惯的语言渣滓里发现闪亮的语言黄金，发掘新鲜得让人眩目的意义，起死而回生，妙手而回春，让那些被生活所窒息的词语复活并恢复青春。在所谓"擦去词语上的尘土"这方面，甘肃老一辈诗人李老乡先生堪为代表，而高凯也是别有心得。高凯的诗歌，语言纯净，通俗简易，时有幽默，这样的语言境界，其实是高于所谓诡奇峭拔的。笔者这里要强调的则是：这样诙谐简洁平易质朴的语言，无疑与高凯的陇东乡土这一生活的根基密不可分。高凯诗歌之所以能够在轻松中写出了沉重，在幽默里见出机智，感情饱满而

---

① 叶延滨：《行吟的高凯》，《飞天》1998 年第 7 期。

不恣肆，意象单纯却意味绵长，无疑与陇东乡土芸芸众生说话的方式息息相关。在什么山上唱什么歌，同样，从什么山上来的，也唱什么歌！常文昌先生说，高凯"是甘肃诗人里面唯一的或者是最突出的用农民口语来写诗的……高凯诗歌的陇东味，还突出地表现在语言上。陇东的语言，无论语音、语意都具有其独特之处。高凯的诗没有装点洋腔洋调，以生动的陇东口语化抽象为具象，增强了诗的可感性，在某种程度上具有民歌的韵味"。① 常文昌先生慧眼而且慧耳！

第五，陇东故乡：高凯诗歌的抒情方式之源。高凯不是那种浪漫主义直抒胸臆型的诗人，他的抒情方式，朴实而且含蓄。比如他的《果园》，"但是，我是你的吹灯人/所有的红苹果都是我点亮给你的/所有的红柿子都是我点亮给你的/所有的红石榴都是我点亮给你的/甚至所有的红石榴里所有红红的果粒/都是我一粒一粒点亮给你的/唯有唯一的一个红灯笼/是你点亮给我的/但是，我是你的吹灯人"，首尾同样的一句"但是，我是你的吹灯人"，把高凯悔疚的心情"包裹"得"严严实实"，但恰恰是这种"包裹"，让这首诗格外动人！像这样用一种环形结构既在形式上形成一种包裹又在意蕴上形成一种含蓄的，还有他的《定神看远处的一个寺庙》等。高凯的这一抒情方式，无疑与他的陇东故乡那片土地上普通民众身处底层隐忍低调的情感及其表达方式密切相关。2009 年，他的诗集《纸茫茫》作为"农家书屋"之一种，也作为"黑土豆丛书"之一种出版，足以说明他的诗本就"农家"，本就"土豆"，本就出自"黑手手"。一句话，高凯的诗歌抒情本就"乡土"。学者张玉玲把高凯的乡土诗概括为风俗画的展现、乡情乡愁的吟唱、家园意识的追寻这三个主要的表现层面②，大体正确，唯有其中的"吟唱"二字，略欠准确，语不及物，因为及物的表述，应为"述说"。高凯的诗歌，不是歌唱式的，而是述说式的。总之，高凯的宿命中有一种乡土之约。乡土就是高凯诗歌的创作之根！

---

① 唐翰存：《浓浓乡情，郁郁诗意——高凯陇东乡土诗研讨会纪要》，《飞天》2000 年第12 期。

② 张玉玲：《西部诗人高凯的乡土世界》，《西北大学学报》（哲学社会科学版）2005 年第3 期。

二　高凯诗歌，因为有"心"而灵动

高凯的诗歌不是可疑的诗歌，是可相信的诗歌，除了上述所谓"诗中有根"之外，还因为高凯的诗歌，诗中"有心"——既有童心，复有爱心，更有诗心！高凯的童心与爱心，人们言之凿凿，这里笔者只说高凯的诗心。独化说："并非每个诗人都有一颗诗心。很多人没有的。"① 然而诗人高凯却无疑是诗心的拥有者，而且，高凯的诗心是一颗淳朴而不失睿智的诗心。

第一，高凯诗歌：烂熟于心而妙手偶得。诗评家王珂曾对甘肃诗人的诗歌技法之缺乏锤炼表达过他的担忧："我承认河西走廊的任何一块石头都有一个动人的故事，但是问题的关键不是石头本身，最后展示出来的不是石头而是艺术作品，制作艺术作品的手段和展示的方法非常重要，即怎么讲、怎么写这块石头的故事比什么都重要。"② 王珂的看法是正确的。但是在甘肃诗人中，高凯却是分明的大智若愚者，他的诗歌技法，纯熟得看上去几乎没有技法。所以，面对高凯的诗歌，必须首先看到高凯诗歌淳朴诗心的第一表现，即老老实实地用足了心力下足了功夫，而后才能理解为什么他的许多诗作灵气充溢妙手偶得。如《村小：生字课》、《柴米油盐醋》、《心上人》等，这些诗，莫不是烂熟于心而后瓜熟蒂落、一挥而就于是文本简易、物语经济显得举重若轻。这样的诗歌，看似得来全不费工夫，其实却是高凯踏破铁鞋辛苦求索而得的馈赠。这样的作品，看似可遇而不可求，其实却早已在诗人的心里搓磨既久、把玩多方，最终显出了妙手天成的自然模样。

第二，高凯诗歌：时刻留意而捕捉机敏。与高凯诗歌明白晓畅实则内含功力相辅相成的，是高凯诗歌淳朴诗心的第二表现——对于生活诗意十分机敏的捕捉。高凯是一个对于诗歌艺术心向往之时时留意的真正的诗人，他有许多贾岛般苦吟出的诗作（说实话，高凯也有不少"匠心独运"的作品），但高凯同时也写出了不少妙手天成的神来之笔。比如他最为出名的《村小：生字课》，作者机敏地捕捉到一个现实生活中小学老师常用

---

① 独化：《也说槐花》，诗生活网，ttp：//www.poemlife.com/showart-30567-1400.htm。

② 黄鲤忠、王珂：《难度与高度：新诗的技术含量与新诗人的学识修养——读高凯长诗〈百姓中国〉》，《飞天》2007年第5期。

的言说句式："B，B，AB 的 B"而后铺排成诗，表现出一种生动活泼如在目前的村学情景，构思巧妙，形式别致，剪裁得体，是高凯诗歌艺术随体赋形能力的鲜明标志。如此贴近生活之作，唯有心地淳朴之人方能偶然遇之，也唯有身手不凡绝技在握之人方能捕而捉之。

第三，高凯诗歌：心地真纯而文本简洁。独化在评说古马的诗时，以"我有一把黄金的铁锹／在我泪水的阴影中／我彻夜挖掘"（《油灯》）、"借光回家／取蜜取盐在你的舌尖"（《西凉月光小曲》）等句为例，说古马的句子几乎都是"从心化出"。① 显然，高凯也是这样一位诸多诗句"从心化出"的诗人。从心化出，首先要能够"从现实向空灵飞翔"、"从物象向玄思跳跃"、"跳出凡俗的眼光"。② 但从心化出，最主要的还是一切都要自然而然不事雕饰，而这正是高凯诗歌淳朴诗心的第三个表现——归朴返真，形式精简。比如《生我的那个小山村》，诗不短，句式却只有一个："A 是乡村的 B"；比如《村小：生字课》，诗也不短，句式也只有一个："B、B、AB 的 B"。高凯的这类诗，正应着一句俗话"熟能生巧"，而我们不能只看见他的文本简洁轻灵的"巧"，更应该看见他良苦用心深长感悟的"熟"；高凯的这类诗歌，事实上也印证着一个东方艺术高贵的理想"删繁就简"——我们不能只看见他的诗歌文本之简洁，更应该看到这种简洁的来历——归本返朴、铅华褪尽、心地真纯！

第四，高凯诗歌：深谙诗味而能屈能伸。如果我们把"诗心"一词，换言为"对于诗歌艺术的理解"，则笔者认为高凯的淳朴诗心还有以下两个不可忽视的表现。首先，高凯对于诗歌有着深深的体味，他知道诗歌的语言应该如何生长，这让高凯获得了一种娴熟的情景叙述③能力与诗歌延展能力。比如他的《母亲是一粒炊烟的种子》，一个其实只有一句话的基

---

① 沈德潜注李白《宣州谢朓楼饯别校书叔云》之"弃我去者昨日之日不可留，乱我心者今日之日多烦忧"句云："此种格调，太白从心化出。"（沈德潜：《唐诗别裁集》，中华书局1975 年版，第 92 页。）

② 叶延滨：《行吟的高凯》，《飞天》1998 年第 7 期。

③ 20 世纪 90 年代以来，抓住日常生活中的一个场景、一个事件甚至一个瞬间的感受，通过某种结构技术，而后铺展成诗，在从容舒缓的叙述中渐渐地展开诗歌图景、浸入诗歌意味，已成为一种具有比较普遍性的诗歌手法——情景叙述！在阅读伊沙诗歌的时候笔者发现，这种能力也是伊沙的看家本领。比如他的《盲道》，其实只有一句话："盲道是条条大路的动脉血管"，但是被伊沙"延展"成了 18 行。

础想象，被他延展成了一首 15 行的诗——把一个其貌不扬的种子生长成了一棵葳蕤好看的树苗！其次，高凯深深地体味过什么是诗意，于是他也知道诗到什么为止。比如他的《苍茫》中"一匹白马，把大地展开"这一节（诗歌的一个节，是诗歌一个独立的表意单位），高凯知道这短短的两句已经是诗了，于是"断然"再不废话再不赘言。天下诗歌，无不有头且有尾，但是天下诗歌中的优秀者却是，虽然长，却不可删一行半行；虽然短，却也不能增加一节半节。天下所有优秀的诗人，必然会像高凯这样"能屈能伸"，行于所当行，止于所当止！

高凯自己说过："'陇东'对于我就已不是一个纯粹地理意义上的概念了，她涵盖了我的出生地、祖籍以及天堂之上的精神故乡。甚至，诗歌里的陇东就是我的天堂。"① 是的，高凯的陇东诗毕竟是诗而不只是陇东——而诗歌，才是一个诗人真正的天堂！马步升注意到了高凯最新诗集《纸茫茫》中的一个现象："收入其中的诗篇，题材似乎不再那样统一，除了乡土诗，还有很多乡土以外的诗篇，诗情似乎不再那么纯粹，有对已逝的，与自己已了无关涉的乡村风物的追怀，有对当下的个人境况的自嘲与感伤，还有对一些世相情态的扫描。"② 显然，高凯的诗写目标是做一个"诗人"而不仅仅是做一个"陇东乡土诗人"！如果说当年的高凯是"踩着诗歌的韵脚，深入乡土"③，那么多年之后的高凯就是"沿着乡土的道路，进入诗歌"。高凯早就对自己的这一道路有过预想："如同乡土是每一个人的母体一样，乡土诗也应该是所有样式诗歌的母体。"④ 笔者的意思是，我们应该看到高凯诗歌中的乡土，但是我们更应该看到高凯乡土中的诗歌！高凯首先是一个诗人，其次才是一个乡土诗人！于坚在《答〈他们〉问》中说："我认为在写作中，形式感是第一的，怎样写能把'说法'、'语感'解决了，才有写作的可能性。存在是一种语言的存在。'写什么'、'说什么'是次要的。"⑤ 高凯是一个基本解决了诗歌的形式感的人。

---

① 高凯：《祖籍来电》，《星星诗刊》上半月刊 2009 年第 4 期。
② 马步升：《乡土的最后守护者》，《芳草》2010 年 1 期。
③ 马野：《踩着诗歌的韵脚深入乡土——评高凯的陇东乡土诗》，《诗刊》1996 年第 8 期。
④ 高凯：《创作谈：写在诗后》，《诗刊》2000 年第 10 期。
⑤ 于坚：《答〈他们〉问》，载《于坚诗学随笔》，陕西师范大学出版总社有限公司 2010 年版，第 151 页。

第五，高凯诗歌：长于宏观掌控的诗。更多的时候，高凯是一个"宏观"的诗人，具有极强的整体把握能力。和那种动笔之前连一点想法都没有但是坐下来面对着一个题目却可以剥茧而抽丝的写作不同，高凯的写作更多地呈现为一种意在笔先的特征。如《草莽童年》、《村子的传说》等。意在笔先，所以结构紧凑运笔明快；运笔明快，却也一笔三折；一笔三折，却也意尽即止——诗歌到意思为止，亦即高凯的诗歌始终表意清晰，有一种不枝不蔓的简约之美。他往往抓住事物的一两个或两三个特征即能成就诗章。如《打鼓》，高凯只是执其"空"、"响"二端，并不怎么苦思冥想，却仍诗意盎然。

作为一个优秀的诗人，高凯并不缺乏"远取譬"的能力，如《抚摸一把刀子》中句，"就像从深沉的黑夜里/摸出一片月光一样　一把刀子/握在了我手里"，从喻本到喻象，看似天处飞来，实则当面拾得。再如《我的纽扣》，"太阳是我的第一颗纽扣/你能不能给我解开//月亮是我的第二颗纽扣/你能不能给我解开//那些数不清的星星是我下面的纽扣/你能不能给我解开/最后一颗纽扣就是我里面的心儿/你能不能给我解开"。这一组纽扣想象小处着想却蔚为大观。但是，高凯的比喻之剑却并不轻易亮出。他的诗歌设喻常常是点到为止，似乎只求喻用而不求喻质，实则为追求整体的协调而不求局部的精彩。如《山顶上的黑鹰》中，"黑鹰很久以前就把村子盯上了/居高临下，像天空的一团乌云"，这样的比喻虽不卓异，但是辞达而已，和语境的配合恰到好处。而且，高凯的诗歌意象往往并不密集，但由于大局在握，诗意却并不稀薄。

理解了高凯诗歌的这种"大局观"及其对诗歌局部的低调处理，也就能够理解高凯诗歌另一个别具的诗意生成力——具象的敞开力（或称"艺术的点染力"，叶延滨称其为"单纯化和放大"）。高凯的诗歌创作，往往用料不多却味道十足。如《村小：生字课》，全诗以一句话（一个句式）而成"点"，复以对此句式的重复运用而成"染"。再如《谜语里的老山羊》，围绕"白胡子老汉顺梁走/黑豆豆撒了二三斗"展开，从一个小小的谜语渲染出一首盎然的诗。再如《兔年的典故》，高凯以其出众的联想力，采用叙列二法，将兔的"典故"一一道来，引人入胜。高凯的这种诗歌生成看似率意，实则暗合法度，因为高凯还有另一个出众的能力——善假于物、随体赋形的形式感。高凯有一种借用自然的造型与情景而营造其诗歌结构大模样的卓越能力（就像他在《村小：生字课》中对那个句型的把握）。这种因循自然的诗歌架构，让高凯的写作避免了苦心孤诣刻意营造，也让读者极易对高凯的诗歌形成一个便于接受的清晰轮廓。之所以有人会认为高凯的诗歌可能都像《村小：生字课》一样具有一种歌唱性，正因为高凯捕捉到的这句乡村小学的常用语——"花　花　花骨朵的花"——是自带韵律的，而高凯也无非是量材而用地顺从了这一韵律而已。

当然，言说高凯诗歌这种"一览无余"的宏观掌控性，还必须指出高凯诗歌其实耐人寻味的注重细节的语言炼金术。以《村小：生字课》为例，以一个句式简简单单大模大样而成诗，是其粗，但他能精心选定"蛋"、"花"、"黑"、"外"和"飞"这五个字，却是心细如发。再如《雪地上》之"乌鸦安窝的老槐树/弯着腰　背回一身厚厚的雪"，那个"背回"的"回"字，真是妙不可言，境界全出。

第六，高凯的诗：回到事实的诗。生活中的高凯大智若愚，诗歌中的高凯大巧若拙。高凯的好多诗歌直陈其事、直取心性，呈现出一种鲜明的事实性与内蕴的张力。如《村小：生字课》、《你真坏》、《走亲戚》、《站街女》等，全诗不用比喻或者少用比喻，基本上都是实话实说的实事。高凯这些"事实的诗"，堪称对于坚"拒绝隐喻"、"回到事实"等理论一个不知不觉的响应，也再次证明了谢有顺的一个观点：看到比想到更困难（按：因而也更可贵）。① 换言之，认领一首天籁自足的诗，比创造一首挖空心思的诗，更困难，也更可贵！高凯的诗歌因此也具有了一种既能"证实"又能"证伪"、看似知性实为禅悟的特征。

高凯这种回到事实的诗，既对如白描这样的诗内功夫要求很高，同时也对像艺术发现力这样的诗外功夫要求更高，它要求一种诗歌的敏感状态，即时时张开着诗意捕捉的大网——有时候，笔者觉得高凯的这张网有些不太"环保"（网眼太小）。但是，高凯不把自己保持在这样一个诗歌的敏感状态，他又如何见别人所未见、言他人所未言——他如何说出真相？他的《羊皮筏子》云，"这应该是羊一生最生气的时候了/气鼓鼓的　集体被绑在一起//命都没了　一个个/还一起给谁生了一肚子闷气"，句句切题、字字及物。高凯说出来了，我们感觉近在嘴边；高凯要是不说出来，还不是远

① 谢有顺：《看见比想象更困难》，《中国图书商报》2001 年 8 月 23 日。

在天边？所以高凯的诗歌正所谓看似容易却艰辛！高凯有诗《在家里拾到一根针》。一件针尖般大的小事，锐然挑动高凯诗思，"犹如在家里偶拾/遗失在苍茫里的一首小诗"。高凯俨然是当代诗人中的"高拾遗"——他的好多诗，都是这样得来全不费工夫，似乎是"妙手偶得之"。读高凯的诗，我们常常惭愧：我们就是不能先于他而把这简单的诗认领到自己名下。读高凯的诗，我们也不得不承认：诗是自在的！诗歌需要于诗人的只是发现然后认领！诗歌是一匹黑马，他来到人间只是为了寻找自己的骑手！

高凯这种屡试不爽的事实捕捉能力让高凯敢于触碰那些看上去极为平常且熟悉不过的题材，并不怕弄不好会说出陈词滥调。别具慧心的高凯似乎窥破了一个艺术的秘密：人们因为熟视，人们一定无睹！于无声处听惊雷，于人们熟视无睹处发现诗意，这才是所谓"陌生化"的高级境界。高凯的诗歌于是也给了"艺高人胆大"一个别样的解释——艺高人胆大，指的不是走险路，而是走平路。在险绝的地方平平常常地走，真不如在平路上非常非常地走！

当然，对一个优秀诗人来说，仅有如上敏锐的感受力是不够的，还得有深厚的动情力。高凯的诗歌创作，其动情力最为根基深厚的来源，就是他的内心一直葆有的纯真。有纯真的心地垫底，就有一股虎虎而无所惧的底气，所以，高凯的诗歌敢想（不怕其想之奇）、敢说（不怕其言之拙）、也敢于率性而幽默（不怕人们冥顽不悟），更敢于把诗写得简单明快（这是他特征性的话语方式），以至于有人视高凯为童诗作者并从高凯的诗里挖掘出不少天真的质素。人说高凯的诗歌大巧若拙（质朴中不乏智慧），诚然。在拙的底色之上，高凯的诗歌确实是虽不刻意却匠心独运。但是，高凯之拙，拙自何来？回答是：高凯之拙，来自心地之纯真！于坚说，"杰出的写作不是与想象力有关，而是与诚实有关"①，高凯正是中国当代一个诚实的诗人！

第七，高凯的诗：民间口吻的诗。高凯诗歌上述宏观掌控、回到事实等特点，连同他的乡土题材、亲情故事等内容，并及他的赤子真诚、故土情结等主题，让高凯的诗歌在读者那里感受到一种不同于闪烁其词也不同于迷幻朦胧的亲和力，而高凯诗歌对民间口语坚定的使用，对民间口吻的熟稔把握

---

① 于坚：《关于未来神话》，《于坚诗学随笔》，陕西师范大学出版总社有限公司 2010 年版，第 99 页。

所形成的独特语感，也是他的诗歌雅俗共赏的一个重要缘由。

关于高凯诗歌民间口语化的特征，论者多有指陈，自是确凿无疑，比如"树梢梢上那几个酸杏不见啦/难道想不来咱肚子里有娃啦/当男人的要是在外面胡浪荡/当女人的就把他拴在裤带上"（《媳妇》）等等，无不是野风般清新，泥土般朴实。但是，当"擦去词语上的尘土"成为当代诗人一个伟大的使命，我们必须认识到，并不是回到方言土语就回到了语言的原初状态。方言土语当中仍然难免话语的蒙尘与遮蔽，同样需要一个澄明化的过程方可恢复其如初的诗性，在这一点上，高凯早有自觉，并能于自己的创作中实施去蔽除尘的努力。如他的《弹琴》，落笔即显机敏，"把所有的弦都绷紧/让自己的身心彻底放松"，这不就是"弹琴"么？熟悉而又陌生，这就是诗歌艺术重新命名的真义——也是乐趣。有"琴心"者，天下皆"琴"，于是，"把一团旧棉花弹成新棉花/也是弹琴"，于是"一切动人心弦的动作/都是弹琴"，于是"弹琴的最高境界是对牛弹琴"。在这里，对牛弹琴，不再是一个成语，而是一个场景！不再是一个文化，而是一句诗！

高凯不是那种游离于民间口语的深切体验之外而对民间口语津津乐道的模仿者，所谓原创性的语言体验，对高凯而言可谓刻骨铭心、血肉相连。高凯诗歌民间口语的原生态，首先表现为原生态的语词，如窑洞、碌碡、炊烟、磨道、崾岘、场院、喜鹊，但是更表现为原生态的语气和腔调——民间化口语的低缓叙述！如"忽闪忽闪的灯花是谁个剪的/一张一张的窗花就是谁个剪的"（《谁个剪的》）。高凯说自己"诗的意象、语言和节奏都是我的陇东特有的"。[①] 魂系乡土的高凯对民间口语那种隐忍、谦逊、徐缓的"节奏"（也就是口吻），确实保持了虽然姿态向下但是最为坚定的持守！当然，他这种生命呼吸般真诚的持守也得到了回报。《村小：生字课》之所以是当代中国少有的有可能脱离纸质媒介而口口相传的一首佳作，正得益于在如此的（而不是别样的）叙说中，乡土的复活与生长、开花与结果。在乡土中国要写出既让人深深共鸣又独具异质的乡土诗，其实相当困难，高凯能做到这一点，必有诸如上述种种的过人之处。

人们也许看到了高凯对中国当代诗歌题材日常化、形式自由化以及语

---

① 何君辉：《图文："没有故乡的诗人是可疑的"——诗人高凯谈"乡土"》，《楚天都市报》2009 年 7 月 6 日。

言口语化的尽情享受,看到了胡适先生"话怎么说,(诗)就怎么说"的现代诗歌理念在高凯笔下别样的风致,但人们也许尚未窥见高凯这种民间化口语持守中渐呈的悲壮性,"故乡只剩下最后的母语"(《在家里流浪》),高凯的这句话太像一个隐喻——我们魂牵梦绕的故乡最后只剩下我们想它说它写它的诗歌!从他的《陇东:遍地乡愁》到他的《怀乡病》,高凯笔下的乡土已渐呈乡土之痛。高凯是沿着乡土的道路进入诗歌的,高凯可能还渴望沿着诗歌的道路进入乡土——进入中国人的灵魂之家与精神之源。但是,诗人的天职是还乡,诗人的天职也是流浪,诗歌之路,恰恰不是朝向故乡而是远离故乡——即使我们喃喃着自己的乡音同时絮叨着自己的故土。也就是说,我们永远"在路上"。

三 高凯诗歌:因为有"气"而通透

高凯的诗歌不是可疑的诗歌,是可相信的诗歌,还因为高凯的诗,诗中"有气"——真实生活的底气、用心感悟的灵气、鲜活跳动的生气!对此,人们多有论述,我这里说的是高凯诗歌的另外两种"气"——"气韵"之"气"与"口气"之"气"。

第一,高凯诗歌是气韵贯通的诗歌。气韵并非是一种虚幻无质的东西,它常常显形于四通八达的语言之筋脉。这种语言之筋脉,其实也就是语言上下左右的呼应与顾盼。如果说"气韵贯通"是一种艺术的理想,则"贯通气韵"就是一种艺术的操作方法,让大体相同的诗歌元素在大体相同的诗歌位置进行重复,以形成某种通道。有通道,气息方可流贯其中。对于现代自由诗而言,其外部的形式越是自由多变,其内部的构造就越应该有一些相对恒定的东西来支持它、平衡它、制约它,气韵其实就是这样一种制约。高凯能认识到这一点,他的诗歌于是气韵贯通,如有呼吸。如他的《高家岭》,"很久以前……叫高家岭/后来……还是叫高家岭/后来……还是叫高家岭/后来……还是叫高家岭/后来……还是叫高家岭/再后来……还是叫高家岭/如今,还是叫高家岭",全诗以时间而为时隐时现的语言脉线;如《村小:生字课》从头至尾,以一个统一的句式而为重复的诗歌元素;如他的《一对农具》,"……就好上了"反复四次的出现;如他的《红对子》,通篇以"红"与"对子"立而为骨,铺排开陇东过年的节日气氛；如《窑洞》，以一个"深"字而一气贯注；如他的《十万零一个劳动者》，"一万只燕子在劳动/一万只蜜蜂在劳动/一万只麻雀在劳动/一万只蚂蚁在劳动/一万只蝴蝶在劳动/一万只螳螂在劳动/一万只青蛙在劳动/一万只知了在劳动/地下还有一万只勤劳的蚯蚓/夜里还有一万只勤劳的萤火虫/无边无际的原野上……"物象是变动不居的（不即的，陌生的），而气韵则是一以贯之的（不离的，熟悉的）。而这样的不即不离，这样的既陌生又熟悉，正是现代自由诗的一大味道：不是格律，胜似格律——因为它是一种随机的灵变的内在的格律。

第二，高凯诗歌是口吻平易朴素的诗歌。高凯有一首诗《我身上有一个胎记》，高凯说那是母亲和他才知道的一个秘密符号，是一个母亲和一个儿子之间的约定，是母亲认领自己的标记。那么，笔者要说的是，什么又是高凯这位诗人与陇东这片土地之间互相认领的"胎记"呢？是陇东题材么？不是，那些东西，其他人也会写的；是陇东意象么，好像也不是，因为那些东西，其他人也是会用的；是陇东的方言么，好像也不是，会用陇东方言的人肯定多了去了……那么，它是什么？笔者觉得，是高凯独特的言说口气！宗鄂先生在评价高凯的诗时曾说："诗的厚重感和深度似感欠缺"、"诗的语言风格平易而朴素"①，这两句话，前一句说的是高凯诗歌一个模糊的缺点，而后一句说的则是高凯诗歌一个分明的优点：诗的语言风格平易而朴素。

高凯诗歌确实具有鲜明的平易朴素的语言风格，如他的《陇上》，"一点，是旭日//一横　是阳关大道/一竖　是炊烟/一撇一捺　是城墩上站着的一个人儿/正在回头的黄河/一弯钩　又一弯钩"，"什么是什么"，"A是B"，这确实是最简单的判断句，一如他的《村小：生字课》之"B、B、AB的B"。但是，让诗歌成为诗歌的并非是复杂的句式而是事物之间的诗性联想，是"A"与"B"的远距离顾盼。事物之间遥远的联系与表述句式的简单平易，这恰恰是高凯诗歌的张力之所在。用张玉玲的话说，这是一种语言的"简约"，而在高凯的诗歌里，"简约已不只是语言品相，更是一种精神气质"。②——这是我们应该看到的一种张力。

① 宗鄂：《"陇东诗"的现代美感》，《诗刊》2000年第7期。
② 张玉玲：《论西部诗人高凯的乡土诗歌意象和艺术手法》，《甘肃联合大学学报》2007年第1期。

　　对高凯的诗歌，我们还应该看到的一种张力是，高凯的诗歌是绝对的成人诗歌，却往往发为童稚之语与儿童口气！如他的《村小：生字课》，仅仅有"黑手"而没有"黑手手"，就不是高凯的诗歌。可以这样说，是"黑豆豆"而不是"黑豆"；是"取着暖暖"而不是"取暖"，成就了高凯诗歌所谓"童诗"般的语感！再如他的《生我的那个小山村》，"秃岭上齐刷刷的庄稼/是村子的头发/在半山腰里睁开的窑洞/是村子的眼睛/呼哧呼哧喘息的烟囱/是村子的鼻孔/咯嘣嘣吃东西的石头磨子/是村子的嘴巴/阳坡坡上院外的墙角落/是村子的耳朵……"全诗几乎都是堪称幼稚的比喻，想象一点也不新颖，真像一个第一次第一眼看世界的人在说话，这是会让有"知识"的读者感到"陈旧"的，然而，高凯却全然不顾，奋勇向前，因为"一直在追求一种可读性"① 的高凯对于诗歌的自信心告诉他，让诗歌成为诗歌的既非拗口繁杂的句式，亦非故作深沉的所谓"诗家语"的口吻，一个真正的诗人如果还要借重于这些东西来装点自己的作品，这与借重于名牌服装与重金属挂饰以显示自己高贵的俗人们又有何异？

　　但是，和衣饰的朴素并不意味着此人贫穷一样，高凯诗歌的童稚口吻与平易风格也并不意味着高凯诗歌的"儿童文学"性。② 同样，高凯诗歌的乡语村言俚腔俗调，也并不意味着高凯诗歌的语言"贫乏"——也许，它恰恰是一种富有。

　　小结：以诗集《心灵的乡村》为标志，高凯的早期诗歌主要以家乡陇东的风土人情为诗写的基本题材，表现为"风俗画的展现、乡情乡愁的吟唱、家园意识的追寻"三个主要层面。③ 从诗集《纸茫茫》开始，高凯的创作虽然乡土依旧，但开始出现乡土以外的诗篇，"有对已逝的，与自己已了无关涉的乡村风物的追怀，有对当下的个人境况的自嘲与感伤，还有对一些世相情

---

　　① 高凯：《创作谈：写在诗后》，《诗刊》2000 年第 10 期。
　　② 人们往往误认为高凯是一个童诗的创作者，有人甚至认为高凯在写作一种"乡土童诗"（李利芳：《乡土童诗的艺术可能——论高凯的儿童诗》，《中国文学研究》2011 年第 2 期）。高凯诗歌虽然多为"浅语的艺术"，但其实"并不特意写给儿童"，只不过它"内在地具备了儿童文学的质素"。所以，童诗作者——甚至包括乡土诗人——云者，在笔者看来，只是诗人高凯诗歌创作的一个意外收获。高凯的《村小：生字课》2002 年 5 月获第五届全国优秀儿童文学奖之后，在当晚 CCTV8 节目现场接受记者采访时，高凯就表明了自己并非"儿童文学作家"的立场，"我的诗歌是写给全国读者的，适合各个年龄段的读者阅读，不是专门写给少年儿童的"。
　　③ 张玉玲：《西部诗人高凯的乡土世界》，《西北大学学报》（社会科学版）2005 年第 6 期。

态的扫描"。① 到了最新出版的《乡愁时代》，高凯诗歌这一走出陇东的"大乡土"倾向更为明显，其中《拖拉机》、《关于鞋匠》、《大厦的出身》等，像是高凯的乡土大军中一支出征城市的小分队，表现出"乡土诗人在哪里乡土诗就在哪里"的艺术自信。高凯的诗歌虽然出现了上述新变，却并不影响我们对高凯诗歌总体风貌的如下判断：高凯通过对乡间故土简朴生活的诗性描述，彰显出民间生活的圣洁，引领人们深入平凡的乡土并获得心灵的超然，在对村舍炊烟原汁原味的直面中得到天地自然风清月白的身心净化。高凯的诗歌之所以如此，是因为高凯的诗歌有土有根，有心有气——于是有生命；是因为高凯的诗歌根土厚实，心气灵动——于是有高洁的生命。唯有生命者方能关怀生命，也唯有高洁的生命能够言说生命。笔者相信：几十年来没有离弃诗歌也没有离弃乡土的诗人高凯，一定会把与自己的血肉相连的乡土进行到底，也一定会把自己生息其中的诗歌事业进行到底！

　　放下诗笔，拿起画笔，多才多艺的高凯也画画。人邻说："和高凯在诗歌中关注陇东乡土不同的是，他的画似乎是有意无意地忽略了乡土，而直接关注着自然景象，尤其是树木。"② 如此则高凯的画与高凯的诗之不同，可以换言为，高凯的诗歌，以写人记事为多，一般多用叙述（所以兼有小说或散文的韵致），而他的绘画，显然得多用描写了。诗歌是高凯敞亮其心灵的一扇窗口，绘画是高凯敞亮其心灵的另一扇窗口。画画也好写诗也好，作为一个艺术家，高凯对生活敏锐的感受力、深厚的动情力、丰富的想象力与生动的表达力，已得到了充分的与鲜活的证明——而且将会继续证明。尘埃尚未落定，道路还很漫长，祝愿高凯一路勇往直前，一路踏实走好，一路高奏凯歌！

---

① 马步升：《乡土的最后守护者》，《芳草》2010 年第 1 期。
② 人邻：《万物皆有灵——诗人高凯笔下的画》，《兰州晚报》2005 年 8 月 2 日。

第二十章 王元中的诗

——他的热烈同时映红他的脆弱

王元中是天水师范学院一名身影清秀的资深教师，课间休息的时候，他常被手拿笔记本的莘莘学子围在"垓下"而"四面楚歌"；登台开讲的时候，鼓其如簧之舌，吐其如兰之气，很受学生欢迎。他自己曾在某个创作自白中说过："做人要本分，谷子是谷子，糜子是糜子，做什么要像什么……在讲台上站一天，我就告诫自己：要用每一个细小的举动向学生证明，你要做一个可以让他们真心叫你老师的人。"

突然，一心要做个好教师的王元中却开始写诗了，一个温文尔雅的观棋者终于忍不住要自己亲手来上一盘了。他的这种挺身而诗之举，既像是"客串"，也像是"皈依"，但他自己却说是"业余"。在王元中丰富多彩的生活中有很多的"业余"，如打排球、如打篮球、如散步、如听音乐等等，而他的写诗这一"业余"却更显沛然生气。第一，他似乎要通过诗歌亲证自己挥之不去的某种人生梦想。第二，他似乎要表现自己无所不能的文学实力。他要么觉得自己的生命中突然缺少了某种"诗意的栖居"，要么就是顿悟到人生的某种虚无，觉得唯诗歌方能给予自己某种存在的感觉。不论怎样，在这个人们普遍遗忘诗歌的年代，他毅然走向诗歌的行为本身，甚至比他的诗歌文本更为抒情——因为他的不安，他的不满，他的觉醒或者说他的悔悟，在他低首而跻身诗坛的那一时刻，已经足够真实且感人。

而且王元中出手不凡。多年来在高校从事文学教学的理论积累，加上他天性深处对于文学艺术的颖悟能力，让他的写作一开始即具备了较高的艺术起点，显示出良好的艺术品质。而且他不写则已，写就写得缤纷灿烂，全面开花。他似乎无所不能地写散文、写小说，同时也写诗歌。他的成功可以说是迅速的。也许对于厚积薄发的人来说，生活对他默默努力的回报，就应该是一帆风顺——近年来，《西部文学》、《扬子江诗刊》、《三峡诗歌季刊》、《飞天》、《十月》、《星星》和《诗刊》以及《敦煌诗刊》等刊物接连发表他的诗歌作品，让王元中的突然出击取得了预期的社会回响。笔者这篇强作解人其实无关痛痒的简论，应该是这些社会回响中姗姗来迟的一声钝音。

一　王元中的诗：抒情气质及其忧伤

王元中的诗歌有一种我们似曾相识的感染力，这种感染力似乎更多地源自于他中规中矩的诗歌口气，即他更像是一个讲述者——而且是一个极富抒情气质的讲述者。比如他这样的诗句，"阳台之上/城市虚假的手掌之上/谁给它们许诺了/春天　并不存在的永恒"（《阳台上的花草》）。在当代诗歌日渐趋向所谓的"零度抒情"之阴冷语境中，王元中柔情脉脉的出现，真像一位不知有汉无论魏晋的天外来客，虽然表现得多少有些一惊一乍，但恰恰让人们感觉到一种诗歌本身的柔热体温。王元中喜欢在诗里有意无意地使用"孩子"这个词语："火命的孩子/他的热烈同时映红他的脆弱/就像一团火/火焰总是怀抱着一堆的灰烬"（《郭富平》）。王元中甚至觉得自己就是一个"孩子"，"我是一个农民的孩子"。伴随着孩子意象的赤子之心的真诚流露，显然也是王元中诗歌的一个特色。

他讲述的更多是自己的人生感伤。

感伤以及忧郁，是王元中诗歌似乎长怀千岁之忧的典型情调。"灯光颓然倾下/溅起我一头的感伤"（《体育馆上空穿过夜色的雨水》）；"就像主人梦中回乡/就像一棵树闭着眼的瞭望/窗子上的玻璃/正午寂寞的时刻，成为城市/忧伤的眼睛"（《阳台上的花草》），他用"忧伤的眼睛"，注视着诸如阳台上的花草一般的事物，他迅速观察到了它们的不可永恒，也迅速地看到了美丽的存在背后那份苍凉与悲哀。王元中这位张爱玲的喜爱者与研究者，他的内心里似乎也布满了苍凉，"心头的花/花之上的花/让一个人站在春天的路口抬着头绝望"。

目睹纷扰的世事和让人迷惘的人生悲欢，古人有心惊骨折之语，王元中的诗，却常常悲伤到流泪，比如他写雪花"一点袅袅的白"，"它的灿烂和短暂，都让人眯着眼睛想流泪"。这样的诗句，真诚而感人，言近而意远，十分富于抒情的力量。而且这种抒情并非肤浅，比如他的这两行诗，就写得十分深沉，"一匹骆驼流下的眼泪／一根骆驼草又把它收回"（《骆驼草》）。

在他的这些感伤当中，还有他少不了的乡愁，"一片槐叶落在一个人的肩头并引发他的乡愁"。当家乡成为一种几乎是公众化了的抒情符号，当乡愁成为一种普遍的诗人情感，王元中的诗歌少不了也出现这样的形象："外乡人"、"过路客"以及"思乡者"。王元中有不少的诗写到了乡愁，可是笔者总不愿意把它理解为一种简单的家乡情感，当一个人把家乡当成了自己心灵的避难所或栖息地，这是不是意味着他早已事先失去了另外一个心灵的避难所与栖息地呢？或者说，所谓乡愁云者，莫非正是一个人心头茫然无绪的忧伤一种强为担当的代替物呢？

王元中为什么对忧伤情有独钟？

在王元中看来，忧伤应该是一个人生命中的真实与必然。"你甚至不能发现／她们眼神中应有的／忧伤"（《供人照相的裕固族小女孩》）。我们的眼神里本来是应该有忧伤的，要是没有了忧伤，反而成了不正常。笔者不知道他的这种"忧患意识"是否源自于中国诗人由来已久的忧国忧民的"集体无意识"，或者源出于他个人对人生社会深广的隐虑。笔者支持并敬重他的这种情感，但是更愿意看到他的欢乐——更喜欢看到王元中以下的这样的眼睛。"母腹中婴儿的两只眼／想着远方的那一个明亮出口"（《单身楼带窗口的走廊》），这两行诗写一个黑暗楼道与远处窗口给他的感受，想象奇特，应该说是大显诗人本色；"一个球停在半空／飞鸟愣神时将一颗眼睛掉下"（《操场上的白天和黑夜》）。这是多么诗意的眼睛——虽然它们并没有多少的忧伤！

除了感伤，王元中的诗也会不时地"惊艳"，比如他的《面对一只花瓶时的胡思乱想》，比如《一件裙子的两种颜色走向》。他也写了一些"惊丑诗"，如《垃圾堆中生长的青草》。王元中似乎想在自己的写作中见证自己的这样一种能力——嬉怒笑骂，皆成文章。或者，就是他试图在自己的诗中引入粗鄙化的内容，像上海人种植胡子一样消解自己身上的某种精致化倾向。王元中自己曾说："现代生活日益变得虚拟和抽象。身边的生动和具体正在成为一种不被正视的虚无！生活在生活之中却又总是将生活遗忘，多少人的生存就这样充满了荒诞和吊诡，多少人的表达因此空空洞洞，让人感觉不到一点点的真实心跳。"① 显然，王元中的诗歌试图实践自己的诗歌主张，试图用身边的生动和具体来消解生存的荒诞和吊诡。

二 王元中的诗:民生情怀及其言说

从面对着人所共有的诗歌对象，到对它进行独特的个人化想象，再到对它们进行更深层次的诗意感悟，即使是一首诗的写作历程仍然是漫长而且艰深的。一个剑客最大的痛苦，并不是手无剑器，也并不是有剑无术，而是没有剑敌与对手，或者虽然有对手但是自己的心里却没有杀气没有仇恨。王元中以诗为剑，且初露锋芒，他的剑锋所向，就成了人们悄悄的关注。

笔者说的是他的诗意指向。

以《阳台上的花草》这首诗为例，他显然想以小见大地赋予自己的文字以具有普遍意义的主题，即他仍然想通过这些日常生活中俗物常景的摆渡，到达其艺术意义的"非常指向"。可是这种"非常"在哪里呢？拔剑四顾心茫然的王元中，四顾之后，终于还是将诗的剑锋指向了自己心忧天下的知识分子情怀——比如指向了一种看上去十分善意的民生关爱，"坐在一堆书的中间/让我的身体一声接一声/唤它放在柜子里的厚衣服/但是土地呢/土地上那些不能躲避的庄稼和草木呢?"（《体育馆上空穿过夜色的雨水》）可是，这样的关爱，让笔者想到了艾青所谓"为什么我的眼睛里含满泪水/因为我对这片大地爱得深沉"。而他接下来的两行，"没有一块足够大的毛巾/替这日子擦干眼泪"（《体育馆上空穿过夜色的雨水》），也让笔者想到了杜甫的"安得广厦千万间/大庇天下寒士俱欢颜"。笔者这样说，是因为我认为王元中的诗歌写作正在面临的困难，不是想象力的匮乏，也不是语言表达的粗糙，甚至也不是诗歌理念的落伍，而是盘踞在他心目中的诗歌经典太多太多，而王元中对它们的态度，仍然是崇敬

---

① 王元中:《日常生活场景中的草根情怀呈现——郭晓琦诗歌创作简论》,《飞天》2006 年第 6 期。

有余而批判不足。

　　而一个真正的现代诗人，必须从那些传统经典的破绽里奋勇杀出，才会蜕变出一个全新的自我。

　　王元中的诗歌里不时也会有一些"现代派"的东西闪现，比如长句子的标题，比如《那一刻》和《最后》这样的作品命名以及"众神"、"王"这样一些西语化的词语，可是，他的诗歌本质，却仍然是民族的和古典的。这以他古色古香的《中国乐器》组诗最是有力的证明，这组诗显示了王元中聪慧的诗人听力。他听到的东西十分古典而且遥远，"过于苍凉的宁静"，"风吹过"，"玉和玉的敲击"，"雁声"，"别离的怨恨"，"蜜蜂细细的触须/悄悄叩响　春天的花门"，"木的歌唱"，"蹒跚闺阁的月"，"奔腾沙场的马"等。笔者从他的听到，发现了他的诗歌世界里那一个早已古色古香的"宋"，当然还有一个正在日渐古色古香的"中国现代文学"，笔者闻到了它们的芬芳气息——王元中的心里，仍然高耸着一个琴棋书画山高水长的"中国"。

　　但是王元中的诗——尤其是近期的作品，诗意指向开始了明显的机锋内敛，就是说，如果我们的剑头一时无所指向，与其让它胡乱比划，还不如让它平静入鞘。当一把剑无血可饮的时候，用它削削铅笔其实也是可以的——当他这样认识的时候，他的诗歌智性开始呈现，他的诗歌语言，也变得更为散淡却又凝练。王元中是一个具有散淡的古典文人气质的现代人，在生活中他基本上随遇而安、见机行事，对人生意义的理解多元纷呈，对人生实现的努力也指向多样，那么在诗歌里，应该也有多种多样的诗歌指向来共建自己的诗歌世界。笔者的意思是，绕开那些似曾相识的主题与感受，忘记那些作茧自缚的诗歌承诺，去开辟自己独特的精神视域，这是王元中能够做到的也应该去做的。

三　王元中的诗：精神现场及其困倦

　　一个人的诗歌，不论它是画面性的或是情绪性的，不论它是讲述性的或者呈现性的，也不论它是重于主观的或者是偏于客观的，最终都应该是他灵魂的显影，次则是他心灵世界的展示，至少也应该是他独特人生体验的表达。细心的读者也许会注意到王元中诗歌中对于失眠的感受，"无处停留的半夜的失眠/听风,捡拾声音——忽高忽低的花朵/脸朝东方,此时只有时钟和它的镇定/想象黎明,细数时间的念珠"(《夜晚啼鸣的鸟》)。失眠是人生一种难言的痛苦,从诗歌里看,王元中似乎不幸与这种痛苦有缘,"不能睡的醒,不能醒的睡/一个人一生总有一夜,长过想象的尺度"(《钟声》)。这可不是宋词里思妇的寂寞与深闺的相思,"因为寂静,夜晚突然变得没有边际,喝一杯茶,再喝一杯茶……"这分明是他对夜晚的真切写照;他的诗——至少是一部分诗,显然是他失眠时秉烛命笔的产物,"立在阳台上的玻璃窗前/我是这个夜另一棵不能眠去的树"(《体育馆上空穿过夜色的雨水》)。然而他是一棵会写诗的树:当黑夜来临,其长漫漫,他或看电影,或看书,或者就挥笔写作——只为了忘记失眠,于是也就从来不直面失眠。但是,王元中这些躲躲闪闪吞吞吐吐的关于失眠的"蛛丝马迹",仍然让笔者看到了他"连筋带肉的真切存在",看到了城市"深处的秘密和疼痛",这种"具体的苦恼"也让笔者产生了一种"生命原始的感动"——对于一个诗人来说,也许让灵魂安睡是比让肉体安睡更为重要的,但是笔者这里还是要祝福王元中能够在夜阑人静之时呼呼大睡——睡得像一个凡俗无比的人。

我的祝福是不是太有些草根化了?

王元中说:"我理想的文学应该包含一种清晰的精神现场感,它应该具有生活的复杂所给予的内在紧张冲突,但却从根本上不失统一综合之后外在形态上所体现的宁静……在我的创作里,我一直想表现这种复杂的宁静……"笔者认为一个人精神的现场感是不可能那么宁静的——真实的精神时空不可能是经过了伪装的。过多地追求诗歌外在形态上的宁静,与追求一种虚饰其实相差无多。所以,在王元中的所有诗歌里,笔者最喜欢读的却是他的"失眠诗"——尽管王元中至今没有一首诗直接面对自己的失眠,他对于失眠的讨厌甚至让他失去了自我宽慰的智慧,同时也失去了自我嘲解的风度。我喜欢关注他有关失眠的诗,是因为我觉得他的这些诗即使没有什么精神的现场感,至少也有一种生活的现场感,而且不是经过了诗情与画意的儒雅伪装的现场,而且是那么真切地富于人间烟火气息——健康是人生的一种假象,病态才是人生的一种真实。

尽管王元中的这一类诗歌让我们看到了他的生活甚至看到了他的身体,但是,在所谓知识分子写作者与民间化写作者之间,笔者仍然倾向于认为他是一个知识分子的写作者。庹欣诗云，"远处有三个民工干得正欢/如果我称他们是雨中的舞蹈者/那我就太傲慢了"（《家庭作业》），王元中似乎还停留在"雨中的舞蹈者"的"雅言"阶段，因为他对这样的语言显然更为迷恋，"举起手，十根指头细数流水的从前/十滴露水盘腿坐在草间静静修为/牛羊呻吟的间歇，众神也在回家"（《但是》）。

王元中，甘肃甘谷人，1964 年生，西北师范学院中文系 1986 届毕业，十年后，其剑再磨于华东师范大学，获文学硕士学位，又十年后，于兰州大学攻读博士学位而复磨其剑。学海无涯，我相信他在诗的知性方面丰富的获得，将不会影响到他作为一个诗人感性的敏锐，相信他会不断地给我们拿出自己的优秀诗篇并且"拥有自己独自生命积淀和精神视域"。

第二十一章　李继宗的诗

——陇右本土的关山歌者

自 1990 年开始诗歌创作以来，李继宗取得了显著的诗歌成就，他的作品曾入选多种选本并获奖。他的诗歌艺术得到了人们不断的好评——先后有李凤双的《枝叶背后的繁花——李继宗诗歌解读》、于兆锋的《贴地而广阔、厚重而博大——李继宗诗歌解读》、阿信的《读李继宗诗歌笔记》以及王元中的《双眼的注视和心灵的驻守——李继宗诗歌感评》等文章，对他的诗歌创作进行了全面细致的评说。2007 年，李继宗出版了自己的第一部诗集《场院周围》，对自己的创作进行了小结性展示。本章不揣浅陋，试图换一个角度对他的诗歌创作进行再次的斑窥与井视。

一　一个终结者：结束了中国人
对陇右关山的过客式歌咏

李继宗的家乡，即张家川回族自治县，坐落在陇右关山脚下。巍巍关山，是张家川人的"靠山"——不仅是经济的"靠山"，而且也是文化的"靠山"。关山本身，早已超越了地名的语意而成为了一种文化的符号。2007 年，张家川木河乡桃源村战国铜车马的惊现，再次证明了这片当年秦人牧马之地历史的悠久与文明的深远。关山形象和秦安的大地湾形象、天水的麦积山形象一起，堪称陇右文化为数不多的几个重要的核心形象。

从古至今，历代的关山翻越者，写下了大量描述关山的诗文。从汉代《乐府诗集·陇头歌辞》之"陇头流水，流离山下。念吾一身，飘然旷野。朝发新城，暮至陇头。寒不能语，舌卷入喉。陇头流水，鸣声呜咽。

遥望秦川，心肝断绝"，到公元 759 年翻越关山的诗人杜甫著名的《秦州杂诗》之"满目悲生事，因人作远游。迟回度陇怯，浩荡及关愁"等，歌咏关山的众多诗篇，使关山形象大放光彩，成为一个仅次于阳关形象和凉州形象的具有鲜明西部特征的象征性形象——象征着一种"悲壮激越"的人生姿态。

但是，这些歌咏关山的诗篇，却有一个共同的特征，那就是，他们无一不是关山的过客们走马观花式的即兴歌咏。也就是说，它们所谓的关山，都不是关山人自己眼中的关山。换言之，巍巍关山，一直呼唤着关山本土的歌者。

关山当地的劳动人民在千年的历史当中，一定有过对于关山的民间歌咏。为了证明这一点，有人曾把张家川民间情歌《阿妹把你痴等着》中"麻杆顶门虚顶着，阿妹把你痴等着！来了别在前门叫，前门有只狗娃咬"等句子，和古老的《诗经·野有死麇》章联系起来，说是古人所谓"舒而脱脱兮，无感我帨兮，无使尨也吠"的情景，和这首民歌咏唱的情景十分相似——同样质朴，同样真诚，同样语言奇特，同样惟妙惟肖。但即使如此，也不能肯定《诗经·野有死麇》就是歌咏关山的早期民歌。

虽然不能证之以古代民歌，却可以证之以现代民歌。2007 年，张家川首届关山花儿会举行，在"花儿"的海洋中，人们发现，在关山人民自己的民歌当中，关山形象可以说是比比皆是。比如"关山上起了黑云了／张家川里落雨了／庄稼买卖我不管了／一心只盼着你了"。这就是一首关山人自己对于关山的歌唱。然而，劳动人民的民歌与文化人的诗词歌赋相比，毕竟有所不同，关山文化的深厚内涵，毕竟需要它不同凡响的揭示者。这位巍巍关山千年等一回地等候着的揭示者与言说者，应该具备以下几个素养：他首先对历代优秀文人对于关山的描写十分熟悉，其次具有现代文学的基本素养与基本理念，再次熟悉关山脚下劳动人民的生活与情感，最后能坚定地把巍巍关山作为自己言说世界里一个高耸的形象符号。

谁能担负起如此历史的重任呢？

在关山的另一侧，平凉诗人邵小平的《关山》诗，曾让笔者眼前一亮，"它就横亘在你我／摘取功名的途中／月亮，磨去半边的马蹄铁／在头顶飞来飞去／／过不了关山／就在它的脚下养马／过了关山／就留下／关山万里图"。但是，邵小平仍然只是偶然地写了一下关山而已，像以前所有的过客一样，之后他就掉头而去了。关山四周，依然沉寂。巍巍关山，分明是一块诗歌的福址，但是其上却一直空无一人！猫儿草，狗娃花，一直寂寞地生长着。

直到李继宗的诗集《场院周围》出版。

直到这时，一个陇右本土的关山诗人终于出现在了我们面前。李继宗以他依托关山面向场院周围的黄土塬地的诗歌创作，以他对关山人生深情的叙述与低沉的歌唱，展示了自己歌唱的实力、抒情的资质、言说的愿望。也许李继宗从来没有这样想过：由于自己对脚下这一片土地和眼前那一座关山的描写，偌大一座关山，终于结束了由行者过客们即兴歌咏的历史。

二 一座大山的胸怀渐渐敞开：从关山到黄土塬再到场院周围

诗人不是草寇，但是诗人有时也会"占山为王"。即在甘肃诗人中，如叶舟之于敦煌，如阿信之于甘南；但是，李继宗之于关山的"占领"却自有其特点。叶舟歌写敦煌，但是人却在兰州；阿信咏叹甘南，其出生地却在临洮。李继宗是生在关山之下、长在关山之下并且现在仍然生活在关山之下的地道的关山诗人。当他以关山为生活基地与题材基地而开始自己的述说时，那一方土地不是"迎来"了一个诗人，而是"诞生"了一个诗人。换言之，李继宗是张家川那片贫穷苦焦的黄土地土生土长的一个真正的本土歌者。

这样的评价绝非溢美之词，因为，李继宗用自己近20年的诗歌创作，对关山形象进行了全方位的刻画，也进行了细节化的描绘。虽然"山要远观"，但是，远远看见的山巍峨有余而生动不足，云飘雾绕却并不真切。"不识庐山真面目，只缘身在此山中"，但是换一个角度观照，"要识庐山真面目，必须深入庐山中"，李继宗就是这样一个深入到关山之中因而知晓关山的真面目、真性情、真内涵的人。从李继宗的诗歌里我们看到了一个具体的关山——人们祖祖辈辈生活在西梁山下、杏花崖边、银叶杨侧；他们呼吸着"甜美的山风"，行走在"（让人）卑躬屈膝"的路上；

他们燕麦一样萧萧而立，他们沉默也幻想，幸福也屈辱；他们"卑微而清冷的山地人生"，包容着麻地、土豆、荞麦，也包容着农民、小商贩、小学教师，更包容着人生的隐忍、低调和幻想。而哪一个路过的行者会如此目及下尘？而哪一个当年的游客曾经擦亮自己的眼睛看到了这片土地上的卑微人生？

但是李继宗却看到了，他不仅看到了发生在这片土地上的春花秋雨，也听说了发生在这片土地上的情感故事，作为一个现代诗人，他还直觉地意识到了自己脚下的黄土塬地宝贵的诗学价值。他一定领会到了：黄土塬地其实就是真主赐予自己的一块莫大黄金。于是他毫不犹豫地担负起了自己的歌唱使命。他在《红叶》一诗中说："我是激荡的血和热的残存者/是活下来的，为数不多的/愿望的呜呜吹鸣//我是整座山上最偏僻的蜂巢/我是围住一滴蜜的两个字：爱和恨/是上一代继承者临终时/向下一代继承者交代的秘密。"对一个想对这个世界有所言说的人来说，这是一种觉悟，拥有了这种觉悟的人，是有福的，因为他将拥有一个家园，他将不会四处流荡。

王元中先生早就指出了李继宗诗歌这种宝贵的"家园感"。是的，这绝不是什么"占山为王"，这是一种精神上的"回家"。这个让李继宗身心相许的"家园"，往大处说，就是关山；往小处说，就是秦家塬；往更小处说，就是"场院周围"。如果说"场院"是李继宗目光的聚焦之处——它也引领我们的目光聚焦于此，那么，极具放射感的"周围"就是他的目光游移、扩散和瞩望的辽阔世界，是一片又一片蕨麻和油菜地；是一股河水和一带远山；是村东的桃林和村西的荞麦地遮盖着的祖先坟墓；是青砖和黑瓦庇护着的新生、成长。在这里，荒凉地头，蟋蟀们歌唱着秋天与日月；在这里，一个求学归来的年轻诗人述说着所有看到的故事与想到的心事。

这里笔者使用了"述说"一词，是因为我必须言及李继宗诗歌的叙事性。

李继宗的诗歌里不时会有像"树木不高/又挨着半截矮墙。/叶子完全脱尽了/就裸出一个粗陋的雀巢"（《空巢》）这样的"陈述句"出现。阿信之所以把它们和于坚的《罗家生》联系起来，原因在于，当代口语诗歌确实是大量地采用了叙述的表达方式来讲述平凡日常的"生活流"，但是关山一样独立苍茫的李继宗却清醒地没有随波逐流地滥用叙述来滥讲琐事。在《杏花崖》一诗中，他也讲故事，他也叙述，但是他没有丧失诗歌言说的本色，他恰当地处理了叙事与抒情的关系，既保持了诗歌尊严，也机智地完成了一个关山脚下爱情故事的讲述。他的《山上山下》一诗也成功地讲述了一个与关山有关的故事，其点到为止的讲述策略和大量布置空白的悠长回味，让人联想到汪曾祺的小说《晚饭花》，还有阿成的小说《白色鸟》。

李继宗毕竟不是小说家，他虽然注意到了这块土地上人们的生活细节，如"独处的时候你眼睛湿润"（《山雀》）；如"换掉了锈蚀的铧犁"；"在坡地上拉车"；"在坡地上掘土"（《透过薄暮下的屋檐》），但是由于李继宗的诗人本色，他看到的更多是那些"短到一闪就不见了"的诗意情景。"围栏里，牵牛花涌动着比阳光/远为焦灼的开放之火/此时炎夏之正午/草兰是打盹的/野藤是停止攀缘的……"（《开花的院子》）"它们悄无声息地解开金束的腰带/像竹床前的少女/打开了胭脂和晚霞的袋子……风吹过了花开/风让每一个旅者听见/'哭，是因为我们伤心'。"（《土塬花开》）虽然这样的诗句多少有些闲情逸致的小资情调，但并没有遮掩他更为深沉的诗思，"无数薄暮之后的安静与睡眠/被木桶提上来/到了地面"（《我听见深井中的木桶》），这样的句子让人对生活肃然起敬。这样的诗歌，让关山的形象变得立体而丰富、鲜活而生动、具象而明晰。这样的诗歌，堪称"秘密的乡村档案"。阅读这个秘密的乡村档案，一座大山的胸怀就向着我们渐渐地敞开了。

李继宗，你的使命，就是给世人敞开关山的胸怀，就是让人看到那一大片红月亮下的黄土塬，看到黄土塬上一个又一个的场院，并且看到那些场院里打麦的人和场院周围持镰的人——看到关山的细节与表情。

三 两大出众的诗歌能力：丰富的艺术想象力与多样的艺术结构力

尽管人们把包括诗歌在内的文学创作活动描述为所谓人类的灵魂工程，但是如将"文学创作"换名为普通的"写作"，则它说到底仍然是一门手艺。诗人策兰曾经说过："手艺——意味着和手有关……只有真实的手写真实的诗。我看在握手和诗之间没什么差别。"① 说诗人是一个手工艺人丝毫没有对诗人的不敬，相反却能传出诗人的两大生命属性。其一，他们生活在民间；其二，他们身怀绝技，而且他们的绝技只服从于自己的个人化情感。

靠手艺吃饭的人必须技艺精湛，靠诗歌这门手艺吃饭的人必须努力保护一个诗人最为基本的艺术想象力（可惜好多自许为诗人的人却早就舍弃了这种人类高贵的秉赋）。诗人的想象力有些接近于魔术师的魔术，因为想象力所到之处，事物都像着了魔法一样会散发出异样的光彩。在李继宗的诗歌中，这样想象优美、奇思妙想的诗章随处可见，这让阅读李继宗的诗不再是一件吃力的事情——甚至是一件观看魔术表演一样快乐的事情。比如他这样描述落日残霞，"像一匹庞然红绸，横经祖国西部/这尘味深远的甘肃大地"（《落日》）；比如他这样想象风，"吹乱春天的月色/嗑开收紧的雪粒……让死水一派微澜。让北方牛羊/在黄河以西产下酒泉和阳关"（《风之一》）；再比如，"像一片镜子终于找到了一张面孔/呼喊这为什么呼喊的山谷/让它朝我们转过脸来"（《声音》）；如"那梦一样轻盈/叹息一样簇拥的苜蓿花"（《苜蓿花》）；如"我看见我拍着自己的双手/声音传出去/经久不散。散落的/只是被草叶一遍又一遍弹回来的金色阳光"（《早春之一》）。这些让人过目不忘的诗句，自然、亲切、本色。笔者喜爱这样的句子，喜爱到我甚至不忍心说出它的言说秘密——通感。当魔术家替人类实现着梦想，我们一般不应该揭穿魔术背后的"手法"；当诗人替人类抒发着对生活的热爱之情，我们一般也不应该说出诗歌背后的"手艺"。况且，作为一种修辞学的命名，"通感"二字其实掩盖着诗人对于世界人生的生命感悟——说它是通感（包括说它是比喻），恰是对它的价值低估。正如人们一般认为想象就是想出来的一样，有几个人能知道通感其实是诗人感知世界时最为基本的方式。

一种高超的手艺必然表现为方寸之地的无穷意味，即巴尔扎克所谓"用最小的面积惊人地集中了最大量的思想"②。李继宗的诗歌中不乏如此

---

① 北岛：《策兰：是石头要开花的时候了》，《收获》2004年第4期。
② 巴尔扎克：《论艺术家》，载《巴尔扎克论文学》，中国社会科学出版社1986年版，第10页。

短小篇幅里意韵叠出的佳构，如《山雀》，由山雀具象的"浅灰的颜色"，到其聒噪之声音的"浅灰的颜色"，再到"沉默和无动于衷的浅灰的颜色"，表现出细腻的语言肌理，语言质地厚重。

优秀的诗歌作品无不是语言的盛宴，而"盛宴"云者，意味着诗歌内部丰富的组合方式及其带给人们的多样审美愉悦。李继宗结构诗歌时最拿手的方法，有人名之为意象叠加，有人名之为电影蒙太奇，笔者名之为"叙列二法"——即叙述句的并列。如他的《黄昏以后》："城北黑了。/前河沿黑了。/积雪的田亩黑了。//场院黑了。/去年丝结椽头的蛛网黑了。/堆在墙根的劈柴黑了。//去往新疆的路黑了。/丑子与何世全商量的一件大事黑了。/羊皮贩子的脸黑了。//又是寒假，中学教室的门窗黑了。/孩子们整天烧荒的地埂黑了。/那个做寒假作业女生的眼前黑了。//喊出去的声音黑了。/街头吹笛子的人反复吹奏的严冬大地：黑了。"此诗"黑了"二字贯穿全诗，气韵流畅而生动。李继宗特别善于这种联类无穷的串珠式诗歌构造，比如他的另一首诗《梦里》，"街道扔掉了所有的店铺/铁路扔掉了所有的火车……山冈扔掉了所有的青草/羊群扔掉了所有的羊皮……空旷和伤感扔掉了我……"等，这里不再一一列举。总之，李继宗作为一个诗人——而且是一个身负重任的诗人——具有着丰富的艺术想象力与多样的艺术结构力，这一切都将帮助李继宗在诗歌的道路上走得更远。

四 一道鞭影闪过：语言的浅表有些轻轻的伤痕

李继宗的诗歌创作不可能没有问题，王元中博士早就列举了这样几种：语言所指有时空洞、造句有时拖沓、空泛的公共化抒情有时出现、刻意的点睛和提升有时难免等。而笔者在这里又要给他再加一条，语言时有鲁莽之处。

李继宗有一句诗，"把手中的马鞭捏碎"（《过年》）。且不说马鞭能否被捏碎，亦即"捏碎"与"抽断"哪一个更贴近生活的真切状态，只说这句话传达出的力量，恰恰不是力量的合理使用，而是力量不合理的使用——鲁莽。

李继宗喜欢使用"鞭子"这个词语。他好像听从了尼采的劝告，"带上你的鞭子"。只不过尼采的鞭子是带给女人的，而李继宗的鞭子是带给诗歌的。手持鞭子的李继宗面对诗歌语言，一定感觉自己和尼采一样拥有着强大的自我意志，于是，在李继宗的笔下，语言的暴力不幸也出现了，如《露宿马鹿岭》就是一例。"纯粹的诗人讲究的是对语言的控制、操作。"① 于坚话到嘴边却没有说出的一个词是"顺从"。如果不要过分强力于我们笔下的语言，而能够多少顺从于语言的自然，则李继宗的诗歌其艺术质地将大为精纯。李继宗目前的语言修养，已然达到了这样一个境界：运用语言来说自己的话。但是，还有一个语言的境界，却兀立于前，那就是：语言通过自己来说话。而要做到这一步，必须通过辛苦的努力，把我们笔下的鲁莽之强力，变为顺应语言的自然力。

关山的子民李继宗重任在肩，相信他一定会策马挥鞭，奋勇向前。

---

① 于坚：《结识一位诗人——传统、隐喻与其他》，《诗探索》1995 年第 2 期。

第二十二章 李王强的诗

——让我们从汉隶中领悟诗歌的笔法

诚如李王强大学时的班主任王元中博士在评价李王强的诗歌时所指出的，也诚如李王强近年来在自己的诗歌创作中反复实践的，李王强目前已经领会并可熟练操作的诗歌手法已有很多，像一个耍拳的人，他已学会了好多种拳法。李王强的李家拳常用的拳法有：

之一，比喻法。对此，他有一个宣言，"我要找到一个比喻/相对细腻，或者真实/站在时光的侧面，看清日子/看清爱"（《看清日子，看清爱》）。先不论他对比喻的认识达到了什么程度，这种对于比喻的并不拒绝的态度无疑是正确的。事实上，李王强的比喻已接近熟能生巧，有时还能做到"远取譬"。如"蝴蝶来了又去，像孤独派来的探子"（《一一覆盖》）；"一个人，闪身而入/像一把锋利的刀子/切走了好大一片阳光"（《安放一盆花》）；"那么多的翅膀，拢在一起，花苞一样/倏然打开，抖落一地的芬芳……""我来……/像韵母找到声母，轻轻的相碰和相拥/石破天惊"（《鹳雀楼：苍茫天地一印章》）等，这样生动的比喻在他的诗歌中"比比皆是"、不胜枚举。

之二，诗歌标题的开放法。李王强的诗歌标题具有一种开放性，表现为他的诗歌标题多为陈述句。如《流水把自己送丢》、《夕阳的灯笼，灭了》、《风的翅膀太宽阔》、《大地在低处，匍匐》、《鸟翅多么冰凉》、《落日的铜锣》、《石磨沉重》等。一般来说，诗是一种曲径通幽、渐入佳境的调动读者渐渐感受的艺术，所以，诗歌标题也多为形象性含蓄性比较强的封闭性标题，如《流水》、《夕阳》、《落日》等，因为诗歌的标题一般并不担负直接告知某种理念、或者先行通知某种意思的使命，而李王强这种在标题处即提前释放某种内容信息（与正文形成"倒金字塔结构"）的手法，显然是一种开放性标题。开放性标题的好处是，可以提前亮明某种鲜亮的内容，引起人们的注意；但也有不好处，因为有些接近于学术论文标题的标题命题化、判断陈述化，也有些接近于新闻消息标题的标题信息化、事实告知化。

之三，"一分为二法"或"想象剥离法"。如"飞翔很近，可鸟鸣很远"（《正棋山：天地设下一局棋》）；"……天空/挂起的蓝又太高、太远"（《石磨沉重》）；"一枚弯曲的/钉子，生着日子的锈"（《一个盘腿而坐的人》）；"天空在天空之上，空着/流水在流水之下，流着"（《像飞翔，又像挣扎》）；"一把椅子，无人去坐/它只能自己坐着自己"（《一一覆盖》）；"风很冷，风几乎把它自己/冻伤"（《风很冷》）等，感受独特，想象奇丽，大显诗人重组世界秩序的本色愿望。而且这种手法表现出李王强优秀的陌生化笔意处理能力，最为引人注目，也最需李王强在今后的创作中悉心体悟、努力发展。

手法也好，拳法也罢，艺术手段终归服务于艺术表现，而艺术表现的终极目标亦即诗人的天职，终归是对事物的诗意命名。在这最根本的一点上李王强已有高度的自觉。谁不知道河流是弯的，但它是如何弯的？李王强说，"河流被风吹弯，再吹弯"（《从十点开始的早晨》），这就是诗意的命名！诗意的命名就这样简单！诗意的命名也就这么伟大，当诗人把那些被世俗大众忽略的美一一说出，诗人的价值也就在这一一的说出中得到了实现，诗人的自我也就在这样的说出中得到了救赎——救赎总是针对着迷失的！自我能从迷失中回归，自我就能从回归中救赎！

一 在物化的基础上"飞出"：
隶书的用笔与诗歌的造句

看别人写毛笔字时，觉得人家写得十分轻松随意；自己提起笔来，却是拙重艰涩。双手写不出一个"八"字，觉得心里头那些生动活泼的好字样儿，落到纸上，全变成了丑八怪，这是为什么呢？原因很简单，不会用笔！所以，想通过书法艺术来表现自己的心性，先得学会用笔；所以，想通过诗歌艺术来表现自己的心性，先得学会诗歌的造句。

是的，是"造句"，而不是用回车键"分行"。"诗句"的概念和"诗行"的概念不同。比如李王强《缓缓放弃仰望》里的这一节诗：

> 我常常低头赶路，偶尔抬头望天
> 浅浅的脚印被风吹走，像瓷器
> 丢失了最初的釉
> 丢失了最初的眩晕和曼妙

如果以句论，它是一句。如果以行称，它就是四行。不会看诗的人，看到的是行；会看诗的人，看到的是句。行是外在的，句是内在的；行是形式单位，句是意义单位——相对独立的基本表意单位。

如上所例，它不仅仅是诗歌作品中一个成功的造句，它还是诗歌尤其是现代新诗的造句中最为特征化的一个句型——如同"波划"是汉代隶书最为特征性的一个笔画。隶书的波划，有一波三折之说，即"蚕头 + 蝇腰 + 燕尾 = 完整的一笔"。蚕头是藏锋入笔部，实在而低调；蝇腰是承接发展部，充实而修美；燕尾是出锋收笔部，有力而微微高扬——飞出！以隶书波划之眼，观诗歌造句之法，我们看到的上例就是：

> 我常常低头赶路，偶尔抬头望天
> 浅浅的脚印被风吹走（至此为蚕头部），像瓷器（至此为蝇腰部）
> 丢失了最初的釉（至此为燕尾一部，不完全出锋）
> 丢失了最初的眩晕和曼妙（至此为燕尾二部，完全出锋）

当然，这是一种喻言，但是这种喻言却可以启发我们理解到诗歌造句一波三折的步调与节奏。首先是对象呈现，接着是意象呈现，再接着是意味呈现。如顾城诗句"让阳光的瀑布/洗黑/我的皮肤"，"阳光"是初始的对象呈现，"瀑布"是接下来想象后的意象呈现，"洗黑我的皮肤"即是立足于意象之上自然生成的意味呈现。让我们再看一下这节诗：

> 我常常低头赶路，偶尔抬头望天
> 浅浅的脚印被风吹走，像瓷器

　　丢失了最初的釉

　　丢失了最初的眩晕和曼妙

　　让我们换用另一种隶书之眼继续观察这一波三折的诗句。这句话如果
止于"我常常低头赶路，偶尔抬头望天/浅浅的脚印被风吹走"，在隶书
中，就只是一个并不醒目的短横；如果止于"……像瓷器"，也只是一个
比较醒目的较短的横，但如果加上"丢失了最初的釉/丢失了最初的眩晕
和曼妙"，则这个句子就是一个鲜亮夺目的长横——隶书中的长横是隶书
笔画的核心，最具隶书的神采——因为它有燕尾！

　　燕尾是要"飞出"的。燕尾是书法之"飞出"，在诗歌造句里，就是
"出意"。

　　隶书的燕尾飞出有一个原则：在长横主笔处飞出。也有在短横次笔处
飞出的，但一般都在长横主笔处飞出。关于这一原则，笔者的理解是，笔
锋不选择从入笔的头部迅疾地飞出，而是选择经足够的运笔之后（腰间
生成）而于尾部飞出，因为这样的出锋才是有力的。会武功的人知道，
力量是从腰间发出的而不是从手上发出的。古人在写隶书的时候，一般不
在短横次笔处发力，而往往在长横主笔上发力，原因正在于那个长横
（或者长捺）有足够的积蓄力量的过程，有力量显而易见的符合事物性理
的合理化——物化——过程。

　　道理都是相通的，诗歌的造句也是一样。下面以《缓缓放弃仰望》
为例比较说明。

　　　　造句 A：月亮，那么圆，那么亮

　　　　造句 B：月亮升起，藏在椿树的枝桠上

　　　　　　　　那么圆，那么亮

　　　　造句 C：（月亮）升起，藏在椿树的枝桠上

　　　　　　　　像椿树的内心，像椿树内心的一块玉

　　　　　　　　那么圆，那么亮

　　造句 A 相当于点式飞出，造句 B 相当于短横飞出，造句 C 相当于长横
飞出，显然，长横飞出是合理的，于是也是合情的，于是也是美的，于是

就是诗歌造句的特征化句式。在造句 C 中，那相对于前两种而多出了的部分，其实就是在用笔的时候多出了一个顿挫的过程，这个必要的顿挫过程为的是多出一样东西——意象，意象的出现是为了进一步加强物化的过程。欲要最终羽化而飞出，先要耐心地刻画而物化。小说的叙事如果离开了细节的真实，其总体的虚构就成了空中楼阁；诗歌的抒情如果离开了前期的物化过程，其总体的心性也就流于虚空。比如《一个盘腿而坐的人》：

> 蟋蟀的清唱，压弯一枝疲惫的
> 芦苇，却被风的磨盘
> 碾成粉末，撒向苍茫的大野

"压弯"需要重量，但是"清唱"之"清"所能提供的重量显然不够；把"风"直接想象成"磨盘"，也缺少一个必要的物化条件"旋风"；"磨盘"可以"碾"，却不可以"撒"。之所以会出现这三个问题，原因就在于物化不够，逼真不够！

于是，要做到诗歌造句过程中逼真的物化，李王强必须继续广泛而深刻地体验生活，万万不可轻视对生活饱满而真切的体验。没有强大的写实功力，何来卓越的表现能力？

诗歌固然是表现心性的，但是却不能直奔心性，不能把自己的感受与情思直接说出来。不能刚刚落笔，就要出锋，尚未物化，就要传神，不能这样"急锋近意"。其实，诗歌用笔不只是不能"直奔心性"，甚至也不能"真出心性"，这也是隶书的波划给我们的启示。隶书的燕尾，用笔时往往只是"送到而不真出"，真出锋了，反而像射出去的箭，再也没有力量。不射之射，才最有力。于是，诗歌终归是要到达心性的，但是，到达之后，仍然若隐若现的，才是最神秘也最高远的心性；诗歌最终是要说出心性的，但是，说出之后，仍然若隐若现的，也才是最让我们迷醉的最深远的心性！

二 "推陈出新"：隶书的"蚕头蝇腰
燕尾"与诗歌的"一看二想三悟"

隶书中的点横撇捺，其实都或明或暗、或多或少、或轻或重地运用着同一种一波三折的笔法；同样，在诗歌笔法里，这种一波三折曲径通幽的造句也十分普遍——笔者曾经把它总结为一个诗歌艺术的科学发现并四处推广。这就是笔者发现并总结的诗歌写作"一看二想三悟"之"三步法"。比如《在疼痛中按紧良心》：

> 柳条鹅黄，随风摇摆（A）
> 这春日的发丝（B），串起晶莹的鸟鸣（C）
> 不小心甩出去，就是破碎（C＋）

再比如《鹳雀楼：苍茫天地一印章》：

> 鹳雀楼（A），你是一枚精致的印章（B），天地刻就（C1）
> 蘸清风、蘸明月、蘸波光、蘸绝唱（C2）
> 在一个民族最洁净的精神宣纸上，落款（C3）

这 ABC 三步，叫做一看二想三悟。而现在，笔者要借用隶书的概念，把这 ABC 三步表述为：蚕头、蝇腰、燕尾！如上面的诗节，蚕头本来就在起笔平实之位，所以像"柳条鹅黄，随风摇摆"这样的话，可有所修饰可不加修饰，即使直接道出，亦无不可；蝇腰是发展部，对于诗歌来说，是意象生成部，有卓越的意象生成更好，如果没有，像"春日的发丝"这类略显陈旧的，也可以（有，总比没有强；难看些，如果可以忍受，也比没有的好，因为它至少还能表意）；燕尾却是出锋部即出彩部，如果这里也陈词滥调，像"串起晶莹的鸟鸣"，则这一句即告平淡甚至失败，但也不绝对，如果能绝处逢生异军突起，像此节"C＋"部之"不小心甩出去，就是破碎"，就堪称"拗救"——以一个精彩的飞出拯救了整个诗句。

这种拗救的能力，是诗歌艺术一种转危为安的逆袭能力、推陈出新的创造能力。敢于先卖一个破绽，然后一个回马枪斩敌于马下，这种能力，难能可贵。李王强不止一次地表现出自己的这种能力，如他的《在镜子里消失》，把一汪湖水想象成镜子，这是极其陈旧几如常识的，然而且慢，且看下文，"你绕着它一圈一圈地走／很惬意，很留恋／你要把自己走

成镜框吗?"这却是推陈出新!真理再往前走一步就是谬误,然而,常识再往前走一步就是创新!再如《一朵云飘着飘着就散了》:

> 一大片一大片紫色的苜蓿花
> 就是一群怎么飞
> 也飞不起来的蝴蝶

这样的想象并非出众,因为其中的喻体并不新颖,但是,李王强却能接下来推陈出新,在《一朵云飘着飘着就散了》还有如下句子:

> ……几只麻雀,就是被风扔出去
> 再也不想捡回来的石子

再如《光芒里的花瓣》:

> 你一定要相信,那些
> 街头的灯,就是
> 深陷在黑暗中的花朵

从灯到花朵,不能说新,新的是"深陷"。再如《月光低一些》:

> 那些树叶,在秋风中
> 拍着拍着就拍红了手掌
> 而一个陷在回忆中的人
> 被回忆反复伤害

从"树叶"到"手掌",一般化,从"秋风中"的树叶到"红"手掌,也一般化。是什么让这句诗推陈出新获得新生呢?是"拍着拍着就",没有这一物化的描写,后面的两行也就成了"空手道",就成了空口无凭。再如《像飞翔,又像挣扎》中:

有多少双臂张开，像飞翔
更像溺水时的挣扎与呼救

第一行，叫"陈"，第二行，叫"推陈出新"。

三　形断而意相连：隶书的笔意连接
　　与诗歌的语言呼应

隶书之波划一波而三折，虽三折而终为完整的一笔；书法的书写，一笔一笔又一笔，形虽断，意却连。书法艺术这一形断意连的原则，同样也可以帮助我们理解诗歌的语言运作。在这方面，李王强有一个成功的诗例，比如《轻轻抬起》中：

田埂上，这么多青草丢下的轻叹
这么多草莓丢下的胭脂
这么多清风，伸着柔软的细腰

在"青草"与"细腰"的想象过程中，插入了"这么多草莓丢下的胭脂"，这是一种中断。虽然断开了，但在第三行终又接续，这真像是形断意连。但也有一个不成功的地方，比如《时光》中：

那是三月
那可是春深似海的三月呀
我却看见心头的那本日历在霎那间被一阵狂风彻底吹乱
从此，我的泪再也流不出眸子

其中用"从此"而"形连"起来的，其实是两个"意断"的东西——看不出它们有什么可以让人相信的因果，被风吹乱的"日历"和流不出眸子的"眼泪"各行其事，井水不犯河水。

这是一个书法艺术所谓笔意连接的问题，也是一个诗歌艺术所谓语言呼应的问题。仔细观察优秀的古人书法，笔与笔之间笔笔呼应形断意连；

观察优秀的大家诗作，语词和语词之间同样是针来线往脉络清晰。李王强毕竟还年轻，他的诗歌艺术毕竟还不够娴熟，所以，在笔意的严密性上，李王强还存在着许多问题，其中之一，可以名之为"用人而疑"。用人不疑，委以重任；用人而疑，使之赋闲！所谓赋闲，就是在诗歌写作中，将已经辛苦唤出的意象，突然又弃之不用，突然又另起炉灶，王顾左右而言他。比如《踩碎的花香》中：

> 这百世的暗疾，找不见
> 千年的解药
> 那弯残月，就是夜空
> 一枚最明亮的耳朵
> 那里，有我们经年的爱恨
> 那里，有一个孤独的爱的地址

"耳朵"意象，占着板凳但是不吃凉粉——后面的两行，于是就是从别的地方取来强加上去的而不是从耳朵意象自然生发出来的。再如《蚂蚁》中：

> （蚂蚁）攀上一茎青苗纤纤的手掌
> 想把远处的溪流望望

让我们把"纤纤的手掌"之想象去掉：

> （蚂蚁）攀上一茎青苗
> 想把远处的溪流望望

有"手掌"，与没有"手掌"，是不是一模一样？"手掌"是不是被"赋闲"了？用了手掌，又不委以重任，这难道不是"用人而疑"吗？

不知道李王强下不下象棋，不知道他是不是知道下棋运子最怕"脱根"。脱根之棋子，容易被吃掉；脱根之诗语，会给人以虚空飘浮之感。诗歌固然是为着表达诗人的情绪甚至灵魂，但是，诗歌如果可以直接任意地表达自己的情绪或灵魂，那诗歌又何称艺术？人贵有灵魂与情感，但人却不能只有灵魂与情感——人还必须得有一个尽可能物化的躯壳！诗人之所以要惨淡努力地经营意象，就是要为诗歌的灵魂寻找一个诗歌的肉身！什么是肉身？肉身就是丝丝入扣浑然一体，自然而然浑如天成。

四　上亦难下亦难：隶书的末笔出锋 与诗歌的卒章显志

由于诗歌是一种体式短小的语言艺术，所以，隶书这种蚕头燕尾的特征性笔法，甚至可以帮助我们更好地理解诗歌写作的一般性章法——由一句之法理解一章之法，把一首诗理解为隶书中的一个笔划。李王强有一首诗名为《经过，缓缓地》：

叶子落了，树满身是伤口
它们正朝着西风喊疼
鸟雀，惊起一团雾状的冷
山巅的乔木就是束束烧焦的蒿草
黄狗的尾巴拖着白白的月光
扫过坚硬的大地，留下浅浅的痕
此刻，我经过你，缓缓地
多像裂纹经过瓷器，凋零经过花朵

这最后的一节，相当于一颗隶字当中的主笔，是露锋飞出的一笔。在此之前，李王强不紧不慢、不急不躁地先写了前面三节的铺垫性次笔。有那样平实的入笔，有那样平稳的运笔，有那样低调的起头，有那样结实的腰身，然后这最后的发力与出锋，就显得坚实而有力、袅娜而意味悠长。

这也是一种章法层面上的不能直奔心性。

在章法层面上，不仅不能直奔心性，甚至也不能满篇都是心性。蚕不二设，燕不双飞，这是隶书早在汉代就体会到的一种美学。燕尾固然好看，固然抒情，固然意随锋出，那为什么我们不在一个字里多飞一些呢？比如一个"王"字，我们为什么不把它的每一横都写得蝇腰燕尾呢？道理很简单，糖多了，反而不甜！到处都出锋，其锋反而失却锐利；到处都抒情，其情也就成了滥情！艺术是表达心性的，然而，不只"直奔心性"是艺术的大忌，"满篇心性"也是艺术的大敌！就像那个"王"字，前面的两横一竖，都在为最后的一横做铺垫与准备——它没有直奔心性；它的三个横当中只有一个横是飞出了的——它没有到处都是心性。

把不能直奔心性和不能满篇都是心性结合起来，就有了这样一个伟大的言说传统："卒章显志！"用于坚最反感的说法，就是结尾时的"升华"。

李王强对这种大家几乎都在使用的而且历史上一直在使用的传统笔法深有体会并深得其妙，有很多成功的运用。但也有一个不得不指出的缺点——因为这是一个极其常见的问题。比如他的《祖母：一盏无眠的灯》一诗，围绕"灯"意象展开，很有章法，从"柿子树挑起灯笼"，到"洋芋是泥土的灯"，到"犬吠是家园的灯"，众星捧月般推出了"祖母呀/您就是我心头一盏无眠的灯"。行笔至此，他也情不自禁地开始飞出诗意了（《祖母：一盏无眠的灯》）：

> ……祖母呀
> 您就是我心头一盏无眠的灯（A）
> 醒着七十多年的风雪（B），醒着七十多年的
> 疼痛和爱怜（C），亮在我清冷的心空（D）
> 一片一片的光，连成了我灵魂
> 千年的温暖和温情（E）

这首诗的终结，可有 A、B、C、D、E 共五处选择。不同的选择，体现着作者不同的情感理解、艺术理解、美学理解与诗学理解。最缠绕、最为树欲静而风不止、最欲罢不能也最接近"升华"者，是 E。李王强选择的正是 E。但是，用书法上的话讲，这却是出锋太露，抒情的那一笔太修长。修长虽美，但却软弱。李王强有好多的诗都存着收笔不够沉郁的现象。所以，比较句法上的出锋与章法上的出锋，李王强在句法上的出锋方面，比在章法上的出锋方面做得要好。因为后者比较难。前者易，易在它毕竟是一种技法；后者难，难在他关联着一个诗人的观念。

　　从总体上看，李王强不是一个"向下"型的"低"诗人，而是一个"向上"型的"高"诗人。李王强温柔敦厚的性格，也许使他对伊沙的诗歌不愿认同。伊沙对世界其实深怀同情，但他更知道给被同情的对象以尊严！什么叫尊严，就是当他们读到了你的诗，他们说"你写得真是实在！"是的，不实在的，不真切的，不深刻的，就是只有同情而没有尊严的！诗歌创作，让人感到你的苦恼，胜过让人知道你的苦恼；让人感到你的赞美，胜过让人知道你的赞美。看着李王强诗歌中不少"浪漫主义"的表白型诗句，笔者不时眉头紧皱。李王强，你在生活中藏锋已有多年了，但是在诗歌里，你怕也要学着藏一藏笔锋吧？把你的爱，把你的内心与记忆以及忧伤等等，再往深处藏一藏！

后　记

　　事实上,本书是我近年来中国现当代诗歌研究文章的一次专题整编,或者说是"零存整取"。仿效《庄子》的结构,我把它们分成了内、外、杂三编。内编为"入乎其内"的现代诗歌的文本内部研究,外编为"出乎其外"的现代诗歌时空处境的宏观研究。我个人以为本书的亮点,即在此两编——甚至仅仅只在内编。换言之,如果在中国现代诗学的研究方面,我还会有下一本书的话,则这本书的种子,即已深埋在这一部分,或者说我准备在这一个方向上继续探索着前行。

　　十年前,我曾出版过一本自己的现代诗歌集《带肩的头像》,我用它告慰了自己那一段诗歌写作的经历。接着我又出版了一本自己的思想随笔集《怅辽阔》,我用它吹响了一次自己乱七八糟、散兵游勇的思想"集结号"。我想说的是,当年,我用这两本书暂时告别了自己的写作人生,而转向了有些姗姗来"早"的学术研究。按我原来的理解,学术研究,应该是一个人博览群书、遍历河山、见多识广且能深思熟虑之后方可动手的事业,甚至也是一个人在经济上稍有积蓄与家底之后方可悠然进行陶醉其中的事业。年纪轻轻嘴上毛短,却在那里作学者状一本正经地讲述自己的所谓观点,免不了会有急功近利之嫌。

　　不幸的是,我的学术,正是这样急功近利的学术。

　　迫于形势而易帜变节十年来,出于种种动机与因缘,我已先后出版了好几部述说方向有些飘忽的所谓"学术专著"。这些"学术专著",填补了我年度考核时单位表格上的空白,也填补了我申报项目时成果一栏里的空白,但是并没有填补腊月三十的晚上屈指盘算时我心灵的空白。我的意思是,面对过去的十年我感到汗颜。十年,我应该认认真真只写好一本书的,我却浮皮潦草地写了好几本书。这其实不是什么好事情。它们固然让我的人生有了一些动静——如蟋蟀之秋吟,却也悄悄地偷走了我的声音。偷走我声音的正是那只"蟋蟀"。

西班牙的天才诗人加西亚·洛尔迦有一首诗名唤《哑孩子》。这是一个诗写的童话故事,说是有一个"哑孩子",一直在"找寻他的声音",因为他的声音被"蟋蟀"偷走了。在"一滴露水"中,这个哑孩子找寻着他的声音。后来他终于找到了自己的声音,但是,就在找到了自己的声音时,他却变成了蟋蟀。这是一个优美的童话,也是一个深刻的寓言。自己的声音被偷走,这不正寓言着我们不幸的哑巴了的命运吗?虽然哑巴了,但毕竟还想拥有自己的声音,这不正寓言着我们的渴望也寓言着我们的固执吗?找寻自己的声音,不也寓言着我们的奋斗(或者说是挣扎)吗?在露水中寻找,不也寓言着我们奋斗的纯洁性(或者说寓言着我们挣扎的危险性)吗?而找到了自己的声音,无疑寓言着我们一种乐观的人生想象;而变成了蟋蟀,也无疑寓言着我们找到自己的声音时付出的代价……我觉得,这不仅仅是一个与诗人有关的寓言,其实也是一个与我们所有人相关的寓言。我的意思终归是:作为一个有着言说渴望的"哑孩子",我为我十年来在学术研究上毕竟发出了的"声音"而感到喜悦,同时也为这声音当中究竟有多少属于"自己的声音"而感到困惑。

所幸我尚能正视这种困惑。所幸我还知道沉默的可贵——虽然我现在还不能沉默。

值此本书出版之际,我要感谢天水师范学院文学与文化传播学院中国现当代文学学科的全体同仁,感谢你们对我这个外专业同事的接纳。据我所知,在中国现当代文学的研究方面,你们已经取得了不容小视的成就,至少在甘肃省内,已经产生了引人注目的影响。在我们这个小地方的小学校里,在人们对学术的态度还免不了急功近利的客观环境里,如果说还有所谓"真的学术"的话,则你们所从事的,正是难能可贵的"真的学术"。真的学术是一种有内涵有质量的事物。有内涵有质量的事物会有一种吸附的力量,而我正是被这种力量所感召所吸附而忝列其中。我的这本书,能够成为贵学科组《中国现当代文学研究与批评书系》其中的一部,我能够以自己鄙陋的声音加入到你们宏亮的大合唱,真是莫大的光荣。我知道,为了这套书的形成,从丁念保主任,到张继红博士,到李志孝教授,到郭文元院长,到马超学科长(我们的学术带头人),直到我们的安涛校长,你们都付出了巨大的甚至是艰苦的努力,而在整个过程中一直置身事外等若闲人的我,必须向你们表示真诚的感谢。我尤其要感谢本书的主编马超先生,作为学术带头人,先生以自己宽广的胸怀和谦逊的人格,让现当代文学学科组成为最包容、最具凝聚力也最具学科实力的一支教学与科研队伍,其德也厚,其功也伟。

当然我还要感谢本书的责任编辑郭鹏先生。他首先是一个勤勉敬业的好编辑。为了纠正我书中那些自以为是其实不合规范的冒号与破折号的使用,真让他没有少费功夫,也真是浪费了他不少的时间与耐心。即如这篇后记,要不是他负责任的提醒,我真把这狗尾续貂画蛇添足的事早忘了个干净。其次他是一位热情率真的好编辑。仅仅因为我的这本书在文字上比较通顺,也比较有"激情",他曾即兴地放下书稿,连夜给我发来鼓励的短信。作为京城里国家级大出版社的大编辑,他对我这位鄙野之地的作者,竟然如此地不耻下褒,慷慨地予以肯定,真让我感动——甚至让我醒悟:我还是能被感动的!我应该时常被感动!

最后,感谢我自己,感谢我心。我腔子里这个还能被感动的还懂得感恩的、尚能思考同时也知道反省的、诗意未泯而真情犹在的跳动的热东西,是我的珍藏,也是我的骄傲!

薛世昌

2014 年 12 月 20 日